西子绪 // 著

来而不往
非你也

LAI ER BU WANG FEI NI YE

广东旅游出版社
GUANGDONG TRAVEL & TOURISM PRESS
悦读书·悦旅行·悦享人生

中国·广州

图书在版编目（ＣＩＰ）数据

来而不往非你也 / 西子绪著 . — 广州 : 广东旅游
出版社 , 2019.7
ISBN 978-7-5570-1857-3

Ⅰ . ①来… Ⅱ . ①西… Ⅲ . ①长篇小说－中国－当代
Ⅳ . ① I247.5

中国版本图书馆 CIP 数据核字 (2019) 第 108719 号

出　版　人：刘志松
总　策　划：邹立勋
责任编辑：梅哲坤　何　方

广东旅游出版社出版发行
（广州市越秀区环市东路 338 号银政大厦西楼 12 楼）
邮编：510060
邮购电话：020-87348243
湖南新华精品印务有限公司印刷
（长沙市望城区星城镇星城大道湖南出版科技园）
880 毫米 ×1230 毫米　　　32 开
10.5 印张　　250 千字
2019 年 7 月第 1 版第 1 次印刷
定价：39.80 元

目 录

CONTENTS

· 1 ·

第一章
新来的邻居

陆妍娇楼下的邻居，是在某个周末的早晨搬来的。

当时熬了一个通宵的陆妍娇正打算补觉，就听到楼下传来叮叮咚咚的声音，还有嘈杂的人声。

她伸着脑袋往外瞧，看见一群工人搬着乱七八糟的家具正在往楼道里走。

"有人搬进来了？"陆妍娇打了个哈欠，伸手擦去眼角因为过度困倦而溢出的泪水，"什么时候能弄完啊……"

陆妍娇在这里住了快一年了，楼下一直没住人，没想到这会儿却突然搬进来一户新邻居。

她往楼下看，家里的乌龟扑棱棱地飞到她的肩膀上，也学着她的模样瞪着那双可爱的小黑眼睛朝着楼下望。

陆妍娇伸手摸了摸乌龟柔软的脑袋，嘟囔了句："走走走，睡觉去。"

乌龟用脸颊蹭了蹭陆妍娇的手指，张开嫩黄色的小嘴叽叽喳喳叫了几声。

乌龟不是真的乌龟，是一只漂亮的玄凤鹦鹉，羽毛是干净的白色，脸颊两侧有两块像是腮红样的圆斑，脑袋顶上是轻灵的羽冠。

大约半个小时后，楼下的声响逐渐小了，陆妍娇便爬到床上准备补觉，她并没怎么将楼下的邻居放在心上，以为这不过是个无足轻重的插曲。

然而等陆妍娇一觉醒来，迷迷糊糊地叫着乌龟时，却听不到她家小鹦鹉的回应了。

"乌龟？乌龟？"陆妍娇立马清醒了，光着脚下了床，从楼上咚咚咚跑到了一楼，嘴里喊着她家小鸟儿的名字，"龟龟——"

没有回应，本该对她的呼唤声非常敏感的鹦鹉却没了声息。

陆妍娇在屋子里转了一圈，最后脚步停留在了阳台上。

她看到原本封住阳台的纱窗出现了一个小小的洞，那个洞像是被什么尖锐的东西咬破的，不大不小，刚好足以让乌龟钻出去。

看见这个洞的时候，陆妍娇后背上的冷汗瞬间就冒出来了，脑子里某个念头疯狂地涌了出来——她家的乌龟跑了！

"乌龟！乌龟！"陆妍娇声嘶力竭地站在阳台上大喊。她本以为乌龟再也不会回应，谁知道喊了几声之后，竟听到楼下传来了独属于鹦鹉的叫声。

乌龟虽然是玄凤，但也能说一些比较简单的词句，比如"真好吃""早上好"之类的话。

"龟龟，是你吗？龟龟！"陆妍娇凄厉呼唤的模样仿佛一个失去了儿子的母亲，她眼含热泪，"龟龟，你别怕，妈妈来救你了——"

说完这话，陆妍娇转身冲到了楼下。

"龟龟！"陆妍娇一边叫着自家爱鸟的名字，一边用力地敲着楼下的门，"有人吗？有人吗？"

片刻后，门嘎吱一声被拉开，陆妍娇正欲说话，却被眼前的人吓得瞬间噤声。

"什么事？"站在陆妍娇面前的，是个裸着上身的英俊男人，他似乎刚洗完澡，下身穿着一条宽松的牛仔裤，一只手拿着毛巾擦着湿漉漉的头发，一只手握着门把手。他的个子很高，至少比陆妍娇高了一个头，此时正用冷淡的眼神俯视着陆妍娇，表情看起来很是不善。

这要是平时，陆妍娇肯定服软，但是今天不一样，今天她可是为了找她家"傻儿子"——乌龟。

"你看见我的鸟了吗？"陆妍娇挺直了胸膛，暗暗告诉自己不要害怕。

男人还未答话，一只雪白的小鹦鹉小心翼翼地从男人身后伸个脑袋出来，黑色的眼睛眨巴了两下，张嘴对着陆妍娇就来了句："真好吃，真好吃。"

陆妍娇心想：儿子，你就不能说点别的吗？

男人挑了挑眉："你的鸟？"

陆妍娇重重地点头。

"挺可爱的。"男人的声音有些低，但听起来颇为悦耳，他伸出手，陆妍娇的小鹦鹉竟蹦蹦跳跳地顺着他的手臂跳到了他的指尖上，"还你。"

陆妍娇看着这一幕愣了好一会儿，乌龟的性子她最清楚不过了，平时遇到陌生人来家里玩都要羞羞涩涩地躲半天，得用好吃的东西来诱惑着才肯出来，谁知道今天居然胆子这么大。

陆妍娇面露狐疑之色，看着眼前的人："同学……"

男人说："我叫贺竹沥。"

陆妍娇道："贺同学……"

贺竹沥似乎非常不喜欢"同学"这个称呼，纠正道："你可以直接叫我名字。"

"好吧。"陆妍娇不想在这种问题上继续和对方纠缠，她眼巴巴地看着不愿意跳到自己手上来的乌龟，"你没喂乌龟吃什么东西吧？"

"乌龟？"贺竹沥蹙眉。

"哦哦，我家鹦鹉名字叫乌龟。"陆妍娇解释，"它嘴馋，什么都吃……"

"没有。"贺竹沥的手轻轻一抖，乌龟好似明白了他的意思，扭头看了他一眼后，才转身从他的手上飞向陆妍娇。其恋恋不舍的模样，让陆妍娇看得真是目瞪口呆外加妒火中烧。

亏得乌龟是只公鹦鹉，不然陆妍娇都以为它对眼前的人一见钟情了。

虽然吃了一肚子的醋，但好歹鸟是要回来了，她对贺竹沥道了谢，转身朝着楼上走去。

而站在她肩膀上的乌龟则悄悄地扭过头看向了身后的贺竹沥。

贺竹沥竖起手指，做了个嘘声的动作。

乌龟高兴地拍了拍翅膀。

回到家里，陆妍娇仔细地检查了一遍乌龟，尽管确定了它身上并没有什么问题，可心里却还是有些犯嘀咕。

这个贺竹沥到底有什么本事，能在这么短的时间里，让乌龟这么喜欢他？

第二天，陆妍娇就打算联系人把家里的纱窗给换成金属的。毕竟这一次还算幸运，万一下次乌龟又跑出去了，她找谁哭去？

不过昨天的事情还是让陆妍娇有点纠结，她想了想，便给自己的闺密陈安茹打了个电话，说想聊聊人生。

"咋了宝贝？"陈安茹在电话那头问。

陆妍娇撒娇："你还在玩游戏呢？快陪我出来吃饭……"

陈安茹正忙着："怎么就要吃饭了，遇到什么事了？咱们电话里说不好吗？"

陆妍娇沉默三秒，怒了："陈安茹，你干儿子乌龟都要被人骗走了，你就知道打游戏，你心里还有我们母子俩吗！"

陈安茹也开始演戏："娇娇，我也是生活所迫……"

陆妍娇开始哼唧。

电话里传来一阵噼里啪啦敲键盘的声音，伴随着陈安茹的一声惨叫，陈安茹绝望的声音传来："该死，我又死了——别哭了，我求你了，吃吃吃，今天晚上就吃！我请客！"

陆妍娇心满意足地挂了电话。

她闺密陈安茹平时都挺正常的，就这段时间因为沉迷网游，街也不逛了，妆也不化了，天天就缩在电脑面前晃着鼠标、敲着键盘。

陆妍娇每次去看她都会产生自己在探监的"怜爱"之情。

在陆妍娇"撒娇"的攻击下，晚上七点，两人准时坐在了当地最贵的日料餐厅。

陆妍娇还在看菜单，陈安茹就掏出了手机点开了某个直播的软件。

陆妍娇道："看什么呢？"

陈安茹指了指屏幕："游戏啊。"

陆妍娇仔细一看，发现屏幕上显示出的就是陈安茹正在玩的这款游戏，名字叫《绝地求生》，是一款大逃杀类的游戏。

之前她有听陈安茹介绍过，简单来说，这游戏就是把一百个人丢到一张地图里，他们互相竞争，活到最后的，就是游戏的胜利者。

"有那么好玩吗？"陆妍娇嘟囔着点了自己想吃的。

"好玩啊。"陈安茹说，"我最近爱上了一个主播，哇，人可帅了，技术又好……"

等菜的时间确实有些无聊，陆妍娇撑着下巴看着陈安茹的手机屏幕。

陈安茹换了几个直播，都有些不满意。陆妍娇瞅了她一眼问她："找什么呢？"

"就是我喜欢的那个，今天又爽约了……哎呀，说好的七点呢。"

陆妍娇兴味索然地收回了自己的目光："哼，天天就知道玩游戏，这游戏哪里好玩了……"

陈安茹满目沧桑："沉迷之前我也是这么说的……"

就在第一道菜上来的时候，陈安茹期待已久的直播终于开始了。

陆妍娇没管她，伸手拿起筷子正打算下手，却听到她的手机里传来了一个有些熟悉的声音："走，毒来了。"

听到这声音的陆妍娇愣了片刻，她把脑袋伸到陈安茹的手机屏幕面前，看到了左下角的主播摄像头。里面是一个戴着耳机的男人，他脸上没什么表情，气质看起来颇为冷淡，薄唇微启，吐出了一个字："快。"

在看清楚男人的模样后，陆妍娇不可思议地瞪大了眼睛——这人居然就是昨天搬到她家楼下的那个贺竹沥！

"你怎么了？怎么这个表情？"陈安茹被陆妍娇的神情吓了一跳。

"我之前不是说有个家伙勾引了咱儿子吗！"陆妍娇那双大眼睛瞪得圆溜溜的。

"嗯？"陈安茹一头雾水。

"就是他，就是他！"陆妍娇指着屏幕上的贺竹沥，委屈巴巴地告状，"他把乌龟勾引出去了。"

陈安茹思考了一下"勾引"这个词，又看了眼屏幕上正在和队友进行简短交流的主播，陷入了沉默。

陆妍娇继续告状："你不知道多恐怖，他前天刚搬到我家楼下，第二天早上乌龟就背叛了我！"

陈安茹听到陆妍娇这话也是很会抓重点了，她眼睛一下子亮了起来："搬到了你楼下？"

陆妍娇沉默不语。

陈安茹道："真的假的？！"

陆妍娇继续沉默不语。

陈安茹道："今天的饭我买单！"

陆妍娇依旧沉默不语。

陈安茹咬牙切齿，下了血本："下顿我也请了！"

陆妍娇终于有了反应，眨着眼睛一脸感动："茹茹，你真是个好人。"

陈安茹说："我这么好，你今天就让我送你回家吧。"

"没问题！"陆妍娇举杯同意。

在答应了陈安茹的要求后，陆妍娇对贺竹沥也有了那么点兴趣，她感觉屏幕上的贺竹沥比她面对面见到的似乎还要冷淡一些，即使是隔着屏幕，也能感受到那股子拒人于千里之外的冰冷气质。

按理说这种不爱和观众交流的主播应该不会特别受欢迎，陆妍娇却发现他是这个平台上人气最高的主播，开播不到半个小时，人气就到了四百多万。

"他这么厉害啊。"陆妍娇一边吃东西一边感叹。

"当然了，他可是这个游戏里第一个给中国捧回奖杯的职业选手。"陈安茹介绍道，"下下个月他们又要去打亚洲联赛……"

"这么厉害啊。"陆妍娇其实不太懂电竞，不过能给自己国家捧奖杯回来，那肯定是很厉害的人。

"当然了。我待会儿跟着你回去，等着他下了直播，我就……"

陆妍娇说："……你能别笑得那么猥琐吗？"

陈安茹果断摇头："不可以。"

虽然陈安茹嘴上这么"流氓"，但以陆妍娇对她闺密的了解，陈安茹就算厚着脸皮了估计也就要个签名，而且到时候好不好意思开口还是个问题呢。

两人一边吃饭一边看直播，陆妍娇研究了一会儿这个游戏，发现还挺有意思的："游戏里面的装备都是自己捡的吗？"

"对啊。"陈安茹向陆妍娇科普，"跳伞下来之后什么都没有，装备都得自己捡。"

"那运气不好岂不是很惨？"

"那是相当惨了。"陈安茹一脸同情，"这游戏运气成分至少占了四分吧……"

陆妍娇点点头，继续看直播。

大约是内心深处期盼着某件事，陈安茹吃饭的速度飞快，把陆妍娇都给看傻了。

她吃完之后一擦嘴，跑跑颠颠地去结了账，然后坐到陆妍娇的对面，撑着下巴看着陆妍娇，陆妍娇吃也不是，不吃也不是。

最后陆妍娇怒了，一拍桌子道："陈安茹你这个没良心的，为了个男人你就要饿死我啊！"

陈安茹不要脸地笑："我回去给你点夜宵嘛。"

　　陆妍娇服了，她长叹一声，感叹自家养的白菜终于长大了，开始想被猪拱了。无奈之下，陆妍娇只好快速地解决了饭菜，然后被陈安茹拖着回了家。

　　到了家里的电梯里，本来气势汹汹的陈安茹居然犹豫了，说："我这样过去敲门会不会像个变态啊？"

　　陆妍娇点头："……挺像的。"

　　陈安茹傻眼："那咋办啊？"

　　陆妍娇看着陈安茹："你是喜欢他想追求他还是怎么着啊……"

　　"哪能啊！"陈安茹疯狂摇头，"我就想要个签名！"

　　陆妍娇道："真的没有别的想法了？"

　　陈安茹说："有……"

　　陆妍娇问："什么想法？"

　　陈安茹害羞地说："能让他写'大吉大利，今晚吃鸡'这几个字就更好了……"

　　陆妍娇心想：就这点要求你害羞什么，能不能出息点？

　　"大吉大利，今晚吃鸡"是《绝地求生》这个游戏胜利之后出现的一句话，翻译自英文：Winner winner, chicken dinner. 据说在很久之前，拉斯维加斯赌场的鸡肉饭是1.79美元，赢一次刚好可以吃个鸡肉饭，由此寓意好运。

　　当然，这些是陆妍娇之后才知道的，现在她正为自己闺密的不争气而感到十分的痛心。

　　为了自家的傻白菜，陆妍娇挺身而出，拍着自己的胸脯说没关系，这签名，她要定了！

　　电梯停在了十一楼，陆妍娇大步向前，走到了贺竹沥家门口。

　　刚才还激动不已的陈安茹此时呆若木鸡，站在陆妍娇后面，蔫头耷脑的，像只鹌鹑。

陆妍娇深吸一口气，抬手轻轻敲了敲门。

片刻后，门嘎吱一声开了，先前还在手机屏幕里的人出现在了陆妍娇面前，他头发还有些乱，似乎是因为刚取下了耳机。

"有事？"贺竹沥开口问。

陆妍娇脸上挂上了灿烂的笑容："贺……"她本来想叫他同学，但是想起对方不喜欢这个称呼，便硬生生地换了个说法，"贺竹沥先生……我朋友是您的忠实粉丝……请问可不可以……"

"签名？"贺竹沥直接猜到了陆妍娇接下来要说的话。

陆妍娇重重地点了点头。

"可以。"

听到这两个字，陆妍娇心中一松，正欲夸赞贺竹沥两句，却听到他话锋一转，竟来了一句："但是我有个条件。"

陆妍娇瞬间警觉："什么条件？"

贺竹沥说："把你的鸟借我养两天。"

陆妍娇陷入沉默。

陈安茹也陷入沉默。

——姑娘？姑娘有什么用，有鸟好玩吗？有鸟可爱吗？有鸟善解人意吗？

陆妍娇在这一刻仿佛抓到了贺竹沥脑子里的某些神经。

在听到贺竹沥的要求之后，陆妍娇的表情扭曲了片刻，她正欲以一个母亲的身份义正词严地拒绝贺竹沥无理的要求，然而她还没开口，就看到了自己身侧陈安茹一副泫然欲泣的模样。

"几天……"陆妍娇只好忍气吞声，开始和贺竹沥商量，"两天是不是太久了？"

贺竹沥眉头一挑："三天。"

陆妍娇道："啥？三天？那可是我亲儿子——"

"四天。"贺竹沥的语气毫无波动。

陆妍娇再也不敢商量，害怕再商量下去儿子都是别人的了，她咬牙切齿道："好……两天就两天……但是，我要求随时可以过来看它！"

贺竹沥没有回应，似乎在思考陆妍娇这个要求的可行性。

陆妍娇马上也摆出一脸要哭的表情，心想：我不放心啊，那是我心爱的鸟儿，它要是有个三长两短，我自己也活不下去了。

也不知道是不是陆妍娇那浮夸的演技让贺竹沥觉得烦了，他思考片刻后居然点点头，道了声"可以。"

陆妍娇在心中暗松一口气。

随后，贺竹沥转身进屋，拿了纸和笔正欲签名，陆妍娇赶紧说："能签个'大吉大利，今晚吃鸡'吗？"

贺竹沥闻言，手上动作顿了一下，随后点点头，手腕微移，流畅地写出了一串签名，然后递给了陆妍娇："明天上午把乌龟送过来。"

陆妍娇接过纸张，看到了上面漂亮的八个大字：大吉大利，今晚吃鸡。

虽然陆妍娇不愿意承认，但不得不说贺竹沥这一手字非常漂亮，字体遒劲有力，舒展在白纸之上，当真有点笔走龙蛇、铁画银钩的味道。

都道是字如其人，陆妍娇看着贺竹沥这手漂亮的字，对他也生出了一点好感。她接过签名，对着贺竹沥道了谢，并且承诺明天早晨会按时把乌龟送过来。

贺竹沥没有多说什么，伸手关上了门。

陈安茹得到了自己心心念念的签名，高兴得跳起来，狠狠地亲了陆妍娇几口，激动地对陆妍娇表示了感谢。

陆妍娇有些嫌弃地擦擦脸，觉得她闺密有点疯狂："你就那么喜欢他吗？他特别厉害？"

"喜欢得要死。"陈安茹笑得眼睛都要看不见了，"他前几天才在亚服排名登顶……"

陆妍娇听不太懂陈安茹的这些专业术语，听陈安茹科普也是懵懵懂懂，最后她放弃，开始担忧乌龟要是在贺竹沥家不适应怎么办……

但第二天，陆妍娇拿着笼子和饲料到了贺竹沥家里时，她才发现她昨天的担忧完全就是多余的。

乌龟，这只被她一把屎一把尿养大的鹦鹉，丝毫没有产生自己被送到别人家的不适感，刚进贺竹沥的屋子里，就挥舞着白色的翅膀，扑到了贺竹沥的肩膀上，还高兴地用自己的脑袋蹭贺竹沥的脸颊。

陆妍娇心想：乌龟，你这个叛徒。

贺竹沥在沙发上坐下，伸手轻轻挠着乌龟的下巴。这几次见面下来，陆妍娇倒是第一次在贺竹沥的脸上看见如此柔和的神情，她有些惊讶，但并未将心中所想说出口，而是环顾四周，不动声色地打量起了贺竹沥的住所。

大约是才搬来这里的缘故，贺竹沥屋子里的摆设非常简单，除了必需的家具之外，没有任何多余的装饰，色调也偏冷，整个房子看起来冷冷清清。

陆妍娇根据昨晚在直播频道里看到的画面，猜测贺竹沥直播的时候应该是在二楼。她眨眨眼睛，问："贺竹沥，你知道怎么养鸟吗？"

贺竹沥"嗯"了声，他的声音有些轻，比直播里的更好听一些。

"哦。"陆妍娇说，"那就好。"她伸手挠了挠头，"我昨天有看你直播打游戏……"

贺竹沥抬起头看了她一眼。

贺竹沥长了一双漂亮的丹凤眼，此时没什么情绪地看过来，眼神竟有几分凛冽的味道。陆妍娇莫名被他看得有些心虚："看起来，挺厉害的呀。"

贺竹沥道："你也玩游戏？"

陆妍娇厚着脸皮说："偶尔玩一下。"

"哦。"贺竹沥道，"那以后有机会可以一起玩。"

陆妍娇心中一松，心想虽然贺竹沥看起来挺凶的，但是好像没有想象中那么难相处。她坐了一会儿，便起身回去了，当然临走之前还是不忘和乌龟好好告别了一番——虽然乌龟丝毫没有对她表示出留恋之情。

回家之后，陆妍娇在床上躺着玩手机，突然想起了什么，给陈安茹发了条信息过去，问她贺竹沥在哪个平台直播。

陈安茹回了句：怎么，你也看上了？

陆妍娇赶紧解释：没啊，我就是挺好奇的。

陈安茹很快发了个网址过来，说就是这个网址，还告诉陆妍娇贺竹沥一般晚上才会直播——他在游戏里的名字叫 Puma，直译为美洲狮。

陆妍娇点进了陈安茹给她的网址，看见直播间没人，她也没多想，便将这件事暂时抛到了脑后。

谁知道当天晚上十点左右，陈安茹的电话就打了过来。陆妍娇当时还躺在床上吃着零食追着美剧，接起陈安茹的电话，便听到她激动不已的叫声："妍娇，妍娇，妍娇——"

陆妍娇被吓了一大跳："咋了，你叫这么惨，杀猪呢？"

"快快快，看直播，咱儿子火了——"陈安茹大声道。

陆妍娇一头雾水，在陈安茹的提醒下才在自己的平板上下了个软件，点开了贺竹沥的直播间。

陆妍娇也偶尔看看游戏直播，但看的都是比较冷门的游戏，所以当她进入贺竹沥的直播间，看到那一排排密密麻麻的弹幕时，被吓了一跳。

"怎么这么多人。"陆妍娇嘟囔了一句。待她仔细看去，发现这些弹幕居然都和她的儿子乌龟有关。

"好可爱啊，这是什么鹦鹉啊？"

"哇，它居然还会说话。"

"噗神什么时候养宠物了？和你风格简直格格不入……"

诸如此类的弹幕数不胜数，密密麻麻的，让陆妍娇根本看不清楚直播的画面。无奈之下，她只好暂时关闭了弹幕——因为只有这样，她才能看清楚画面。

画面上的贺竹沥正点着一根烟，面无表情地操纵着游戏里的人物。咔嚓一声轻响，那是子弹上膛的声音，陆妍娇看见游戏里的人物快速地跑动起来，随着一系列的操作和如鞭炮一般的枪响，陆妍娇看见屏幕最下方跳出血红的字体：4 杀、5 杀、6 杀……

随着最后一颗子弹射入敌人的身体，嘈杂的声音归于寂静。贺竹沥抬起手，修长的手指轻轻地拿下了含在嘴里的烟，吐出一团朦胧的烟雾。

嘀，一打四灭队了！

666666

四打一被反杀，对面估计以为遇到外挂了。

诸如此类的弹幕又开始在右边刷了起来，还有多得数不清的礼物开始在屏幕上跳动。

而陆妍娇的儿子乌龟，此时正乖乖地站在贺竹沥的肩头，歪着小脑袋认认真真地看着屏幕，仿佛自己也能看懂游戏里的内容似的。

"好吃，好吃。"只会说最简单的词语的乌龟开始在贺竹沥的身上蹦蹦跳跳，一边跳一边说，看起来真是可爱极了。

贺竹沥竟然由着它胡闹，还时不时地伸手摸摸它的脑袋，看起来也是非常的宠溺。

陆妍娇虽然不懂游戏，但也知道贺竹沥能一打四肯定很厉害。她隔着屏幕摸了摸自己的儿子，心里有点酸酸的，心想乌龟也叛变得太快了吧……

直播还在继续，贺竹沥开了辆车，继续朝着地图中心的区域赶路。

陆妍娇看得有些不明白，经过陈安茹的解释才知道，《绝地求生》这游戏是存在安全区设定的，就是游戏最开始，在地图上会有一个巨大的白色圆圈，圆圈里面就是安全区，外面就是毒区，在毒区里会不断地掉血。而随着时间的推移，安全区会越来越小，最后变成只能容纳一人的光柱——活到最后的那个，才是真正的王者。

贺竹沥此时玩的是四排模式，加上他自己一共有四个人，此时其他三个队友都已魂归西天，开始了斗地主，就剩下他一个人还在游戏里继续求生。

陆妍娇突然就对这个游戏有了兴致，她问陈安茹："这游戏上手难吗？"

陈安茹说："有人带着就还好。怎么，你想玩了？我可以带你啊。"

陆妍娇对陈安茹的这句话表示了怀疑，陈安茹可是个标准的"手残党"，这游戏看起来挺难的，她来带真的没问题？

谁知道紧接着陈安茹却说："没关系，没关系的，实在不行当个医疗兵嘛，你看我，我给自己的定位就是个移动的背包……"

陆妍娇心想：这定位也是很有自知之明了。

虽然陆妍娇对自己闺密的游戏能力心存疑虑，但奈何陈安茹是个行动派，第二天就带着笔记本跑到了陆妍娇的家里，开始教她安装游戏。

一个多小时后，游戏下载安装完毕，陆妍娇注册了账号，进入了游戏。

游戏一进去，便是一个巨大的广场，底下则有一个几十秒的倒计时，所有玩家都在广场上等待着游戏开始。

陆妍娇一进去就听到了乱七八糟的声音，有人居然还在唱歌，有人拿着枪到处扫射，有的人则在地上乱爬。

陆妍娇和陈安茹两个人缩在角落里瑟瑟发抖，陆妍娇说："我有点怕耶。"

陈安茹说："不怕，我会保护你的，绝对不让你落地成盒……"

陆妍娇问："什么叫落地成盒……"

陈安茹语气里带上了一丝悲壮："这里面死了的人都会变成盒子，所以落地成盒的意思就是，落地就死了。"

陆妍娇沉默，她突然有种不好的预感。

陈安茹还在安慰陆妍娇，说："就算你死了，我也会抱着你的骨灰盒活到最后的，你放心吧。"

陆妍娇心想：你别说了，越说我越害怕。

几十秒的倒计时后，游戏角色上了一辆飞机，飞向了游戏的主场地图。

这地图是个四面为海的岛屿，有各式各样的地形和城市群，选好了自己想去的地方后，便可以从飞机上跳伞落下。

陈安茹大约是怕陆妍娇死得太快，影响游戏体验，特意标了一个远离城区的地方，让陆妍娇控制人物角色往那里飞。

远离城区意味着遇到人的概率会减少，生存概率增加，但是与之相对的是资源会比较少，经常出现玩了十几分钟连把步枪都找不到的凄惨情况。

"我的天，这里怎么也跳了人！"陈安茹看到天空中居然有一队人也朝着她们要降落的地方来了。

陆妍娇还在纠结怎么控制角色："怎么办啊？"

"落地找枪！谁找到枪谁就是赢家！"陈安茹手忙脚乱，终于落在了一间房子附近。

陆妍娇则落在了陈安茹的旁边，开门进去之后就看见地上有枪和子弹，她慌慌张张地捡起来，正在问陈安茹怎么上子弹，便听到自己屋子附近传来了属于敌人的脚步声。

"我屋子旁边有人！"陆妍娇惨叫，"茹茹，救命——"

"打死他，你不是有枪吗！找个角落里蹲着，他一开门，你对着他脸上就是一梭子弹！"陈安茹大声叫道。

陆妍娇拿着枪缩在角落，听着脚步声越来越近，感觉自己仿佛变成了恐怖片里的女主角。在门被打开的一瞬间，陆妍娇握着鼠标对着门口疯狂地扫射，打光了一梭子的子弹后，听见自己的人物发出几声凄惨的叫声，便倒在了地上。

陆妍娇陷入沉默。

陈安茹把脑袋伸过来，看见了陆妍娇的屏幕，长叹几声后，拍了拍她的肩膀："三十发子弹一发没中也是挺厉害的。"

陆妍娇问："你也死了？"

陈安茹点头："死了。"

屏幕黑了下来，陆妍娇看见自己的人物变成了一个四四方方的木盒子……原来这就是传说中的"落地成盒"。

两个姑娘对视一眼，陆妍娇愤愤地挽起袖子："我就不信这个邪了，我发誓我今天一定要杀个人，不然陈安茹胖三斤！"

陈安茹表示不想说话。

然后两人就开始了各种千奇百怪的死法，被人打死还是最普通的，有一局陆妍娇开着车硬生生地把车给卡进了墙壁，然后车直接爆炸，把两人一拨带走。

陆妍娇越打越生气，袖子已经被撸到了手肘上，甚至于门铃响起来都没注意，只是随口让已经死了的陈安茹去开门。

"哇，这里有人！"拿着枪的陆妍娇又在某个角落看见了敌人，对着那里一通扫射后，又惨遭人反杀。她欲哭无泪地看着屏幕暗了下来，然后听到身后传来一个男人的声音："你信佛？"

陆妍娇扭头，看到了说话的人。

贺竹沥手里提着鸟笼，正站在她的身后，看着她的电脑屏幕。此时见她回过头，他薄唇轻启："大慈大悲枪法啊。"

陆妍娇心想：是啊，这枪法是很慈悲了，连人家脚趾都舍不得打一下。

贺竹沥弯下腰，把乌龟从笼子里取了出来。乌龟大约也是有点想陆妍娇了，竟没有再留恋贺竹沥，而是扑扇着翅膀飞到了陆妍娇的肩膀上，还开始哼哼唧唧地说话，安慰起了她此时破碎的心灵。

陆妍娇垂泪："乌龟，还是你好……"

"我带你一把吧。"站在旁边的贺竹沥突然开口，"双排。"

陆妍娇还没说话，旁边的陈安茹就连声道好，主动把自己的位置让了出来。

陆妍娇怯怯道："我很一般哦。"

贺竹沥坐下来，开始调整按键："看见了。"

既然带人的都没意见，被带的菜鸟好像也没什么可说的了，陆妍娇调整了坐姿和呼吸，又开了一局。

"会跳伞吧？"贺竹沥话并不多，"P城，走了。"

陆妍娇这会儿差不多已经会玩一点了，听见贺竹沥的指挥，她哆哆嗦嗦道："P城，人……人好多啊……"她看见已经至少三队六个人准备落在P城，密密麻麻的降落伞简直像是下饺子似的。

"嗯。"贺竹沥道，"你找间房子躲起来。"

陆妍娇听着这话感动得眼眶都湿润了："贺竹沥，你真是个好人。"

贺竹沥听到这句话挑了挑眉。

落到地面上的那一刻，陆妍娇迅速地找了间房子躲了进去，这房子里什么枪都没有，就只有一个平底锅。

贺竹沥则运气不错，落地就拿到了最喜欢用的步枪AK。他伸手掏了一下口袋，似乎准备点烟，但动作做了一半又停住了。

陆妍娇见状说："没事，你抽吧。"

贺竹沥道："算了，有未成年。"

陆妍娇瞪圆了眼睛："我十九岁，成年了——"

贺竹沥瞟了陆妍娇一眼："我说乌龟。"

陆妍娇无语。

陈安茹在旁边噗地轻笑了一声。

陆妍娇捏紧了手里的平底锅，心想：你给我等着，等着我变强了……

贺竹沥并不太关心陆妍娇的心路历程，他拿着AK便开始在P城里清场。P城是游戏里比较大型的一座城，地形复杂，到处都是建筑和房屋。因为资源丰富，很多人都会选择在这里降落。

陆妍娇分神看着贺竹沥的屏幕，看着他熟练地寻找了一个制高处，便开始了一场屠杀。

这个游戏里面的枪支都有后坐力，需要进行叫作压枪的操作，如果压不好，即便是目标就在对面也很难打中。而AK，则是最难压的一种枪，当然，难压也是有原因的，它是步枪里面杀伤力最大的一种枪支。

"砰！"一声清脆的枪响，被贺竹沥盯上的人还未发现他的位置便应声倒下。这游戏还有一个机制，就是被打倒的人在十几秒的时间里是可以被队友救起的，当然，倒下的次数越多，这个倒地时存活的时间就越短。

贺竹沥杀了人，也不补掉，就看着那人在地上爬。

陆妍娇看得津津有味，说："你钓鱼呢？"

贺竹沥道："嗯。"

鱼很快来了，另一名队友从角落里悄悄地往这边摸，似乎想要救起自己的队友。

贺竹沥当然不会给他这个机会，开镜，瞄准，又是一枪爆头，一套操作如行云流水，看得陆妍娇两眼放光。

"好了，没人了。"不过六七分钟的样子，P城所有的敌人便都被贺竹沥清掉了，他简单地说了一句，示意陆妍娇可以从屋子里出来了。

陆妍娇激动不已，摩拳擦掌想要大干一番。她挥舞着自己手里的平底锅，朝着贺竹沥奔跑过去，嘴里道："大神，大神，你好厉害，居然全部杀掉了——"

"你分段低，遇到的人也比较菜。"贺竹沥正在搜房间，见到陆妍娇过来，动作顿了一下，"过来，给你把枪。"

陆妍娇高兴极了，跑到了贺竹沥的身边，大声道："谢谢大神，我捡到一个平顶锅，先给你——"

"砰！"一声清脆无比的响声，那是平底锅和头颅撞击的声音。下一刻，四个血红的大字出现在了陆妍娇的屏幕下方：队友误伤。

陆妍娇脸上的笑容渐渐消失。

贺竹沥的动作也停止了。

"哈哈……"陆妍娇说，"还……还能杀队友啊？"

贺竹沥没吭声，默默地掏出一根烟含在了嘴里。

陆妍娇干笑："大……大神，我给你点上吧……"

贺竹沥瞅了陆妍娇一眼："我觉得这个游戏不是特别适合你。"

陆妍娇无话可说，默默地给贺竹沥点了烟，又操纵着人物赶紧把贺竹沥给扶了起来。

陈安茹在两人身后憋笑憋得整张脸都涨红了，可又不好笑出声，于是整个人抖得跟触电似的。

陆妍娇幽怨地看了一眼陈安茹，心想居然不告诉她队友也能杀的。

平底锅，又被称为四级甲，在游戏里可以放在屁股后面作为遮挡物挡住子弹，是整个游戏里唯一无法打坏的防御道具。

当然，玩家也可以把平底锅拿在手里，像陆妍娇那样挥舞着敲别人的脑袋。

陆妍娇问："大神你要不要防弹衣啊？要不要头盔啊？要不要绷带啊？要不要……"

贺竹沥回答："不要。"

陆妍娇又问："那你要绷带吗？要子弹吗？要……"

贺竹沥似乎有些拿陆妍娇没办法了，他扭头看向陆妍娇的屏幕："除了三级的东西和 98K 这把枪之外，其他的都不用问我。"

"哦。"陆妍娇乖乖点头，"98K 是什么枪啊？很厉害吗？"

"是一把狙击步枪。"贺竹沥向陆妍娇解释道，"这游戏基本分远近两种枪，近战使用的是冲锋枪和喷子，远程的是步枪和狙击枪。"

陆妍娇想了想："所以 98K 就是最厉害的一把狙击步枪？"

"是地图里能搜到的最厉害的一把。"贺竹沥说，"这游戏还会有空投补给，补给里面的枪支大多都比屋子里搜到的杀伤力更强。"他停顿了一下，继续道，"当然，你现在把注意力放到怎么活下来就行了。"

陆妍娇心想：还真是"只求苟全性命于乱世，不求闻达于诸侯"。

他们这把运气不错，安全区的中心点就在 P 城。两人搜完了物资，便找了间房子躲了进去，陆妍娇抱着自己的枪缩在贺竹沥的身边。她大概是有点无聊，便开始说胡话："打完这场仗我就回家结婚。"

贺竹沥不语。

陆妍娇说："杀掉这个人我们就金盆洗手。"

贺竹沥沉默。

陆妍娇还想继续，却听到屋子外面传来了轰隆隆如同雷鸣一般的声音。她被这声音吓了一跳，道："这什么声儿啊？"

"轰炸区。"站在后面看戏的陈安茹道，"随机刷在地图上，在这个区域里只要在房子外面就有可能被炸死。"

"还有这种操作？"陆妍娇看了一下地图上那个红色的圈，"真能被炸死啊？"她有点好奇地问，"贺竹沥你被炸过吗？"

贺竹沥很冷静地说："没有。"

他说完这话，陆妍娇听见身后的陈安茹发出一声轻微的扑哧声，仿佛是压抑不住自己的笑意一般。

陆妍娇面露狐疑之色，但见陈安茹没有解释的意思，便也没有开口询问。

轰隆隆……轰炸结束之后一切再次归于平静。随着安全区越来越小，来到 P 城的人也开始变多。

"有车来了！"耳机里传来了车辆驶过的声音，陆妍娇一下子紧张起来。而贺竹沥却是瞬间找到了来车的方向，他站在窗口，开镜瞄准，子弹噼里啪啦地射击在了车身之上。

陆妍娇看见车上的人身上不断地爆出代表着血液的绿色烟雾，不过片刻之间，屏幕下方就跳出了击杀信息：

anananru 使用 AKM 杀死了 mopapapa123-32Left

anananru 使用 AKM 杀死了 kudaming-31left

轻而易举地杀死了两人后，贺竹沥收起枪："去舔包吧。"

陆妍娇欢呼一声，冲到了贺竹沥杀死的两人身边，一边高高兴兴地翻找着敌人的盒子，一边道："大神你要东西吗？他们有好多药啊。"

"不用。"贺竹沥道，"舔完赶紧回来。"

陆妍娇刚说了句"好"，耳边就响起了清脆的枪响，枪响之后，她便听见自己的人物发出一声惨叫，脑袋上爆出了一簇绿色的血雾。

"啊啊啊，谁在打我？！"陆妍娇直接倒地。

"爬到墙壁后面！"贺竹沥道。

陆妍娇闻言，开始艰难地操纵着自己的角色往墙角爬去，然而藏匿在暗中的敌人并没有给她这个机会，一枪又一枪，子弹不断地往她的身体上招呼。陆妍娇哀叹："啊，我的身体好冷，眼前好黑，我快要不行了，队友，我亲爱的队友，请把我的日记带回去，带给我最亲爱的姑娘……"

贺竹沥一言不发。

陆妍娇说："还有我的信，我没寄出去的信……请……"

贺竹沥咬牙切齿："……死不了！"

陆妍娇哼哼唧唧，终于爬到了墙壁后面，而贺竹沥已经等在了那里，弯下腰就把她扶了起来。

陆妍娇被扶起之后，叹着气给自己的人物加血："居然没死，唉，遗言都说完了，人还没死，岂不是有点尴尬？"

贺竹沥面色不善："不然我帮你一把？"

陆妍娇忙摆手："不了不了。"

把陆妍娇救起来之后，贺竹沥便开始寻找隐藏在暗处的敌人，之前敌人攻击陆妍娇，便已暴露了弹道和藏身之处，贺竹沥很快找到了那人所在的位置。在确认那儿只有一个人后，贺竹沥决定直接去把那人解决了。

陆妍娇跟在贺竹沥的后面，一起进到了那人所在的房间，他们听到楼顶上传来人走动的声音。

"你就在下面。"贺竹沥看了眼陆妍娇。

陆妍娇乖乖点头，看着贺竹沥拉开手雷，朝着楼顶投掷了上去。

"轰隆"几声巨响，手雷在楼顶爆炸开来，贺竹沥并没有犹豫，直接冲上了楼梯，随后楼顶上传来了激烈的枪声，片刻之后，屏幕下方再次刷新击杀信息——贺竹沥解决掉了楼上的麻烦。

"死了，过来。"贺竹沥唤道。

陆妍娇跑上去，高高兴兴地舔起了包："哇！他好富啊！"

"富？"贺竹沥蹙眉，他可是看见了盒子里的东西，这人穷得要命，包里连药品都没有，就只有一些子弹。

"是啊。"陆妍娇说，"他有黑色的小裙子呢。"

贺竹沥不语。

陆妍娇说："上衣也挺好看的，搭配我的鞋子刚刚好耶！"

贺竹沥动了动手指，感觉自己想再抽一根烟。

陆妍娇穿好了小裙子，露出满意的表情："终于可以放心地走了……"

贺竹沥全程没吭声，倒是站在桌子旁边的乌龟跳到了陆妍娇的手臂上，扭着脑袋看着两人的表情。

能把《绝地求生》玩成"绝地暖暖"，其实也挺不容易。

这是陆妍娇活得最久的一把，她看着右上角的人数逐渐减少，从三十到二十，再到十几个，心中激动不已——她终于闻到鸡的味道了。

贺竹沥的表情倒是丝毫未见变化，显然，无论游戏里还剩下多少人，对他的心情都没有任何的影响。

时间逐渐流逝，终于到了最后一个安全区，其间贺竹沥又干掉了几个人，陆妍娇仍是全程梦游，处于一种"我是谁？我在哪儿？谁在打我？我在打谁？"的茫然状态。

他们运气不错，最后一个安全区离他们非常近，高手打低分段自然是没有什么压力，很快敌人就只剩下了最后一个。

"想试试杀人吗？"贺竹沥在找到了最后一个敌人的位置后问陆妍娇。

陆妍娇握着枪双眼放光："我可以吗？"

"试试吧，他就在楼上。"贺竹沥道，"我帮你扔五个手雷，等雷炸完了，你就往上冲，看见人开枪就行。"

"好！"陆妍娇激动不已地握拳。

贺竹沥说完这话便开始往楼上扔手雷，一颗又一颗的手雷在楼上爆炸开来。陆妍娇觉得自己仿佛是一个即将冲锋陷阵的英勇士兵，心脏剧烈跳动，当最后一颗雷炸开的时候,她大喊道:"冲啊——"她一口气冲到了楼上，看到了躲在门框后面正在狼狈地吃药的敌人。

　　"哒哒哒——"子弹倾泻而出，陆妍娇的屏幕上跳出了鲜红的大字：1杀。

　　接着左上角也出现了八个黄色的字：大吉大利，今晚吃鸡。

　　"杀人了！吃鸡了！"陆妍娇取下耳机，在屋子里激动地呐喊，她看向贺竹沥的眼神里充满了由衷的敬仰，"大神，大神，受我一拜！"

　　贺竹沥表情没什么变化："喜欢吃鸡吗？"

　　陆妍娇点头如捣蒜。

　　贺竹沥道："以后再带你？"

　　陆妍娇没想到贺竹沥居然这么热情，心中开始愧疚地想着她不应该以小人之心度君子之腹。然而就在她这么想的下一刻，贺竹沥用平静的语气说了句："所以再把鸟借我养几天呗。"

　　满脸无辜，瞪着黑色小眼睛的乌龟并不知道发生了什么。

　　陆妍娇差点没被贺竹沥这句话气得昏厥过去，她就知道，贺竹沥带她肯定是有目的的，她愤怒道："你别想了，我是那种出卖儿子打游戏的母亲吗？"

　　贺竹沥道："三把鸡一天。"

　　陆妍娇保持沉默。

　　贺竹沥接着说："你随时可以过来看，"他见陆妍娇不为所动，继续加码，"饲料、零食我全包了。"

　　陆妍娇道："乌龟，叫干爹！"

　　肮脏的交易就这么达成了，陆妍娇无情地出卖了自己儿子的肉体，抱上了一条比自己腰还粗的大腿。

　　陈安茹事后痛心疾首地表示，早知道"男神"这么喜欢鸟，她就养一只了，也不知道现在去买来不来得及，还反问陆妍娇："你不是不喜欢打游戏吗？"

陆妍娇握着鼠标憨厚地笑着："我可没说过，你肯定听错了，游戏真好玩，嘿嘿嘿。"

陈安茹不想说话。

第二章
队友

　　陈安茹本来以为陆妍娇至少会挣扎一段时间再玩这个游戏，却没想到贺竹沥插的这一脚让陆妍娇直接沉迷了。

　　带着陆妍娇吃完鸡的贺竹沥再次成功换取了乌龟几天的抚养权，提着笼子就走了，深藏功与名。

　　陆妍娇傻乐着截图发朋友圈说："我也吃鸡了，还杀了一个人呢。"

　　陈安茹说："娇娇，我一直没想到，我们的龟儿子有一天能这么有用……"

　　陆妍娇激动地点头："养儿千日，用儿一时。"

　　两个姑娘握住手，看见了对方眼里闪烁着的泪花。陆妍娇情绪激动地表示，等她成了大神，一定要带陈安茹吃鸡。

　　陈安茹则感动地回答："我希望在游戏厂商倒闭之前能等到这一天。"

　　因为成功把鸟领了回去，所以当天晚上贺竹沥直播的时候，乌龟又如期出现了。

　　贺竹沥临走的时候还给陆妍娇留了个QQ号，让她加上，方便以后支付乌龟的抚养费。

　　陆妍娇加好友的时候备注了自己的名字，结果贺竹沥居然拒绝了，气得陆妍娇噔噔噔地冲到楼下，气鼓鼓地敲开了贺竹沥家的门。

贺竹沥一开门，便看到脸颊鼓得像只仓鼠的陆妍娇，问："怎么了？"

陆妍娇说："哇，你居然拒绝我的好友申请，不是说了三鸡换一鸟吗！"

贺竹沥掏出手机，看了眼："哪个是你？"

陆妍娇说："我滴个龟龟。"

贺竹沥听到这个名字，手上的动作顿了一下："你一个女孩子怎么用这个做头像……"

陆妍娇莫名其妙："怎么啦？"

贺竹沥沉默了三秒，说了句"没事"——有哪个女生会用提着刀的彪形大汉做头像啊！他开始看到这个 QQ 号的时候，甚至怀疑是不是黑粉故意来加他的。

通过了陆妍娇的好友申请后，贺竹沥突然开口，说："对了，我还有件事没问你。"

陆妍娇说："你问你问。"

贺竹沥说："你叫什么名字来着？"

陆妍娇说："……大神，你现在才想起问我这个问题啊？"

贺竹沥倒是非常冷静，道："之前太忙，忘记了。"

陆妍娇满目幽怨："我叫陆妍娇。"

贺竹沥敷衍道："嗯，好名字。"

结果陆妍娇凑过去看见他在 QQ 上给自己的备注是：龟妈。

陆妍娇心想：所以你问我名字干吗呢？

也不知道是不是陆妍娇的眼神幽怨过头了，贺竹沥最后还是解释了一句："这样更好认。"

陆妍娇心想：我假装信了好不好？

加完好友之后，贺竹沥直接把陆妍娇拉入了一个聊天群，介绍说群里的人都是他一起打游戏的队友，他不在的时候陆妍娇可以找群里的人带她。

在贺竹沥介绍了陆妍娇的身份之后，群里的人也热情地对陆妍娇表示了欢迎，其中几个人的名字看起来比较眼熟，好像是之前和贺竹沥一起四排的队友。

陆妍娇感觉这一刻自己就像一只菜鸟进了凤凰棚……据说群里全是亚洲排名前三百的高手，当然，这时候的陆妍娇还不明白亚洲排名前三百是什么意思，她现在还只是个无名的小菜鸟。

有妹子，有妹子。

里面一个备注名叫李斯年的男生开始疯狂地刷表情：贺竹沥你从哪里骗来的小姑娘？十九岁……等等，到底是男的还是女的，女的怎么这个头像，别是个"女装大佬"吧？

陆妍娇心想：我头像怎么了，我头像不是挺可爱的吗？

贺竹沥发了一句：不是"女装大佬"。

李斯年说：哦哦哦，不是就好……不对啊，贺竹沥，你上次骗我带人的时候不也这么说的吗！

陆妍娇看着聊天记录，心想：贺竹沥你这是骗了他多少次了啊！

贺竹沥道：这次是真的，不信你自己过来看。

李斯年发了一连串省略号。

陆妍娇当时以为这事儿就这么过去了，谁知道第二天，群里那个李斯年就私聊她，说：妹子呀，我现在在贺竹沥家和他吃火锅，你要不要一起来吃点？

陆妍娇想了想，应下了李斯年的邀请，换了身衣服就下去了。

最近她天天在家里睡得昏天黑地，出去蹭蹭饭也挺好的。

刚到贺竹沥家的门口，陆妍娇就闻到了一股子独属于火锅的浓郁香气，敲门片刻后，门嘎吱一声被打开了，门后出现了一个笑容灿烂的金发少年，想必就是群里那个李斯年。

他见到陆妍娇，眼睛一亮："你好，我是李斯年。"

"你好，我是陆妍娇。"陆妍娇自我介绍，"就是乌龟它妈……"

李斯年说："进来进来，就等你了。"

陆妍娇进到屋子里，本来站在笼子上的乌龟瞬间扑扇着翅膀飞到了她的肩头，开始高高兴兴地叫着"妈妈，妈妈"。

陆妍娇被它叫得心都软了，伸手摸了摸它的毛："有没有想妈妈呀？"

乌龟用红红的脸蛋蹭了蹭陆妍娇的下巴，嫩黄色的小嘴还啄了啄陆妍娇的头发。

和乌龟亲热的陆妍娇看到屋子里还坐着一个年轻人，那人估计十六七岁，戴着一副黑框眼镜，单从身体看十分的瘦弱，此时正低着头准备蔬菜，和她目光相触后，便慌乱地移开了。

"这是我们队里的突击手。"李斯年介绍，"叫江烛，性格比较内向，不用管他，他就这样，等多打两把游戏就没事了。"

江烛听到李斯年这么说，居然也不反驳，依旧缩着肩膀假装没看见陆妍娇，看起来性格内向是真的。

几人正在说话，厨房里走出一个人来，陆妍娇仔细一看，发现竟然是贺竹沥。不过此时的他身上正围着围裙，手里拿着煮火锅用的材料。

不得不说，虽然天天坐在电脑前，但贺竹沥的身材还是很不错的。此时他的袖子挽到了手肘，露出线条优美的小臂和手腕，手指也修长笔直，简直可以去做手模了。

"贺竹沥还会做饭呀？"陆妍娇有点惊讶。

"会啊。"李斯年道，"他手艺可好了，来，先坐下吧。"

陆妍娇乖乖坐下，她也没多想，随口问了句："你们不是一般四个队员吗，还有一个怎么没来？"

谁知道这句话一出口，屋子里的气氛瞬间就凝固了片刻。贺竹沥直接转身回了厨房，江烛低着头假装没听见，李斯年笑容僵了几秒，随后答道："他今天有点事，来不了了。"

"哦。"陆妍娇敏感地察觉出这个话题不太对劲，于是赶紧说了点别的缓解气氛，"你们好厉害呀，我才玩这个游戏没多久，昨天还拿平底锅把大神给敲死了……"

"噗——"李斯年闻言差点没笑出声，硬生生地憋住了，"没事，到时候我们带着你玩，保证吃鸡。"

"那真是太好了。"陆妍娇说话的时候，乌龟就在她的手心里跳来跳去，"我玩得不好，有哪里做得不对，你们一定要告诉我呀。"

"好。"李斯年眉眼弯弯地笑了。

虽然这三人属于一个战队，但明显能看出他们性格各异。

贺竹沥高傲冷漠，李斯年活泼热情，江烛内向安静，也不知道怎么就凑到一起了。

火锅很快就做好，四人围坐在了炉子旁边。

大约是见陆妍娇真的是个妹子，李斯年显得特别高兴，连带着话也多了起来。好在陆妍娇也是个话痨，自来熟，两人聊着聊着，竟是生出了惺惺相惜之感。

"你是不知道我在队里有多惨。"李斯年吃了一口牛肉，抱怨道，"江烛这人不打游戏时，屁都不会放一个，我总不能去缠着贺竹沥吧，我又打不过他。"

陆妍娇深深理解这种废话太多导致被人嫌弃的感觉，立马表示感同身受："是的，是的，他们也嫌弃我话多。"

贺竹沥面无表情地听着两人瞎扯，继续吃自己的火锅。

"还有贺竹沥，真的不是人啊，上次和我说有个漂亮妹子需要我带，我真的信了，结果带了一个月之后发现是个男的——浑蛋，也亏得他能出三千去帮人买个变声器。"李斯年气得想骂娘。

陆妍娇听着想笑，但又觉得笑出来不太合适，于是低头啃了口花菜："嗯……"

"他真的不是人，你……"李斯年还想说贺竹沥的坏话，却注意到自己身边的贺竹沥向他投来了冰冷的目光，于是硬生生地转了个弯，"他简直是个神。"

陆妍娇终于没忍住，笑了出来。

贺竹沥冷冷示意李斯年："去厨房拿肉，切好了再端回来。"

李斯年张张嘴，最后却是什么话也没说，蔫头耷脑地起身拿肉去了。

陆妍娇笑道："贺竹沥，你队友好有意思呀。"

贺竹沥瞅了陆妍娇一眼，不置可否。

这顿饭，全程几乎都只有陆妍娇和李斯年说话。贺竹沥慢条斯理地吃着饭，没有要开口的意思。江烛更是一副要把自己的脸埋进手中碗里的样子，连眼神都不敢和陆妍娇接触。

好在陆妍娇并不怯生，和李斯年聊得火热，仿佛相识多年的好友。

吃完饭后，李斯年提议四人一起玩一局。

贺竹沥微微蹙了蹙眉头："我今天七点要直播。"

"这有什么，带着小姐姐一起啊。"李斯年道。

贺竹沥似乎有些不赞同李斯年的提议。

"我知道你在担心什么。"李斯年说，"不行就把弹幕关了呗，反正小姐姐也不用露脸。"

贺竹沥看了眼陆妍娇："你怎么想？"

陆妍娇说："都行呀。"她其实明白贺竹沥在担心什么，毕竟是直播，如果操作得不好肯定是会被骂的。不过她向来神经大条，不太在乎别人说什么，况且能和贺竹沥这种级别的主播一起直播，似乎也是蛮新鲜的事。

"会被骂。"贺竹沥道，"想好了？"

陆妍娇点点头。

"好。"贺竹沥见陆妍娇脸上并未有多少迟疑，便点头同意了李斯年的提议，"走吧，去二楼。"

于是在李斯年的带领下，陆妍娇终于踏进了那个她觉得十分神秘的区域——贺竹沥的直播间。

虽然之前在直播平台里已经见过了贺竹沥直播的地方，但当陆妍娇真的走进去，还是被这地方震惊到了。

　　只见一间宽阔的屋子里摆放着十几台显示屏，大部分都是三台摆放在一起，看起来应该是直播专用的。

　　显示屏后面有宽阔的沙发和摆放在桌子上的水果零食。

　　"好多电脑呀。"陆妍娇在屋子里绕了一圈，还看见一些其他的游戏主机，"真厉害……"

　　"嗯。"贺竹沥正在开自己的电脑，随手指了一下自己旁边那台，"你坐这儿。"

　　陆妍娇点点头。

　　李斯年和江烛也找到了属于自己的位置。

　　四人坐好后，打开了游戏界面，而与此同时，贺竹沥也开了直播间。陆妍娇看了一眼贺竹沥的电脑屏幕，发现直播间还没开播里面就有十几万的人气了。由此可以想象，贺竹沥到底有多受欢迎。

　　贺竹沥开了游戏，邀请三人入队后，便开了第一局。

　　陆妍娇第一次和其他人一起四排，激动之余，还有一些紧张。

　　李斯年安慰她："别怕，我们会保护你的。"

　　陆妍娇感动地点点头。

　　但显然，高分段和低分段的差别是很大的，为了打热手感，贺竹沥他们决定先跳几次机场。

　　机场这地方几乎可以说是整个游戏里厮杀最为激烈的资源区，能从机场杀出来的人，几乎个个都是高手。

　　李斯年在 YY 语音里面笑着说："噗神可是机场霸主。"

　　陆妍娇若有所思："简称……机霸？"

　　李斯年哈哈大笑："可以的可以的，以后就叫噗神机霸了。"

　　贺竹沥不语。

　　然而说坏话是要付出代价的，李斯年前一秒还笑嘻嘻，下一秒就被敌人用喷子爆了头。

贺竹沥道："呵。"

陆妍娇做了个给自己嘴巴拉上拉链的动作。

"江烛，我在高架上面架枪。"显然，贺竹沥在团队里担任的是指挥的角色，他没有理会被爆了头的李斯年，"C字楼一号楼二楼有两个。"

"好好好。"江烛一进入游戏，整个人的气场就变了，他在游戏里是个爆炸头的黑人，此时手里拿了一把冲锋枪，朝着贺竹沥报的点就冲了过去。

陆妍娇刚找到了一把枪，她也不知道自己在团队里的定位是啥，想着就去帮帮江烛吧。

"杀死他们。"江烛一改刚才羞涩内向的风格，整个人变得暴躁无比，直接冲向了贺竹沥报的点，在陆妍娇还没反应过来怎么回事的时候，就听到楼上传来了一阵噼里啪啦的对枪声。

"又来了一个！"贺竹沥声音突然拔高，"到楼上去了，小心——"

然而此时已经太晚了，杀了两个人的残血，江烛被突然出现的人打倒，眼见他马上就要被敌人补掉，陆妍娇脑子一热，也冲到了二楼走廊，拿着手里的枪对着走廊另外一头就是一顿扫射。

"哒哒哒。"步枪的子弹扫射进了狭窄的走道里，等到陆妍娇屏幕下方跳出击杀信息的时候，她激动得差点儿从椅子上跳起来："我来救你啦，江烛！"

但她高兴之余，却发现屋子里的气氛非常微妙。

江烛呆滞地看着她，李斯年捂着嘴，肩膀耸动，贺竹沥伸手拿了根烟含在嘴里，轻轻地叹了口气。

陆妍娇道："……你们怎么都这个表情？"

"哈哈哈哈哈哈……笑死我了！"李斯年终于忍不住了，"你怎么把江烛一起杀了啊！"

陆妍娇尴尬地愣在了原地。

"坐下吧。"贺竹沥吐了一口烟，"她的正常操作。"

陆妍娇蔫头耷脑地坐下，蔫头耷脑地去舔包，蔫头耷脑地穿上了江烛的衣服，说要继承他的遗志。

李斯年说："你怎么不穿我的衣服继承我的遗志啊？"

陆妍娇很诚恳地表示："你的衣服太难看了，不想穿。"

李斯年不语。

因为陆妍娇的操作，贺竹沥的直播间瞬间炸了，密密麻麻的弹幕都在狂刷"哈哈哈哈哈哈哈"，贺竹沥看了一眼，顺手关掉了弹幕。

陆妍娇心中对江烛有愧，诚恳地说了声："对不起。"

江烛小声道："没事，刚开始玩都这样，多杀几次队友就好了。李斯年脾气好，不会生你的气。"

李斯年心想：你什么意思啊，意思是下次让她来杀吗？

就这样不过短短几分钟时间，四个人就只剩下了两个，贺竹沥在高台上已经干掉了五个人，陆妍娇则在C字楼里守着江烛的盒子默默垂泪。

最后快要刷毒了，贺竹沥开着车接上了陆妍娇，两人准备冲去安全区的时候，被一支四人满员队伍打爆了车，就此魂归西天。

第一局结束得飞快，陆妍娇怅然若失地坐在椅子上，说："对不起，如果不是我杀了江烛……"

"没事。"李斯年无所谓道，"你不杀掉敌人，江烛也会死的，机场就这样，多跳几次就行了，不过你胆子挺大啊，真的只玩了几天？"

陆妍娇老老实实地点头："就噗神带过我一次。"

"有前途。"李斯年说，"噗神，再开一局。"

"嗯。"贺竹沥点了开始，"这次稳点。"

李斯年点头。

热了手之后，他们选择降落的地方安全了许多，至少不是机场那种只要没捡到枪马上就会变成盒子的情况了。

陆妍娇也开始逐渐找到自己的定位，她枪法不好，但好在智商不低，至少能找机会扶起倒地的队友，给队伍减轻负担。

李斯年被陆妍娇救了两三次，感叹着说："队里有个妹子真是好啊。"

陆妍娇好奇道："这和妹子有啥关系？难道他们平时都不救你？"

李斯年冷笑："这两个人有人杀的时候比狗还疯，指望他们来救我，不如指望猪会爬树。"

"你会爬树很奇怪？"贺竹沥正在开镜瞄准，随口搭了句话，"李斯年，你今天胆子很大啊。"

李斯年道："……我错了队长。"

四人玩了一整晚，吃了三四把鸡，陆妍娇专心玩游戏，基本没有怎么看观众的反应。直到快要结束的时候，她好奇地凑到了贺竹沥旁边，正打算看一下直播观众有没有说点什么，却被贺竹沥一把按住了肩膀。

"我开了摄像头。"贺竹沥说。

陆妍娇愣了片刻，才反应过来贺竹沥是在保护她的隐私。

"哦，谢谢呀。"陆妍娇确实没有抛头露面的打算，她接受了贺竹沥的好意，往后退了一点，在自己的电脑上打开了贺竹沥的直播界面。

此时贺竹沥还未下播，刚才两人的对话都被观众听到了。有人在刷"噗神你太护短了吧"，有人在问"噗神你明天什么时候直播"。当然，其中也有一些不太和谐的词语，陆妍娇看了也就看了，并没有放在心上。

倒是李斯年似乎有些担心她受影响："别想那么多，现在上网的人多了，物种的多样性也会发生变化。"

"没事啊。"陆妍娇无所谓地笑了笑，"我没那么玻璃心。"

"那就好。"李斯年说。

陆妍娇回家的时候，时间已经快要到十二点，她洗了个澡，躺上床之后发现贺竹沥他们还在玩，只不过四排变成了三排，那个她有些好奇的第四个队友一直都没有出现。

陆妍娇想了想，拿起手机搜了一下关于贺竹沥战队的事，没想到这一搜却搜出了些出乎意料的消息。

Puma，真名贺竹沥，一年前开始接触《绝地求生》这个游戏，曾经担任 DG 战队的狙击手，后转会于 FCD 战队，现任 FCD 战队的第一狙击手和战术指挥。

不过现在最火热的关于贺竹沥的新闻，却是关于他们队的第二狙击手和贺竹沥不合的消息。

两人似乎在才结束不久的 PUB 杯上发生了口角，以至于在领奖环节，第二狙击手甚至都没有出现。

陆妍娇看着新闻，有点后悔今天自己多嘴问起了关于第四个队员的事。不过她问都问了，似乎再纠结这件事也没有什么意义。

贺竹沥看起来比较成熟，陆妍娇本以为他至少有二十三四的样子，却没想到资料里显示他不过二十一岁。也就是说，他开始当电竞选手的时候，不过二十。

陆妍娇摩挲着手机屏幕，看着上面贺竹沥的照片，感觉资料里的他似乎和现在的他大相径庭。

照片里捧着奖杯的少年满脸灿烂的笑容，眼角眉梢均带着青涩的气息，然而此时的贺竹沥，却是仿佛对一切都宠辱不惊。有人骂他，他不会愤怒；有人夸赞，他也不会喜悦。

真是好奇啊，贺竹沥到底是个什么样的人呢？

因为一起打了游戏，陆妍娇和群里的人也飞快地熟络了起来，知道了一些关于他们队的常识，比如打比赛之前李斯年一定要先吃润喉糖，不然打完下来基本就变哑巴了。比如比赛期间绝对不能不听贺竹沥的指挥，曾经就出现过贺竹沥亲手把那个不听他指挥的队员一枪崩了的情况。

当然，这事情是李斯年私下和陆妍娇说的，因为这事儿贺竹沥被禁赛了一个月，那个选手则直接被踢出了他们的队伍。

关系熟络了，陆妍娇开始没事儿就跑到贺竹沥家去蹭零食。

现在乌龟已经完全把贺竹沥家当成了自己家，从头到尾没有一点不适应。陆妍娇坐在沙发上吃贺竹沥的零食，它就在旁边吃自己的甜玉米粒。

一人一鸟吃得肚子滚圆，陆妍娇拍拍自己的肚皮："乌龟，去谢谢贺叔叔。"

乌龟听懂了陆妍娇的话，扑扇着翅膀飞到了贺竹沥的脑袋上。

贺竹沥面无表情地回头看了陆妍娇一眼。

陆妍娇却是被这画面逗乐了，贺竹沥一脸冷淡，可偏偏他脑袋上的那只鸟儿兴奋地叽叽喳喳叫个不停，还时不时用嘴巴梳理一下他的头发——这"反差萌"让陆妍娇忍不住笑了起来。

贺竹沥懒得理她，又把头转回去继续训练。

"你都打一天了，不休息一会儿吗？"陆妍娇开口问了句。

"马上比赛了。"贺竹沥回答。

在接触贺竹沥之前，陆妍娇一直以为电竞应该挺轻松的，但是这几天下来她却发现这职业也不像她想象的那么美妙，一天至少在电脑面前坐上十个小时，半天半天地训练，有时候甚至还得熬通宵。长此以往，也不知道身体怎么受得了。

陆妍娇躺在沙发上，看着贺竹沥的背影，眼皮慢慢地打起架来。

她在贺竹沥家睡着已经不是一两次了，之前都是自然醒，这次她却是被激烈的争吵声吵醒的。

"贺竹沥，你非要和我弄个鱼死网破吗？"这是个陌生少年的声音。

"是又如何？"贺竹沥的声音冷如冰霜，"付成舟，我对你已经够仁慈了。"

"仁慈？你对我仁慈？当初小坦那件事——"被贺竹沥叫作付成舟的人似乎已经气急败坏，"你知不知道你毁了他一辈子？"

贺竹沥冷笑一声："谁毁了谁？"

陆妍娇本来还迷迷糊糊，结果听到两人吵架的内容一下子就清醒了，她踮起脚摸到门边，看见贺竹沥站在门口，正在和另外一个少年争吵。

那少年比贺竹沥矮了不少，正好被贺竹沥完全挡住，看不清楚模样，但陆妍娇马上想到付成舟就是与贺竹沥闹矛盾的第四名队员。

"贺竹沥……"付成舟说，"马上要亚洲联赛了，你我都退一步……你只要不把我泄露战队战术的事情说出去，我就……"

"不可能。"贺竹沥声音冷得吓人，几乎是一字一句说出了这句话。

付成舟似乎是被贺竹沥的反应吓到了，不由自主地后退了一步，他还想说什么，屋子里却响起了一个格格不入的声音。

被一起吵醒的乌龟从屋子里飞到了陆妍娇的肩膀上，开始大声地叫："好饿呀，好饿呀！"

陆妍娇心想：儿子，你总是在关键时刻给妈掉链子啊！

因为这声"好饿呀"，屋子里的空气凝滞了片刻。贺竹沥转身，看到了一脸尴尬的陆妍娇。

"哈哈，你们继续，我去找点吃的。"陆妍娇脚底抹油，赶紧溜了。

虽然她这么说，但门口的人显然不打算继续吵。一声剧烈的关门声后，贺竹沥出现在了陆妍娇的面前。

陆妍娇缩在沙发上尿成了一条狗，看着贺竹沥气势汹汹地走到了自己面前。

"陆妍娇。"贺竹沥叫她的名字。

"哎……"陆妍娇露出可怜巴巴的表情。

贺竹沥道："你都听见了？"

陆妍娇想要否认，结果乌龟居然高高兴兴地替她回答了问题："听见了，听见了。"

陆妍娇心想：儿子哎！

贺竹沥挑眉。

陆妍娇怯怯地说："你不会要灭口吧？"

贺竹沥道："这其实是我们战队的隐私。"

陆妍娇更尿了，声音越来越小："我真不是有意偷听的……"

贺竹沥忽地弯了腰，在陆妍娇身上投下了一片阴影。大约是两人靠得太近，陆妍娇嗅到了他身上独属烟草的气息，这气息并不难闻，反而让陆妍娇感觉到了一种从未有过的迷恋。

贺竹沥声音低低的，带着些沙哑："所以，记得保密。"

"好。"陆妍娇乖乖点头，她觉得自己要是有片刻迟疑，贺竹沥就会直接把她"手撕"了。

"乖。"贺竹沥起身回了电脑前，戴上耳机继续训练。

陆妍娇心如擂鼓，差点没把自己活活憋死。乌龟却完全不明白自己母亲此时复杂的心情，还兴奋地在沙发蹦来蹦去。

陆妍娇心想：乌龟啊，你总有一天会成功"弑母"的。

本以为自己不说，这件事就这么过去了，谁知道不过两天的时间，贺竹沥和他的队友就直接上了微博热搜。

当时陆妍娇还在刷微博，随手点到热搜后，被热搜排名第二的话题吓了一跳。她还以为自己看错了，反复地确认了好几遍，才确定这条名字叫"Puma"的热搜的确就是说的贺竹沥。

陆妍娇点进去之后连骂了几声，这热搜相关的微博居然是Feigou（飞狗）撕毁合约，强行离队的消息——Feigou就是付成舟的游戏ID。

所有的选手只有在转会期的时候才能进行转会，如果在转会期外转会，则要支付一大笔的违约金给战队。

Feigou和Puma的矛盾一直都是粉丝们关注的焦点。虽然多数人已经猜到了Feigou会离队，但大部分人都觉得他肯定会在转会期的时候再离开。此时距离亚洲联赛不过一个多月的时间，Feigou作为队里第二狙击手，突然撕毁合约这件事肯定会对FCD战队的整体实力产生巨大的打击。

陆妍娇对这些事情不是特别了解，不过看来这情况的确很严重，但评论里也有人安慰粉丝：不是还有替补吗？到时候实在不行让替补上应该也没事。

陆妍娇关掉微博后就给陈安茹打了个电话，想问问她关于战队的事情。

陈安茹接到电话后对着Feigou就是一通大骂，说Feigou真不是个东西，当初就是贺竹沥把他带进职业战队的，没想到现在居然背叛战队。

陆妍娇道："这事情有没有别的处理办法啊？"

陈安茹叹气："哪有什么别的办法呢，现在不是转会期，基本有职业道德的选手都不会在这段时间转会，况且队伍磨合也是个问题……"

陆妍娇道："不是还有替补吗？"

陈安茹说："现在也就只能指望替补了。"

两人又聊了些有的没的，陆妍娇从陈安茹那里得知了更多关于贺竹沥和付成舟的事。

原来两人已经当了快一年的队友，本来关系很不错，只是不知道为什么近期突然恶化，甚至于在公共场合都不待见对方。

有传言说这是因为贺竹沥在队伍里独断专行，也有传言说这是因为付成舟起了二心。

因为昨天两人的争吵，陆妍娇成了知情人，她却没办法将这件事说出来，只能在心里暗暗想着，希望这件事对贺竹沥不会产生太大的影响。

虽然这件事闹得沸沸扬扬，但无论是贺竹沥还是付成舟，都没有要出来解释的意思。

整个战队和贺竹沥的粉丝们不依不饶，骂付成舟是个叛徒；而付成舟的粉丝则开始攻击贺竹沥，说是他在队伍里独断专行才导致付成舟忍辱离开。整个网络简直变成了这一事件的战场，很多微博的热评下面都是两方粉丝互掐的内容。

陆妍娇也是第一次发现《绝地求生》这游戏居然火成了这样，她之前没有接触，也没怎么关注，现在在仔细看来，才发现很多人都在玩这个游戏，甚至还有几个挺火的明星也开了这个游戏的直播。

而付成舟离队这件事闹得这么大，想必对贺竹沥也会有些影响。

陆妍娇有些担忧，下次去贺竹沥家蹭零食的时候，就委婉地问了几句。

不过几句话，贺竹沥就明白了陆妍娇的意思，他当时正在和李斯年他们练习巷战，伸手取了耳机："你在担心什么？"

陆妍娇嘴里含着块旺旺雪饼，含混地说："呃，没事吧，我就是担心……"

贺竹沥说："把嘴里的东西咽下去再说话。"

陆妍娇只好努力地伸长了脖子，把雪饼咽下去，一抹嘴："哇，付成舟简直是浑蛋，他做了那么过分的事情还反咬你一口。"

贺竹沥淡淡道："我和他当了一年的队友了。"

陆妍娇瞪着眼睛继续听。

"还有八年的朋友。"贺竹沥回了头，继续操作着鼠标，手速极快，操作极稳，和敌人对枪几乎从未落过下风，"不用做得那么绝。"

陆妍娇叹气："但是他撕毁合约……"

"没事。"贺竹沥语气冷冷清清，仿佛在说一件无关紧要的事，"还有替补。"

这些话说得轻巧，然而贺竹沥要承受的压力，其他人恐怕很难感同身受。

就光说直播间里带的那些节奏，就已经让人非常难受，还有微博下面那上万条的评论，陆妍娇这个旁人看着都觉得胆战心惊。

贺竹沥却宠辱不惊，眼眸之中只见面前的鼠标键盘。这就是他的剑，也是他的铠甲，电竞本就是成王败寇，只要能赢，就可以堵住所有怀疑的声音。

在这一刻，陆妍娇才明白，贺竹沥是真的不在乎。

"嗯……那你这样天天蹲在家里也不是事儿啊。"陆妍娇伸手摸了摸自己的肚皮，感觉这几天下来肚腩好像又软了不少，"马上圣诞节了，没有什么活动？"

"我每天下午都会去健身。"贺竹沥头也不回，却字字锥心，"倒是你，我搬来这儿一个月，你都胖了三斤吧。"

陆妍娇道："……哪有三斤！"

贺竹沥似笑非笑地"哦"了一声。

陆妍娇噌地一下就坐起来了，跟一只被惹恼的小牛犊似的，冲到贺竹沥面前，她要是脑袋上有角可能早就把贺竹沥顶倒了，奈何并没有，所以也只能委屈地挺了挺胸，说："没胖！"

贺竹沥没理她。

陆妍娇道："我真没胖。"

贺竹沥还是不说话。

陆妍娇愤怒地撸起袖子，露出那双白白嫩嫩的手臂，企图用力地鼓起肌肉，然而鼓了半天，手臂上还是软软的一片。

贺竹沥这下总算是回头了，看见陆妍娇的动作后，眼里浮出些许笑意："好吧，没胖三斤。"

陆妍娇松了口气。

然而他的下一句话却是："我家里正好有秤，我帮你记录一下看胖了多少？"

陆妍娇赶紧说："不了不了，我想起我还有点事，你继续练习，我就不打扰了。"说完急匆匆地溜出了房间，连再见都忘了和乌龟说。

贺竹沥将注意力转回到自己面前的屏幕，耳机里传来了李斯年的声音，李斯年说："队长，今天心情不错啊。"

贺竹沥道："嗯。"

李斯年道："和小姐姐有关系吗？"

贺竹沥说："你今天话特别多。"

李斯年心想：我哪天话不多了。

因为贺竹沥的这个玩笑，陆妍娇几天都没去他家，甚至开始天天夜跑。连陈安茹都觉得陆妍娇转了性子，问陆妍娇到底怎么了。

陆妍娇气鼓鼓地问："茹茹，我是不是变胖了？"

陈安茹打量着陆妍娇："好像真的有点……"

陆妍娇不语。

陈安茹见陆妍娇一副泫然欲泣的模样，赶紧道："其实还好啦，你本来就是圆脸嘛，而且胸大的人看起来都比较胖……"

陆妍娇沉默。

陈安茹说："我反正是很羡慕你的。"

陆妍娇说："你能不能别提这事儿了？"

陆妍娇伸手抹了一把心头泪："要是没这两坨肉，我体重也不会过百啊。"

陈安茹在旁边咻咻直笑。

然而减肥这种事情，向来都是冲动的，陆妍娇勤快了两天就蔫了，又开始到贺竹沥家里蹭零食。

贺竹沥也不问她前几天怎么没来，只当作什么都不知道。

天越来越冷，十二月下旬的时候，终于下了第一场大雪。

眼看圣诞节马上就要到了，陆妍娇正在想要怎么过，李斯年就对她发出了邀请，问她要不要和他们一起过圣诞。

陆妍娇兴致勃勃地问："有哪些人呀？"

李斯年说："我、贺竹沥、江烛、另外一个队员——就我们几个。"

"哦，行啊，你们打算怎么玩？"陆妍娇答应了。

李斯年说："游乐园好像有圣诞主题晚会，他们准备定在那儿。"

"可以的可以的。"陆妍娇平时挺喜欢出去玩的，只不过最近天气太冷了，导致她宅了不少。不过圣诞这种节日，出去浪一圈也是挺让人高兴的事儿。所以并未多想什么，陆妍娇就一口应下了李斯年的邀请。

平安夜当晚，贺竹沥开着车载着几人去了游乐园。

这几人就贺竹沥年纪最大，其他的都是十几岁的少年，陆妍娇十九，都还比李斯年大了一岁。

电竞这个行业，十六七岁是黄金年龄，到了二十五六岁，反应慢下来了，也就离退役不远了。

陆妍娇见到了李斯年口中的另外一个队员，名字叫佟朱宇，是个可爱的胖子，性格看起来比较开朗，至少陆妍娇不在的时候，队里基本上就他和李斯年两个说话，能有这么个队员加入，也算是避免了李斯年被活活憋死的结局。

其实陆妍娇没办法想象贺竹沥这样的性格来游乐园玩是什么样子。李斯年似乎知道她在想什么，拍拍她肩膀，叹气道："别把队长想得太成熟了，当年他也是个熊孩子……"

陆妍娇好奇地问："有多'熊'啊？"

李斯年正欲开口，贺竹沥却是直接按响了喇叭，面无表情地从后视镜里看了李斯年一眼。

李斯年瞬间蔫菜，开始装作四处看风景。

陆妍娇露出遗憾的表情，想着以后一定要和李斯年私下交流，毕竟熊孩子版的贺竹沥，她实在是好奇。

晚上六点钟左右，几人到达了游乐场。

此时游乐场已经全部换成了圣诞节的装饰风格，到处张灯结彩，门口还有扮成圣诞老人的工作人员。

虽然天气寒冷，但气氛热烈，李斯年跑到路边给大家一人买了一个发卡，还特意给陆妍娇选了个猫耳朵的。当然，他没敢买贺竹沥那份，倒是陆妍娇鼓起勇气给贺竹沥买了个小鸟的发卡。

"你说这只鸟像不像乌龟啊。"把发卡递给贺竹沥的时候，陆妍娇厚着脸皮说。

贺竹沥盯着陆妍娇手里的发卡看了好一会儿，就在大家以为他不会接的时候，他伸手拿了过来。

"夹在头上刚刚好哦。"陆妍娇表情非常诚恳，"就像乌龟站在你脑袋上一样。"

贺竹沥"嗯"了一声，居然真的随手把发卡夹在了自己的头发上。

在场所有人都很是震惊，李斯年一脸见了鬼的表情，陆妍娇则在旁边傻乐。

她最喜欢看这个样子的贺竹沥了，喜欢得不得了。

"走啦走啦，赶紧进去，等会儿排队的人就多了。"李斯年的声音打破了尴尬，他若有所思地看了一眼贺竹沥，却并未多说什么，只是催促着大家赶紧进游乐园。

陆妍娇心情极好，蹦蹦跳跳地往前跑去，简直像只可爱的小兔子。她心里美滋滋的，至于为什么美，她也搞不清楚。

游乐园里播放着独属于圣诞节的音乐，人们头上戴着彩灯，手里要么举着五颜六色的灯棒，要么牵着闪闪发光的气球，一片欢声笑语。

这会儿天色已经完全暗下来，天空中飘着小雪，给园里的建筑铺上了一层柔软的白色。

陆妍娇头上戴着猫儿发卡，左手腕上套着个气球，右手则拿着一根热狗吃得津津有味，再配上身边面无表情站着的贺竹沥，简直就像个被家长领来游乐园的初中生。

"我们去玩跳楼机吧。"一进到里面，李斯年就摩拳擦掌地提出建议。

因为是圣诞节，跳楼机也被好好地装饰了一番，上面布置了漂亮的彩灯，乍一看仿佛一棵高耸入云的灯树，吸引了所有人的目光。

陆妍娇嘴里还含着热狗，听到这句话眼睛立马瞪得溜圆，含混地说："你们一来就玩这么刺激的吗？"

李斯年眯起眼睛，仿佛看穿了陆妍娇的灵魂，道："陆妍娇，你该不会是怕高吧？"

"怕高？我怎么会怕高？"被质疑的陆妍娇像是被踩到了尾巴的猫，一下子跳得老高，"我陆妍娇从来不怕这些。"

李斯年笑得更灿烂了："那你和我一起坐？"

陆妍娇看向贺竹沥，说道："你们队长呢？把他留在这儿不太好吧……你们去玩吧，我留下来陪陪他。"

她说完这话就朝着贺竹沥身边走了几步，一副"我很懂事，你们不用管我"的表情。

贺竹沥倒是没想为难陆妍娇："不想坐就不去。"

"哇，你真的恐高？"李斯年哈哈大笑，"没想到啊，陆妍娇，我还以为你胆子挺大呢！果然还是个小姑娘。"

"谁是小姑娘了。"陆妍娇眼睛一瞪，胸膛一挺，"我可不怕，我只是怕你们怕。"

李斯年道："你怎么跟说绕口令似的，到底玩不玩，不玩我们走了。"

陆妍娇硬着头皮应下："玩玩玩，不玩是小狗。"说完还气势汹汹地先上了机器，一副"谁害怕谁是小狗"的模样。

李斯年看着觉得好笑，站在旁边的贺竹沥却轻轻叹了口气。

机器发动之前，陆妍娇给自己做心理建设，想着一闭眼一睁眼就结束了，结束了，结束了……机器倒计时"三、二、一"数完的那一刻，陆妍娇感到自己的身体随着机器被抛向了高处，随后，她眼前一黑……

当陆妍娇再次恢复知觉的时候，她感觉到自己被拥入了一个温暖的怀抱里。

周围人的声音由模糊变得清晰，陆妍娇渐渐听到了他们对话的内容。

李斯年的声音带着愧疚："我不该激她的，如果知道她这么怕的话……"

贺竹沥声音有点冷，"嗯"了一声，说："下次别这样了。"

陆妍娇闻言，委屈地哼哼唧唧，告诉他们自己醒了。

"你醒啦。"李斯年的大脸出现在了陆妍娇的面前，满脸担忧道，"没事吧？"

陆妍娇坐起来的时候，发现自己居然被贺竹沥抱在怀里，后背紧贴着他结实温暖的胸膛："没事，我没事，我就是没吃饭，低血糖，不是因为恐高才晕过去的。"

李斯年张了张嘴，似乎对陆妍娇的逞强有点无奈，最后还是没把想说的话说出来，而是换了个话题："好好好，走，带你去吃点东西。"

陆妍娇听到要吃东西，好歹来了点精神。

从贺竹沥怀里起来的时候，陆妍娇还有点害羞，她垂着头整理着自己的衣服，小声对着贺竹沥道了谢。

"和队长客气啥呢。"新的替补队员小胖子佟朱宇是个东北人，一口的东北腔，他憨憨地说，"刚队长为了救你，亲都亲了……"

陆妍娇道："啊？"

"闭嘴——"李斯年用手肘撞了自家队员一下，然而为时已晚。

陆妍娇目瞪口呆地看着贺竹沥。

贺竹沥表情没什么太大变化，就是眉头微微蹙了蹙："你下来的时候没呼吸了。"

陆妍娇沉默。

贺竹沥继续解释："我们还打了120，看见周围的人没有？都是在看你的。"

陆妍娇闻言，这才小心翼翼看了眼周围，发现的确有不少人围在他们旁边，其中还有几个工作人员，表情复杂地和她对视着。

陆妍娇羞得差点没又昏厥过去。

贺竹沥说："算了，醒过来了就行，走吧。"

不想再被围观的陆妍娇赶紧起身溜了。

因为这个插曲，陆妍娇整个晚上都没什么精神，蔫头耷脑的，像一株淋了水的向日葵。她的确怕高，却没想到会这么丢脸，直接晕了过去。

十二点左右，游乐园里有一场烟火表演。这要是平日，陆妍娇肯定得一路小跑地先去占个位置。但奈何今天她丢脸丢得太过，整个人都没啥动力，所以等到了目的地时，前面已经站满了密密麻麻的观众。

贺竹沥一米八几的身高倒是没什么压力，但陆妍娇就不行了，她努力地踮起脚，却还是什么都看不到。

"呜呜，看不到。"陆妍娇悲伤地哼哼。

李斯年看了她一眼："不然我带着你往前挤挤？"

"算了吧。"陆妍娇垂头丧气地说，"前面人太多了。"

贺竹沥今晚一直就没怎么说话，这会儿突然开口："真想看？"

"想看。"陆妍娇眼巴巴地瞅着他。她眼睛瞪得圆圆的，鼻尖被冻得通红，简直就像是一只被欺负了的可怜小兔子，让人不由得心生怜意。

贺竹沥的眼神软了些，竟伸手直接将陆妍娇抱了起来。

陆妍娇"啊"了一声，还没反应过来，就感觉自己整个人被举起，随后视野变得开阔起来——贺竹沥将她放到了他的肩膀上。

这一刻，陆妍娇心如擂鼓，她环顾四周，看到了黑压压的人群，还有正在进行表演的舞台。

她恐高了吗，为什么心脏跳得那么快？陆妍娇低头，看到了自己身下的贺竹沥。

贺竹沥仰头看着她，此时一枚雪花正好飘落在了他的睫毛上，他的眸子颤了颤，声音和平日一样让人安心："看见了吗？"

"看见了。"陆妍娇道，"你这样会不会很累……"

"不会。"贺竹沥说，"看吧。"

本该认真看表演的陆妍娇，却根本无法集中自己的注意力，她第一次和贺竹沥有这么亲近的身体接触，气氛却并不尴尬，仿佛两人已经相识许久。贺竹沥真是个好人……陆妍娇刚陷入无法自拔的感动，就听到身下传来了一个声音。

贺竹沥说："以后少吃点我家的零食吧。"

陆妍娇不想说话。

贺竹沥说："和以前比确实胖了。"

陆妍娇恼羞成怒："喂喂喂，你怎么说话呢！"

贺竹沥提醒道："开始了。"

陆妍娇抬头，看到了舞台上的烟火，她被转移了注意力，也就没有细想贺竹沥说过的话。

她比以前胖了——贺竹沥来这里不过一个月时间，哪里有什么以前呢？

烟火表演持续了半个多小时，其间陆妍娇也从贺竹沥肩膀上下来了几次，虽然贺竹沥说不用，但陆妍娇还是怕自己把他给累着了。

李斯年在旁边酸溜溜地说："我也想举个人看烟火啊。"

佟朱宇憨厚地笑着："你看我行吗？"

李斯年沉默。

佟朱宇这身材，没有一百八十几斤是不可能的，真坐到李斯年身上，李斯年基本当场就凉了。

江烛则默默地朝着贺竹沥的身边靠了靠，似乎害怕李斯年把主意打到自己的身上。

李斯年直接骂了起来，说："你们两个怕啥啊，我有饥渴成这样吗？我要的是小姐姐，说话好听的小姐姐！"

江烛幽幽地来了句："声音像竹飘飘那样的？"

李斯年立马僵住。

后来陆妍娇才知道，竹飘飘就是那个开着变声器的"女装大佬"，骗了李斯年几个月，出来见面的时候，李斯年才发现这人比自己还高一个头，最后哭着回去骂了贺竹沥一顿。

当时这事儿让全队的人都笑得前俯后仰，成了李斯年的心理阴影。

烟火表演结束，众人开始慢慢散场。

贺竹沥先把队员们送回了基地，然后和陆妍娇一起回家。

陆妍娇好奇地问："你不和他们住在一起吗？"

贺竹沥道："我有点事，不和他们住在一起。"

陆妍娇揉了揉自己发红的鼻子："什么事儿呀？"

"大事。"贺竹沥淡淡道，"人生大事。"

陆妍娇还想追问是什么人生大事，但见贺竹沥没有要说的意思，便只能作罢。

玩了一天，陆妍娇也有些累了，她回到家里，洗完澡之后便倒在床上沉沉睡去。当天晚上的梦里，出现了一张熟悉的脸——她梦到了贺竹沥。

梦中的贺竹沥坐在电脑面前，背对着陆妍娇。陆妍娇叫他的名字，他却理都不理。

"贺竹沥，你怎么不说话？"陆妍娇有些恼怒，气鼓鼓地跑到了贺竹沥身后，用力拍了拍他的肩膀。

贺竹沥一转头，直接把陆妍娇吓得连呼吸都停了，只见贺竹沥的脸居然变成了乌龟的脸，此时这张大大的鸟脸还满脸无辜地看着自己。

"啊啊啊啊啊啊！"从梦里醒来的陆妍娇满头大汗，直接从床上坐了起来，喘息着按住自己狂跳的心脏。

此时她的手机铃声正好响起，她抹了一把脸，拿过手机看到上面的号码后，立马清醒了。电话是她小叔陆忍冬打过来的，她最怕的是自己爸爸，其次就是这个小叔，而现在，虽然没有接起电话，她却也猜到了小叔要说什么。

"陆妍娇——"电话里男人的声音压抑着浓郁的怒气，"你在哪儿？"

陆妍娇看了眼挂在墙壁上的钟："我在学校上课啊！"

"学校？上课？"陆忍冬几乎是从牙缝里挤出来了一句话，"你知道今天有几门考试吗？"

陆妍娇有点心虚。

陆忍冬道："你教授给我打电话了。"

陆妍娇听到这句话的时候，心中闪过一阵悲伤，她知道自己完了。

果不其然，陆忍冬咬牙切齿地告诉陆妍娇，她挂了四门课——至于为什么成绩还没出来，就能知道挂科，那是因为她压根没去上课、考试。

"你可以啊，陆妍娇，几天不打，上房揭瓦是吧？"陆忍冬冷冷地说道，"你现在在家里吗？给我等着！"

陆妍娇差点没哭出来，她立马给陈安茹打了电话，说自己要被陆忍冬活活打死了——

陈安茹一听就急了，她是知道陆妍娇小叔陆忍冬的。高中的时候陆妍娇差点走了歪路，被她小叔用鞭子一顿抽，硬生生地给抽回了正途。所以听到陆妍娇这么说，陈安茹是一点也不怀疑逃课逃到天昏地暗的陆妍娇会被她小叔活活抽死。

"我哪知道啊！呜呜呜，教授居然给我小叔打电话——不是说好了大学老师不管的吗？"陆妍娇哭哭啼啼，"怎么办呀？他马上过来了。"

陈安茹道："赶紧出门去躲躲！你和贺竹沥现在不是挺熟吗？去他家，你小叔总不会当着外人的面揍你的。"

陆妍娇被陈安茹这么一提醒，赶紧换了身衣服，胡乱收拾几下就下楼去了。

贺竹沥似乎刚做完运动回来，头发还湿漉漉的，见到陆妍娇一副逃难的模样，便问："怎么了？"

陆妍娇委屈巴巴地说："有人要打我。"

"谁敢打你？"贺竹沥眉头一挑，眼神瞬间凌厉了起来。

"一个男人。"陆妍娇不敢说那人是自己小叔，她披头散发，像个被赶出自己家的小可怜，"救命啊——"

贺竹沥把陆妍娇放了进来，正欲详细询问，陆妍娇的手机响了。

"喂。"陆妍娇战战兢兢。

"你在哪儿？"电话那头传来了陆忍冬的声音，"你不在家？"

"我在，我在家呢。"陆妍娇哪里敢溜太远，被抓住了岂不是会被揍得更惨？"我在邻居这儿玩呢，你要不要下来？"

陆忍冬道："邻居？楼下？"

陆妍娇"嗯"了声。

紧接着，陆妍娇听到电话那头的小叔挂了电话——他肯定是来找自己了。

贺竹沥也听到了两人的对话，似乎有些不高兴："和男朋友闹矛盾了？"

陆妍娇疯了似的摇头："不不不，怎么可能！"

话语未落，贺竹沥家的门就被人敲响了。陆妍娇一副被吓得不行的模样缩在沙发上瑟瑟发抖，贺竹沥面色阴沉，转身去了门口。

嘎吱一声拉开门，贺竹沥看到了门外站着的男人，男人个头和他差不多，只是气质更为成熟，两人目光相触，都在对方眼里看到了不善的意味。

"有事？"贺竹沥声冷如冰。

"你是谁？"陆忍冬也不是个软柿子，面对咄咄逼人的贺竹沥，丝毫没有打算退让半分，"我来找陆妍娇。"

贺竹沥道："你是谁？找她做什么？她说你要打她——"说着伸手按住门框，摆出一个阻拦的姿势，"先说清楚。"

看着贺竹沥的反应，陆忍冬几乎瞬间明白发生了什么，他气极反笑："陆妍娇，你交男朋友了就胆子肥了？你有本事就躲里面一辈子都别出来。"

"呜哇，我错了，小叔，你别打我，我怕疼——"陆妍娇知道躲不了了，哭哭啼啼地出现在了贺竹沥的身后，撇着嘴巴，虽然是在假哭，却硬生生把脸给憋红了，"我以后一定好好学习。"

"好好学习？"陆忍冬骂道，"你看看你的成绩单，这还没考完呢，你就挂几科了，要不是教授是我朋友，你是不是打算退学啊？"

贺竹沥听到二人对话，表情扭曲了片刻。显然，他没想到事情会是这样，本以为陆妍娇是被人欺负了，却没想到她完全是活该，有哪个学生天天蹲在家里翘课、吃零食的？

但是最惨的是在陆妍娇小叔找上门的时候，他还气势汹汹的，企图阻拦——他在这一刻也很想在陆妍娇脑袋上敲那么一下，看看这姑娘的脑子里到底是不是真的装满了水。

"我不是，我没有……"陆妍娇还敢狡辩，"你不是说上大学了我就随便玩吗？"

陆忍冬说："可以啊，你不从我这儿拿生活费，我当真随便你怎么玩。"

陆妍娇道："呜哇，呜哇，小叔不爱我了，我是棵没人爱的小白菜……"

陆忍冬叹了口气，和贺竹沥的眼神又对上了。

贺竹沥实在是没忍住，低低地问了句："她平时都这么多戏吗？"

"这算好的了。"陆忍冬露出一副烦不胜烦的表情，"我真的该让她报个戏剧学院。"

最后，两人打了个招呼，陆妍娇被陆忍冬拎回家教训了一顿。

贺竹沥自然不可能拦，他无视了陆妍娇楚楚可怜的眼神，心硬如铁地关上了门。

各回各家，各找各妈，该打游戏的打游戏，该写检讨的写检讨。

陆妍娇在客厅正襟危坐，听着陆忍冬训话，安静得像是被烫熟的小鸡仔。

"写！"陆忍冬道。

陆妍娇悲伤地抬笔，在纸上写下了三个大字：检讨书。

陆忍冬伸手在桌子上点了点，示意她快点。

陆妍娇彻底地放弃了挣扎，开始认认真真写检讨书，写完之后，还被迫给小叔陆忍冬念了一遍。

陆忍冬面无表情地听着，说："我给你找了个家教。"

陆妍娇吸吸鼻子："男的女的？"

陆忍冬一拍桌子："男的女的？就是我给你找条狗你也得给我好好学！"

陆妍娇心想：小叔好凶啊，呜呜呜。

反对是没有用的，不好好学习就可能会在过年的时候像猪一样被杀掉——在被如此警告了之后，陆妍娇只能接受残酷的现实：要么好好学习，要么被她小叔当猪宰了。

最后陆忍冬离开的时候，陆妍娇已经变成了一朵蔫了的小菜花，倒在沙发上挺尸。

陈安茹来电话问她感觉怎么样了。

陆妍娇看着天花板，有气无力地说："小叔要我好好学习，这还不如打我一顿呢。"

陈安茹嘲笑道："你有本事把这话当着你小叔的面说一遍啊！"

陆妍娇理直气壮："我没本事。"

陈安茹哈哈大笑。

然后当天晚上，陆妍娇又溜去贺竹沥家里串门。贺竹沥看见她的第一句话就是："没被打瘸腿啊？"

陆妍娇愤愤不平："你简直没义气，都不帮我拦一下我小叔，你都不知道他有多恐怖——"

贺竹沥喝了一口水，语气不咸不淡道："有多恐怖？"

"我写了一万字的检讨——一万字啊——一万字——"陆妍娇在沙发上打着滚哭号，"手都要写断了。"

贺竹沥道："行了，别哭了。"

陆妍娇还以为他要安慰自己，哪知道他下一句话就是："你这么哭会吓着乌龟的。"

在旁边吃着玉米粒的乌龟一脸无辜。

陆妍娇停顿三秒，号得更厉害了："没良心啊！"

贺竹沥面不改色地转身做直播去了。

陆妍娇号得没劲，也就止了声，脸在贺竹沥家的沙发上蹭了两下，小声地嘟囔："亏我昨天还梦到你了呢，哼……"

不过要是贺竹沥知道陆妍娇梦到自己变成了鸟脸，好像也高兴不到哪儿去……

第三章
乌龟和门票

陆忍冬说话做事向来雷厉风行，说要给陆妍娇找家教，不过两天时间，就真的给陆妍娇找来一个。

那家教是个名叫苏昙的漂亮小姐姐，光从外表上看似乎比陆妍娇大不了几岁。虽然神经大条，但陆妍娇对人的情感变化非常敏感，不过几个照面，就确定了自己的小叔对这个叫苏昙的姑娘有点儿别的想法。

本来没什么精神的陆妍娇顿时起了兴趣，胆子也大了起来。她对自己小叔的性子把握得门儿清，小叔要真是对苏昙有了兴趣，绝对不会在苏昙的面前收拾自己。

陆妍娇的想法显然是对的，因为陆忍冬送苏昙过来的时候，就一屁股坐上了沙发上面融掉的巧克力。

卡其色的长裤硬生生被涂抹上了某种微妙的颜色，要不是苏昙在场，陆妍娇可能会当场暴毙。

为了自己喜欢的姑娘，陆忍冬咬牙切齿地忍了。

陆妍娇摸着胸口庆幸自己躲过一劫。

至于家教苏昙，却是和陆妍娇的性子全然不同，她笑容温和，待人虽也是彬彬有礼，却总让人莫名感觉出一种疏离。

如果说陆妍娇是阳光灿烂的向日葵，那她便是冷冷清清的昙花了。

陆妍娇并不讨厌苏昙，反而对苏昙起了浓厚的兴趣，在苏昙准备给她讲课的时候，她撸起袖子，把苏昙拉到了二楼，指着一间屋子说："你看……"

那间屋子是书房，其他的地方倒是和平常人家的书房别无二致，唯有挂在墙上的那根鞭子显得格外的刺目……

苏昙显然被吓了一跳："他真的用鞭子抽你？"

陆妍娇悲伤地点头。

苏昙蹙眉，似乎觉得陆忍冬这么对一个孩子过分了些。

她走到那条鞭子前，踮起脚把鞭子取了下来，满脸感叹地说："小叔不生气的时候，模样真好看啊……他打我也是有原因的。"

苏昙道："所以他为什么打你？"

"因为我差点误入歧途。"陆妍娇道，"我爸是当兵的，从小家里就管得严，后来我妈走了，我就跟撒了欢的野狗似的，没人管住了……"

苏昙安静地听着。

陆妍娇说："当时我就高中吧，也不想念书了，就和几个社会闲散人员到处鬼混……"她说着，摸了摸鞭子，"后来玩得太过头，被小叔发现，把我揪着就是一顿抽。"

苏昙听着陆妍娇说话，有点疑惑："所以你现在是挺怀念的？"

"不了不了。"陆妍娇把鞭子一放，冲到苏昙身边挽住她的手，说，"昙昙姐，我来和你说说小叔的事情吧。"

苏昙总觉得好像哪里不太对。

于是明明来当家教的苏昙，硬是被陆妍娇扯着听了一晚上陆忍冬的事。开始她还企图拉回正题，但是和陆妍娇比起来，她的段位显然太低了，等到陆忍冬来接她的时候，她已经被陆妍娇说得神情恍惚，仿佛整个人都在空中飘。

陆忍冬一来就明白了是怎么回事，恶狠狠地瞪了陆妍娇一眼。

陆妍娇吐了吐舌头，赶紧溜了。在她的努力下，这一晚上都没上一节课，苏昙最后被陆忍冬晕晕乎乎地领走，简直就是双赢的局面。

陆妍娇自我感动地想着自己真是厉害啊，然后带着乌龟又下楼串门去了。

因为马上就要亚洲联赛了，贺竹沥训练的时间开始变多，除了每天下午定点两个小时的健身外，几乎不怎么出门。

陆妍娇下去的时候，他也同往常一样正坐在电脑面前和队友做着练习。

乌龟已经完全习惯了楼上楼下随时溜达，一进屋子就飞到了贺竹沥的肩膀上，开始习惯性地啄着贺竹沥的发丝。

陆妍娇在身后担心地说："乌龟，别啄得太厉害了，把噗神啄秃了你怕是要被粉丝杀了吃肉。"

贺竹沥把耳机挂在脖子上，伸手抚摸着乌龟："你不补课？"

陆妍娇得意扬扬地挺胸："家教被我忽悠晕了。"

贺竹沥十分无奈。

陆妍娇说："你都不知道她有多可爱，被我小叔领走时迷迷糊糊的……"

贺竹沥轻叹一声："你不怕被你小叔揍？"

"不怕不怕。"陆妍娇这会儿又嘴硬了，"他肯定对那个小姐姐有想法，哼，我一眼就看出来了！"

贺竹沥手撑着下巴，若有所思地看着陆妍娇："这么聪明？还看出什么来了没？"

陆妍娇道："啊？看出什么？"

贺竹沥没有应声，戴上耳机继续训练，留下陆妍娇一脸莫名其妙，开始思考自己是不是忽略了什么特别重要的事。但想了好久都没想出个所以然来，陆妍娇索性就放弃了。

她在贺竹沥家里躺了一会儿，听着贺竹沥敲击着键盘的声音，忽然问道："你是下个月去比赛？"

"嗯。"贺竹沥应道。

"是在韩国对吧，比几天？"陆妍娇没接触过电竞，对这些也不是特别了解。

"五天。"贺竹沥解释,"但是要提前过去训练,熟悉场地。"

"哦……"陆妍娇有点蔫了,"那我岂不是好一段时间都看不到你了。"

贺竹沥一针见血:"是看不到我还是吃不到我家的零食了?"

陆妍娇发出憨厚的笑声。

贺竹沥轻叹一声,似乎有些拿陆妍娇没有办法:"不如我把家里钥匙留给你,你帮我看家?"

陆妍娇眨了眨眼睛:"这样不好吧。"

贺竹沥道:"零食就当作工资了。"

虽然嘴上说着不好,但其实陆妍娇还真是有点心动了。她也不知道贺竹沥家里的零食是哪儿买来的,味道格外好,光说那个她最喜欢的炸红薯片,红薯被炸得酥酥脆脆后,淋上了一层薄薄的糖浆,最后裹上了炒过的芝麻粒,又香又脆,她吃着根本停不下来。

陆妍娇也问过贺竹沥这些东西是在哪儿买的,谁知道贺竹沥却敷衍地说是别人买来的,他也不清楚,弄得陆妍娇想买都没儿买去。

"你想想吧。"贺竹沥说,"想好了提前和我说。"

陆妍娇点点头。

当天晚上,陆妍娇仔细想了想,结果越想越心动,正打算就这么应下贺竹沥的提议,却接到了陈安茹的电话。

陈安茹在电话里激动不已,说:"娇娇啊,我男朋友搞到了亚洲联赛的门票,我们一起去看比赛吧!"

陆妍娇起初还没明白,一脸茫然:"啥啥啥,你说啥?什么亚洲联赛?"

"笨!就是贺竹沥要参加的亚洲联赛啊!"听起来陈安茹的确是非常的激动了,边说话边大笑。

"什么?你们要去看比赛?"陆妍娇本来还趴在床上,一听到这话立马坐了起来,"什么时候决定的?"

"就今天。"陈安茹笑眯眯地说,"他背着我买了票,说是想给我一个惊喜。"

虽然不愿意承认，但是陆妍娇不得不说她在听到陈安茹这么说的一瞬间也心动了。她仔细地询问了细节，在得知门票已经售罄之后开始犹豫着要不要在黄牛手里买。

陈安茹知道陆妍娇在想什么后，吃惊了："笨呀，你与其去黄牛手里买，不如去问问噗神有没有多余的门票啊。他们内部人员都有亲属票的，而且肯定是VIP座，大不了多给点钱……"

陆妍娇犹豫："可是他万一不要我的钱呢？"

陈安茹道："那还不简单，你不是还有乌龟吗？你拿乌龟的抚养权换票呗。"

陆妍娇心想：陈安茹你很有想法啊。

最后两人又聊了一些细节之后才结束了通话。

陆妍娇挂完电话后抱着自己的娃娃在床上滚了好几圈，然后呼唤来了在旁边没事做的乌龟。

"儿子啊，明天你一定要好好地撒娇，妈妈的票就靠你了。"陆妍娇亲着乌龟的脑袋，温柔似水地说着，"乖哦。"

乌龟歪着脑袋，似乎不太明白陆妍娇在说什么。

陆妍娇用无比怜爱的眼神看着自己儿子，仿佛在看着一张闪闪发光的门票。

第二天，陆妍娇就带着乌龟溜到了贺竹沥家里。然而她还没开口说话，贺竹沥就好像看穿了她的心思，张口就来了句："有事？"

"那个……"陆妍娇扭扭捏捏。

贺竹沥面无表情地看着她。

陆妍娇道："就是那个……"

还是第一次看见这么害羞的陆妍娇，贺竹沥也来了兴趣："怎么？"

"是这样的……"陆妍娇咳嗽两声，整理了一下自己的思路，"就是我想陪茹茹去韩国看亚洲联赛，但是没买到票，你们有内部票吗？"

她话刚说完，贺竹沥就干脆利落地回道："有，还是 VIP 包厢的。"

陆妍娇看向贺竹沥，眼睛闪闪发亮，眸子里全是星星："那……"

"可以。"贺竹沥道，"你拿什么来换？"

陆妍娇道："我买还不成吗？"

贺竹沥笑了笑，没说话。

陆妍娇指着乌龟："喏，我用我儿子的抚养权来换行吧，一个月！"

贺竹沥道："五十天。"

陆妍娇和他商量："各退一步，四十天！"

"好。"贺竹沥同意了这个交易。

陆妍娇高兴得差点儿跳起来，最近她闲着没事儿就在打游戏，快和陈安茹一样入迷了。现在成功从贺竹沥那里讨到了内场的票，她自然无比兴奋，简直就想冲到贺竹沥面前狠狠地亲他几口。

当然，陆妍娇也就是自己想想，并不敢真的去做。她哼着小歌儿，又问了贺竹沥细节，知道那票是内部票，甚至可以进入后台，看选手们做准备工作。

"到时候在后台不要乱跑，可能会有记者。"贺竹沥给陆妍娇科普，"这比赛虽然不是全球的，但也算比较大型的赛事了。"

"好好好。"陆妍娇乖巧地点头。

"不过你能去吗？"眼见陆妍娇已经开始想象看比赛的快乐画面，贺竹沥一语打破了她的妄想，"你小叔那一关过得去？"

陆妍娇忘记还有小叔这一关了。

贺竹沥问："嗯？"

陆妍娇道："你别说话了，我求你了……"

这要是之前，陆忍冬估计不会管陆妍娇假期去哪儿玩，但问题是陆妍娇挂了四科，想要出去浪就变成了十分困难的事。

激动不到三秒钟，就被提醒了将要面对残酷现实的陆妍娇蔫蔫地回了家。她回家之后打开电脑，找到了同学的联系方式，得知明天还有最后一门考试——数学。

"那我明天还是去考了吧。"陆妍娇看着屏幕上的考试时间，吸了吸鼻子，"至少可以少补考一门嘛。"

第二天，陆妍娇起了个大早，背着自己的小书包去了学校。

因为不常来上课，陆妍娇在班里只认识几个人，其中一个就是热心的班长。班长在考试结束后问了陆妍娇关于其他科目的事情，当然主要还是关心她为什么没来考试。

"我忘了。"陆妍娇把这三个字说得理直气壮。

班长无话可说，只能给陆妍娇竖起大拇指。

"下学期的军训你可别再旷了。"班长道，"不然年级上真的糊弄不过去了……"

陆妍娇惊了："军训？还有军训？军训不是大一才干的事情吗？！"

班长说："我们学校是大二，你……"

陆妍娇心想完了，有她小叔在，她大二肯定是不敢像大一这么浪的，那她岂不是要乖乖去军训了？

班长并不知道陆妍娇内心奔腾的情感，还在告诉她补考的时间和重修的办法。陆妍娇听完之后对班长道了谢，然后跟只兔子一样溜走了。

看着她的背影，班长感觉实在是一言难尽，身后一个男同学走过来好奇地问："就是她啊？那个挂了四科的姑娘？"

"是她啊。"班长道，"班导问起来都不知道怎么帮她敷衍了。"

"模样倒是挺漂亮的，就是整天看不见人啊。"那男生道。

班长叹气，耸了耸肩。

陆妍娇的确是生得好看，明眸皓齿，一双灵动的猫儿眼，眼角微微上挑，笑着看人的时候分外动人。她脸型微圆，却并不大，一个巴掌就能全部遮住，头发有些卷，有时披散在肩膀上，有时扎成两个可爱的马尾，一看就是那种性格格外开朗的女生。

"算了，不说她了，走，去吃鸡。"男生道，"下个月就是亚洲联赛了，也不知道这次能捧几个奖杯回来。"

"几个奖杯不也是噗神他们战队的吗？"班长道，"把寝室的都叫上吧，咱们四黑去，反正也考完了……"

……

考完试，正式放假，别的学生都迅速地进入了假期状态——陆妍娇也企图这么干，却被陆忍冬无情地驳回了。

"开学补考，挂一门，不给一个月的生活费。"陆忍冬语气冷如冰霜地宣布，"你自己看着办吧。"

陆妍娇号啕假哭。

陆忍冬道："能挤出来眼泪吗？挤不出来就别号了。"

陆妍娇收声。

陆忍冬打算转身离开，陆妍娇怯怯地说："小叔，我有件事情想和你商量。"

陆忍冬问："嗯？"

陆妍娇说："我下个月……想去韩国看比赛。"

陆忍冬冷笑："什么比赛？挂科比赛？"

陆妍娇磨了磨牙，忍下了陆忍冬对她的嘲讽，用力地掐住自己的大腿，从眼角溢出一滴泪水，"是贺竹沥的比赛，我……我已经答应了他，小叔，求求你同意了吧。"

陆忍冬站定，蹙眉转身，似乎在等着陆妍娇继续说。

"这是我的梦想，我就想看见噗神拿一次冠军，就一次。"陆妍娇哽咽着。

气氛凝固片刻，陆忍冬开口："贺竹沥是谁？"

陆妍娇戏白演了，她挠挠头，"就是楼下那个男的。"

刚才还噗神噗神地叫，这会儿发现陆忍冬不认识，就变成"那个男的"了。

陆忍冬道："你男朋友？"

陆妍娇刚想否认，却突发奇想，如果是去看男朋友比赛，陆忍冬会不会就同意了？她恶从胆边生，楚楚可怜地点了点头。

陆忍冬思量片刻："你们什么时候谈的？"

"就上个月。"陆妍娇知道在陆忍冬面前撒谎是件技术活，但她在撒谎这事儿上已经是个老手了，所以完全不心虚。

"哦。"陆忍冬果然松了口，"要去多久？"

"六天，比赛完了我就回来——一定好好学习。"陆妍娇欢快地摇着自己的尾巴。

"好吧。"没想到陆忍冬居然如此轻易地松口了，"具体哪六天你给我备报一下，但是——"他话锋一转，"你去之前要是还想着忽悠苏昙，就别怪我心狠手辣。"

陆妍娇刚还在好奇自家小叔怎么那么容易就松口呢，结果居然是为了苏昙，唉……这可能就是爱情吧。

陆忍冬摆摆手："走了。"

陆妍娇表情平静地目送小叔远去，心里却早已乐开了花。

韩国之行就在眼前，陆妍娇补课之余，对即将开始的比赛也是满心期待。贺竹沥最近变得非常忙，连健身都暂时放下了。

陆妍娇看着他天天坐在电脑面前，有点担忧："你们这么熬夜，身体真的受得了吗？"

贺竹沥很冷静："没事。"

陆妍娇还以为他的意思是习惯了，谁知道他下一句话就是："俱乐部给我们每个人都买了猝死险。"

陆妍娇心想：还有这个险种啊？

贺竹沥道："所以不用担心了。"

陆妍娇无话可说，觉得保险这行真是会看中商机，而且不用担心是怎么回事，意思是有保险就可以随便猝死了吗？

陆妍娇深深感受到了电竞行业对劳动力的压榨。

贺竹沥训练，陆妍娇就在旁边玩游戏。和前段时间相比，她的实力已经有了大幅度的长进——至少没有杀过队友了。

不过因为和他们打的是高端局，对枪她还是完全对不过，人家开镜瞄准不过零点几秒的时间，等她开完镜子找到人，要么对面死了，要么自己的脑袋已经被对面打爆了。

"为什么？为什么都是十九岁的年龄，我的反应却这么迟钝？"陆妍娇愤愤不平地敲键盘。

"不要这么说嘛，每个人擅长的事情都不一样的。"李斯年是团队里最会安慰人的那个了，"你也有擅长的事啊。"

陆妍娇道："哦，那我擅长什么？"

李斯年干咳两声："我想想……"

贺竹沥无情地来了句："她擅长吃药。"

陆妍娇撇了撇嘴。

"嘿，你别说，陆妍娇吃药还真是挺厉害的。"李斯年道，"一局能嗑五六个急救包吧，就是死不了。"

陆妍娇嘟囔道："那是我命硬。"每次要挂的时候，她都能硬生生地把自己奶起来，最厉害的是她找物资时偏偏就是能找到很多药，最厉害的一局她硬是找出来了十二个急救包，而有时候贺竹沥他们四个人玩一局都找不齐八个。

"马上就要去韩国了，我不能丢了中国人的脸。"陆妍娇小声说。

"放心吧。"李斯年长叹一声，"就算你想丢，我们也不会给你那个机会的……"

陆妍娇听了这话在心里直哼哼，想着等她变厉害了，第一个揍的就是李斯年！

为了能去韩国看比赛，陆妍娇也不敢再像之前那样忽悠家教，而是选择了乖乖听课。好在苏昙小姐姐也挺合陆妍娇的胃口，让她不至于太难过，而且能帮帮小叔的忙，似乎也是挺好的事儿。

就这么慢慢地挨过了半个月，终于到了比赛前夕。

贺竹沥因为要过去参加训练和熟悉场地，提前十几天就走了。在他走之前，陆妍娇给他送行，说："送君千里，终须一别；海内存知己，天涯若比邻。今日我们分别，必是为了来日的相逢。不要难过，少年啊，勇敢地去寻找奇迹吧……"

听着陆妍娇的废话，即便是习惯了陆妍娇戏多的性子，贺竹沥的内心还是腾起一股子暴躁，他咬牙切齿："说人话。"

陆妍娇赶紧收了自己的戏本："你先去那边等我哟，我很快就去找你。"

贺竹沥点点头，指了指乌龟："记得寄养。"

"肯定的，肯定的。"陆妍娇摸摸自家乌儿的脑袋，心想：苦谁都不能苦到自己儿子啊。

"走了，十三号见。"说完这话，贺竹沥拖着行李转身。

陆妍娇抱着乌龟，目送着他远去。然后她拭去了眼角的泪水，对乌龟说："儿子，你长大了，也要学你干爹，习得一身武艺，保家卫国……"

"我还没走呢！"在旁边等车的贺竹沥气得想用力拍陆妍娇的脑袋，"你今天戏特别多啊。"

"我这不是激动嘛。"陆妍娇眨眼，"哥，理解一下，理解一下。"

贺竹沥看了看手表，开始思考他还要忍陆妍娇几分钟。

好在来接送选手的大巴还是比较准时的，陆妍娇遗憾地看着贺竹沥上了车，心想自己还有好多台词没说呢。

李斯年在车里冲着陆妍娇招手："妍娇。"

陆妍娇叫了声："等我过去啊！"

"好！"李斯年道，"等你过来，我们请你吃烤肉。"

大巴车逐渐远去，陆妍娇高高兴兴地回家去了。

一周后，陆妍娇和陈安茹一起启程前往韩国，同行的还有陈安茹的男朋友王森森，就是他带着陈安茹入了《绝地求生》这个游戏的大坑。

知道陆妍娇从贺竹沥那里搞到了内场票后，两人都表示非常地羡慕，特别是陈安茹，眼红得要命，毕竟她可是贺竹沥的铁杆粉丝。

三人在飞机上讨论关于贺竹沥他们战队的事情，王森森说："也不知道这次临阵换将会不会产生太大的影响。"

"应该会吧，毕竟有个磨合期。"陈安茹道，"那个 Feigou 真不是个好东西，这次他居然还有脸跟着别的战队去参加比赛，真希望噗神能在游戏里把他干掉。"

"那就得看运气了。"王森森回了一句。

游戏里除了队友之外，是看不到其他人的名字的，只有在击杀的时候才会显示×××击杀了×××，所以在单排比赛里经常出现同一个战队的四个人互相残杀的情况。

不过比赛嘛，本来胜利就是最终的目的，有了成绩，才能给支持的人一个交代。

几个小时后，三人到达了韩国，住进了订好的酒店。

这酒店就在比赛场馆附近，据说离贺竹沥他们住的地方只需要走几分钟的路程。陆妍娇放了行李，马上就和贺竹沥联系上了。

"贺竹沥，贺竹沥，我到啦，你们在干吗呢？"陆妍娇高高兴兴地问。

"在训练。到哪儿了？"贺竹沥的声音从那头传来。

"到酒店了，就是你们住的地方旁边的那个……"陆妍娇吸吸鼻子，"好冷哦。"

"要不要过来看看？"贺竹沥道，"我让李斯年去接你。"

"好啊好啊。"陆妍娇求之不得，"那我能带上安茹吗？就是特别特别喜欢你，找你签名的那个姑娘……"

"行。"贺竹沥说完这话，便挂断了电话。

陆妍娇高兴得蹦蹦跳跳，把这事儿告诉了陈安茹和王森森。陈安茹听完马上热泪盈眶，道："苟富贵，勿相忘。"能去看看贺竹沥训练的地方，已经满足了她一个巨大的梦想。

陆妍娇看着陈安茹的模样叹气，心想也亏得王森森心大，没有吃贺竹沥的醋。

十几分钟后，李斯年到了酒店下面，他穿了一件不太厚的外套，鼻子冻得通红，一个劲地催促："快快快，快走了。"

陆妍娇道："你穿这么点不怕感冒啊？"

李斯年吸吸鼻子："我这不是觉得近嘛……快点快点，我要被冻死了。"说完一路小跑，带着陆妍娇他们去了练习的地方。

选手们住所条件还算不错，有单独的练习房间和宿舍。陆妍娇进到客厅里看到她认识的几个队员都坐在电脑前，有的在休息，有的在练习，贺竹沥手里拿着手机，似乎在和什么人打电话，见到陆妍娇来了，也只是转过头来对着她轻轻地点了点头。

屋子里还有几张她不认识的面孔，有男有女，李斯年介绍之后，她才知道这里面有的是教练，有的是领队。

"这位是？"教练是个三十几岁的男人，身材微胖，但看起来挺和蔼的。

"陈哥，她是贺竹沥的妹妹。"李斯年张口就来。

"哦，那随便坐。"陈哥笑眯眯的，"竹沥还有妹妹啊，怎么现在才带过来……"

李斯年笑道："提前带过来被带坏了怎么办？"

陈哥瞅了李斯年一眼："这一屋子的人没一个谈过恋爱，拿什么带坏人家小姑娘啊？"

李斯年被揭了老底，表情有些尴尬。

他们队伍也算是电竞圈的奇葩了，别人队伍几乎个个选手都有女朋友，没有女朋友至少也有暧昧对象。他们队伍就不是这样，桃花运一个比一个差，江烛那闷声不响的性子找不到女朋友就算了，可人气最高的贺竹沥也没有要接触姑娘的意思，至于李斯年自己——他目前一听到好听的姑娘声音心里就犯怵，脑子里瞬间就会浮现出某个一米八九的成年男性。

他们说话的时候，贺竹沥也打完了电话，朝着陆妍娇走了过来。屋子里有暖气，他穿着薄薄的 T 恤、牛仔裤，更是衬得腿长腰细，看起来格外吸引人眼球。

陈安茹眼睛都看直了，陆妍娇正想说陈安茹你不怕你男朋友吃醋吗，结果一看王森森，那模样比陈安茹还痴迷。

陆妍娇心想：这两个人也是绝配了。

贺竹沥并不在意他们的目光，径直走到了陆妍娇面前，道："来了？"

陆妍娇说："来了。"

贺竹沥问："儿子呢？"

陆妍娇道："家里呢。"

贺竹沥点点头："托人照顾好了吧？"

陆妍娇说："是的，找了熟人照顾，肯定没问题……"

贺竹沥满意地应了一声，转身坐回电脑面前继续训练。陆妍娇却总觉得她和贺竹沥对话的方式哪里不太对。直到队里的领队姑娘瞪大眼睛问了句："什么？噗神有孩子了？"——她才猛地醒悟。

"不是孩子，不是孩子。"陆妍娇道，"是家里的一只鸟儿。"

"哦。"领队姑娘松了口气。

几个队员一边打游戏，一边商量着晚上吃什么。陆妍娇本来以为因为人员变动，整个队伍的气氛会比较沉闷，却没想到大家看起来都挺轻松的。

"晚上就吃烤肉吧，上周我们去过的那家。"李斯年盘算着晚饭，"他家牛小排味道还真不错……"

"都行啊。"佟朱宇道，"你不问问小姐姐想吃什么？"

李斯年闻言看向陆妍娇，陆妍娇摊手表示：只要好吃，吃什么都可以。

"竹沥呢，竹沥想吃什么？"领队小姐姐看向坐在旁边的贺竹沥，她看起来比陆妍娇大了一点，应该是二十三四的年龄，身材凹凸有致，走的是典型的熟女风格，说话也温声细语，听起来如春风化雨。

贺竹沥却没有理她，直接看向了陆妍娇："想吃什么？"

陆妍娇无所谓道："都行啊，你不是说要带我去吃好吃的吗？"

贺竹沥道："那就烤肉吧。"

听到贺竹沥这句话，领队小姐姐有些勉强地笑了一下，道："那我就不去了，你们好好玩。"

八卦的陆妍娇非常敏感地嗅到了空气里某种微妙的气息，她眨眨眼睛，装作什么都不懂的模样。

但接下来没有任何意外的事情发生，领队小姐姐出门之后就没有回来，而贺竹沥眼睛更是没从屏幕上移开过，陆妍娇只好百般无聊地缩在沙发上玩游戏。

直到快要吃饭了，她才找到机会在 QQ 上给李斯年发消息：贺竹沥和那个领队小姐姐是不是有啥啊？

李斯年发来了一串省略号，然后非常严肃地说：

没有的事，贺竹沥对女生向来没兴趣。

陆妍娇：对女的没兴趣？

李斯年：……

陆妍娇：那意思是……

李斯年：你这话别让贺竹沥看见了，不然我怕你会被修理得掉一层皮。

陆妍娇缩了缩肩膀，偷偷地瞅了贺竹沥一眼，见他没有反应，赶紧让李斯年把聊天记录给删了。

第四章
亚洲联赛

来到韩国的第一顿烤肉，陆妍娇吃得相当满足。

吃饭期间众人又聊了些关于比赛和游戏的事情，陆妍娇才知道这次比赛的奖金接近一百万。

"哇，那是很多了呀。"陆妍娇吃了口生菜包肉，含混着说，"我还以为你们工资没多少呢……"

"这些年工资很不错了，刚开始的时候是挺穷的。"李斯年低着头剪着烤肉，"现在噗神一年的直播签约金都能买一栋别墅了。"

陆妍娇惊讶地"哇"了一声，她很少接触直播，自然也不知道这行目前发展迅速，类似于贺竹沥这样的大主播，一年签约金没有八位数是绝对拿不下来的。

在场的其他人像陈安茹和她男朋友倒是没有太过惊讶，他们早就从新闻里知道了这行的薪资待遇。

"后天就比赛了，你们紧不紧张啊？"陆妍娇问。

"紧张肯定是紧张的，不过适当的紧张不是有利于更好发挥吗？"李斯年道，"噗神是大赛型选手，平日牛，比赛的时候更牛。"

陆妍娇听得眼睛里冒星星。

贺竹沥不爱说话，只听着几人侃大山。最后时间差不多了，众人才从烤肉店离开，各自回到自己的住处。

陆妍娇则对即将开始的比赛更加期待了。

两天后，釜山比赛场馆。

比赛下午一点开始，上午十点左右，场馆就开始有人陆陆续续地入场了。陆妍娇早上七点钟就从床上爬了起来，精神奕奕地穿衣、化妆、吃早饭。

陈安茹看着她这模样，有气无力地感慨："你平时上课有这精神，哪会被你小叔揍啊……"

陆妍娇道："你说得有道理，我们快走吧！"

最后在陆妍娇的催促下，几人早早地到了比赛场馆，万幸的是贺竹沥前天又给陆妍娇补了两张内场票，让她把陈安茹和王森森也带进来。

然而陆妍娇到后场的时候，却没看见几个选手，她有点惊讶："他们都还没过来吗？"

"他们哪里会来得这么早哦。"陈安茹道，"走吧，先去找 FCD 的休息室，领队应该过来了。"

于是三人找到了 FCD 的休息室，那里的门半掩着，陆妍娇轻轻地敲了敲，听到里面传来一声"进来"。

"陈哥，早上好呀。"

陈哥的笑容还是那么亲切："等一会儿吧，他们估计十一点多过来。"

"哦哦哦。"陆妍娇应着话，和陈安茹他们找了个地方坐下了。

随着时间的推移，选手们都陆陆续续地到场了，虽然是亚洲联赛，某些战队里却有一些国外的外援选手，陆妍娇就看到了几个欧美选手去了隔壁的休息室。

她伸着脑袋往外瞧的时候，却正好看见了一张熟悉的面孔——那天在贺竹沥家和贺竹沥发生争吵的付成舟。

付成舟朝着 FCD 的休息室望了一眼，正好和陆妍娇的眼神对上。

陆妍娇瞪了他一眼。

付成舟也认出了陆妍娇，脸色微微一黑，转身进了自己战队的休息室。

陆妍娇转过头，对着陈安茹道："我看见那个Feigou了。"

陈安茹不屑："哼，今天就看噗神把他揍趴下。"

"对。"作为知道内情的人，陆妍娇摩拳擦掌，只恨自己不能亲自上场。

时间差不多到了十一点，FCD全员一起出现了。

贺竹沥还是懒懒散散的模样，看不出一点儿比赛前的紧张。倒是李斯年，居然跑到香炉面前拜了一拜并自言自语地嘀咕道，祝他千万别在今天的单人赛里遇到贺竹沥。

贺竹沥道："你怕什么？"

李斯年悲伤道："你还有脸问我怕什么？哪次单排比赛我遇见你时活下来了？"

贺竹沥挑眉。

李斯年说："到时候在游戏里我不穿衣服，你看见不穿衣服的人……"

贺竹沥把他后面的话接上了："我要是看见不穿衣服的人，那人头一定不能让人抢了。"

李斯年心想：你是动物吧。

几人说说笑笑，让休息室里的气氛更加放松。终于到了一点，队员们离开休息室走向了比赛区。

陆妍娇和陈安茹他们则去了观众席的VIP区，那里还有许多战队人员的亲属和一些记者。

VIP区的视野非常好，不但能以最好的角度看到大屏幕，还可以看到大屏幕后面的选手。陆妍娇眼尖，一眼就找到了和队友们坐在一起的贺竹沥。

"在那儿，在那儿。"陆妍娇指给陈安茹看。

陈安茹顺着陆妍娇手指的方向看过去，捧着脸激动地说："现场的噗神更帅了。"

她男朋友王森森居然还在旁边附和："对，真是帅。"

陆妍娇心想：你们两个真的是"有毒"。

迷弟迷妹们的世界是很难懂的，不过陆妍娇不得不承认，坐在电脑前戴上耳机的贺竹沥的确非常的耀眼。他神情冷淡地看着面前的屏幕，一只手操作鼠标，一只手按着键盘，薄薄的嘴唇抿出一条略微紧绷的弧线，更是将整个人衬托得如同刀锋一般锐利。

　　"真好看。"陆妍娇也小声地嘟囔了一句。

　　此时主持人已经坐在解说室里开始了开场白，画面一转，巨大的游戏logo出现在了巨幕之上——比赛开始了。

　　陆妍娇屏住呼吸，看见一百个选手出现在了广场上面。

　　"好，今天是亚洲联赛的第一天，现在是单排比赛的第一场。"主持人道，"飞机起飞了，让我们先看看航线……"

　　"怎么是这航线！"陈安茹道，"这航线会打得很厉害吧。"

　　屏幕上，飞机沿着地图边缘的地方飞过，这种航线会导致跳伞的人特别集中，有的人运气好能找到车去其他地方，有的人运气不好找不到车就只能硬拼了。

　　"噗神不就喜欢钢枪吗？"王森森道，"也还行吧。"

　　接着屏幕画面一转，镜头变成了某个选手的第一视角。

　　陆妍娇对其他人不感兴趣，只想看贺竹沥的操作，好在贺竹沥在亚洲的人气非常高，很快导播就把镜头切到了他的视角上。

　　此时贺竹沥正在和楼下的人对枪，他运气似乎不太好，手里只有一把近战武器——喷子，而对手则拿了一把突击步枪。

　　"看情况不妙啊，噗神只有三发子弹了。"主持人讲解道，"而且听到枪声，其他地方的敌人也肯定会摸过来，如果不能速战速决的话……"

　　他话还没说完，就看见贺竹沥直接从楼上跳了下去，跳下的瞬间，扣动了手中的扳机，一声巨大的枪响，站在楼梯上正打算射击的敌人应声倒地。贺竹沥的屏幕下方出现了一个血红的"1杀"。

　　"不愧是噗神啊，这坠落过程中开枪的操作太精彩了——"应和着全场激烈的欢呼声，主持人也露出了激动的笑容，"漂亮！"

陆妍娇看得心脏都差点跳出来，然而当她把目光转向贺竹沥，却发现贺竹沥的神色依旧是一派淡然，看不到一点因为杀死敌人而产生的情绪波动。

太厉害了……陆妍娇莫名觉得自己的心脏跳得有些厉害，她伸手用力地按了按胸口，第一次体会到了电竞的魅力。

看着自己喜欢的选手打出精彩操作，跟着他一起欢呼喝彩，好像自己的梦想也实现了一般——这大概就是为什么会有这么多人坐在同一个地方发出激烈的欢呼吧。

就在陆妍娇这么想着的时候，陈安茹发出一声遗憾的叹息："完了，李斯年被淘汰了。"

陆妍娇看向大屏幕，果不其然看到了李斯年被人击杀的信息，而且击杀他的那人的 ID 居然是……Feigou。

李斯年被他最讨厌的叛徒杀掉了。

这条击杀信息一出，几乎是全场哗然，甚至有的观众情绪激动，在台下大声地咒骂起来。Feigou 在非转会期强行离队的行为让所有粉丝都为之不耻，但又拿他无可奈何。在比赛场地里喝倒彩，大约就是粉丝们发泄愤怒的唯一方式了。

选手落败之后，在比赛结束之前也不能离场，于是陆妍娇便看到李斯年双手交叉放在胸前，气呼呼地瞪着屏幕。陆妍娇丝毫不怀疑，如果这不是比赛，李斯年会站起来找付成舟真人 PK。

时间流逝得飞快，随着安全区缩小，比赛也进入了白热化阶段。

比赛是积分制，排名和人头都要算积分，贺竹沥此时已经拿下六杀，是全场杀人数量最多的。

杀人也可以获得资源，所以贺竹沥此时浑身上下都是游戏里最好的装备。然而当画面切到 Feigou 视角的时候，全场观众却发出惊呼。

Feigou 运气格外的好，竟遇到了游戏过程中的空投资源，而当他打开这个资源箱，众人看到了里面的三级头和一把崭新的 AWM 时，连主持人都惊叹了一声。

陆妍娇跟着贺竹沥他们玩了那么久了，也知道 AWM 这把枪有多牛。用一句简单的话来说，就是只有 AWM 这把枪能无视防御地爆掉所有人的头，而其他的枪支遇到了三级的防御头盔最少也需要两枪（近战使用的喷子除外）。

有了这把枪，Feigou 在对狙过程中，几乎能立于不败之地。

"他运气怎么那么好！"陈安茹用力地拍着桌子，"AWM 都被他拿了——这还剩下二十多个人，怎么玩啊！"

陆妍娇担忧道："只能希望贺竹沥晚点遇到 Feigou 了。"

AWM 这把枪唯一的缺点，就是只有二十发子弹，不过对于这种厉害的大狙，二十发子弹已经足以决定局势。

然而怕什么来什么，就在 Feigou 拿到大狙不久后，面前就出现了一个穿着红色衣服的敌人——

全场观众顿时沸腾了，Feigou 刚拿到这把游戏里面最厉害的大狙，竟然就遇到了贺竹沥！

李斯年死在了 Feigou 手下，这已经让粉丝们产生了不满情绪，若是 Puma 也死在 Feigou 手里……陆妍娇看到这一幕，紧张得握起了拳头。

贺竹沥和付成舟见面便开始互狙，两人均以树木为掩体试探着对方的实力。贺竹沥先发制人，一枪打在了付成舟的头上，但付成舟作为 FCD 曾经的第二狙击手，实力也不弱，况且手里有这么一把利器，他反手扣动扳机，几乎是同时打在了贺竹沥的身上。

接着两人都迅速吃了药，将自己身上的血补满了。

"哎呀，这可怎么办，僵住了啊。"主持人也被气氛搞得焦急了起来，"马上刷毒了，这是倒数第三个毒圈，如果被卡在外面，那是分分钟倒地的节奏啊。"

就在情形越来越紧张的时候，贺竹沥居然没有选择继续和 Feigou 对枪，他开始喝起了饮料——一种吃下去可以让人物移动速度变快的补给品。

"噗神是要做什么……这不像他的风格啊。"王森森疑惑道，"噗神通常遇到这种场合不都是对枪的吗？"

"有点奇怪。"陈安茹说，"而且马上刷毒了……情况不妙。"

游戏里毒圈刷新的倒计时开始，而贺竹沥却依旧没有要移动的意思。反倒是拿到大狙的付成舟开始变得焦躁起来，他装备太好了，和一个人耗在这里根本不划算，只要对面的人和他对枪，他就有把握把对面的人杀了……可偏偏那人好像缩头乌龟一样躲了起来。

付成舟咬了咬牙，握着鼠标的手被汗水浸湿了，他开始思考怎么脱身了……

就在付成舟思考着要不要丢出烟雾弹封住对手视野再逃跑的时候，对手却好似和他心有灵犀似的，接连抛出了三个烟雾弹，正好形成了一条可以通往安全区的路径。

"机会！"付成舟见状心中一喜。不过他还算冷静，等毒区刷到了自己身后，才操纵着角色开始往安全区狂奔——这样，如果那人想打他，就必须吃一拨毒！

然而就在付成舟离开藏身树木的那一瞬间，他听到空气中传来了子弹出膛的声音。这声音付成舟太熟悉了，属于他最喜欢用的一把枪……AK。

"砰！"绿色的血雾在付成舟的脑袋上爆开，他看到屏幕从彩色变成了黑白，下一刻，他的人物跳出了游戏界面。

"太漂亮了！"

"噗神！噗神！噗神！"

付成舟取下耳机，听到了主持人激动不已的解说声，还有全场铺天盖地的欢呼声，他表情有些茫然，直到眼神移到左下角，看到粉色的击杀信息：Puma 使用 AK 击杀了 Feigou——21left。

他被贺竹沥杀了……意识到这件事的付成舟，下巴绷成一条紧绷的弧线，握着鼠标的手狠狠用力。

全场都在欢呼，为贺竹沥精彩的操作和绝佳的意识。而付成舟却成了那个证明贺竹沥实力的牺牲品，就如往常一样。

付成舟松开鼠标，伸手重重地抹了一把脸。他扭过头，看到了坐在远处的贺竹沥。

杀掉了付成舟，贺竹沥脸上却毫无动容之色，好似是杀了一个素不相识的人，连一丝喜悦之情都不曾显露。

"啊啊啊啊！贺竹沥你帅死啦！"陆妍娇也跟着全场尖叫了起来，所有人都在欢呼，她的声音在其中并不显得突兀，"我爱死你啦！"

"厉害啊，不愧是噗神。"陈安茹激动得跺脚，"我就说他怎么不和人对抢了，原来是这么想的。"

这游戏里，有了好装备的人通常都比较怕死，都说光脚的不怕穿鞋的，贺竹沥当真是完美地把握了敌人的心态。

拿着AWM被毒死实在是太憋屈，所以敌人无论如何都会想要进安全区。既然如此，那贺竹沥就帮他制造了这条通道，他自己却没有进去的打算——谁怕死先动，谁就是输家。

贺竹沥赌赢了，不但赌赢了，还通过舔包获得了付成舟才用了一发子弹的AWM。他进入安全区后，迅速找到了合适的位置，用那把大狙清掉了剩下的敌人，顺利拿下了第一场比赛。

"呼……吓死我了。"第一场比赛尘埃落定，陆妍娇按着胸口长长地呼出一口气，"还好没被付成舟杀了，不然得多憋屈啊。"

"是啊，吓得我一手的汗。"陈安茹道，"你刚才看到付成舟的脸色了吗？真是难看啊。"

陆妍娇道："哼，他没当场昏厥过去只能说明他脸皮厚！"

陈安茹哈哈大笑。

贺竹沥拿下了第一场，大家心情都轻松了许多。毕竟这是国际赛事，如果第一被别的国家拿去了，总是有点丧气。

贺竹沥和几个队友在后场休息，和黑着脸的付成舟也打了个照面，不过他们都没有要互相打招呼的意思。李斯年故意恶心付成舟，问贺竹沥："噗神啊，AWM用得顺手吧，也不知道下一次比赛拿到这把狙得是什么时候。"

贺竹沥吐了口烟，淡淡道："还行。"

"哈哈哈，顺丰快递，使命必达，这么远来送货也不容易。"李斯年就是在说给付成舟听，"辛苦了，辛苦了。"

付成舟气得脸色发青，重重地摔门而去。其他人都当看笑话似的看着这一幕。李斯年小声道："气死这家伙。"

贺竹沥斜斜地瞅了他一眼："你可是被他杀的。"

李斯年顿时闭嘴。

贺竹沥道："学艺不精。"

他说完这话，就把烟灭了转身出了屋子，留下李斯年在休息室暗暗磨牙。

休息时间一完，很快到了第二场单人赛。贺竹沥第一场拿下第一获得300积分，杀了九个人，获得225积分，共计525个积分——这优势，只要之后的两场比赛他不要落地成盒，基本稳操胜券。

陆妍娇中途出去买了盒爆米花和几根热狗，很愉快地和陈安茹他们分而食之。

陈安茹感叹地问："你不紧张了？"

陆妍娇含着热狗含混道："紧张什么，前面的是日本灾难求生，后面的是美国大片……"

陈安茹道："有啥区别啊？"

陆妍娇咽下热狗，叹口气："前面的总让人觉得结局是主角全灭，后面的主角绝对死不了啊。"

陈安茹对陆妍娇的比喻表示佩服。

不过贺竹沥的实力摆在那里，再发挥失常也差不到哪里去。后面两场如陆妍娇所预料的那样没有什么太大的悬念，他拿了一把第二，拿了一把第七，虽然都不是第一，但是积分已经足够让他捧回单人赛的奖杯。

陆妍娇坐在底下已经快要吃饱了，打了个小小的饱嗝，看着贺竹沥上台领奖的时候，感动地说："有种看着儿子认真读书终于考上了状元的感觉……"

陈安茹道："你敢当着贺竹沥的面说这句话？"

陆妍娇理直气壮："不敢啊。"

陈安茹心想：瞧你这出息。

第一天的比赛就这样落下了帷幕，贺竹沥在台上非常简单地和主持人互动了一下，发表了一些获奖感言。他虽然捧着奖杯，但全程脸上都没有太多的喜悦，仿佛已经习惯了这样的场合。

陆妍娇在底下感叹不愧是噗神，拿个奖都这么波澜不惊。

"是啊，这要是换了李斯年，恐怕得在台上跳起来啊。"陈安茹在底下摇头，"也没差几岁，性格差异太大了。"

散场之后，陆妍娇和陈安茹他们去了后台。本来队伍里有人拿了冠军是件挺开心的事，但是因为明天也要比赛，所以众人不敢玩太晚了，便随便找了一家附近的餐厅，将就着解决了晚餐。

李斯年在吃饭的时候激动得直拍桌子，说："付成舟那个浑蛋，躲在草堆里阴了我，我看见杀我的人是他的时候，真是恨不得把桌子端起来朝着他砸过去！"

贺竹沥不咸不淡地来了句："你又不是没干过。"

李斯年道："不过没事儿，还好噗神帮我报了仇，你们是没看见当时离场的时候付成舟的表情有多难看，看得我肚子都笑痛了。"

"你离场的时候脸色也挺难看的。"贺竹沥道。

李斯年闻言哭道："噗神，你今天怎么了，怎么一直针对我，我只是个孩子啊……"

贺竹沥说："明天双人赛，你懂我的意思吗？"

李斯年道："喀喀喀喀……"

比赛赛程一共三天，第一天是单人赛，第二天是双人赛，第三天是团队赛。按照FCD内部的配置，明天是贺竹沥和李斯年一队，佟朱宇和江烛一队。也就是说，李斯年的发挥也会影响到贺竹沥的成绩。

　　陆妍娇举起手里的果汁："祝你们明天比赛顺利。"

　　"谢谢，谢谢。"李斯年顺着陆妍娇给的台阶下来了。

　　吃完饭，众人便打算回去休息。这会儿天上又飘起了鹅毛般的大雪，一片一片落在人的肩膀和头顶。

　　在酒店门口，众人正欲分道扬镳，陆妍娇却突然出声："贺竹沥！"

　　贺竹沥顿住脚步，低低地"嗯"了声。

　　"你过来一下。"陆妍娇道。

　　李斯年他们对视一眼，都很有默契地冲着贺竹沥挥挥手，示意自己先走了。陈安茹怕冷，也先和她男友进了酒店。于是空旷的街头，便只剩下了他们两人。

　　贺竹沥黑色的眸子里映着道旁的灯光，如同布满了繁星的星河，看起来美极了。贺竹沥站在陆妍娇面前，微微低下头，问："怎么？"

　　陆妍娇突然就踮起了脚。

　　贺竹沥呼吸一停，看见陆妍娇的脸在自己面前越来越大，然后，陆妍娇伸出了手——轻轻地触碰了一下他的睫毛。

　　"哈哈哈哈哈，真的有雪花耶！"陆妍娇大声地笑了起来，"我第一次看见睫毛长得能撑住一枚雪花的，贺竹沥你是睫毛精吗？"

　　贺竹沥沉默，他早该知道。

　　陆妍娇咯咯直笑，像个没心没肺的坏小孩。她嘴一嘟，把手指上的雪花直接吹到了空中，随后转身对着贺竹沥摆摆手，又说了一句"明天比赛一定要加油"，接着便一路嘟囔着"真冷啊"小跑着回了酒店。

　　如果这时候陆妍娇回头，一定会发现贺竹沥正站在雪地里沉默地瞪着她，那眼神简直像是要把她扒了皮吃掉似的。

　　不过陆妍娇没回头，回了酒店之后怂得像狗，按着自己狂跳不止的心脏赶紧回了房间。

陈安茹溜过来串门，惊讶道："嚯，陆妍娇你干什么坏事了，怎么这脸比猴子屁股还红？"

陆妍娇道："没……没啥……"

"什么叫没啥？刚留在最后和噗神说什么了？"陈安茹很是八卦地问，"你看我们都那么自觉地走了……"

"没什么啊，我就调戏了一下他。"陆妍娇吸吸鼻子，老实地坦白道，"现在我很后悔，觉得他肯定会生我的气。"

陈安茹道："嚯，噗神都敢调戏，你真是皮痒了。"话虽如此，她还是好奇陆妍娇做了什么。

"我就说了他是睫毛精。"陆妍娇道，"谁叫他睫毛那么长，"她用手比了比自己的，很不服气地说，"比我的还长。"

陈安茹长叹一声："都告诉你以前好好恋爱了，升升级，现在好了吧，直接遇到 Boss 了，我看你一身新手装怎么打怪。"

陆妍娇道："……你的比喻越来越离谱了啊，什么叫打 Boss，我又不喜欢贺竹沥。"

陈安茹也不说话，就似笑非笑地看着她，心里想着：你如果不是面色通红地说这句话，可能可信度会高一些。但她也不打算揭穿，毕竟谈恋爱这种事情，懵懵懂懂的时候也挺美的。

"好了，快睡吧。"陈安茹摸摸陆妍娇的脑袋，"明天还要看比赛呢。"

"嗯……"陆妍娇道，"晚安。"

陈安茹说："晚安。"

一夜无梦，第二天陆妍娇精神百倍地起床，依旧早早地去了比赛场地。

今天是双人赛，和单人赛相比，更讲究配合，也难怪昨天贺竹沥一直敲打李斯年，让他别太放飞自我了。

显然贺竹沥的敲打看起来并没有什么用，因为第一场比赛就出了意外——李斯年在游戏里骑摩托车载着贺竹沥往前赶路的时候，摩托车直接翻车，两人被抛向高高的空中，随后双双落地，惨遭双杀。

陆妍娇当时正在喝水，看到这一幕的时候嘴里的水"噗"的一声全喷了出来。万幸的是她前面没人，不然肯定被喷得满身都是。

全场观众也发出了哄堂大笑，主持人哭笑不得："又是一个被吊销了驾照的选手，FCD战队损失惨重啊！"

"咳咳咳咳……"陆妍娇被呛得面红耳赤，"李斯年怕是要凉了！"

陈安茹对陆妍娇的看法表示赞同。

此时李斯年似乎也知道自己死期将至，取下耳机之后就用手抱着头趴在了面前的桌子上。贺竹沥表情依旧没有变化，只是手指开始在桌面上慢慢地点——对他熟悉的人都知道，他做这个手势，意味着他是真的心情很不好了。

"我要笑死了。"陈安茹道，"眼泪都给我笑出来了。"

选手们在比赛里死于车祸其实不是什么特别稀奇的事情，每年被吊销驾照的选手能绕地球三圈。

但是贺竹沥和李斯年这对组合，倒是第一次死在摩托车上。

贺竹沥死了，好在佟朱宇和江烛那一组发挥得还不错，杀了七个人，拿了第三。

陆妍娇看着第一场结束的排行榜唏嘘："还好付成舟他们组的成绩也普普通通，不然李斯年怕是尸骨都留不下来。"

"哈哈哈哈。"陈安茹没良心地大笑。

比赛休整阶段，后台里到底发生了什么没人知道，反正第二局开始之后李斯年就没碰过车，全程都是双手搭在膝盖上乖乖地坐在后排。

他们这一对本就实力强悍，再加上配合默契，就算是运气不好也妥妥进前十。而在第二局里，贺竹沥和李斯年总算是发挥出了自己该有的水平，一路所向披靡，无论是战术还是枪法都是顶尖的。

而贺竹沥的指挥水平在整个圈子里绝对是数一数二的，怎么突击，怎么撤退，怎么寻找有利的地形……他早已将整个地图烂熟于心，甚至于哪里有石头，哪里有树，仿佛都记得一清二楚。

看高手过招，当真是让人赏心悦目。

陆妍娇看得着迷极了，全程目不转睛，甚至于到了贺竹沥的镜头后，连眼睛都舍不得眨。

李斯年作为贺竹沥的专用突击手，也从来不会让人失望——除了他的车技。

第二局，他们毫无悬念地拿下了第一，再加上一共杀掉的 11 个人，豪取 574 积分，超过了原本排在第一的韩国选手，跃居榜首。

看比赛的人都松了一口气，他们至少把第一场的劣势拉回来了，没有产生太大的影响。其中最开心的还是李斯年，陆妍娇亲眼看到他抚着胸口满脸庆幸地去了休息室。

陆妍娇看得直想笑："李斯年到底被怎么收拾过，这么怕贺竹沥？"

陈安茹道："别说他了，你刚开始认识贺竹沥的时候不怕他？"

陆妍娇想了想，坦然道："不怕啊。"

陈安茹道："……你厉害。"

"有什么好怕的……"陆妍娇捧着脸道，"他还能把我吃了不成？"

陈安茹闻言，笑了笑，没有说话。

因为第一场失利，所以第三场比赛的气氛也比较紧张，好在贺竹沥组没有再犯第一场那么大的失误，平稳地发挥了自己的实力。

于是毫不意外的，贺竹沥和李斯年的组合夺下了双人赛的冠军，而第二和第三则是一支韩国队伍和另外一支国内的队伍。

像《绝地求生》这种射击类游戏，通常不是亚洲的强项，反而在欧洲发展得比较好。也正是如此，贺竹沥他们这次比赛的压力并不算太大，并未遇到最强的对手。

贺竹沥和李斯年又夺下一个冠军，观众对他们报以热烈的掌声和欢呼。特别是千里迢迢跑到这里来看比赛的国内观众更是大呼过瘾，颇有扬眉吐气之感。

结束了第二天的赛程，比赛还剩最后一天。

FCD战队的团队赛实力在业内无人置疑，唯一让人担心的是突然换上去的替补队员佟朱宇会不会和队伍的节奏不契合，从而导致队伍的实力下降。

但当晚一起吃晚饭的时候，所有队员都表现得非常轻松，陆妍娇于是也放下心来，想着应该不会有太大的影响。

连打了两天比赛，选手们都有些累了，最重要的团体赛就在明天，所以吃完饭之后，众人便早早地各自散去，养精蓄锐，明日再战。

陆妍娇泡了个热水澡，准备早点睡觉，然而就在她迷迷糊糊就要进入梦乡的时候，放在枕头旁边的手机突然响了起来。

"谁啊……"嘴里嘟囔着，陆妍娇拿起手机一看，发现屏幕上显示的是贺竹沥的电话号码，她有些惊讶，连忙接通，"喂，贺竹沥，有什么事啊？"

贺竹沥道："陆妍娇，你睡了吗？"

"还没有。"陆妍娇吸吸鼻子，"有事吗？"

"我有点事情找你。"第一次，贺竹沥的语气里带了焦急的味道，他道，"你下来一趟。"

陆妍娇几乎是马上就清醒了过来，她从贺竹沥的语气里听出了一种不寻常的感觉，似乎是发生了什么非常严重的事情，才让贺竹沥说出这样一番话。

"好，我马上下去。"陆妍娇挂了电话，快速地换好外套衣服，起身奔向楼下。

贺竹沥已经在门口等着了，他没进来，似乎已经在外面站了许久，飘落的雪花在他的头上和肩上已经积了厚厚一层。

"出什么事了？"陆妍娇气喘吁吁。

贺竹沥看着陆妍娇，一字一句道："江烛受伤了。"

"受伤了？怎么会？"陆妍娇被这个消息吓得瞪大了眼，他们才分开不到两个小时，江烛怎么会突然就受伤了？！

贺竹沥道："他洗澡的时候不小心滑倒在了地板上，直接摔裂了尾骨。"

陆妍娇听傻了："摔……摔裂了？"

贺竹沥伸手揉了揉眼角，点点头。

陆妍娇急了："情况不严重吧，他去医院了吗？还有……还有……明天的比赛……"

贺竹沥吐了口气："他刚才已经被救护车带走，应该没有什么大问题，但是现在有个很麻烦的事情。"

陆妍娇也明白了贺竹沥说这句话的意思。

贺竹沥说："明天的比赛我们少了一个队员。"

陆妍娇面露担忧之色："有什么办法解决吗？"

贺竹沥抬头看了一下还在飘雪的天空，伸手按住了陆妍娇的肩膀："走吧，回去和你慢慢说。"

陆妍娇心里隐约感觉到了什么，她张了张嘴，最终什么也没说，跟着贺竹沥朝着比赛场馆的方向走去。

此时本该关了门的休息室却灯火通明，剩下的三个队员和教练都静静地坐在休息室里，见到他们两个进来，却都没有动。

贺竹沥似乎是受这件事情影响最小的那个，李斯年直接整个人都趴在了桌子上，连那个平时笑眯眯的教练也露出了愁苦之色。

"真的要这样吗？"李斯年问。

"你有别的办法？"贺竹沥冷冷发问。

"唉——"李斯年道，"运气真是差啊。"

他们对完话，就把目光转到了站在贺竹沥身后手足无措的陆妍娇身上。

"小姐姐……"李斯年说，"你……想打游戏吗？"

陆妍娇瞪圆了眼睛，指着自己："我？我？你们确定没找错人吗？我什么都不懂啊。"

"没事。"李斯年上前拍了拍她的肩膀，"你其实挺强的。"

陆妍娇疯狂地摆手，说"不了不了"，她真的受不了这么刺激的事情。

"其实我也不想找你啊，但是能找谁呢。"李斯年哭丧着脸给陆妍娇解释，"现在这个时间点了，总不能随便去路边找个人来打吧，况且我们也没有替补人员了。"

佟朱宇赞同道："是啊。"

"我朋友怎么样？我朋友的男朋友呢？"陆妍娇也要哭了，"他们都比我强啊……"

"重点不是强，是至少我们对你足够了解。"贺竹沥声音有点冷，"队友在比赛过程中给对手报位置的事情，我们不想再经历一次。"

陆妍娇语塞。

"你不用有这么大的压力，我们已经拿下两个冠军，最后团队赛在这样的情况下失利也是正常的。"李斯年道，"四个人总比三个人好吧。"

陆妍娇还欲推辞，却见贺竹沥蹙起了眉头："算了，她不愿意就不要勉强了。"

李斯年闻言也叹了一口气，的确，来参加比赛这种事情本来就费力不讨好。无功也就罢了，万一出现什么篓子，那肯定会承受很大的舆论压力。陆妍娇不过是一个圈外人，把她牵扯进来，的确是有些不合适。

李斯年点点头，也不再劝。

看着消沉的众人，陆妍娇心里突然浮现了一种母亲般的慈爱，她咬了咬牙，给自己做了个心理建设，然后深吸一口气，大声道："教练，我想打篮球……哦，不对，是我想打游戏！"

众人沉默。

贺竹沥表情扭曲了片刻，似乎没想到都这会儿了陆妍娇还能那么多戏。

"真的？"教练确认。

陆妍娇点点头。

"那好吧，就这么定了，我给主办方去个消息，把首发名单定下来……唉，江烛这孩子……"教练拿着手机出去了，留下屋子里四个人。

面对众人的目光，陆妍娇挠着头露出了一个无比憨厚的笑容："那个……我是打江烛的突击手的位置吗？"

李斯年道："不不不，你就躲在我们身后，当个伏地魔就行了。"伏地魔是指游戏里全程趴在地上阴人，见人就躲，能不开枪就不开枪的玩家。

陆妍娇道："你们这是小看我……"

贺竹沥揉揉太阳穴："你不要人来疯。"

陆妍娇吐吐舌头，消停了。

有的人性格就是这样，人越多她越起劲，别人都是怯场，她却是兴致高昂。这种人放在电竞赛事里就是典型的大赛型选手，平时可能操作一般，比赛的时候反而操作得格外漂亮。

当然，陆妍娇底子在那儿，大家也没对她抱有太大的希望，只当她是个移动的仓库，能帮大家背点子弹、药品之类的就已经很不错了。

事情就这么定下来了，贺竹沥又把陆妍娇送回了酒店。

他在离开的时候，显得有些迟疑，最后还是说出了一句："抱歉，我不该把你牵扯进来。"

谁知道陆妍娇却是摩拳擦掌，满脸兴奋，压根没听贺竹沥在说什么，最后满脸天真地问："啥？啥？你说啥？"

贺竹沥道："……没什么。"

"哦，晚安晚安，明儿见，早点去，别迟到了啊。"陆妍娇说完话，跟只兔子似的蹦跶回酒店了。

贺竹沥看着她快乐无比的背影，无话可说。

神经大条大约是有很多好处的，比如遇到某些事情多数人会紧张得睡不着，而陆妍娇却一觉睡到大天亮，第二天成了最精神的那一个。

早晨起来，陆妍娇给陈安茹发了短信稍微解释了一下情况，就独自一人先去了休息室。

她到休息室的时候，看见贺竹沥他们已经在里面等着了，三人均是面色沉静，连李斯年都开不出玩笑。

陆妍娇被气氛影响到，也严肃了起来。

"你在想什么呢，小姐姐？"李斯年大约是怕陆妍娇紧张，开口问了一句。

"我在想，我是用 M4 好呢，还是 SCAR 好，M4 的配件捡不满，不好压枪啊。"陆妍娇摸着下巴说着游戏的专用术语。

李斯年无话可说："你 SCAR 压得住？"SCAR 已经是游戏里面最好压的一把步枪了。

陆妍娇说："压不住啊。"

李斯年说："……那你想这个做什么？"

陆妍娇很憨厚地笑着："不然我这会儿想晚上吃什么多不合气氛。"

李斯年无话可说。

贺竹沥道："别安慰她了，你安慰安慰自己吧，她比我们会调节心情。"

李斯年深有同感，重重点头。

比赛马上就要开始，陆妍娇跟着贺竹沥到了比赛场地，坐在了原本属于江烛的位置上。

而主持人也开始解释昨晚发生的意外情况——江烛浴室滑倒惨遭骨折，贺竹沥妹妹被迫顶上。

这时候镜头正好切到了陆妍娇身上，陆妍娇露出一个灿烂的笑容，对着大屏幕挥了挥手。

全场瞬间变得嘈杂起来。

"好了，让我们把注意力转回比赛上。"主持人笑道，"今天可是大家最期待的团队赛，看，选手们上飞机了——"

起飞之后，贺竹沥就开始观察航线，选择合适的降落地点。

能在初期选取一个资源丰富，又没有敌人的跳伞点，是保存队伍实力的重要策略。

他们运气不错，选取的城区处于地图的中心地带，并且居然没有人也跟着跳下来。唯一美中不足的就是附近的城区跳了两队，看起来待会儿有场硬仗要打。

陆妍娇第一次参加比赛，倒是没多少紧张的情绪。她落地就捡了个三级的背包——游戏里容量最大的那种，然后就开始蹦蹦跳跳地收集物资，简直像个采蘑菇的小女孩。

"哇，噗神，这里有三级头。"陆妍娇在一间厕所里发现了三级头，惊喜地呼唤着贺竹沥。

"嗯，你标个点。"贺竹沥道，"李斯年……你还没找到枪？"

李斯年都要哭出来了："没有啊，我就看见两三把砍刀。"

贺竹沥叹了口气："妍娇，你先把你看到的枪给李斯年送过去……"

陆妍娇道："好啊好啊，你是要这把 M4 呢，还是要这把 SCAR 呢，还是要这把 AK 呢？"

李斯年闻言一阵恍惚，忽然有种陆妍娇其实是个慈祥河神的错觉，想要什么她那里都有。

"哇，我又看见了个三级甲，李斯年，我待会儿给你带过去！"陆妍娇高兴地叫道。

贺竹沥打断了两人的对话，催促他们快一点，按照这个时间，旁边的敌人可能已经搜得差不多了，很有可能趁着这个时间摸到他们这边。

四人赛应该是所有赛事之中最难的。因为四个人的战略非常丰富，不但考验队员的实力，还特别讲究配合。贺竹沥之所以考虑让陆妍娇来顶替江烛，一是因为时间太过紧迫，二是因为陆妍娇有着其他人无可比拟的优点——听话。

就算敌人就在面前，贺竹沥不下命令，她也不会因为对人头的渴望而擅自开枪。

枪法越是强悍的人，越是没有办法控制自己对于杀戮的渴望——谁不想在比赛里大放异彩，多拿几个人头呢。

"堵他们一拨。"贺竹沥做出了战术指挥，"我刚刚去看了，他们那边没有车，想要跑毒肯定得从我们这里穿过。佟朱宇，你去东南角的三层楼，李斯年，你在他旁边；陆妍娇，你跟着我。"

陆妍娇点点头，抱着枪乖乖地跟在贺竹沥的身后。

大约三十秒后，四个敌人真的出现在贺竹沥预料的方位。

"牛啊。"陆妍娇在旁边小声地说。

贺竹沥道："等他们过马路的时候再开枪——不要提前开枪！听到没有？"

众人纷纷应声。

陆妍娇屏住呼吸，看着人离他们越来越近。

"打！"贺竹沥一声令下，几人扣动扳机，子弹发出尖锐的声音，穿破空气，射入敌人的身体，带出一簇又一簇如烟花般绚烂的血雾。陆妍娇也打得挺认真的，至于有没有打中，那就是另外一回事儿了，反正对面四个人头没一个是她的。

"给你们二十秒舔包，我去开车——只有二十秒。"干净利落地处理掉敌人后，贺竹沥又下了指示。

陆妍娇嘴里应着，迈着自己的小短腿跑得飞快，和李斯年他们一起打扫起了战场。

"好多药啊，待会儿全分给你们。"陆妍娇道，"噗神，这里有把98K，我给你背着！"

贺竹沥"嗯"了声，把车开到了众人面前："走了。"

陆妍娇第一个上车，上车之后还乖乖地把双手放到了膝盖上。

李斯年则道："马上，马上——我再捡点配件——"

"李斯年！毒来了！"贺竹沥怒道。

"来了来了！"李斯年这才爬到了车的后座上面。不过他耽误的十几秒钟让众人慢了一步，被迫在毒圈里多停留了一些时间。

陆妍娇本来以为贺竹沥会生气，谁知道他却没有什么表示。

"习惯就好。"贺竹沥似乎猜到了陆妍娇在想什么，淡淡道，"每个选手都有自己的性格。"

像李斯年，枪法好，意识也不错，但有的时候就是磨磨蹭蹭的，无伤大雅的情况下，贺竹沥也懒得说他。

陆妍娇"哦"了声。

车一路开向了安全区，他们运气很好，并没有遇到半路阻击他们的敌人。

如果是在队伍满配的情况下，贺竹沥下一步的策略肯定是去击杀敌人以获得资源。但江烛不在，队伍里少了一个厉害的突击手，所以他并没有挑取太过激进的战略，而是刻意绕开了一些可能遇敌的城区。

陆妍娇作为医疗兵，开开心心地报着自己包里的药品："我有七个急救包、四瓶止痛药、五瓶饮料——你们呢？"

李斯年看了眼自己的背包："……一样一个。"

佟朱宇道："三个，三个，两个……你不用给我了。"

陆妍娇又道："噗神？"

贺竹沥道："……十五个绷带。"

众人发出低低的笑声。

绷带是游戏里加血加得最少的物品，基本上五个绷带等于一个急救包，这么大个城区，贺竹沥居然一个急救包都没捡到，从某种程度上来说，也是运气很"好"了。

车停在一个安全的地方后，陆妍娇把药品和子弹都给大家分了一下，自己只留了一点。她边分还边厚着脸皮说："哎，一把屎一把尿把孩子喂大的感觉真好。"

拿了陆妍娇三个急救包的贺竹沥沉默。

"好啦好啦，别抢，大家都有。"陆妍娇激动地说，"快喝瓶饮料，妈妈刚从厕所里捡的。"

李斯年喝饮料的手微微颤抖，最后还是什么都没说，铁青着脸把饮料给灌下去了。

佟朱宇在旁边露出幸灾乐祸的笑容，心想还好自己争气，不然也要被陆妍娇占便宜。

分完药，大家蹲在安全区里观察形势。此时毒圈才刷第二次，大部分队伍都还在收集装备，存活人数为七十。

贺竹沥分析道："我们这个楼位置很好，刚好卡住安全区边缘，待会儿肯定有人往这边过来，李斯年你去隔壁房子，守着我们楼的门，一旦发现情形不对，马上跳窗过来。"

李斯年说了声"好"，下楼去隔壁了。

陆妍娇看着窗户，她虽然技术不好，视力却非常棒，基本上只要有人出现在地图上，她都能迅速地捕捉到。

三人看着不同的方向，就在毒圈即将刷新的时候，陆妍娇看见地平线的那头出现了几个蚂蚁大小的点，正在朝着这边移动，她叫道："噗神，来人了！"

贺竹沥说："方向？"

"NW——"陆妍娇道，"废车后面，正在往这里跑。"

"好。"贺竹沥道，"不要急，等人靠近了再开枪，李斯年，听到没？"

李斯年嘟囔道："听到了听到了，这指挥我还是会乖乖听的……"

贺竹沥冷哼一声，显然是因为李斯年干过这事儿，他才会反复强调。

就在人离他们越来越近的时候，陆妍娇却听到了一声清脆的吧嗒声，这声音她十分的熟悉，是手榴弹落在地板上的声音。

"该死，有人扔雷！"陆妍娇大叫了一声。

贺竹沥他们也听到了，可之前所有人的注意力都放在了远处的敌人身上，听到这声音后，反应速度稍微慢了几秒。而扔手榴弹的敌人显然也是经验丰富，在拉开保险之后还把手榴弹在手里握了几秒钟——这样的操作，可以让雷在扔出去的时候直接爆炸，不给敌人反应的时间。

"砰"的一声巨响，原本在里屋占据里狙击位的贺竹沥和佟朱宇应声倒地，只剩下了在客厅里的陆妍娇侥幸存活。

"该死！"贺竹沥骂道，"有两队人——陆妍娇，用喷子守楼梯，我们爬到你那儿去。李斯年，卡门！"

如此关键的时刻，陆妍娇的心里终于腾起了叫作紧张的情绪，但她咬住牙，知道这时候绝对不能慌张，如果让人冲上楼，那就彻底完了。

"别急，我封了个烟，他们暂时不敢上来，你们先爬过来！快点！"陆妍娇镇定道，"竹沥，再爬过来一点，我卡着视角扶你！"

贺竹沥道："好！"他一边说着一边操作着人物朝着陆妍娇的方向爬去，很快就到了陆妍娇身后。

而陆妍娇则一边观察着门外的情况，一边弯下腰来想要扶起贺竹沥。

扶起一个人需要九秒钟，在这一刻，原本短暂的时间变得无比漫长，然而就在贺竹沥即将被扶起的刹那，陆妍娇听到楼梯上传来了凌乱的脚步声。

"来人了！陆妍娇，先别扶我！"贺竹沥咬牙道，"把他们杀了！"

陆妍娇深吸一口气，强迫自己冷静下来，她看着身后倒着的两人，一字一句道："别怕，妈妈会保护你们的！"

贺竹沥无语。

佟朱宇心想：他没吃陆妍娇的药，结果还是逃脱不了当陆妍娇儿子的命运吗？

敌人的脚步越来越近，陆妍娇屏息凝神，心中并无恐惧，当看到人影从楼梯下面冒出来的那一刻，她手中的喷子发出巨大的响声，子弹呼啸而出，朝着前方的敌人飞了过去。

"啊！"被打中的敌人发出一声惨叫，身上被绿色的血液浸透，人也瞬间倒在了地上。

"倒了！"陆妍娇兴奋得差点从座位上跳起来。

"上子弹，还有人！"贺竹沥的思维非常清晰，"李斯年，从后门包抄过来——别走前门！"

李斯年说："走后门来得及吗？"

贺竹沥道："相信你妈妈的实力！"

陆妍娇露出迷之笑容。

一个敌人倒地，企图往楼梯上爬，但陆妍娇并不打算给他这个机会，又是一发枪响，直接补掉了敌人。而与此同时，那个敌人的队友也冲上了楼梯，似乎是打算趁着陆妍娇换子弹的间隙冲上楼。

陆妍娇杀了一个，心里有数多了，趁着敌人还在狭窄的楼梯上面，直接冲过去，朝着楼梯下面又开了一枪——又一个敌人倒地。

游戏里有句玩笑话——"喷子面前人人平等"，意思就是无论是穿几级防御装，只要距离够近，遇到这种枪都会被一枪击倒。作为游戏里威力最大的近战武器，它在巷战里几乎是王者般的地位。

"杀掉了！"陆妍娇发出惊喜的呼叫声，与此同时，李斯年也趁着他们注意力全在楼上的工夫，从身后包抄干掉了剩下的一个敌人。陆妍娇的屏幕下方跳出了"2杀"的字样，她激动得手舞足蹈，贺竹沥不得不提醒她赶紧过去救人。

"我是不是好厉害？我是不是好厉害？"陆妍娇高兴得整张脸都红彤彤的，鼻尖也冒出了点点汗珠，"孩子们，有妈妈在，谁也别想伤害你们！"

剩下三人沉默地缩在屋子里打着药，李斯年小声说："噗神，你就不想说点什么吗？"

贺竹沥从牙缝里挤出一句："人家刚救了你，你能说什么？"

"对啊。"佟朱宇满脸沧桑，"这条命不就是她给的吗？"

李斯年无话可说。

这一系列的事情从开始到结束不到一分钟的时间，不过等他们清理完了来攻楼的这一队，却已找不到刚才看到的那一队了。

"来不及了，直接走吧。"贺竹沥掐算了一下时间，"我们离安全区太远了，开车过去最少也需要半分钟，和他们在这里纠缠会浪费太多时间。"

"他们要是伏击我们怎么办？"李斯年担忧道，"我们的位置已经暴露了。"

贺竹沥看着地图，指了一下路线："绕。"

"好吧。"李斯年点点头。

一行人下楼开车，当然没忘记舔被陆妍娇杀掉的敌人的盒子。

这盒子陆妍娇舔得格外认真，还时不时地品评一番："这兄弟穿衣品位不太好啊，怎么不穿裤子，啧啧啧，不穿裤子还穿运动鞋……"

"走了。"贺竹沥把车开到了门口。

陆妍娇这才恋恋不舍地离开。在职业比赛上竟然杀了两个人，虽然是依靠地形的优势和一定的运气成分，但也足够让陆妍娇挺直腰杆了。

四人上了车，贺竹沥一边驾驶一边研究地形，根据安全区的刷新规则，最后一个圈极有可能刷在平原上面。

陆妍娇听完分析就蔫了："平原……不是吧？我最讨厌平原圈了。"

"谁不讨厌呢。"李斯年看了下地图，估计也觉得贺竹沥的分析十有八九是对的，"平原圈简直恶心透了。"

平原圈又被称为麦田圈，是一块一望无际的麦田。只要玩家趴在地上，那基本就是谁也看不见谁的场面。

这样就导致了一个非常尴尬的情形，就是谁先遇到对手谁倒霉，只要一开枪，暴露了自己的位置，那四面八方都有可能扔来无数个手雷，直接把你炸趴下。

陆妍娇曾经深沉沉地表示平原简直就是黑暗森林法则的最好体现，只要暴露自己，那就离死不远了。

"有两个打法，一是开车卡在安全区边缘确保身后没有敌人，二是提前进里面找个隐蔽的草丛蹲着。"贺竹沥开始进行战术讨论，"第一个打法的问题是我们现在只有一辆车，要想卡边至少还得再找一辆，至于第二个打法……"

陆妍娇道："第二个打法怎么了？"

贺竹沥瞅了她一眼："那就单纯看运气了。"

安全区刷新的位置便决定了队伍的胜算，刷在自己这边，胜算率大大提高，刷在了敌人那头，情形就会变得尴尬起来。

李斯年想了一会儿，突然回头看了眼哼着小曲儿心情颇好的陆妍娇："我有个想法。"

贺竹沥道："嗯？"

李斯年握拳："把根留住！"

贺竹沥秒懂。

陆妍娇满脸茫然，随即便看到众人将目光投到了自己这边，呆呆道："你们看着我做什么？"

"我们有个任务要交给你。"李斯年露出温柔的笑容，"妍娇，你一定要……活下去。"

陆妍娇突然有种不太好的预感。

"哦，FCD战队又开了一辆车，看来他们是打算卡边打了，等等……他们怎么兵分两路了……"主持人看着屏幕上的画面，显然有点蒙，"一辆车朝着圈边缘开，一辆车朝着麦田中央——等等，他们怎么停下了，有一个选手从车上下来了，是那个今天临时上阵的女选手，她趴下了！和草堆融为了一体！"

"我走了。"李斯年道，"你一个人保重。"

陆妍娇为了让自己和草堆完美融合，已经扔掉了身上所有的衣物和装备，只留了几颗雷和一把枪，此时的她穿着内衣内裤趴在草堆里，仿佛成了草的一部分："走吧，不要想我。"

李斯年道："噗——"

陆妍娇怒道："笑笑笑，笑啥啊，还不是你出的主意，趁我没生气赶紧给我滚，不然我一枪爆了你的头！"

李斯年道："妈妈，你不要生气嘛，我们这也是为了保存有生力量。"

陆妍娇挥挥手："我没有你这样的儿子，走走走，赶紧走。"

李斯年开着车去和贺竹沥会合了。

陆妍娇趴在草丛里，心里想着，希望待会儿这儿可千万别来人啊……不然她肯定会变成盒子的。

主持人的解说让全场观众哄堂大笑了起来，陈安茹坐在底下眼泪都快笑出来了："我真的要笑死了……"

王森森也哈哈大笑："他们怎么那么逗乐啊！"

"等等。"陈安茹突然想起来，"他们是不是忘记了队内语音直播的时候也能听到啊。"

王森森道："……有可能。"

显然，江烛突然受伤也影响了贺竹沥的发挥，导致他和其他两个队友都完全忘记了队内语音会直接公布在直播上的情况。李斯年叫陆妍娇妈妈叫得那么顺口，等到下场想起来的时候估计肠子都得悔青了。

而陆妍娇成功占了三人便宜，可以说是狠狠赚了一把。

李斯年开车安全地回到了贺竹沥的身边，嘟囔道："噗神啊，咱们是不是忽略了什么事儿，我怎么好像听到观众在笑啊？"

贺竹沥正在研究地图，头都没抬地回了句："没事，他们在为你明智的决策欢呼。"

李斯年狐疑道："真的吗？"

贺竹沥道："真的。"——现在比赛要紧，他哪有时间去关心李斯年的小情绪，等到李斯年想起来哪里不对劲的时候，他们都早已经成了陆妍娇的乖儿子了。

第五章
我的天呀

陆妍娇趴在草地里一动也不动，仿佛自己已经和周遭的环境彻底融为一体。无论有什么风吹草动，身边响起了多少子弹呼啸而过的声音，她都不曾移动半分。

她就是FCD的根！她要坚强地活下去——陆妍娇暗自握拳，如此坚定地告诉自己。

此时，现场的画面正好转到了贺竹沥他们一队上，送走陆妍娇的李斯年刚和队伍会合，就同另外一队遭遇了。

那一队的运气比较差，在初期就折损了两名队员，剩下的两名则和FCD战队正面交锋。

贺竹沥他们先发现敌人，也趁势占了先手，他抬手一枪便爆掉了对面一个敌人的头，剩下一人也被很快地处理掉。

但唯一比较让人头疼的是他们对枪的声音暴露了自己所在的位置，远处的敌人发现了他们的行踪，开始尝试性地狙击他们。虽然距离比较远导致他们并没有受到太大的影响，可这着实是个不太妙的信号。

安全区已经缩到了倒数第四个，人数却足足有四十几人，这意味着随便走两步都可能遇到敌人，想要保下所有的队员进入决赛圈，成了十分艰难的任务。

比赛进入最为激烈的白热化阶段，赛场的气氛也热烈起来，主持人情绪高涨地解说着选手们的各种精彩操作，还不忘记分析场上形势："现在看来 LM 战队的位置很好啊，先进入了麦田圈占领了中心区域，等等，他们的位置是不是要和那个躲在麦田里当伏地魔的小姐姐遇到了——"

陆妍娇缩在草堆里，听到周围响起了窸窸窣窣的响声。这声音她非常的熟悉，就是人从麦田里爬过的声音。

"有人来了！"陆妍娇和其他三人在语音里交流，"居然有四个！该死，就在我的面前！怎么办？！"

"别动。"贺竹沥一边指挥李斯年他们和敌人厮杀，一边给陆妍娇下指示，"你的位置很好，只要不乱动，应该不会被发现。"

陆妍娇看着自己电脑屏幕上的画面，额头不禁流下了一滴冷汗。

不知不觉间，敌人已经爬到了她的面前，听声音距离绝对不超过十米，而且似乎离她越来越近。

"要被看到了，要被看到了……"陆妍娇觉得自己简直像是恐怖片里的女主角，怪物就在身边，只要稍微朝着她看一眼，她就会被人从草堆里揪出来杀掉。

"看不见我，看不见我……"陆妍娇在心里疯狂地默念。

也不知道是她向来满满的运气起了作用，还是这支队伍觉得麦田里不可能有人放松了警惕，他们居然真的没有发现明明就近在咫尺的陆妍娇。

"小心山坡上，那边有两队，UI 你注意十点钟方向……"LM 的队长还在频道语音里紧张地指挥着。

看着 LM 的视角，观众却忍不住发出了轰然的笑声，因为就在他们身后的草丛里，趴着一个瑟瑟发抖的姑娘，一动也不动的模样简直像块石头。

"看来电子竞技的确是不需要视力啊。"主持人也忍不住笑了起来，"LM 没有发现自己身后藏着一个敌人……也对，谁能想到这地方有人呢！"

四个彪形大汉就在陆妍娇的周围，却没有一人发现躲在草丛中的她。当陆妍娇把这个信息报告给贺竹沥的时候，贺竹沥握着鼠标的手停顿了片刻，冷静道："继续藏着，别让人发现了。"

陆妍娇真想点头，却听到不远处传来了一声尖锐的枪声，她沉默了几秒钟，才反应过来自己身边的彪形大汉从四个变成了八个——有另外一队看上了这块中心区的位置，和LM杠上了！

陆妍娇心想：人太多了，这实在是有点刺激过头了吧。

两个满员的队伍一相遇就直接"开捎"，整个麦田里子弹、手榴弹横飞，步枪扫射的声音也是不绝于耳。

处在旋涡中间的陆妍娇流下了一滴悲伤的泪水，道："孩子们，妈妈可能要离开你们了。"

李斯年无奈道："……你死前都要占我们的便宜吗？"

战斗开始得突然，结束得也迅速，当LM战队作为胜利者打扫敌人战利品的时候，陆妍娇才恍然大悟，他们居然还没发现自己……

"他们真的没看见我吗？是不是他们早就发现我了只是没有打我？"陆妍娇开始怀疑人生，"这真的不太科学啊。"

"有什么不科学的，这可是在麦田。"李斯年道，"一个开了闷枪马上趴下去就看不见的地形。"

陆妍娇道："可是他们都打了一架了……"

贺竹沥道："才一架而已，冷静点，估计你那个位置还得打。"

陆妍娇听了贺竹沥的话心里直嘀咕，心想，还打啊，那她岂不是又有可能被发现？当初谁带她来的这个位置来着……对，就是李斯年这个不孝子。

李斯年在旁边坐着，莫名其妙地承受了一把陆妍娇哀怨的眼神。

虽然陆妍娇心中不断地祈祷着这里不要再有争斗，贺竹沥却是一语成谶。不到两分钟，就在刚才打架的地方，LM仅剩的两名队员和其他队伍又捎起来了。

陆妍娇无可奈何，只能抱着自己仅剩的一把枪瑟瑟发抖，等到他们捎完后，她已经被紧张感搞得身心俱疲，于是丧气道："请就当我死了吧。"

贺竹沥很是无情："把你送过去的时候，我们就已经当你死了。"

　　反正这一场比赛，只要视角转到陆妍娇所在的地方，整个比赛场馆里就会充满笑声，观众因为陆妍娇的操作笑场了好几次。

　　主持人也跟着开玩笑说："我们有理由怀疑这名选手使用了隐身外挂，不然没理由来来去去都快十几个人了，竟然没一个发现她。"

　　陆妍娇也不想，她本来就有点多动症，这会儿让她当石头，从某种程度上来说简直比死了还难受。

　　"呜……"陆妍娇双手离开鼠标键盘，撑着下巴看着电脑屏幕，委屈地嘟囔，"你们什么时候才来嘛，我身边都十二个盒子了！"

　　因为激烈的战斗，此时陆妍娇的身边当真整整齐齐地摆放了十二个盒子——可能她还数漏了几个。

　　"十二个？"李斯年道，"噗神，咱别过去了吧，妍娇那里简直像是个火葬场。"

　　陆妍娇瞪圆了眼睛："李斯年！"

　　"不。"贺竹沥吐出的这个字刚让陆妍娇感动了一秒，他就来了句，"万一安全区刷在了她那边呢。"

　　李斯年道："有道理……"

　　陆妍娇哭道："你们就这么对待了你们生命的人吗？是不是太过分了一点？"

　　三人认真看着屏幕，都装作没有听到。

　　然而有些人注定是被上天宠爱的对象，安全区一次比一次小，但陆妍娇始终就在最中心，从头到尾都不需要移动一步。

　　贺竹沥他们就没有这么好的运气了，从卡边开始，一路都是杀过来的，贺竹沥和李斯年都倒了两次，佟朱宇更惨一点，直接牺牲变成了四四方方的盒子。

　　"带着我的遗志活下去。"佟朱宇死前很不厚道地对剩下的两人说，"去吧，小蝌蚪们——去寻找你们的妈妈吧。"

李斯年道："……你才是小蝌蚪。"

贺竹沥吐了口气，告诉自己这是在比赛，不能动粗。

马上就要刷最后的安全区了，此时所有的安全区都是麦田，选手们全都趴在了地上当起了伏地魔。

因为之前陆妍娇在的地方打得实在是太激烈了，物极必反，这会儿反而没人往那边继续爬——毕竟谁看着十几个盒子横在地上心里都有点发怵。

"往陆妍娇那边靠，她应该在最终安全区。"贺竹沥看了一下形式，下了命令。

"我的天啊。"李斯年一边趴在地上慢慢地挪动，一边道，"早知道她那儿那么安全，我真该一开始就和她一块趴那儿。"

贺竹沥冷笑："要是你和她一起趴着，我怕你现在已经变成了盒子。"

李斯年还欲反驳，仔细一想，又觉得贺竹沥说得很有道理。他可没有陆妍娇那逆天的运气，要是跟着陆妍娇往那儿一趴，怕不是屁股上早就多了几个弹孔，人也凉了。

地图里还剩九个人，除去他们三个，还有六人，应该属于两三队人。就在李斯年他们往那边爬的时候，右边再次响起了枪声，有人应声倒地，人数瞬间从九个锐减到七个。

贺竹沥趁火打劫，在对面火拼没有时间管他们时，扔了好几个手雷过去，很是幸运地抢到了一个人头。

"应该还有两队——"李斯年推测，"目测在我们左边。"

"不急，慢慢来。"贺竹沥知道这时候谁急谁就落了下乘，"我左你右，注意听声音。"

"好。"李斯年点头。

两人一直往前，但都没有再听到枪声。此时圈已经非常小了，根本不可能容纳下那么多的人，贺竹沥心中冒出一种不太妙的预感："李斯年，小心点，对面可能是个满编队伍。"

"满编？"李斯年心头一凉，"不可能吧……"

如果是满编队伍，那他们几乎就没有胜算了。

满编队伍，是指四名队友全员俱在。

在激烈的对抗中，能从头到尾保持全队满员是非常不容易的事。一般队伍都会在决赛圈之前折损几人。像贺竹沥他们战队这样保存三个有生力量，已经是非常不容易的了。但根据贺竹沥以往的比赛经历，在如此小的圈里是很难容纳下七个人的，除非这七个人——只属于两队。

对局势的判断从来都是贺竹沥的强项，然而有时候贺竹沥却宁愿自己判断失误。

"队长，我看到他们了！"就在贺竹沥说出自己的判断不久后，处于最优位置的陆妍娇发现了敌人的情况，她眼睛尖，很快就发现了几个敌人的行踪，"有四个人！我给你在地图上标记出来。"

"嗯。"贺竹沥拿出了手榴弹，"你身上有雷吗？"

"没有。"陆妍娇道，"我身上只有药包了……"

"好。"贺竹沥沉思片刻，"你现在不要动，保证自己不要被发现。"

现在陆妍娇的位置非常好，刚好处于毒圈和安全区交接的边缘。而敌人们并未发现那里还藏了一个人，而是将注意力放到了圈子中间。

此时并没有人敢动，因为只要起身，绝对会变成靶子被杀掉。而按照游戏规则，如果最后一个圈还没有出现胜者，那么最后一个圈会在地图上停留大约半分钟的时间。半分钟之后，安全区再次缩小，唯一安全的地方则变成一束只能容纳一个人的光柱。

而安全区外的毒会变得非常剧烈，不过几秒的时间处于毒区的玩家就会倒地身亡。

局势完全僵住了，如果继续这样发展下去，对面的满编队在缩最后一个圈的时候则会占有极大的优势——他们可以分出一个人去毒圈中心，其他的人则拦住别的敌人，只要能阻拦敌人片刻，胜利就属于他们。

"怎么办？"李斯年烦躁地道，"和他们打？"

"打了必输。"贺竹沥估摸了一下时间，"陆妍娇没有战斗力，等于我们二打四。"

"那咋搞？"胜利的果实就在眼前，却偏偏不能摘入自己的囊中，这对于任何人来说都是一种煎熬，李斯年说，"不然到时候我站起来吸引注意力，你往安全区跑？"

"不。"贺竹沥道，"这个安全区，谁也别想进了。"

李斯年微微一愣，随即领会了贺竹沥的意思："你是说……"

"我们赌一把吧。"贺竹沥的语气格外冷静。

"好。"李斯年咬咬牙，"赌就赌，总比把冠军拱手送人的好。"

陆妍娇听得懵懵懂懂，并不太明白他们到底是什么意思。

贺竹沥叫道："陆妍娇。"

陆妍娇道："到！"

"你身上还有多少药？"贺竹沥问。

"两个急救包，两瓶止痛药，两瓶饮料。你们想做什么？"

贺竹沥却并不解释："等毒圈快要开始缩的时候，你吃两瓶止痛药让自己的能量处于饱和状态，然后蹲在原地打急救包，不要往前面跑。"能量是游戏里的一种数值，可以用止痛药和饮料加满，能量值越高，回血速度越快，当能量在 70% 以上的时候，还可以加快人物奔跑速度。

这最后一圈毒太疼了，光打急救包根本不能补上来血，必须打满能量之后再加血，才有机会活下来。

"我们也不跑了吧？"李斯年笑着问。

"跑什么跑，四个人头呢——"贺竹沥也笑了，"就算跑不掉，多拿几个人头也挺好的。"

李斯年点点头。

时间一分一秒地过去，麦田里寂静得给人一种毛骨悚然之感。大家都知道在这寂静之中暗藏着无数杀机，空气中仿佛弥漫着血液的甜腥味。陆妍娇手有点发抖，她听到了子弹上膛的声音。

"准备了。"再次出现倒计时意味着即将开始刷圈，贺竹沥轻声提醒李斯年，"雷不要扔到陆妍娇那边去。"

"我知道。"李斯年看着自己背包里的三颗手榴弹，咧开嘴露出一个笑容，"我可要抢人头呢，杀陆妍娇又不算人头。"

"嗯。"贺竹沥道，"来了。"

毒圈倒计时还剩三秒的时候，贺竹沥拉开自己手里的雷，然后朝着安全区的方向抛了过去。

观众和主持人看到他的动作都愣住了，显然都没想到他会做出这么一个举动。

"噗神是在做什么？他不打药也不跑毒吗？"主持人惊讶道，"他居然站在原地往安全区丢雷——时间来不及啊！"

雷爆炸需要五秒钟，但三秒之内不开始打药的人就会倒下。贺竹沥在刷毒之后扔雷的行为无异于自杀，主持人显然有些不明白。

"怎么回事，难道他们是放弃了？"主持人道，"等等……他们似乎有什么计划——VVC战队安排跑进安全区的被雷炸飞了！"

"砰！"手雷在草地里炸响，发出沉闷的轰鸣，本来被安排进安全区的VVC战队成员被贺竹沥扔的那颗雷直接炸出了位移效果，不但只剩下一丝血，还被迫离开安全区吃了一拨毒，他来不及转身回去，便惨叫一声倒在了地上。

"倒了，还剩一个——"这一波操作让主持人惊讶极了，他道，"VVC战队全部被雷波及，就剩下一根独苗苗，我的天，居然还有一颗雷，独苗苗也被炸到了！"

根本无需计算，因为毒实在是太疼，只要在打药过程中受到了一丝的血量伤害，那就意味着血肯定加不上来。

贺竹沥和李斯年的雷成了VVC战队的催命符，几乎所有人都被波及，根本来不及补上急救包。

而此时，全场唯一一个还拥有长长血条的角色，自然成了所有人目光聚集的焦点。

"小姐姐！小姐姐还活着，她还在打药！"主持人吼道，"她在草地里趴了二十分钟，现在终于站起来了——她活了下来，成了 FCD 的希望！三、二、一……"

随着 VVC 战队最后一个选手倒地，画面瞬间跳转。

偌大的字体出现在了屏幕之上：大吉大利，今晚吃鸡。陆妍娇发抖的手离开了键盘和鼠标，她看着屏幕上那个醒目的第一，激动得从椅子上跳了起来："天呐，我吃鸡了，我吃鸡了！我们赢啦！"

李斯年哈哈大笑，连贺竹沥脸上都浮现出了淡淡的笑容。

众人取下耳机，听到了主持人的声音，主持人道："这场比赛真是不容易，FCD 在正式队员不在的情况下，还是给我们打出了一场如此精彩的比赛，让我们为他们送上热烈的掌声。"

全场观众激动地高呼："FCD，FCD，FCD！"陆妍娇站在原地，听着雷鸣般的掌声，感到自己脸颊滚烫。在这一刻，她终于明白了为什么有那么多人投身电竞事业，不光是喜欢游戏，这种所有人为自己的胜利欢呼，共享喜悦的感觉是如此迷人。

李斯年搂着贺竹沥的脖子，对着摄像机露出灿烂的笑容。只不过他笑了没多久，表情就有点挂不住了，因为主持人说："三只小蝌蚪终于找到了他们的妈妈，身躯单薄的母亲带着三个孩子取得了胜利，让我们再次为他们欢呼！"主持人说这话时自己都差点笑场，更不用说观众了。

李斯年脸上的笑容渐渐消失，贺竹沥伸手把他的手从自己的脖子上拿下去，面无表情地转身去了休息室。

陆妍娇总觉得主持人的话有哪里不对。

李斯年看着她简直是哭都哭不出来："陆妍娇，我忘了告诉你，我们说的话他们都是可以听见的。"

陆妍娇一愣："……什么意思？"

李斯年道："意思就是所有的观众——所有的观众都知道你想当我们

的妈妈了。"

陆妍娇不知道该说什么好。

李斯年问："开心吗？"

陆妍娇小声道："开心死了。"

李斯年黑着脸转身就走。

明明赢下了比赛，但几人到了休息室，却都消沉得不得了。贺竹沥全程黑着脸，李斯年捧着咖啡杯的手微微颤抖。

教练倒是恢复了笑眯眯的模样，拍着陆妍娇的肩膀说："小姑娘表现得不错啊，下场继续努力，我们看好你哟。"

李斯年趴在桌子上，像个麻袋，哭道："噗神，怎么办啊？我不想出去了。"

贺竹沥道："你以为我想？"

陆妍娇道："为什么不想？你们不要妈妈了吗？"

众人道："你闭嘴。"

陆妍娇一脸委屈。

虽然内心处于崩溃的边缘，但是该面对的事情还是得面对。李斯年垂头丧气地出门，成了第一个离开休息室的人。

第一场比赛和第二场比赛之间有十五分钟的休息时间。其间除了简单地讨论了一下战术问题，贺竹沥还给陆妍娇下了一道死命令——少说话。

"为什么要少说话？"陆妍娇瞪圆了自己的眼睛，"为什么呀，你为什么不让我说话了……"

"不是不让你说。"贺竹沥道，"是让你少说。"

"为什么要少说？"陆妍娇在这一刻化为了十万个为什么，一连串的为什么全都问了出来。

最后被问得头发都要炸掉的贺竹沥长叹："随便你吧。"

陆妍娇道："耶！"

李斯年一脸崩溃，他一直以为他是他们战队里话最多的，结果现在遇到了陆妍娇。

第二局比赛全程都比较顺利，唯一的插曲就是贺竹沥派李斯年去偷其他队伍的车。李斯年趁着那支队伍在建筑里搜集物资的时候跑到车上，一脚油门就把车开走了。如果说就这样也就算了，问题是他开车走的时候还不忘开全体语音，来了句："打工是不可能打工的……"

那支被偷车的队伍听到李斯年的语音哭笑不得，最后那队队长气得冲出屋外给了李斯年一梭子子弹。

"哇，我差点被打下来了。"作死的人总会比较容易死，李斯年偷车回来的时候只剩下残血，怯怯地缩在车门旁边打绷带边嘟囔。

"你不挑衅会有这下场？"贺竹沥道，"过去点，挡住我了。"

李斯年流下悲伤的泪水："偷车不挑衅一下那就毫无意义。"

"所以你差点凉了。"陆妍娇很兴奋，"下次我来吧，偷车好有趣啊。"

李斯年心想：你真是好的不学坏的学。

一行人开着车畅通无阻地去了安全区，路上杀死了两队人。其间陆妍娇起到了至关重要的作用。

李斯年的原话就是："我真的很谢谢陆妍娇，也不知道为什么，每次和别人对枪的时候对面总是先打她，她给我们争取了珍贵的击杀时间。"

已经倒在地上三次的陆妍娇表示自己什么话都不想说，她用自己的鲜血给队友铺成了一条平坦的大路。

在第二场比赛里，FCD战队拿下了第三名的成绩，虽然没有第一局好，但也算不错了。

最后的重点便落在了决胜局上，如果FCD能再吃一次鸡，那奖杯肯定属于他们；但如果表现不佳，那也有可能将奖杯拱手相让。

FCD在团队赛中本来实力很强，几乎是稳操胜券，但奈何江烛出现了意外，所以也只能是尽力发挥了。

韩国和日本队伍在团队赛上的实力也不弱，所以最后一场比赛非常关键。

也亏得陆妍娇这个人来疯第一次上大赛就完全不怯场，从头到尾都发挥稳定——不过好像也没她什么发挥空间。

"第三场能吃鸡是最稳的。"教练道，"分析敌方实力再进行战斗，尽量不要和满编队伍交火。"

"嗯。"贺竹沥拿着个小本子写写画画，然后突然问了句，"付成舟他们队伍成绩如何？"

"还好。"教练算了一下分，"如果这把他们成功吃鸡……奖杯就是他们的。"

李斯年低低地骂了声。

贺竹沥拿笔的手微微一顿，随后道了声："好。"

陆妍娇在心里暗暗地想，一定不能让付成舟他们队伍拿第一，她一点都不喜欢他们。

众人休息完毕，离开休息室去赛场。

在通过走道的时候，正好和付成舟走在了一起，李斯年狠狠瞪了付成舟一眼。付成舟却没管他，而是开口叫了贺竹沥："贺竹沥。"

贺竹沥冷冷地看了过去。

"这个冠军我们拿定了。"付成舟一副胸有成竹的模样，"不好意思啊。"

贺竹沥还没说话，陆妍娇就在他身后冒头来了句："去睡觉吧，梦里什么都有。"

陆妍娇道："哼！竹沥，我们走！"她踮起脚，学李斯年的样子搂住了贺竹沥的颈项，然后甩了付成舟一对白眼。

贺竹沥一直没说话，直到离付成舟有点远了，他才来了句："我要断气了。"

陆妍娇道："哦，你别怕，我吵架可厉害了，他要是敢挑衅你，我骂爆他。"

贺竹沥闻言，表情有些奇怪，似乎是想笑，又似乎有点无奈，最后什么都没说，对着陆妍娇道了声："走吧。"

按照现如今的积分排名，第三场比赛反而变成了最为重要的一场。一旦在第三场比赛中失利，之前积累的巨大优势就会全部付之一炬。而付成舟的挑衅似乎也是有备而来——不知道他们战队到底准备了什么秘密武器。

第三场航线贯穿了地图的南北，从中央将地图分成两半。

贺竹沥选择了靠近东边的大城区，这次和他们一起跳下去的还有另外一队人马。

"先在东边最边缘的建筑降落，再往中间搜。"贺竹沥道，"找到枪支之后立马和我备报，搜完之后一定要记得把屋子的门关上——"

队员们一一称好，落地之后便开始搜集起了物资。

这座城区资源非常丰富，至少可以养活三队人马。因为城区广阔，所以如果真的不想和对方发生冲突，其实也可以避免。

但毕竟是比赛，人头又占了较大比重的积分，所以和普通排位比起来通常会打得更为激烈一些。

有些打得激进的队伍，甚至会在落地之后找到枪就先去把附近的敌人清理掉。当然，这里的城区范围比较大，找人并不是件容易的事。

贺竹沥并不想和另外一队硬来，毕竟他们损失了一名主力，如果在比赛初期就折损其他队员，可能会对比赛结果产生比较糟糕的影响。

陆妍娇运气向来都很好，这次也不例外，她搜着搜着突然发现对面的楼里跳下来了两个敌人，看样子似乎正在寻找他们的位置，她心中一惊："贺竹沥，有人过来了！"

"位置。"贺竹沥问道。

陆妍娇迅速地报了点："有两个，朝着李斯年的方向在跑……"

"嗯。"贺竹沥点头，"李斯年，准备迎敌。走，我们也过去。"

陆妍娇看见的那两个人已经发现了李斯年所在的楼层，正打算开门进去。陆妍娇在旁边看得焦急，想了想后，掏出一颗雷，拔了保险直接从一楼的窗户扔了进去。

三秒之后，一声雷响，左下角也弹出了信息条——她还真的炸倒了一个。

"可以啊，小姑娘。"李斯年看到信息，直接跳下一楼，把剩下那人也干掉了。

陆妍娇脸蛋红扑扑的，她又成功捡到一个人头："我是不是变厉害了呀？"

"对啊。"李斯年笑着，"你都杀了好几个职业选手了，可不是厉害了吗？"

陆妍娇道："那我要骄傲一会儿……"

众人闻言都笑了起来。

他们杀了两人之后，本来想去把剩下的人也解决掉，但是奈何一直没有发现那些人的位置。最后贺竹沥决定不管他们，直接进安全区。

因为第三场就是决胜局，贺竹沥选择了更加稳健的打法，刻意地选择了人少的地方，绕开城区和空投资源，直到最后几个圈，贺竹沥他们都没有再遇到敌人。但他的表情并不轻松，反而看起来有些凝重。

"噗神，怎么了？怎么这个表情？"李斯年问，"有什么问题吗？"

"付成舟他们队伍还在。"贺竹沥说。

队伍里的空气凝滞片刻，李斯年舔舔嘴唇："还在？"

"嗯。"贺竹沥道，"我一直在注意击杀信息，他们杀了七个，目前全队依旧满编。"

此时圈已经不大，但还剩下四十二个人，根据李斯年的经验，下一个安全区刷新之后，就会迎来最为激烈的交火。到时候不出意外，人数极有可能锐减一半。

贺竹沥最后道："看圈怎么刷吧。"

陆妍娇也感受到了紧张的气氛，于是快要刷圈的时候，她在心里默默地喊了一声：天——命——

然而也不知道是上两把她的运气被用完了还是怎么的，安全区出现之后，众人看完地图不由得都倒吸了一口凉气——圈刷在了离他们最远的地方。他们和安全区的距离就好比在正方形的对角线两端。

"唉——"李斯年苦笑。

贺竹沥倒是依旧冷静："走吧，提前走。"

他话音刚落，通向安全区的方向便传来了激烈的枪声，显然是其他队伍也和他们想的差不多，于是先撞上了。

在毒圈外面被卡住，可以说是游戏里面最糟糕的事情。

"怎么办，绕开吗？"李斯年担忧地询问，"但是看圈似乎是往城区刷的……"

"不绕了，绕不开。"贺竹沥道，"这个安全区还有四十个人，到哪都有可能遇到敌人，趁着他们打，我们直接走。"

"他们要是打我们怎么办呢？"陆妍娇朝着窗外看了眼，看到了山头那边喷薄而出的火光，也听到了如同鞭炮一般刺耳的枪声。

"只能赌一把。"贺竹沥说，"至少在这里，我们还知道敌人的位置。"

于是队员们听从了命令，分别上了车。

李斯年是个万磁王体质，只要和他在同一辆车上，那基本就不会被子弹波及。陆妍娇刚开始也觉得这事儿挺玄乎的，但是自从她和李斯年坐了几次车之后发现好像的确是这样。所以每次开车跑图的时候，李斯年都特别的紧张。

结果的确如贺竹沥预料的那样，正在交火的两队根本没心思来管路过的其他队伍。他们成功地从火线穿出，开向了安全区。

"我活下来了！"李斯年流下了惊喜的泪水。

陆妍娇在旁边说："恭喜恭喜啊。"

贺竹沥道："我觉得……"

他话刚起了个头，周遭竟又响起了刺耳的枪声，他们居然又遇到了一队人！这队人显然是冲着他们来的，四个人火力全开，若不是贺竹沥直接掉转车头开向了树林之中，恐怕车会被瞬间打爆。

虽然车没爆，有的人却还是倒了霉。

队里最先残血的是陆妍娇，她尖叫道："别打我啊，我只是一个孩子——"

李斯年居然是队伍里唯一一个满血的，他激动地拍着键盘，道："争气！不愧是我找来的车，都知道护主了，真争——"

还剩最后一个字没说出口，李斯年的头上就爆出一簇血雾，他看到自己的人物从车厢里跌落出来，然后狼狈地趴在了地上。

贺竹沥把他刚才没说完的话补完了："我觉得你要死。"

李斯年咬牙切齿："我谢谢你啊。"

陆妍娇只剩一丝血，用手绢擦了擦眼泪："儿啊，妈妈先走了，等妈妈给你报仇……"

李斯年气得简直想砸键盘，明明其他三个人只要再挨一枪就会倒地，可最后偏偏死的是他！

"溜了溜了。"陆妍娇坐到了李斯年的位置，"竹沥快跑，他们正在舔李斯年的盒子。"

三人成功逃过一劫，进入了安全区，而李斯年则面无表情地看着攻击他们的战队舔干净了他的盒子，连条裤子都没给他留下。

到了安全区，大家找了个房子蹲在里面，开始仔细地研究接下来的战术。陆妍娇表示李斯年的音容笑貌依旧浮现在自己的心头。

李斯年痛苦道："你别说话……"

果然如贺竹沥预料的那般，这个安全区一刷，人数瞬间只剩下二十。四周到处都是噼里啪啦的枪声，陆妍娇蹲在三层楼里，感觉自己仿佛是一只即将被烤的鹌鹑。

"怎么到处都是人啊？"陆妍娇道，"噗神啊，咱们隔壁就有一队，前面还有一队……"

贺竹沥道："嗯。"

"这要是圈没刷这儿，咱们怎么出去呢？"陆妍娇有点忧虑，"总感觉我们会命丧黄泉啊……"

贺竹沥说："佟朱宇。"

佟朱宇应了声。

"你架枪。"贺竹沥开始给队员分配任务，"你扛一拨毒，把我们右边的人牵扯住，我先开车进圈，看能不能帮你反架。"

"好。"佟朱宇点点头。

有的时候，有些牺牲是必须的。如果没人架枪，一起往对面冲，那结果极有可能是全军覆没，所以这就需要人牵制对手。而此时能胜任这个角色的只有佟朱宇了。

陆妍娇道："我呢？"

"你跟着我一起，其他的不用管，一直往前就行。"贺竹沥也没指望陆妍娇能有多强的战斗力，"活下来就是你的任务。"

陆妍娇握拳，郑重地点头。

几十秒的倒计时后，到了刷毒的时间。贺竹沥扔了几颗手雷，便开着车载着陆妍娇一路往前冲。而佟朱宇则在后面狙击企图跑毒或者扫射贺竹沥和陆妍娇的人。

最后陆妍娇和贺竹沥成功到达安全区，而佟朱宇在击杀了三人之后在毒圈里倒地身亡。

"决战应该是巷战。"贺竹沥说，"陆妍娇，进来。"

陆妍娇噔噔噔跑上楼。

倒数第二个安全区刷在了城区里面，这意味着最后的决战是短兵相接的巷战。

"付成舟他们队伍死了吗？"李斯年突然问了句。

贺竹沥知道他是什么意思，他微微抿唇，吐出两个字："没有。"

李斯年吸了口气，表情不太好看。

贺竹沥没说的是，付成舟他们队伍不但没死，甚至还全员俱在。他不知道付成舟在赛前那强大的自信来源是什么，但他总有一种不太妙的感觉，而这种感觉，向来都比较准。

人数一点点地减少，当最后一个圈还剩下六人的时候，贺竹沥知道，他的感觉应验了。

他、陆妍娇、付成舟和其他三个队员——就是这六个人。

陆妍娇也感受到了沉重的气氛，她听到楼下传来了凌乱的脚步声，这脚步声显然并不独属一人——至少属于两三个敌人，他们要攻楼了！

"陆妍娇，在门口卡视角！"贺竹沥咬牙。

"好……"陆妍娇心如擂鼓，她的鼻尖冒出一点冷汗，看着敌人开始尝试性往楼上扔雷和冲楼梯。

守楼的人最怕的就是手雷，因为雷是范围伤害，在狭窄的屋子里很难躲开。

贺竹沥被最后的几颗雷炸了个正着，虽然没被炸死，但也直接倒地了。

只剩下了陆妍娇一人，对方却足足有四个！

陆妍娇想起了什么，马上从包里掏出两颗雷，全部扔到了楼道的位置。因为这些雷，本来打算往上攻的敌人退回了一楼，而陆妍娇抓住这个机会，拉起了贺竹沥。

"漂亮！"贺竹沥赞道，"我打药，你……尽量守一下。"

陆妍娇"嗯"了声。

他们是这么想的，奈何敌人却不打算给他们这个机会。在楼梯上的雷炸开之后，敌人便打算一窝蜂地冲上楼，而此时贺竹沥还没能打完药。

"噗神！"陆妍娇突然大声道，"你能干死两个吗？"

贺竹沥斩钉截铁道："能！你要干什么？"

陆妍娇道："好！"

她并未解释什么，竟操纵着人物直接冲到了楼梯口。

"哒哒哒……"一阵枪响，敌人瞬间把陆妍娇扫倒。

"你做什么——"贺竹沥愣了三秒。

"帮你解决两个呀！"陆妍娇看着画面，却哈哈大笑起来，下一刻，雷炸开的声音再次在楼中响起,陆妍娇死了,死前手上拿着的拉开了保险的雷直接炸倒了两个近身扫倒她的敌人——

"加油!噗神!"陆妍娇激动得拍桌子大叫。

贺竹沥从来都不是个会让人失望的人,他嘴唇抿出一条紧绷的弧线,拿着枪冲到了楼梯口。

接着便是激烈的对枪——陆妍娇仿佛听到了激烈的咒骂声,这声音好像属于付成舟,又好像属于其他人。

然而当她回过神来,一切都已尘埃落定。

漂亮的黄色字体再一次出现在了屏幕上方,全场观众的欢呼声震耳欲聋。身旁的英俊男人摘下耳机,侧过脸来对着她露出一个灿烂的笑容。

"陆妍娇……"贺竹沥说,"谢谢你。"

陆妍娇也笑了,接着便不太好意思地移开了目光。虽然很不要脸,但是她在刚才那一瞬间格外想凑过去,亲一亲贺竹沥长长的睫毛。

三日的亚洲联赛就此落下帷幕。

FCD战队在缺失一名正式队员的情况下力压群雄夺得桂冠。而战队中新出现的队员陆妍娇更是表现出彩,吸引住了所有观众的目光。

获得胜利之后,FCD所有成员都站上了舞台。这已经不是他们第一次捧起奖杯,所以情绪倒还算稳定,反倒是陆妍娇,整张脸都激动得红彤彤的,像一个可口的大苹果。

她站在舞台上,朝着底下望去,只看到了一片刺目的灯海。更远一些是黑压压的观众台,观众的手里面捧着各式各样的灯牌,其中写着FCD三个英文字的灯牌格外引人注目。

"让我们恭喜FCD战队。"主持人笑着站在FCD战队的旁边,进行着赛后的冠军采访,"请再次为他们的精彩表现献上热烈的掌声。"

台下掌声雷动,众人共同欢呼起了同一个名字——"FCD"!

待欢呼声平息后,主持人便将话筒递给了作为队长的贺竹沥,问了一些关于队伍的问题。

贺竹沥显然已经是被采访的老手了，回答得滴水不漏。

主持人问了一些比较常规的问题后，忽地话锋一转，道："噗神怎么看你的队员 Feigou 突然转会的事情？"

贺竹沥拿着话筒的手微微一顿，李斯年则露出有些讶异的表情，似乎没想到主持人会问出这样的问题。

"天下没有不散的筵席，"贺竹沥语气平静，仿佛那次私下里和付成舟的激烈争吵根本只是陆妍娇的错觉，"人各有志。"

主持人笑问："你心里有怪过他吗？"

如果说刚才的问题是稍微过线，那此时主持人问出的这个问题就着实太过分了。这种大型的赛事问出这么私人的问题，怎么都不太对劲。贺竹沥偏过头，看了主持人一眼，不答反问："我应该怪他吗？"

主持人一愣，随后尴尬地笑了笑，岔开了话题。

采访完了贺竹沥之后，话筒又被递到了陆妍娇手里。

陆妍娇拿着话筒，听见主持人对她道："请问你是第一次参加《绝地求生》的比赛吗？"

陆妍娇道："对啊。"

主持人说："那平时你是否有和噗神他们一起训练呢？"

陆妍娇道："没有啊，我只是个普通玩家……这次比赛能赢还是多亏了队友的大腿，我不过是运气好罢了。"

主持人点点头："你是噗神的妹妹对吧？是亲妹妹吗？"

陆妍娇说："干的……"她笑道，"我只是个临时队员而已，您想要采访的话，还是采访一下别的队员吧。"说着她顺手将手里的话筒递了出去，不想再继续回答。

李斯年顺势接过了话筒。

采访结束之后，几人都感觉有些不对劲。李斯年嘟囔着说第一次看见这种没有分寸的主持人，真是什么问题都问得出口。

"嗯。"贺竹沥低着头看着手机，"他是有点不对头。"

采访选手的主持人和解说比赛的其实并不是一批人，解说比赛的主持人反而和他们关系比较好，而采访选手的主持人则经常换人。

"我怎么觉得这是 Feigou 那家伙给咱们挖坑呢？"李斯年很不高兴，"他自己毁约转会了，难道还想维持正义的形象……真不是东西。"

"不说他了。"贺竹沥道，"先去医院看看江烛，然后一起去庆祝吧。"

"好好好。"李斯年道，"今天一定要好好地高兴高兴。"

"走。"贺竹沥道。

到底是拿下了冠军，虽然被那个主持人影响了一下心情，但大家还是挺高兴的。

一行人欢快地去医院看了趴在病床上的江烛，询问完他的病情后去了附近的餐厅，打算好好地庆祝一下。

因为酒精会影响选手的反应力，所以大家也没有喝酒，只点了一些菜，开始大聊特聊。

结果没聊一会儿，拿着手机刷着微博的李斯年就惨叫了一声："这是什么？为什么陆妍娇上微博热搜了？"

众人的动作都顿了顿。

陆妍娇闻言心中一惊，拿过手机一看，发现热搜第三竟然是一排：Flower——这就是陆妍娇的游戏 ID。

"这啥？这啥？"陆妍娇愣了，她点进热搜，发现热搜是一个短短的视频，视频里她的声音格外清晰，"别怕，妈妈会保护你们的！"

众人沉默。

画面仿佛回到了几个小时之前，在场三人均露出不堪回首的表情。李斯年一脸难受。

这微博下面已经有两万多条评论，大部分都是"哈哈哈"，还有人在普及小蝌蚪找妈妈的梗。

"怎么办啊？"陆妍娇惊道，"这下全中国都知道我们的母子关系了……"

贺竹沥说："我出去抽根烟。"他站起来出去了，背影看上去格外沧桑。

李斯年欲哭无泪："我叫你不要乱说了……"

陆妍娇道："你哪里有叫我，你叫我妈妈的时候可不是这么说的！"

李斯年无话可说。

网友的力量是恐怖的，陆妍娇的微博很快就被人挖了出来，粉丝开始飞涨，不到二十分钟就涨了足足十万的粉。

陆妍娇看得手直抖，颤声问李斯年："你们的粉丝关注我干吗？"

李斯年此时已经是一脸生无可恋的样子，他一消沉就喜欢模仿麻袋，整个人蔫蔫地趴在桌子上："可能是他们太爱我们了，所以想了解一下我们的家庭背景。"

陆妍娇羞涩地笑了："那多不好意思啊……"

李斯年心想：你不要入戏那么深好不好？

陆妍娇也就开始时担心了三秒，三秒之后迅速地进入了角色，还不要脸地把自己的个人简介改成了：一个艰辛的单身母亲。李斯年看见简直想当场把她处决掉。

贺竹沥抽完一根烟之后回来了，回来之后的第一句话是："我要退出微博。"

陆妍娇楚楚可怜看着他："因为我吗？对不起，竹沥，我对你影响太大了，是我的错，我这就……这就……"

贺竹沥道："你假哭的时候能不能别勾着嘴角？"

陆妍娇道："对不起，对不起，哈哈哈哈哈哈哈，笑死我了，哈哈哈哈哈。"

贺竹沥叹气，面露无奈。

李斯年倒是第一次看见这样的队长，他本想哭，又觉得其实挺好笑的，于是最后变成了哭笑不得。

佟朱宇倒是三个里面承受能力最强的，全程安静地吃着面前的食物，等到另外三个人发现东西被吃得差不多了的时候，他已经很满足地吃饱了。

陆妍娇实在是高兴，对着众人高歌了一曲，曲目是：《烛光里的妈妈》。

李斯年对天发誓，说以后再也不要和陆妍娇一起打比赛了，不然他直播喊陆妍娇妈妈。

陆妍娇瞪了他一眼："说得好像你之前没喊过一样。"

李斯年心想：你脸皮厚你赢了。

本来正常的FCD聚会，吃完了大家也就散得差不多了，毕竟活跃的人也就只有李斯年一个。但现在突然又多了个活宝陆妍娇，现场的气氛变得十分热烈。于是吃完饭后，陆妍娇提议买点烧烤，然后回休息室彻夜长谈，最好从诗词歌赋聊到人生哲学。

贺竹沥不置可否，李斯年拍手叫好。

几人顺着大路往回走。这会儿天色已经完全暗下来，空中飘洒着大片大片洁白的雪花。

陆妍娇穿得像只毛茸茸的可爱兔子，脸蛋红扑扑的，蹦跶在最前面。

李斯年看着她的背影，轻轻地呼出一口气，小声地叫了句："队长。"

贺竹沥应了一声。

"队长，"李斯年压低了声音，确定陆妍娇听不到他们的对话，"陆妍娇的性格也太好了，我就没见过这么可爱的女生……"

贺竹沥扭头，没什么表情地看着李斯年："所以呢？"

"我……"李斯年犹豫了一会儿，最后却笑了，"算了，没什么。"

贺竹沥没有再说话，他抬头看向前方蹦蹦跳跳的姑娘。她的头发扎成可爱蓬松的双马尾，头上戴着胡萝卜模样的发卡，浑身上下青春洋溢，就好像散发着浓密香气的蜜糖，甚至只要靠近，就能嗅到甜美芬芳的气息，格外诱人。

贺竹沥点了根烟，开始慢慢地抽。李斯年站在他的旁边，也陷入了沉默。

陆妍娇似乎是觉得他们走得有些慢，扭过头来对着他们露出灿烂的笑容，嘴里叫着："你们快一点啊，快一点——烧烤都要冷了！"说着还扬了扬手里的食物。

"哎——"李斯年应道，"来了来了。"他小跑着到了陆妍娇的身边，"冷死了。"

陆妍娇却还是在对着贺竹沥笑，她的发梢上落下了一层薄薄的雪花，像个雪娃娃："贺竹沥——大儿子，你腿那么长，怎么走得那么慢！"

贺竹沥道："……别叫我大儿子。"

陆妍娇道："好的，儿子。"

贺竹沥心想：她这个喜欢当妈的毛病，到底能不能治好了？

第六章
新年

比赛结束之后第三天，众人启程回国。

这趟亚洲联赛，FCD 并没有让粉丝们失望，无论是单排、双排还是团队赛，都捧下了最重的那一座奖杯。当然其中突然参与进来的陆妍娇自然最为惹眼，不过两天时间，她的微博粉丝就超过了三十万，目前还有继续上涨的趋势。

这情形吓得陆妍娇赶紧检查了一下自己的微博上有没有什么见不得人的东西，然后又去开了个小号偷偷关注了贺竹沥。

贺竹沥的微博非常的简单，几乎没有什么个人生活的信息，大部分都是和战队有关的信息和一些赞助商的广告。不过即便如此，贺竹沥随随便便发一条微博，评论都是五位数。

陆妍娇看得咂舌："他人气好高啊。"

陈安茹在旁边和她男朋友王森森腻歪，闻言道了句："你现在人气不也挺高吗？"

陆妍娇说："不，我觉得他们关注我的原因都是因为我母亲的身份……"

陈安茹哈哈大笑，伸手在陆妍娇的脑袋上点了一下："你呀，你就皮吧，早晚给你皮出事儿来。"

陆妍娇委屈地嘟囔："我才不信能出什么事儿呢。"

陈安茹也懒得再劝她，知道她不被收拾肯定是不会乖的。

回国之后，陆妍娇去接回了好几天都不曾见面的儿子乌龟。乌龟也是有些想念陆妍娇了，扑扇着白色的翅膀落到了陆妍娇的肩膀上，哼哼唧唧地用脑袋蹭着陆妍娇的脸颊。

"乖乖，乖乖。"摸了摸乌龟漂亮的嫩黄色小嘴儿，又亲亲它漂亮的冠羽，陆妍娇宠溺地呼唤着乌龟，"儿子，妈回来了，你有没有想妈妈呀？妈妈爱你哟。"

"妈妈，妈妈。"乌龟乖巧地叫着，在陆妍娇身上跳来跳去。

陆妍娇看得心都化了，伸手将它捧起来狠狠地亲了一口："乖啊，咱们回家看你哥去。"

提着哼着小曲儿的乌龟，陆妍娇高高兴兴地回家去了。

陆妍娇把乌龟带回家后的第一件事就是溜到贺竹沥家里去串门。

"贺竹沥，贺竹沥！"陆妍娇咚咚地敲着门，"开门啦！"

本该很快打开的门，此时却无人响应。陆妍娇等了一会儿，以为贺竹沥不在家，心里嘀咕了两句转身欲走，门却开了。

"进来吧。"贺竹沥的声音传来。

陆妍娇扭头，看见贺竹沥正在打电话。

贺竹沥似乎心情有些不好，说话的语气冷得吓人："你确定这事情是真的？"

陆妍娇进门之后小心翼翼地把门合上，看着贺竹沥朝阳台走去。

电话那头不知道说了什么，贺竹沥道："好，我知道了——"

陆妍娇被贺竹沥的语气吓了一跳，赶紧往嘴里塞了点零食压惊。

乌龟似乎也能看出贺竹沥在生气，可怜巴巴地站在沙发上，没敢像之前那样跑到贺竹沥脑袋上作威作福。

之后贺竹沥的电话内容陆妍娇就不清楚了，她坐在贺竹沥家的沙发上，吃零食都快吃饱了的时候，贺竹沥才从阳台上走回来。

"出什么事啦？"陆妍娇眨着眼睛问贺竹沥。

"没事。"贺竹沥并未回答陆妍娇的问题，用手揉了揉头，"乌龟。"

他唤了一声鹦鹉的名字，可爱的鸟儿便挥动翅膀飞到了他的头顶，开始叫："爸爸，爸爸。"

陆妍娇道："乌龟你乱叫什么呢，那是你哥哥啊！"

贺竹沥此时不想说话。

陆妍娇被贺竹沥瞪了一眼，没出息地怂了，嘟囔了两句没敢再吭声。

"你最近胆子越来越大了。"贺竹沥抚摸着乌龟柔顺的羽毛，神情间带着些许少见的温柔，"嗯？"

陆妍娇很不要脸地嫁祸道："乌龟，你听到没，你干爹说你胆子越来越大了。"

贺竹沥一字一句道："陆妍娇！"

陆妍娇道："我错了，我错了，我真的不是有意的，下次我一定注意！"

哪里还有什么下次，不过参加一次联赛就能闹出这样的事情，贺竹沥微微叹气。

陆妍娇知道他拿自己没办法，嘿嘿笑了两声。

贺竹沥拿陆妍娇没办法，有人却是陆妍娇的克星，比如那个给陆妍娇补课的小姐姐苏昙。

"今天我们补你的高数课程。"苏昙翻着书道，"这门课我记得你及格了吧？"

陆妍娇趴在桌子上，成了个霜打的茄子："嗯……"

苏昙问："你学过？"

陆妍娇说："学过。"

苏昙有些讶异："高中的时候学的？"

"嗯。"陆妍娇有一搭没一搭地回着话，"高三的时候我可喜欢数学了……"

苏昙想了想，陆妍娇上的大学并不差，如果她高中学习成绩不好的话，也不可能考上这么好的学校。

"我小叔真是坏死了。"陆妍娇似乎知道苏昙在想什么,委屈道,"他高二的时候骗我,说我考上大学就不管我了,我都成年了,呜呜,我都十九了……"

苏昙笑道:"只要一天没工作,就得被家里管啊。"

陆妍娇扬声长叹,痛苦地继续补课。

补课一直持续到了快要过年的时候,陆忍冬终于大手一挥,给了她几天的假期。

陆妍娇对此感恩戴德,高兴得简直想给她小叔放一串鞭炮。当然她没敢这么做,怕真放了鞭炮,她小叔可能会激动之下给她又找几个家教过来。

过年前几天,陆妍娇问贺竹沥要不要回家,没想到贺竹沥却答了句:"不走,就在这儿过。"

"不回去吗?"陆妍娇和家里的关系也不太好,特别是和她爸,过年这种家家庆祝的节日于她而言其实是一种煎熬。

"嗯。"贺竹沥道。

陆妍娇"哦"了一声,却不知道该说什么了。她捧着下巴看着窗外飘落的雪,小声地说了句:"其实我也不喜欢过年。"

"为什么?"贺竹沥敲打着键盘,并未回头。

"因为我爸会回来,我一点也不喜欢他,一点也不。"陆妍娇吸了吸鼻子,起身走到了贺竹沥身后,"除了有压岁钱之外,好像过年就没什么好期待的了。"

贺竹沥没说话。

"你呢,为什么不喜欢过年?"陆妍娇轻声问。

"没什么喜欢不喜欢的。"贺竹沥的语气很平静,"这个节日和平时没什么区别。"

陆妍娇闻言便也不再问,她察觉到这个问题对于她和贺竹沥来说有某些相似之处,如果继续追问下去,气氛会变得很尴尬。

"好吧，儿子你乖乖待在家里，等妈妈回来给你发红包。"陆妍娇说这话的时候站在门口，说完就赶紧关门溜了。于是贺竹沥只能瞪着被关上的门，在心中又给陆妍娇记上了一笔。

除夕那天，陆忍冬开着车载着陆妍娇回了老宅。

她缩在后座上被暖气熏得直打瞌睡，眼见快要到了，陆忍冬轻轻地唤了一声："妍娇。"

"小叔……"陆妍娇揉揉眼睛，睡眼蒙胧道，"怎么了？"

"你爸已经到了。"陆忍冬说，"到时候你到那儿，别和他吵架。"

陆妍娇不吭声。

陆忍冬面露无奈："他一年才回来一次……"

陆妍娇道："他还知道回来？"她伸手重重地抹了一下脸，气呼呼道，"他那么有本事别回来啊，我都忘记他长什么样了！"

陆忍冬无言。

"好了小叔，我不会和他吵架的。"沉默了一会儿后，陆妍娇却妥协了，她在窗户上哈了一口气，然后用手画了一只肥肥的鸟儿，"我知道的。"

陆忍冬叹气。

"我知道啦！别叹气了，赶紧回去吧，我都饿了。"陆妍娇伸着懒腰打呵欠，"赶紧的，赶紧的，我真饿了。"

陆忍冬不再说话，发动汽车朝着老宅的方向驶去。

过年是老宅最热闹的时候，陆家所有的人几乎都会聚到一起。陆妍娇的亲爹一年到头都不见影子，但每逢除夕，还是会尽量找时间回家探亲。

"娇娇。"一到家里，陆妍娇就受到了长辈们的热烈欢迎，她长得可爱，性格又开朗，在家里自然是被宠着的那个，陆家奶奶看见她就笑得合不拢嘴，挥着手示意她坐过去。

"奶奶……"陆妍娇笑得像朵盛开的花儿，"我好想您呀。"

陆奶奶其实年龄并不大，她生陆妍娇父亲的时候才十九，此时刚过六十，"想我？想我怎么不多过来看看？"陆奶奶捏了捏她的脸颊，语气怜爱，"哎哟，怎么又瘦了？"

"没瘦呢。"陆妍娇笑眯眯的，"其实胖了不少！"

她们正说着话，二楼的楼梯传来靴子踩在地板上的脚步声，陆妍娇抬头，果然是她爸，陆凌霄。她爸长得好看，从外貌上看似乎才三十多岁，剑眉星目，鼻梁高挺，神情严肃，气质内敛，像是一柄入了鞘的利刃。他的面容和陆妍娇有六七分相似，一看便知两人定然有血缘关系。

陆妍娇看了男人一眼，垂下眸子，并没有和她爸打招呼。

陆家有三兄弟，老大陆凌霄，老二陆忍冬，最小的那个叫陆千日。凌霄、忍冬、千日，全是花名，也强烈地表达出了陆家奶奶对养个女儿的渴望。

不过有些东西，越是想要，反而越是求之不得，最后陆家奶奶还是没能生出个女儿来。小儿子陆千日因为某些原因从小就被抱养了出去，成人之后才被接回了陆家，所以陆妍娇习惯性地叫陆忍冬小叔，至于陆千日，则变成了她的小小叔。

陆凌霄是家中老大，现任军职，平日里很少回家，只有逢年过节的时候才能偶尔看见他的身影。当年陆妍娇母亲病重，临终前最后一刻，他也不曾守在妻子身旁，直到妻子下葬的当日才匆匆赶回。

陆凌霄是一个好军人，却不是一个合格的父亲。

母亲去世这件事成了陆妍娇心里一根拔不掉的刺，只要看见她爸，那根刺就好像在被人用力往里面捅，刺得心脏隐隐作痛。

陆凌霄也看见了陆妍娇，他缓步走来，唤了一声："陆妍娇。"

不是小名，甚至不是妍娇，陆凌霄叫陆妍娇从来都是连名带姓，比陌生人还要生疏。

陆妍娇从小到大都有些怕陆凌霄，长大了这种情绪也并没有得到缓解，反而有些变本加厉，她缩了缩肩膀，轻轻地"嗯"了声。

"凌霄……"陆奶奶无奈地搂住自家孙女的肩膀，"这好不容易回趟家，那么严肃做什么，看把娇娇吓得。"

陆凌霄却是毫无意识，他蹙眉："严肃吗？"

"你以为这是你队伍里的兵呢？"陆奶奶骂道，"你给我笑一个！"

陆凌霄沉默。

陆妍娇轻声道："不用了。爸，新年快乐。"

"新年快乐。"陆凌霄道。

尴尬的聊天内容，尴尬的气氛，两人仿佛不是父女，而是陌生人。最后陆妍娇实在受不了了，找借口说自己有点晕暖气，想去阳台上吹吹风。

陆凌霄并未阻拦，似乎明白她心里在想些什么。

现在才六点左右，但是天色已经完全暗下来，凛冽的风从窗户的缝隙里往屋子里灌，刮得人脸颊生疼。

陆妍娇站在阳台上假装看风景，也不愿意进去。她在阳台上站久了，实在是觉得有些无聊，便打开手机里安装的 APP，看起了贺竹沥的直播。

今晚就是除夕，大部分的主播都回家过年去了，贺竹沥却依旧坚守岗位，此时正操纵着角色打着单排。

陆妍娇想了想，便去注册了一个账号，然后给贺竹沥刷了几个最贵的礼物。贺竹沥刚解决掉一个敌人，随口来了句："感谢'一位艰辛的单身母亲'的礼物。"

他说完这话，整个人的表情凝滞了片刻，显然是想到了某个不调皮不开心的人。

"哈哈哈哈哈。"陆妍娇哈哈大笑，然后发了一条弹幕，"一天没见，想妈妈了吗？"

贺竹沥看见弹幕，打法瞬间一反往日的稳健，变得暴躁了许多，见人就是干，也不讲究战术策略，就算是硬生生地和人熬死在毒里却还是不肯走。

陆妍娇仿佛也体会到了贺竹沥此时的心情，她很没出息地想自己还好不是当着贺竹沥的面这么做的，不然恐怕得被贺竹沥打爆头……

她看了会儿直播，屋子里有人叫她吃年夜饭。

陆妍娇收了手机，回到了客厅，看见桌子上已经摆上了丰盛的菜肴。

她环顾四周，选了小叔陆忍冬旁边的位置——那里离她爹最远了。

陆忍冬也知道陆妍娇在想什么，但最后还是没把她赶到陆凌霄身边去。目前家里就只有陆妍娇这么一个小辈，她自然是从小被宠到大的，谁也舍不得她受半点委屈。

不过也就是这样的生长环境，才造就了陆妍娇那种无拘无束大大咧咧的性格。

一家人坐满了整张桌子，气氛热闹又温馨。陆妍娇埋头狂吃，很快就放下碗筷表示吃饱了。

"就吃这么点？"陆家奶奶心疼道，"娇娇，来，再喝碗汤。"

"我……"陆妍娇刚想说自己已经饱了，就注意到陆凌霄面无表情地看着自己，那眼神看得她后颈的汗毛瞬间立了起来，"我喝……"

陆妍娇喝完汤，赶紧起身开溜，桌子上的其他长辈看着她落荒而逃的背影，都不由自主地将目光投到了"罪魁祸首"陆凌霄身上。

陆凌霄莫名其妙："你们看我做什么？"

"唉——"陆忍冬叹气，"哥，你别那么看着妍娇啊，那眼神我看着都害怕。"

陆凌霄道："眼神？"

陆忍冬崩溃道："也不知道你当年是怎么追到我嫂子的。"

陆家奶奶嘟囔了句："你当是因为什么，还不是因为他好看。"

陆凌霄无法反驳。

陆忍冬道："你就不能对妍娇温柔一点吗？那么可爱的女儿，谁看了不想笑啊？这绷着脸跟遇见仇人似的……"

陆凌霄听了陆忍冬的话，面无表情地放下筷子，起身离开桌子。

陆家奶奶看起来对这对父女十分头疼："还好妍娇像她妈……要是性格也和他爸一样，哎哟……"

陆妍娇刚从桌子上跑开坐上沙发，就看见他爹也从饭厅里走了出来，然后径直走到她的面前。

"爸……"陆妍娇有点怕，"你吃完了？"

"嗯。"陆凌霄若有所思。

陆妍娇吸了吸鼻子，感觉自己刚才在阳台上被吹得有点感冒，但又不敢在陆凌霄面前擦鼻涕，于是只能用力地憋住。

"大学生活怎么样？"陆凌霄在她旁边坐下，问道。

"好啊，很好。"陆妍娇说，"挺好的。"一向话多的她也就只有在她爹面前会比较安静。

"嗯。"陆凌霄道，"喜欢打游戏？"

陆妍娇道："不不不不，我不喜欢打游戏，我从来不碰游戏的。"她赶紧解释，"真的，从来不碰。"

陆凌霄沉默。

于是又冷场了。

万幸的是电视还开着，不至于太过尴尬，陆妍娇鼻涕实在是憋不住了，正悄悄地抽出一张纸巾打算擦一擦，就看见陆凌霄突然侧过来，对她露出一个僵硬的微笑。

陆妍娇被这个笑容吓了一大跳，瞬间没憋住，"噗"的一声打了个喷嚏，鼻涕瞬间飞溅到了陆凌霄的衣服上。

"啊啊啊！"陆妍娇惨叫，"对不起，我不是故意的！"

陆凌霄无奈。

陆妍娇道："对不起，我真的不是故意的！"

陆凌霄道："没事。"

陆妍娇赶紧帮她爹把衣服擦干净，然后找机会跑掉了。这次陆凌霄没有再跟过去，只是轻轻地叹了口气，似乎有些不知道该拿这个女儿怎么办。

陆妍娇喷了自己爹一身的鼻涕，情绪处于崩溃的边缘，此时正好有人打电话来，陆妍娇一看号码，赶紧接起来道："我要死了！"

李斯年的声音从那头传来，有些被惊到："这大过年的你胡说什么呢！"

陆妍娇简单地把事情经过说了一遍,李斯年听完后哭笑不得:"这点事有什么关系?你爹难不成还会打你一顿?"

陆妍娇嘟囔:"他倒是不会打我……"但是比打她更可怕。

每次陆妍娇做错了事,他不骂她也不打她,就面无表情地盯着她,基本过个两三分钟,她就崩溃了。

"好了,没什么事的,新年快乐啊,小姐姐。"李斯年说。

"你回家了吗?"陆妍娇问道。

"回了啊,基地都散了,放七天假。"李斯年说,"这会儿就噗神还在训练了吧。"

陆妍娇道:"他怎么不回去啊?"

"他为了打游戏和家里闹僵了。"李斯年说,"很久没有回去过了。"

陆妍娇一愣:"闹僵了?"

"是啊。"李斯年说,"我也不知道他家里怎么想的,你说要是没打出名堂来算是胡闹吧,但是他都拿了那么多成绩了,他家里人还是不理解他……"

陆妍娇没想到这茬儿,难怪当时说起过年这件事,贺竹沥的态度那么奇怪。

"哦,我知道了。"陆妍娇点点头。

两人又聊了些有的没的,最后互道新年快乐后才挂断了电话。电话挂断没过一会儿,就又有人打了进来,陆妍娇一看,发现是贺竹沥的号码。

她莫名有些高兴,伸手接起来:"喂,噗神。"

"你在家还看直播?"贺竹沥直接来了这么一句。

陆妍娇哈哈大笑:"看啊,反正也没事做,我送你的 Kar.98K 好用吗?"——贺竹沥直播间里有种礼物的名字就叫"Kar.98K"。

"好用。"贺竹沥说,"八百里开外就能爆了你的头。"

陆妍娇哈哈大笑。

贺竹沥温声细语道:"新年快乐。"

陆妍娇抬头看了眼黑压压的天空，不知怎么就想起了比赛那晚站在门外等着她的贺竹沥，他站在雪地里，像一尊高大挺拔的雕像，鼻尖微红，嘴唇抿出一条漂亮的弧线。

陆妍娇突然就有点想他了。她意识到这件事后，忽然就有些不好意思，嘴里嘟囔着："嗯，你也是，新年快乐。"

新年新气象，辞旧迎新之时，人们总会对来年有些期许。

陆妍娇对新年最大的期盼是希望自己在新学期的补考里能够成功地通过之前挂掉的几门课。

电视机里传出春晚喜庆的声音，屋子里萦绕着独属于食物的香气，灯光是橙色的，所有笼罩在其中的人，都被添上了一分温暖的颜色。

陆妍娇看了会儿节目，便找借口说困了，溜回了房间。

等到回了房，打开手机，她发现贺竹沥竟然还在直播。这都播了快一整天了，他却还不打算休息。屏幕里的他沉默地操纵着游戏角色，枪法依旧漂亮，可是打出精彩操作后脸上却毫无惊喜。陆妍娇本来打算卡着跨年的时间给还在直播的贺竹沥打个电话，谁知道贺竹沥播着播着却伸手把摄像头给关了。

弹幕一片问号。

贺竹沥平淡地解释："抽根烟。"

画面便停留在了游戏大厅。

贺竹沥的游戏人物是个下垂眼的男人，此时站在游戏大厅里双手抱胸，整个游戏大厅空荡荡的，这里平常都站满了四个人，现在却只有贺竹沥的人物角色。

陆妍娇缩在温暖的床铺上，看着安静的屏幕画面，突然就想打游戏了。她想了想，穿着睡衣从床上爬起来，悄悄地溜进了书房。

老宅这边书房也有电脑，配置很高，网速飞快。陆妍娇花了点时间下好游戏，然后上线给贺竹沥发了条信息。

贺竹沥回了她一个问号。

"哈哈，惊不惊喜，意不意外？"陆妍娇笑眯眯地去了 FCD 战队的 YY，果不其然在底下上了锁的房间里，看见贺竹沥一个人挂在里面。

"你不跨年？"贺竹沥的声音从那头传来。

"跨啊。"陆妍娇说，"和你一起打游戏不也是跨年吗？"

贺竹沥没说话，直接给陆妍娇发了个游戏邀请。

陆妍娇被贺竹沥拉进了游戏大厅，空荡的大厅里玩家终于从一个变成了两个。

"炸鱼？"贺竹沥问。

"炸呗。"陆妍娇无所谓道，"反正我也是被炸的鱼。"

"走。"贺竹沥道。

炸鱼是指用小号打低端局，低端局的玩家大多都是刚入游戏的新手，两人打起来会比较轻松。

估计贺竹沥也是怕带着陆妍娇打高端局影响心情，毕竟这大过年的……

选了国外的服务器，两人一起进了游戏。

陆妍娇的操作近来有很大的提升，至少不会出现把队友杀了的情况，偶尔还能从贺竹沥手下讨来一两个人头。

两人双排，通常都是陆妍娇说话，今天也不例外，贺竹沥偶尔搭一两句，剩下的全是她一个人叽叽喳喳，好歹直播间里总算不似之前那般安静。

漂亮的烟火在窗外炸开，巨大的爆炸声顺着耳麦传到了贺竹沥那边。

"在放烟花？"贺竹沥问了句。

"对啊。"陆妍娇透过窗户往外看，"很漂亮的烟花呢。"

"新年有什么愿望？"贺竹沥抬手一枪，爆掉了一个敌人的头。

"希望……"陆妍娇笑了起来，"希望你能再当次我的儿子。"

贺竹沥心想：他就不该问。

直播间里的弹幕也开始狂刷起了"哈哈哈"，还有老板开始给贺竹沥送新年礼物。一千块一个的礼物"98K"，有个老板直接刷了99个。这老板似乎还是个新来的，名字取得有点奇怪，叫作"1111"，看起来就是随便取的那种名字。

"谢谢1111的99个98K！"贺竹沥照例对着观众道谢。

观众也在直播间里欢乐地表示谢谢老板。

那个1111一直没说话，直到贺竹沥和陆妍娇打完一局游戏，他才发了一句：你多大了？不上学？

也不知道贺竹沥看见这条弹幕没有，反正他并未给出回答。反倒是直播间里的一些热心观众开始哈哈大笑，说：你就别咸吃萝卜淡操心地担心那么多了，噗神十几岁就开始打职业赛，一年赚几千万，还需要上学？

谁知道1111被这么嘲讽之后也不生气，而是语气很平静地回了句：那也是要上学的。

陆妍娇看着这人的话，莫名觉得有点眼熟……

贺竹沥在语音里问道："你现在打游戏家里人不说你？"

陆妍娇吸吸鼻子："没事儿啊，他们以为我睡了，不知道呢。"

"嗯。"贺竹沥说，"打完这局就去休息吧，别熬夜了。"

陆妍娇道："那你呢？"

贺竹沥道："我也休息了。"

他这话一说，直播间里的观众却不高兴了，纷纷说：噗神你这是重色轻观众啊，明明之前说好通宵的，怎么妹子一来说说要去休息……

陆妍娇看见弹幕也乐了："你要通宵啊？"

贺竹沥道："之前是这么打算的。"

陆妍娇笑着："通宵呗，我可以陪你……"

贺竹沥问了句："你不怕你家长了？"

陆妍娇瞬间息声。这要是她爹不在家还好，万一她爹发现了她过年的时候通宵打游戏，怕不是皮都要被修理掉一层。

"好了，去睡觉吧。"贺竹沥说，"早点休息，明天还有事呢。"

陆妍娇还想挣扎一下，却没想到贺竹沥说完这话后就干净利落地给直播间的观众说了再见，然后退出游戏下播。

看着黑掉屏幕的直播间，陆妍娇心中升起了些许失落。她关了电脑，慢慢地往外走，路过阳台的时候，却看见她爹和她小叔站在阳台上，两人都低着头在看着什么东西。

陆妍娇没敢打扰两人，赶紧起身溜了。

这个年陆妍娇可以说是过得相当的煎熬，虽然没像以前那样和她爹杠上，但情况也没有好到哪里去。

虽然是过年，陆凌霄却还是只有三天假期，三天一到，人就回了部队。

陆妍娇看着他上了车，开车驶出了院子。

这会儿还在下雪，陆忍冬伸手拍了拍陆妍娇的肩膀，示意她进屋。陆妍娇跟着进屋，随口问道："小叔，你昨天晚上和他在阳台上做什么呢？"

"你猜？"陆忍冬没有直接回答陆妍娇的问题。

"我哪知道。"陆妍娇坐到暖气旁边，伸手拂下肩膀上的雪花。

"没什么。"陆忍冬敷衍道。

陆妍娇闻言，面露狐疑之色，敏感地察觉出这事肯定和她有点关系，她道："小叔……你不会把我挂科的事情告诉我爸了吧？"

陆忍冬在沙发上坐下，似笑非笑地看着她："你觉得，你爸会不知道你的学习情况？"

陆妍娇沉默。

陆忍冬说："他比我清楚。"

陆妍娇道："我才不信，他会知道我的学习成绩？他连我……都不知道。"她差点把自己跑去韩国打比赛的事情说漏嘴。

"连你什么？"陆忍冬挑了挑眉，"说啊。"

陆妍娇硬着头皮说："连我有儿子了都不知道。"

"乌龟？"陆忍冬笑了起来，"那也算你儿子？"

陆妍娇嘿嘿笑道："当然了，它可是我亲儿子……"她说完这话，站起来正打算往屋子里走，却听到身后坐在沙发上的陆忍冬不咸不淡地补了句："我以为你儿子叫贺竹沥呢。"

陆妍娇愣在原地。

陆忍冬道："以前怎么没发现你这么喜欢当妈？"

陆妍娇瞬间心虚了，小心翼翼地扭头，声音轻轻的："小叔，你怎么知道的？"

"我倒是想不知道。"陆忍冬说，"你知道你跑去韩国玩的那几天，腾讯推送的新闻都是关于你的吗？"

陆忍冬拿出手机翻出照片，然后随手扔给了陆妍娇："自己看。"

陆妍娇战战兢兢地拿过手机，看到了手机上面的照片，那是一张电脑屏幕的照片，照片的右下角弹出了一个让人熟悉的新闻对话框，上面写着一排醒目的标题：十九岁少女临时替补，成功夺得电竞冠军。新闻的图片就是她笑成花儿的那张照片，而她旁边的贺竹沥面无表情，和她的模样形成了鲜明的对比。

陆妍娇看了会儿，嘟囔了句："就不能选张好看点的吗？这张腮帮子那么大，跟只蛤蟆似的。"

陆忍冬道："……你竟然还有心思在意这个。"

陆妍娇道："不然咋办呢，都这样了。"她想了想，觉得这事儿有点不对劲，小心道，"我爸知道了吗？"

陆忍冬斜眼看着陆妍娇："你觉得他知道了，你今天还能完好无损地站在我面前？"

陆妍娇道："……小叔，别说了，你才是我亲爹。"

陆忍冬伸手就在陆妍娇的脑门儿上拍了一下："你就贫嘴吧你。"

新年之后没过多久，就是新学期。

这次开学之前，陆忍冬狠狠地敲打了一下陆妍娇，警告她逃一节课就扣一个月生活费。陆妍娇知道陆忍冬绝对不是在开玩笑，于是只能含泪保证自己再也不会逃课。

"你好好上课，等大学毕业，工作了就能随便玩了。"陆忍冬如是说。

陆妍娇早已看穿了她小叔的阴谋，无情地指出："我上高中的时候你也是这么说的。"

陆忍冬笑道："这不是让你好好玩了半年吗？"

那还不是因为你没发现……陆妍娇在心里嘀咕。

新年新气象，新的学期新课程。

陆妍娇挎着包去上学的时候就把乌龟寄养在贺竹沥家里，走时恋恋不舍地同自己心爱的儿子告别。

贺竹沥已经习惯了陆妍娇的戏多，看着屏幕，脸上毫无动容之色："再见。"

陆妍娇心想：你真无情，呜呜呜呜。

开学之前，陆妍娇经历了历时三天的补考。好在她智商完全没问题，经过一个寒假的疯狂补习，成功考完了挂科的课程，并且自信不会再挂一次。不过从考场出来的时候，她已经由昂首挺胸变成了垂头丧气。

考完第二天，班导开了个班会。

陆妍娇到场的时候，几乎大半个班级的同学都对她投来了好奇的目光，还伴随着窃窃私语。

陆妍娇看见这情形就心中一凉。她高中的时候被同班同学排挤过，所以对于周围的恶意非常敏感。这些人的态度，绝对不像只是对待一个普通的不太熟悉的新同学，反而像是看到了什么奇怪的人。

陆妍娇找了个角落的位置坐下，拿出手机开始一边假装玩一边观察着周围的情况。

果不其然，不到片刻，就有人朝着陆妍娇走了过来。那人的面容陆妍娇有些熟悉，她隐约记得他是这个班的班长。

"你好。"班长站在陆妍娇面前，斟酌着开口，"你是陆妍娇吗？"

"是啊。"陆妍娇抬眸，"怎么了？"

班长说："你昨天去补考了吗？"

陆妍娇这才想起来期末的时候这人一直提醒自己要去补考，她心中一松，感觉事情并没有像自己想象中的那么糟糕："嗯，去考了，谢谢你提醒我呀。"

"客气。"班长的表情有点犹豫，似乎还想说些什么。

"怎么了？"陆妍娇发问。

"就是……那个……"班长纠结了一下，还是把想说的话说出了口，"你……你就是那个和噗神一起去韩国比赛的 Flower 吗？"

班长道："我看了直播，应该没认错人吧？"他有些不好意思地挠挠头，"你真的去韩国和噗神他们一起参加了亚洲联赛？"

陆妍娇点点头："嗯……是我。"

一听到陆妍娇的这句话，班长显然有点控制不住自己激动的心情，连续说了好几个惊叹词，最后一拍桌子，兴奋道："那你可以帮我要一张噗神的签名吗？"他说完这话又猛然觉得自己的要求有些唐突，尴尬道，"我喜欢噗神好久了……不好意思，我刚才太激动了……"

"没事啊。"既然不是刚开始想的那样，陆妍娇也就放松了下来，笑眯眯道，"我可以帮你要，下次来上课的时候给你。"

班长小声道："下次来上课的时候是什么时候啊？"

陆妍娇心想：看来她已经逃课逃得连班长都有心理阴影了。

"这学期不会再逃课啦。"陆妍娇道，"不出意外明天就能给你吧。"

班长高兴得直点头。

两人对话之际，又有几个男同学围了过来，看来都是喜欢打游戏的，有的脸皮比较厚，开口索要了噗神的签名；有的脸皮薄，没敢说啥。不过陆妍娇还是数了人数，答应给他们每人带一张签名。

大家都笑了起来，空气中充满了快乐的气氛。

陆妍娇坐在人群之中神情恍惚，又听到有人激动地对她说："你是叫陆妍娇对吧？我真的很喜欢你——"

陆妍娇回了神，露出矜持的笑容。

然后那个大兄弟满眼待地看着她："就是那个，我是真的好喜欢你，你可以……"

陆妍娇在心里默默地想着拒绝的话语，她还小，还不想谈恋爱，还……

"你可以给我噗神的微信号吗？"大兄弟满脸通红地提出了自己的请求。

陆妍娇心想：她就该知道。

不行，没有，噗神不喜欢加陌生人，她和噗神其实也没那么熟。面对热情的噗神的粉丝，陆妍娇深刻地体会到了什么叫作——电竞人没有女朋友，电竞人从不谈恋爱。

游戏那么好玩，要女朋友干吗？

陆妍娇甚至怀疑，如果贺竹沥要和这些人里的其中一个谈恋爱，他们都会欣然答应——虽然之前他们喜欢的是妹子。

"放学我们一起去打游戏吧？"班长满脸期待看着陆妍娇，那小鹿斑比一般的眼神，简直让人无法拒绝。

陆妍娇觉得班长比自己会撒娇多了，她看了一下时间，最后还是同意了他的提议，说打一会儿就回家——她还想早点把今天的事情说给贺竹沥听呢。

于是开完班会，几人直奔网吧。

陆妍娇选了台电脑坐下，班长坐在她的左手边。她开机的时候正好收到了贺竹沥的消息，问她什么时候回去。

陆妍娇解释了一下情况，说自己正要和他的几个小迷弟一起开黑。

贺竹沥发来了一串省略号。

陆妍娇问他晚上想吃点什么，要不要她带外卖回去。

把你自己带回来就行了。

贺竹沥发了这么一句话后，就没了消息。

这会儿游戏正好开始了，陆妍娇便放下手机，和同学们一起登入了游戏。

在玩之前，陆妍娇已经反复声明自己是个菜鸟，就是害怕同学们对自己抱有太大的期望，最后心里出现太大的落差。但是没想到打了两局之后，陆妍娇却发现自己好像并没有想象中的那么弱。

因为长期和贺竹沥双排，导致她也耳濡目染，养成了一些很好的习惯，甚至开始无意识地记起了地图，虽然不像贺竹沥那样记得特别清楚，但是基本的房屋建筑没问题。

"你好厉害啊，怎么连哪里是什么地形都能记住？打了多少个小时了？"班长有点惊讶地发问。

陆妍娇说："没多久，就两百多个小时……"她挠挠头，"和他们一起玩多了，不知不觉就记住了。"

"别谦虚。"班长摇着头，"我都玩了九百多个小时，有些地形还记不住。"

陆妍娇只当他在夸张："记不住没关系，枪法好就行啊。"

班长笑道："这游戏枪法最多占 40% 吧，剩下的 60% 是战术意识和运气。"

类似的话贺竹沥似乎也说过，此时再听一次，陆妍娇却感觉这句话在当时似乎并不是贺竹沥对她的安慰。

玩了三个小时的游戏，陆妍娇便提出要回家了。

其他同学都没有阻拦，毕竟他们都是住校的，况且陆妍娇还是个女生，太晚回家怕会不安全。

班长把陆妍娇送到了出租车上，叮嘱她到家了打个电话报平安。

陆妍娇道了谢。

出租车开到楼下，陆妍娇下了车，去附近的饭店买了点贺竹沥喜欢吃的卤菜，然后蹦跶着到了贺竹沥家门口，咚咚敲响了房门。

片刻后，贺竹沥给陆妍娇开了门，看见了站在门外傻笑着的姑娘。

"我回来了。"姑娘笑靥如花，身上带着风雪的独特的香气。

"你回来了。"贺竹沥轻声道了一句，转身，让她进了屋子。

"我给你带了好吃的。"陆妍娇把东西放下，瘫坐在沙发上，"今天我吃了三把鸡呢！"

"厉害。"贺竹沥坐回了自己的位置，"晚上还玩吗？"

陆妍娇看着天花板："再和你们玩一会儿。李斯年他们回来了？"

"嗯。"贺竹沥说，"刚回来。"

暖气吹得人昏昏欲睡，陆妍娇眯着眼，觉得贺竹沥的背影变得模糊起来，恍惚中，似乎有人走到她面前，轻轻地叹息了一声，然后将薄毯搭在了她身上。

"我还不困……"陆妍娇迷迷糊糊地嘟囔着，像个撒娇的小孩，"我还想打游戏。"

"好。"男人的声音温柔极了，带着平日里无法想象的宠溺，"陪你。"

"好。"陆妍娇的呼吸渐渐变得均匀，她说，"一起……"眼前彻底黑了下来，她陷入了安心的酣眠。

有什么柔软微凉的东西小心地印上了她的额头，仿佛只是梦境中的幻觉。

那天陆妍娇在贺竹沥家里睡到半夜才醒过来。她睁开惺忪的睡眼，看见屋子里还亮着淡色的灯光，而她的身上则盖着一条薄薄的毯子。

"贺竹沥……"陆妍娇嘟囔着，"这都几点了，你怎么不叫我？"

没有声音，空荡荡的屋子里一片寂静。

陆妍娇打个呵欠，环顾四周，却没看见贺竹沥的身影。屋子里的电脑还开着，只是电脑前的人却不知道哪儿去了。

"乌龟？"陆妍娇见贺竹沥不见了，便开口唤起了自己儿子的名字。

扑棱棱——翅膀扇动的声音从空气中传来，片刻后，屋外飞进了一只熟悉的鹦鹉，它如往常一样高兴地叫着妈妈，然后停在了陆妍娇的肩膀上。

这画面本来应该是温馨可爱的，然而当陆妍娇扭过头，看到了乌龟嘴上一片血红的痕迹时，整个人瞬间怒了。

乌龟的羽毛颜色非常浅，沾上什么污渍都十分的醒目。而此时它满脸无辜地看着陆妍娇，嫩黄色的小嘴和羽毛上全是血迹一般的痕迹。

"乌龟！你吃什么了？！"陆妍娇脑子直接炸了，一时间汗毛直立，她脑海里浮现出了几个恐怖片里无比瘆人的画面，转身就朝着楼下狂奔，嘴里还叫着贺竹沥的名字。

"贺竹沥——贺竹沥——"陆妍娇脑补了一万个可怖的场景，呼唤着楼下可能已经遇害的可怜邻居，"你怎么了——"

到了一楼，客厅里却还是没有人，她冷静了三秒，听到浴室的方向传来了哗啦啦的水声。

"贺竹沥……"陆妍娇最怕恐怖片了，这要是平时，她肯定会不顾一切地冲出屋子回自己家。但是此时此刻，她担心起了贺竹沥的安危，要是她走了，贺竹沥真的出事了怎么办？

就在陆妍娇犹豫之时，浴室那边传来有人走动的声音，陆妍娇怕得要死，但还是鼓起勇气朝着浴室慢慢摸索了过去。

"贺竹沥……"陆妍娇小声地叫着贺竹沥的名字，发着抖按住了浴室的门把，然后慢慢地拧动……

"啊啊啊！"一个裸着上身的人突然出现在了陆妍娇面前，吓得她像只炸了毛的猫，直接跳了八丈高，"吓死我了！"

"你做什么呢？"贺竹沥下身只围着一条浴巾，显然是刚洗完澡准备从浴室出来，也被惨叫的陆妍娇吓到了，"你叫什么？"

"救命啊——"陆妍娇见到贺竹沥没事，总算松了一大口气，她因为害怕，整个人都贴在了贺竹沥身上，带着哭腔道，"贺竹沥，你儿子……哦不，你弟弟……乌龟……吃人了！"

"什么吃人？"贺竹沥有点无奈，"说清楚。"

陆妍娇小声地叫了声："乌龟？"

她刚才下楼的时候跑得飞快，好像把乌龟也吓着了。

"乌龟——"贺竹沥叫了一声。

扑棱棱——乌龟这才又从二楼飞了下来。

"你看它的嘴！"陆妍娇看见乌龟的模样，确定不是自己出现了幻觉。

"乌龟。"贺竹沥手一伸，让乌龟直接站在了他的手臂上。

"全是红色的。"陆妍娇颤颤巍巍地指着乌龟的嘴，"这到底是什么？"

贺竹沥举起乌龟，鼻尖轻轻嗅了嗅乌龟的嘴，道："没有血腥味。"

"那是啥？"听到没有血腥味，陆妍娇整个人都放松下来，有点不好意思地松开了扒着贺竹沥浴巾的手。

贺竹沥想了想，转身去了客厅。

陆妍娇跟着，看见他停在了客厅摆放着各种零食的小桌子前面。

接着，贺竹沥弯下腰，待他再次起身时，手里多了一个红彤彤的小果子——草莓。

陆妍娇看见贺竹沥手里的草莓就明白是怎么回事了，她瞪圆了眼睛，把乌龟从贺竹沥的手臂上抱过来，看着自己儿子委屈的表情，伸手点了点乌龟的脑门儿："怎么乱吃东西呢，吓死妈妈了，坏鸟儿。"

"讨厌，讨厌。"乌龟用它那被草莓汁染红的嘴巴啄着陆妍娇的手臂，委屈极了。

"好了，妈妈知道错了。"陆妍娇安抚着自己儿子的情绪，顺便抽空看了眼站在她旁边的贺竹沥。

贺竹沥全身上下就围着条浴巾，脚上连双拖鞋都没穿，此时面无表情地站在她身侧，发梢上面还在滴水。

陆妍娇瞬间想起了他们第一次见的时候，不过好在那时候的贺竹沥穿着条低腰牛仔裤，现在嘛……嗯，他的腹肌真好看啊……真想用手戳一下。陆妍娇很不要脸地想着。

"看什么呢？"贺竹沥斜斜地瞅了陆妍娇一眼。

"没啊。"陆妍娇义正词严，"你快去把衣服穿上吧，这么冷的天，别感冒了。"

贺竹沥"嗯"了声，转身去了浴室。

陆妍娇坐在沙发上看着贺竹沥的背影发呆。不得不说，长期在电脑面前还能保持这么好的身材的确是不容易的事。宽肩窄臀，背部的脊椎弯出一条漂亮的弧线，有水珠顺着他线条优美的后背滴落在干净的木地板上。

陆妍娇看着看着，没出息地红了脸……

几分钟后，穿着单衣的贺竹沥再次出现在了客厅里。

陆妍娇一边偷看他，一边假装喂乌龟吃草莓。乌龟是第一次吃到这种酸甜多汁的果子，开心得蹦蹦跳跳，跟个小孩子似的。当然，因为吃果子它几乎整张脸都看上去都血糊糊的，于是连带着无辜的表情都变得狰狞了起来……也难怪当时陆妍娇被乌龟吓得大惊失色。

贺竹沥坐在沙发另一边，也没说话，就这么看着陆妍娇。

陆妍娇被他的眼神看得有点发毛，心虚地问："你这么看着我干什么呀？"

贺竹沥说："这眼神很奇怪吗？"

陆妍娇点头。

然后贺竹沥不咸不淡地说："你刚才就是用这种眼神看我的。"

被发现了的陆妍娇嗫嚅半天，想要解释什么，但话还没出口，却见贺竹沥竟然笑了，他勾了勾嘴角，黑色的眸子如同荡起涟漪的湖泊。不过这笑容一闪即逝，仿佛只是陆妍娇的错觉。

"天晚了。"贺竹沥说，"回去睡觉吧。"

陆妍娇看了下时间，发现还真是挺晚了，便起身说了再见，带着吃得满脸血红的乌龟回了楼上。

贺竹沥看着她的背影，慢慢地点起一根烟。

二月底开学，没过几天就到了三月。

而再过两个月，就到了最重要的全球联赛 PUB 杯。全球联赛 PUB 杯是

《绝地求生》这个游戏最重要的一场赛事，全世界的高手汇聚一堂，为了这个游戏最高的荣誉而展开争夺。

PUB 杯的奖金丰厚，举行之时所有玩家和媒体的目光都汇聚于此。因为《绝地求生》是时下最热门的游戏之一，这场赛事可算是一场狂欢的电竞盛宴。

当然，PUB 杯的奖金也成了选手们争夺的目标。比赛中的奖金数额并不是固定的，在比赛预热时期，游戏官方会在游戏里投入一些当年特定的外观和装饰品进行售卖，而售卖所得金额的 30%，则会投入奖池之中。

去年的 PUB 杯，奖池高达四百多万美元。这四百多万美元，被前三名的选手全部抱走。

陆妍娇对这些事情知道得不是那么清楚，关于比赛全是她班长给她补的课。

"去年噗神在的 FCD 战队就拿了团队赛的第二，噗神还和 Feigou 拿了个双排的第三。"班长只要说起贺竹沥，那表情简直比恋爱中的少女还要狂热，"只不过这个比赛之后有段时间他们的成绩都不太理想，后来又说 FCD 战队内部产生了矛盾……"

陆妍娇抓住了重点："成绩不理想？"

"是啊。"班长说，"电竞选手都有低迷的时候嘛，噗神也是人啊，不过就算噗神不厉害了，我也喜欢他。"

陆妍娇想起了当时贺竹沥和付成舟的争吵，抿了抿唇，没再提这件事。

五月份的比赛，国内战队一共有三个参赛名额，也就是可以派出三个战队，而这个名额是根据国内联赛积分排名定下的。目前积分榜上 FCD 独占鳌头，而付成舟所在的战队则排在第三。

"好像四月份还有几场比赛。"班长说，"不出意外应该就是他们三支队伍了。"

"哦……"陆妍娇思考了一下，"PUB 杯是在哪里举行啊？"

班长说："德国，科隆。"

陆妍娇道："呃……"

班长看见她的表情，道："你这次难道也要跟着去？"

陆妍娇摸摸后脑勺，笑得很是可爱："看情况嘛，不过万一到时候我要去……"

班长突然有种不好的预感："逃课是不好的……"

陆妍娇说："可是那边有很多有名的电竞选手哦，说不定可以要到签名哦。"

班长有些动摇了。

陆妍娇像个诱惑路人的魔鬼，压低了声音道："千载难逢的机会，错过了这个村，就没这个店了。"

班长道："中！"

陆妍娇道："嘿嘿嘿！"

对于沉迷游戏的人来说，能索要到自己喜欢的选手的签名照简直就是梦里才会发生的事。陆妍娇的诱惑战术显然起了作用，本该拦着她逃课的班长，在自己喜爱的电竞选手签名照的强大诱惑下也成了她的同伙。

不过除了班长之外，陆妍娇还有个不得不解决的麻烦——她的小叔。要怎么让小叔同意她去德国看比赛呢？陆妍娇陷入了沉思。

不过陆妍娇的问题还没解决，FCD战队又遇到了一些比较麻烦的事。因为江烛受伤，目前队内缺了一名突击手，此时又不是转会期，替补人员迟迟不能补上。

"那就随便挑一个选手先打着？"在医院看望江烛的时候，陆妍娇也知道了这个情况，提出了自己的建议，"不然你们国内联赛怎么办啊？"虽然FCD现在的国内积分排行第一，但是如果直接弃权未免也太敷衍了一些，对于粉丝也是不负责任的行为。

"不行。"李斯年摇摇头，解释道，"挑一个选手先打着，就得先和他签约，可这约一签下来，不合适也不能反悔。"

陆妍娇道："但是现在不是转会期……"

不是转会期，就意味着 FCD 看上的实力强劲的选手不能在此时加盟进来。可是如果随便将就一下，对 FCD 来说并没有好处。毕竟按照贺竹沥的性格，如果不能和队友配合默契，那他宁愿三人去打四排。

"那咋办啊？"陆妍娇听说国内联赛三月中旬就要开始了，"总不能让江烛坐在轮椅上打比赛吧？"

李斯年幽怨地说："江烛要不是伤的尾椎，这事儿还真能成。"

江烛怯怯地解释："……我不是故意的。"

李斯年很不给面子地说："我都叫你洗澡的时候别拿着喷头唱歌了，你不听，现在好了吧，把屁股唱坏了。"

江烛一脸"求你别说话了"的痛苦表情。

陆妍娇在旁边憋笑。

伤到尾椎就意味着不能久坐，这对于电竞来说简直就是致命的。正常的比赛三场下来至少两三个小时，还不算中途出点意外的情况。江烛这屁股要真是硬撑，搞不好就这么废了。

病房里，江烛趴在床上像只仓鼠一样可怜巴巴地啃着香蕉，听着李斯年唠叨。贺竹沥手里拿着手机，不知道在和谁谈事情。佟朱宇笑眯眯地坐在那儿，一动不动，过了十几分钟后，陆妍娇才发现他居然早就睡着了。

陆妍娇听着李斯年的话也昏昏欲睡，最后在真的快要睡过去的时候，瞬间恶向胆边生："别说了李斯年，你看我怎么样？"

这话一出，屋子里的气氛凝固了三秒。

陆妍娇道："别愣着啊，说话！"

李斯年羞涩地笑了："挺……挺好的，可我还不打算谈恋爱啊。"

陆妍娇怒了，拿起大香蕉剥开皮，一把塞进了李斯年的嘴里："你在想什么呢？我问你我和你们一起打比赛怎么样——"

被香蕉塞成仓鼠脸的李斯年说不出话。

陆妍娇瞪大眼睛，想让自己的表情看起来真诚一点："你们看啊，我在韩国的时候不也和你们搭档了吗？这不是还拿了个冠军吗？所以其实我还行嘛。"

李斯年好不容易把香蕉咽下去，听着陆妍娇继续厚脸皮地毛遂自荐："而且我不用签约，不需要工资，不用五险一金，更不会泄密，还听话。"她此时的表情简直像一只求抱走的小狗狗，就差一根尾巴在身后疯狂地摇了。

李斯年说："我……"

他刚说了一个字，陆妍娇就做了个"停"的手势，然后又剥了根香蕉塞进他嘴里。

李斯年道："呜呜呜……"

陆妍娇道："听不懂，别说话。"

李斯年十分委屈。

贺竹沥此时已经把手机放下，看向陆妍娇，表情十分严肃。

陆妍娇被他盯得心虚，吸了吸鼻子，可怜巴巴道："我真的是没有成本的廉价劳动力，到时候三级头、三级甲、98K全部上交……"

贺竹沥说："我去问问教练。"然后真的起身出去了。

屋子里瞬间一片寂静。

咽下第二根香蕉的李斯年泪流满面，说："陆妍娇你别做梦了，我们队长可不是那种会被美色诱惑的男人。"

反正队里会发表意见的就李斯年和贺竹沥，其他两个队员一个是弥勒佛，一个是小病号，陆妍娇告诉自己要有信心。

李斯年没把贺竹沥去问教练的话当真，只当贺竹沥是给陆妍娇一个台阶下。谁知道十几分钟后，贺竹沥拿着手机回来，开口第一句就是："真的不要工资？"

陆妍娇道："对对对对！"

贺竹沥道："你得和我们签个保密协议。"

陆妍娇道："签签签签！"

贺竹沥道："还有个条件。"

陆妍娇已经在心里开始庆祝，说："你说你说，你说啥我都答应。"

贺竹沥道："不能逃课。"

陆妍娇面露狐疑之色，"这是教练要求的？"

贺竹沥面无表情："对。"

陆妍娇心想，教练可以啊，都这样了还关心我的学习，不愧是国内一流电竞战队的教练。

"你只要逃课，我们的签约就结束了。"贺竹沥很冷酷地说，"懂了吗？"

陆妍娇含着泪点头。

在贺竹沥和陆妍娇对话的全程中，李斯年都张大了嘴巴盯着他们。等到谈话结束了，陆妍娇笑嘻嘻地看向李斯年："把嘴巴合上吧，别张着了。"

李斯年道："呜呜呜……"

李斯年用一只手托着自己的下巴，另外一只手在手机上打字：我的下巴好像脱臼了。

众人陷入迷之沉默，最后还是陆妍娇带着他去找了护士，挂了个口腔科把他下巴给接上了。接的时候医生还捏着他脸说："年纪轻轻颌关节就快不行了啊，以后别吃硬的东西，别长时间张嘴，不然搞成习惯性脱臼就完蛋了。"

李斯年被捏得眼泪都要下来了，托着下巴和陆妍娇他们一起离开医院的时候，身上的怨气简直要化为实体。陆妍娇只当没看见，快乐地和众人告别，说明天训练基地见。

等她离开后，李斯年才小声地说了句："队长，她真的没问题吗？"

贺竹沥道："她来不来都一样。"

的确如此，现在他们战队的国内积分独占鳌头，成绩好坏其实受到的影响并不大，只要不是次次都落地成盒，到赛季末的时候积分榜不会有太大的变化。

"也是。"李斯年想了想，"队长你有心仪的狙击手了？"

贺竹沥说："还在谈。"他似乎并不想多聊，"等到六月份再说吧。"春季赛和夏季赛之间有个休整期，那时候再说这个问题也不迟。

"好。"李斯年埋怨，"我下巴脱臼，肯定是陆妍娇那两个香蕉给我塞出来的……"

第二天，在学校上完课的陆妍娇准时出现在了FCD的基地，和教练签下了保密协议。因为她不要工资，也不是正式编制人员，所以签完保密协议之后就是FCD的临时队员了。

下巴还是不太能动的李斯年带着她参观了一圈基地，告诉她哪些地方是不能去的。

陆妍娇也看到了贺竹沥的房间，这房间比她想象中的干净许多，屋子里就一张床、一个书柜和一张桌子，看起来并不经常使用。

"训练的地方是二楼。"李斯年含混地说，"你用贺竹沥旁边那台电脑吧，当然，你也可以在家里训练，不一定要到这儿来。"

陆妍娇说："那贺竹沥平时为什么在家里训练？"

李斯年道："因为他有特殊理由。"

陆妍娇道："……什么特殊理由？"

李斯年道："要是让我们都知道了，那这个理由就不特殊了。"

陆妍娇觉得这个解释完全符合逻辑，并没有哪里不对。

基地很大，据说还有专门的做饭阿姨和家政服务人员，好像是为了防止选手"死于"外卖，虽然大家都表示外卖挺好吃的。

陆妍娇有了一台属于自己的电脑，她认认真真地在电脑旁边的铭牌上写上了自己的名字，然后自豪地宣布从此自己也是电竞人了。

但是屋子里的其他人都对此反应平平。

陆妍娇道："你们就不想说点什么吗？"

李斯年道："放下你手里的香蕉，不然我们的友谊即将走到尽头。"

陆妍娇道："唉，想和儿子做朋友可真难。"

李斯年道心想：你这毛病咋又犯了呢？

第七章
国内联赛

　　陆妍娇终于成功地成了 FCD 战队史上第一个临时队员，没有签订合同，没有工资，随时可能走人。但即便如此，陆妍娇的内心还是充满了对这支战队的爱意和崇敬，恨不得马上就能撸起袖子陪大家一起打联赛。

　　也幸亏贺竹沥早有先见之明，同陆妍娇约法三章，让她不能逃课，不然这学期她的学业情况可能会更糟糕，极有可能因为沉迷电竞而旷掉所有的课程，最后惨遭退学。

　　签约第一天，陆妍娇下课之后就直奔基地，坐在了自己的电脑面前，那模样真是乖巧得像只小兔子。

　　李斯年捧着饭碗从屋子外路过，含混地问她吃晚饭没。

　　"没有呢。"陆妍娇道，"一下课就过来了。"

　　"阿姨做了晚饭，你过去吃点。"李斯年说，"味道还是不错的。"

　　陆妍娇闻言高兴极了，心里感慨临时队员还包饭，于是跑跑颠颠去了饭厅，看见桌子上就剩下贺竹沥一个人，正在吃饭。

　　"怎么就你一个啦？"陆妍娇道，"李斯年去哪儿了？"

　　"他补直播时长。"贺竹沥道，"晚上训练完，和我一起回去。"

　　陆妍娇点点头。

　　马上要进行全球联赛了，贺竹沥来基地的时间也变多了，他需要和教练队员们讨论一些战术和打法，为即将到来的科隆赛做准备。

如果队员是新加入的，贺竹沥还得考虑战术泄密等一系列的问题，不过陆妍娇本来就不是圈子里的人，所以贺竹沥需要担心的事情少了许多，他们打他们的，带着陆妍娇随便混混就行。

吃完饭，贺竹沥带着陆妍娇坐在了电脑旁。

陆妍娇摩拳擦掌，说："大哥，你说吧，我要怎么做？"

贺竹沥头也不回："开电脑上游戏。"

陆妍娇道："上了！"

贺竹沥道："进组。"

陆妍娇道："进了！"

贺竹沥点了开始，两人进入游戏大厅。陆妍娇的表情凝滞了片刻，小声道："就……就这么开始啦？不讨论一下战术什么的吗？不商量一下打法什么的吗？"

贺竹沥道："商量好了打法你打得中人？"

被无情鄙视枪法的陆妍娇陷入沉默，心想算了算了，不和贺竹沥这个坏人计较。

陆妍娇现在用的账号是属于江烛的，之前她的账号分数还是太低了，排进去打的局对于贺竹沥他们而言都是属于低端局。但是江烛的账号在亚洲服务器的排名是 332 位，贺竹沥的账号排名是 47 位，也就意味着使用这两个账号，遇到的人都是亚洲顶级的玩家。

进游戏之前，陆妍娇看了下江烛的游戏数据，江烛的 KD3.4，爆头率 42%，这是非常恐怖的数据了，代表江烛每局至少杀三个人，平均两枪就要爆一次头。

陆妍娇看完江烛的，又暗暗地瞅了眼自己的，看完之后也没说话，默默地把查战绩的软件关了。

"你 KD 能有 0.5 吗？"看见陆妍娇小动作的贺竹沥却没给她留面子。

陆妍娇道："0.2……"KD 是指每局杀的人除以自己死亡的次数，这意味着陆妍娇每局只能杀 0.2 个人，凑个五局才能杀掉一个。

"嗯。"贺竹沥说，"了不起。"

陆妍娇心想：哥，过分了啊。

不过虽然陆妍娇的战斗评分低得可怜，生存评分却非常高。按照李斯年的话来说，陆妍娇简直将贪生怕死刻入了骨髓里。只要战斗一打响，她无论在什么位置，都能在极短的时间内找到一个安全的地方，然后瑟瑟发抖地伪装成一棵敌人看不到的小草。

不得不说，这也是一种天赋。

贺竹沥想让陆妍娇熟悉高端局，顺便练习枪法，就带着她往人多的地方跳。这是练习枪法最好的办法，唯一美中不足的是玩久了心态容易爆炸。毕竟谁也不想看见自己的角色刚落地还没拿到枪就变成了一个四四方方的盒子。

陆妍娇连着死了十几次，把鼠标一拍，撸起袖子，掏出手机，一脸怒容。

贺竹沥一直没说话，见这情形以为陆妍娇是要爆发了，正打算安慰两句，就听见陆妍娇说："我要把这些杀我的人全部记在我的备忘录里！以后一定会杀掉他们的！"

陆妍娇道："南村群童欺我老无力！"

贺竹沥第一次清晰地意识到在陆妍娇心态崩溃之前，可能先崩溃的是他自己。

反正这一晚上，陆妍娇基本就没什么游戏体验，好歹技术还是有所进步，起码从落地就死，变成了落地之后还能挣扎一会儿，运气好甚至可以捡两个人头。

两人在这边苦苦求生，李斯年在隔壁直播，偶尔还能过来串串门，给陆妍娇带点零食，顺便嘲讽一下陆妍娇的操作。

等到差不多十二点左右，贺竹沥便开车载陆妍娇回家。

临走之前，李斯年问贺竹沥今晚什么感觉。

贺竹沥面无表情地瞅了他一眼："明天轮到你。"

李斯年道："啊？"

陆妍娇大笑："多多关照啊，二儿子。"

李斯年沉默。

第二天晚上，基地里充满了李斯年的惨叫声和陆妍娇的笑声。贺竹沥八风吹不动，佟朱宇却受不了了，进屋子问："你们两个在干吗呢？李斯年为什么叫得那么惨？"

陆妍娇拍桌狂笑："我和李斯年打赌，谁先死了谁往脸上夹个夹子——"

李斯年回头，佟朱宇看见他脸上已夹满了铁夹子。

"李斯年，你行不行啊，我都要躲到吃鸡了——"陆妍娇大笑，"你看你怎么凉得这么快。"

李斯年无奈："你真是伏地魔的祖宗。"

陆妍娇哈哈大笑。

基地里多了个陆妍娇，热闹了不少。偶尔陆妍娇还会在李斯年和贺竹沥的直播里露露脸，观众看见了，都好奇地问："你们真的把小姐姐拉进战队了？"

李斯年大大咧咧道："是啊，我们把她骗来当临时队员了。"

观众看到这话都乐了，怂恿李斯年让小姐姐也开直播，他们都没把李斯年的话当一回事儿，毕竟一个职业战队，怎么会让业余人员参与进来比赛呢。

而战队众人都非常默契地没有去解释这件事，等到了比赛的时候，观众自然会知道。

陆妍娇白天上学，晚上被拉到基地里练习，就这么过了一个月，居然真的大有长进，虽然枪法还是不太好，战局意识却越来越和贺竹沥合拍。

晚上某一局，贺竹沥牺牲之后，她甚至还充当了指挥的角色。连李斯年都察觉出了她这方面的天赋。

"陆妍娇还真不错啊。"李斯年私下里也会和贺竹沥讨论一些关于陆妍娇的事，"她要是枪法跟上了意识，还真是不比一些职业选手差。"

“有的人天生就是吃这碗饭的。”贺竹沥道，“况且这款游戏对于操作的要求没那么高。”

《绝地求生》里枪法虽然占了很大的比重，但指挥也是决定胜负的要素。不像某些类别的游戏，反应能力就是游戏的一切，只要年纪大了，反应能力跟不上，就玩不了高端局了。

“是。”李斯年说，“运气不好，智商不够，枪法再好也没用。”他道，“你什么时候看出陆妍娇有这方面天赋的？”

贺竹沥很直白地说：“早发现了，她才开始玩游戏的时候，你没察觉到她找的藏身位置都非常的好？”一块石头，一棵草木，都是最不容易和敌人遭遇的地方。这种操作可能是无意识的，却暴露出了陆妍娇的确有玩这个游戏的潜力。

李斯年面露痛苦之色：“所以我为什么那么想不通和她比谁活得久！”他要是和陆妍娇比谁杀的人多，那满脸夹子的人也不该是自己啊。

贺竹沥道：“可能这就是母慈子孝吧。”

李斯年心想：噗神，你变了。

在基地集训一个多月后，陆妍娇终于要上战场了。比赛前几天，她拿到了属于自己的队服，队服的肩膀上绣着她的游戏 ID：Flower。

陆妍娇抱着队服喜极而泣，“谢谢大家给我这个机会，谢谢大家给我这么多的信任。”

大家听完后报以热烈的掌声。

“我一定会好好努力，争取做一个合格的母……队友。”陆妍娇差点说错话，看见队友们脸色微变，赶紧改口，“对，是合格的队友。”

玩笑过后，贺竹沥这才义正词严，警告陆妍娇在比赛的时候不能乱说话，特别是什么“母亲”“儿子”之类的，不然当场取消她临时队员的身份。

陆妍娇被贺竹沥拿捏住了命脉，只能委屈地答应了贺竹沥的“无理要求”。

但众人都能从她不甘的眼神里，看出她显然依旧不肯死心。

虽然接下来的几场国内联赛的积分对于FCD战队来说并没有那么重要，但是对于排位处于二三四的队伍而言，情况就大不相同了。这几场联赛于他们来说就是生死赛，赢了就有机会参与接下来的全球联赛，输了就会和全球联赛失之交臂。

　　所以FCD战队反而成了队内气氛最和谐的一个，陆妍娇入队没几天后，跟着李斯年去隔壁一个战队串门，才发现其他战队的气氛非常紧张，几乎所有的队员都在紧张地训练，全然没有FCD战队里那种轻松愉快的氛围。

　　"李斯年你交女朋友了？"这战队的名字叫HCL，目前排名第三，队里的狙击手小哥哥和李斯年是熟识，见他带了个姑娘来，便愉快地同他聊起了天。

　　"没。"李斯年说，"张禹，你仔细看看，这姑娘你应该认识吧？"

　　被李斯年唤作张禹的少年上下打量了一番陆妍娇，随后眼睛一亮："哟，这不是你妈吗？"

　　李斯年沉默。

　　陆妍娇哈哈大笑。

　　没办法，自从亚洲联赛之后，陆妍娇在电竞圈子里就变得很有名，毕竟能当上FCD战队所有队员妈妈的人暂时只有她一个。

　　"别皮了。"李斯年咬牙切齿，"我带她来串串门。"

　　"串门？"张禹说，"怎么，她还真加入你们战队了？"他调侃道。

　　李斯年认真地点点头："是。"

　　这话一出，整个屋子在偷听的人都惊了，张禹也满目愕然："真的假的？贺竹沥能同意？"

　　李斯年道："有什么不同意的，这事情就是他提议的。"

　　张禹道："可是……"

　　李斯年无所谓道："我们战队的情况你又不是不知道，现在不是转会期，去哪儿找个合适的人选？"

张禹"哦"了声："不过你们随便叫个小姐姐就上，胆子也是够大啊。"

李斯年笑了笑，没说话。

张禹他们战队的反应，只是所有人反应的一个缩影而已。三天后，陆妍娇坐上了参赛选手席位，直播画面拍到她的模样时，全场都陷入了嘈杂的讨论声中。

"没想到 FCD 战队首发居然是小花儿姑娘啊。"主持人很快就从惊讶中恢复了过来，"小花儿姑娘的表现在亚洲联赛里大家都有目共睹，让我们一起期待她接下来的表现吧。"

因为陆妍娇的游戏 ID 是 Flower，她又是个可爱的小姑娘，主持人索性叫她小花。

国内联赛第一场比赛，FCD 发挥非常平稳，几乎没有受到减员的影响。陆妍娇虽然枪法不好，但十分听从指挥，贺竹沥让她往东她绝不往西，让她赶紧走她就绝不停留。

"比李斯年乖多了。"——这是贺竹沥对陆妍娇的评语。

李斯年委屈地坐在旁边说："队长我还不够听话吗？你昨天晚上可不是这么说的。"

本来队里有个话痨李斯年就已经很让人头疼，现在又多了个陆妍娇，贺竹沥怀疑这要是比赛因故暂停，两人能唠好几个小时。

国内联赛第一场比赛就这么平淡地结束了，HCL 战队发挥超常，成功拿下一局，夺得积分，把 Feigou 所在的战队挤下了第二的位置。

"他们该急了。"离场时，李斯年看到了付成舟所在的队伍。

和来时的喜气洋洋比起来，离开时的他们满目阴沉，没有一个人说话。现在二三四名竞争激烈，哪一队发挥失常就意味着和全球联赛的名额失之交臂，可想而知他们的压力有多大。

"我看他们就是活该。"因为讨厌付成舟，连带着把付成舟所在的战队也一起讨厌了，李斯年是情绪最外露的那个，反正从头到尾他就没给过付成舟好脸色看。

"对啊，活该。"陆妍娇在旁边应和。

李斯年闻言感叹："还是你对我好。"

陆妍娇道："毕竟我是……"

李斯年道："闭嘴！别又占我便宜！"

陆妍娇委屈："毕竟我是你队友嘛。"

李斯年狐疑地看了陆妍娇一眼，他才不信陆妍娇刚才想说的话是这句。

比赛结束第二天，陆妍娇回到学校，受到了班上同学们的热烈欢迎。她坐在椅子上，周围围满了本班和其他班的男同学，乍一看起来简直是女王般的待遇了，而实际上……

"陆妍娇，你可以帮我要李斯年的签名吗？他好厉害啊！"一个一米八的男生拿着本子激动地对陆妍娇说。

"我想要噗神的，噗神是我男神，我要爱他一辈子。"旁边的人这么恳求。

"你要是帮我要到江烛的签名，这学期你的作业我都包了。"戴着眼镜的"学霸"如此表示。

陆妍娇听完大家的请求后陷入了沉默，随后小心翼翼道："那个……就没人想要我的签名吗？现在就能拿到哦。"

众人道："如果你坚持的话，我们也可以要一个……"

陆妍娇心想：看把你们委屈的。

在这一刻，她深深地体会到，自己受欢迎，单纯是因为她有几个受欢迎的队友。电子竞技面前没有恋爱，甚至有人用自己大学四年都不恋爱的承诺来交换一张薄薄的签名照。

不过除了受欢迎这点外，陆妍娇的生活并没有受到太大的影响，依旧是每天上学放学，基地、家、学校，三点一线。

现在唯一让陆妍娇困扰的，就是要怎么获得她小叔的同意，拿下五月份去德国的签证。

那天，陆妍娇刚打完第二场国内联赛，陆忍冬就打来电话问她在哪儿。

陆妍娇道："我在体育馆这边。"

陆忍冬问："看你男朋友比赛？"

陆妍娇听到这话沉默了三秒，随后想起来自己当初为了去韩国好像的确是这么和陆忍冬说的。她悄悄地瞅了眼在旁边坐着看手机的贺竹沥，赶紧推开门走到外面，含糊地"嗯"了声。

"你五月份想去德国？"陆忍冬问。

"是啊……"陆妍娇道，"这不是他们有比赛吗，我就想去看看，是全球联赛呢，最重要的一场。"她压低了声音，让自己的语气听起来更可怜一点，"小叔，你对我最好了，我都乖乖上课一个月了，一节课都没逃呢。"

陆忍冬说："我知道。"

陆妍娇说："你知道？"

陆忍冬说："你们班有我的卧底，所以你要乖一点。"

陆妍娇眼泪差点落下来，心想，你和我爸不愧是兄弟，干出来的事情都一模一样。

陆妍娇说："那我乖一点能去德国看男朋友比赛吗？"

陆忍冬说："我考虑一下。"

陆妍娇假哭："我男朋友可是为国争光啊，这是中国的荣誉！电子竞技也是体育赛事，我不允许你这么不重视我们国家的体育运动。"

陆忍冬莫名其妙就被扣上了这么大一顶帽子。

两人又说了一会儿，最后陆忍冬答应一周内就给陆妍娇答复。陆妍娇挂完电话后感觉这事儿有机会，正打算高兴一会儿，就听到身后传来一个不咸不淡的声音："男朋友？"

陆妍娇扭头，看见贺竹沥面无表情地站在门口，眼神不妙地盯着她。

陆妍娇说："啊？"

贺竹沥说："你哪里来的男朋友？"他笔直地走到陆妍娇面前，居高临下地盯着她，眼神颇为不善。

这似乎是贺竹沥第一次在陆妍娇面前生气，那强大的气势压得陆妍娇几乎有些喘不过气来，她咬了咬嘴唇，正欲移开目光，却被贺竹沥一把按住了肩膀，两人的视线再次交织在一起。

"嗯？"贺竹沥垂眸。

陆妍娇咽了口口水，知道自己是必须说清楚了，于是蔫头耷脑地带着哭腔把骗她小叔的事情说了出来，还可怜兮兮地哀求贺竹沥不要怪她，她不是故意损害他的名誉，只是她太想看 FCD 战队为国争光，太想看中国的体育赛事走出国门。

贺竹沥说："说人话。"

陆妍娇说："教练，我就是想看看比赛啊，出去溜达一圈啊——"

贺竹沥没吭声。

陆妍娇抱着贺竹沥的手臂，泪花涌动，发出来自灵魂的哭号："上学太难受了！"

贺竹沥说："所以你就骗你小叔说我是你男朋友？"

陆妍娇悲伤道："对不起，我待会儿就和他解释清楚。"

贺竹沥说："不用了。"

陆妍娇说："啊？"

贺竹沥起身，一扫刚才满是阴霾的表情，竟勾了勾嘴角："就这么对你小叔说吧，谁叫你是我的傻女儿呢。"

陆妍娇心想：等……等一下，辈分乱了啊！

FCD 战队，一个队员们互相争当对方家长的战队。由于陆妍娇开的这个好头，导致家长辈分成了战队内部竞争的目标，以至于训练时都出现了类似于"最先死的那个是大家儿子"之类的诡异规则。

这几天李斯年发现贺竹沥的心情非常好，而贺竹沥心情好一般都不会表现在脸上，而是表现在游戏里。

"李斯年，不要急着舔包，那边还有一队。"指挥时贺竹沥的声音显得非常平静。

李斯年操纵鼠标的手抖了一下，瞟了一眼贺竹沥坐的位置："队长，心情不错啊。"

贺竹沥面无表情地看过去，用眼神询问这话什么意思。

"哈哈。"李斯年说，"这要不是你心情不错，我怕是已经被枪决了。"他一不留神就会犯老毛病，喜欢未确定周围环境就急不可耐地跑去舔盒子。因为这个习惯，他已经被敌人暗算了好几次。这要是换了平时的贺竹沥，看见他这么干，肯定是一梭子子弹就扫过去了。

"啰唆。"贺竹沥没有再理会李斯年。

李斯年则确定了自己的猜测，他家队长的确是心情不错。

不过最近 FCD 战队挺顺的，陆妍娇作为临时队员加入战队之后表现非常亮眼，虽然战斗评分不高，但是支援效果很好，现在已经完美地掌握了扔手雷然后冲到战场最危险的地方拉人的技能，有时候甚至还成了扭转形势的关键角色。

根据数据显示，陆妍娇现在的生存评分和支援评分已经达到平均 87 分，当然，战斗评分只有 12 分，用李斯年的话来说，陆妍娇的战斗力都还比不上一只农村养的鹅。

陆妍娇对李斯年的说法表示抗议，觉得自己撸起袖子努力一下还是能和鹅一战的。

而让 FCD 战队气氛轻松的另一个原因，则是他们的死对头倒霉了。在最近的一场比赛里，付成舟所在的战队竟出现了严重的失误。在指挥预测出现偏差的情况下，他们战队落在了人最多的一块城区，和另外一队近距离遭遇之后惨遭灭队，在那场比赛里成了最后一名。

"哈哈哈哈，活该啊！"比赛完之后，得知付成舟战队排名的李斯年仰天大笑，"他们队这场比赛零积分，战队排位直接落到第四，哈哈哈，笑死我了。"

贺竹沥没理会李斯年，低着头收拾自己的鼠标："走了。"

"走走。"李斯年道，"今天得好好庆祝一下，后天就最后一场了，他们要是不吃鸡，我看他们拿什么去参加全球联赛。"

贺竹沥闻言抬头，看了一眼付成舟他们所在的位置。那支队伍的气氛格外凝重，虽然比赛已经结束，却没有一个人主动离开座位，任谁都看得出这场比赛对他们的打击的确很大。

"那可说不定。"贺竹沥说了这么一句便转身离开。

李斯年听得莫名其妙，跟在后面问贺竹沥什么意思。

"狗急了会跳墙的。"贺竹沥说，"再看看吧。"

李斯年还是一头雾水。

陆妍娇隐约间也感觉到了些什么，但是这种感觉很是朦胧，一时间也说不清楚。况且还有贺竹沥在呢，陆妍娇放弃了思考，像只小尾巴似的跟在贺竹沥身后，跑跑颠颠离开了赛场。

后天是国内联赛的最后一场比赛，也是奠定最后排名的决胜局。这场比赛决定的是所有去科隆比赛的战队名额，对于前几名的队伍来说简直至关重要。而 FCD 战队的积分已经稳坐鳌头，所以其他队伍的生死赛，于他们而言不过是训练赛罢了。

比完赛后，大家一起聚了个餐。

陆妍娇吃饱后靠在椅子上打着呵欠刷微博，目前她的微博粉丝有八十几万，其中大部分都是参加联赛后新涨上来的。开始她还激动一下，后面已经完全麻木，还好奇地问李斯年以她现在的微博活跃度接个广告是什么价位。

"至少四万吧。"李斯年说，"我以前接过人工力学椅的广告，发一条就是五万，直播的时候用那椅子是三十几万。"

陆妍娇惊了："贺竹沥呢？"贺竹沥是队里微博粉丝最多、人气最旺的。

李斯年道："他？他不接广告。"和直播平台的签约费已经让贺竹沥完全不用担心经济问题了。

陆妍娇道："哦……"她随手翻了一下微博评论，看见评论里很多FCD 战队的粉丝在狂欢——他们在庆祝付成舟的队伍落地成盒，并且祈祷后天的比赛付成舟的队伍也发挥失常，这样在全球联赛里就不用再看见付成舟了。

但让陆妍娇惊讶的是，评论里居然有付成舟的粉丝和 FCD 战队的粉丝吵起来了，还态度强硬地说 FCD 战队全员都喜欢落井下石，根本不顾以前的战友情谊。

陆妍娇看着这些言论吃惊道："哇，付成舟也有粉丝吗？"

"有。"李斯年啃着鸡腿，"本来在 FCD 战队的时候，付成舟和队长的人气最高，后来付成舟离开 FCD 战队，很多人粉转黑，不过就算是这样，他粉丝也挺多的。"

陆妍娇道："呃……"

李斯年道："别管他们了，这些人就是站着说话不腰疼。当初付成舟走的时候那么绝情，还好我们挺过来了，要是没挺过来……"

那 FCD 就成了电竞圈的笑柄，甚至有人会说，没了付成舟的 FCD 什么都不是。

"嗯。"陆妍娇点头，"我也不喜欢他。"她也在心里小气地想，希望后天的比赛里付成舟他们队伍落地成盒，这样在全球联赛里就不用看见他们了。

两天后，比赛现场。

这天是个阴天，他们出门的时候没有带伞，等战队的大巴车到达场馆，天空中已经飘起小雨。

陆妍娇走进赛场时，看见付成舟他们队伍已经在场馆里坐好。大约是今天的比赛特别重要，他们来得也格外早。每个选手的脸上都看不见一丝笑容，可以想象巨大的压力正如同山一样压在他们的肩膀上。

贺竹沥开了电脑，开始检查自己的机器。陆妍娇小声道："噗神，他们真的能保证自己赢下比赛吗？"

贺竹沥脸上没什么表情："没有人可以保证自己一定赢。"

陆妍娇道："你也不行？"

贺竹沥斩钉截铁道："不行。"

没有人能保证自己是比赛的主宰者，再强的选手也做不到。

陆妍娇点点头。

上天却好像要和陆妍娇作对似的，比赛过程中，陆妍娇没有看见一个付成舟战队成员被击杀的信息，而根据击杀信息来看，付成舟他们队已经杀死七个人了。

整个地图里还剩下三十多个人，佟朱宇和李斯年都在刚才的遭遇战里惨遭牺牲，此时马上又要刷新安全区。

"不能卡着安全区边缘，得去中心区找个掩体。"贺竹沥指挥，"走。"

陆妍娇点点头，跟着贺竹沥上了车。

贺竹沥坐在驾驶位，开着吉普往最中心地带冲。一般情况下一个队伍至少要开两辆车，如果条件允许的话，最好前面还有一辆摩托开路，这样的配置可以将车被敌人扫爆的危险降到最低。

但是现在只有他们两个人，所以只好开了同一辆。

陆妍娇坐在副驾驶，看着游戏画面随着地形的变化抖动，当车开到一个小型房区的时候，她的第六感突然告诉她一种不妙的感觉："噗神，房区好像有人——"

贺竹沥还没应声，便听到一阵哒哒哒的枪响，陆妍娇和贺竹沥两人同时从车上落下，游戏结算页面也同时出现在了屏幕之上——他们被另外一支队伍杀掉了。

这事情发生时不过瞬息之间，陆妍娇看着屏幕上的击杀信息，惊呼道："居然是 Feigou 杀的我们！"

贺竹沥没说话，眉头微微蹙了起来。

似乎现场的直播画面正好转到他们的脸上，贺竹沥蹙眉的画面也被拍摄了下来，现场的主持人解说道："哎呀，很可惜啊，没想到噗神被以前的队友杀掉了……看他的表情似乎有些不高兴。"

现场一阵嘈杂，取下耳机的陆妍娇甚至听见靠近她位置的某些观众在愤怒地骂脏话。

"怎么是被他杀了！"陆妍娇气呼呼地嘟囔，"气死我了。"

贺竹沥把鼠标移到了死亡回放上，点击了"确定"。

死亡回放是游戏的一种功能，可以回放击杀者的视角，贺竹沥是被
Feigou扫下车的，所以他看的便是Feigou的操作。

Feigou手里拿着一把AK，对着开过来的车便是一通扫射，而几乎是
同时，贺竹沥和陆妍娇都惨遭爆头，两人双双被击杀。

贺竹沥看着画面陷入了沉默。

陆妍娇察觉出他情绪有些不对，便小声地问道："噗神，出什么事了？"

贺竹沥摇摇头。

陆妍娇看见贺竹沥把死亡画面播放了一次又一次。

如果这是别人，陆妍娇可能会以为对方是不甘心，但贺竹沥并不是会
被情绪操控的人，他神色严肃，仿佛在寻找着什么细节。

陆妍娇被这种气氛影响，也不再说话。

就在这种沉默中，付成舟的队伍已经杀掉了最后一个对手，赢得了这
万分重要的一局。

比赛尘埃落定，积分榜也在此时更新，付成舟所在的队伍成功晋级第
二，获得参加全球联赛的名额。

"该死，真让他们拿了个第一。"李斯年一边收拾自己的键盘鼠标，
一边嘴里不服气地碎碎念，"气死我了！"

贺竹沥没说话，拿着东西直接走了。陆妍娇跟在他身后，小声道："噗
神，出什么事了吗？"

贺竹沥看了她一眼，却并未说什么，而是缓缓地摇了摇头。

陆妍娇见他不想说，便也不再问。

而此时大屏幕上，付成舟和他的四个队友正在被主持人采访。他们满
怀喜悦，踌躇满志，对即将到来的全球联赛表示有充足的信心。

"我们一定会在全球联赛上拿下好成绩的。"作为队伍的第一狙击手，付成舟笑容满面，神情之间是满满的得意，"希望我的粉丝们继续支持我，我一定不会让你们失望的。"

FCD战队的成员们回到休息室，都在屏幕上听到了付成舟的豪言壮语。

"全球联赛作为业内最高的荣誉，我们队伍会倾尽全力抱回一座属于我们赛区的奖杯。"付成舟道，"实现去年没能实现的愿望！"

听见付成舟这句话的李斯年恨恨道："付成舟是什么意思？什么叫去年没能实现的愿望？当时要不是他不听指挥非要开枪抢那个人头，我们的位置会暴露？团里的资源他从来都是拿最好的，我……"

"行了。"贺竹沥打断道。

"气死我了，气死我了。"李斯年暴躁得要命，"他以为全球联赛像亚洲联赛那么好打，什么都是张口就来！"

贺竹沥不语，双手抱胸，冷漠地看着眼前的屏幕。

全球联赛和亚洲联赛根本不是一个等级。和《英雄联盟》之类的MOBA类游戏不同，《绝地求生》是FPS类的游戏。这类游戏在欧美的发展更加繁荣，顶尖的战队也是在欧美地区。

去年全球联赛的第一，就是被一支名为Bird的德国战队拿下的，而FCD战队只拿下了亚军。

付成舟队伍的采访大约持续了十几分钟，贺竹沥没让李斯年看到最后，以李斯年的性格，要是再听到付成舟说点什么过分的话，指不定提着板凳就冲到舞台上去了。

"走吧。"赛后采访结束后，贺竹沥起身。

李斯年气得牙痒痒，但还是乖乖地听了队长的话。陆妍娇看见他那被气得浑身发抖的模样，心生怜爱，从包里掏出个草莓味的棒棒糖塞进了他嘴里。

李斯年一脸莫名其妙："……你塞我棒棒糖干吗？"

陆妍娇不好意思道："因为今天没带香蕉。"

李斯年心想，今天没带是什么意思，意思是平时你包里都带着？

想起自己下巴脱臼的惨状，含着棒棒糖的李斯年决定以后还是别说话了。

作为联赛的第一名，大家本应该高高兴兴，可因为付成舟这事儿，队伍里的气氛却很是沉重。而最糟糕的是，众人在准备去停车场坐大巴回去的时候，竟又和付成舟他们遇上了。

要陆妍娇说，付成舟也是喜欢犯贱，这种尴尬的相遇明明大家当作没看到就好，他还非要跑过来笑嘻嘻地和贺竹沥他们打招呼。

"哟，噗神。"付成舟兴高采烈，"德国的比赛请多多指教。"

谁知道贺竹沥冷冷看了他一眼，吐出了一句谁也没想到的话："你也配？"

气氛瞬间凝固。

付成舟脸上的笑容消失了："你什么意思？"

贺竹沥道："我什么意思，你自己不清楚？"

付成舟有些恼怒："你不说清楚，我怎么知道你什么意思。"

贺竹沥微微扬起下巴，看向付成舟的眼神充满了冷漠和轻蔑："付成舟，从今天起，你再也不配当我的对手。"

付成舟的面容瞬间扭曲："贺竹沥，你到底什么意思？"

贺竹沥道："若想人不知，除非己莫为。"

他说完转身，直接上了身后的大巴。

付成舟没有阻拦贺竹沥，他重重地喘息着，整张脸都狰狞得不行。陆妍娇跟着贺竹沥上了车，坐在了他的旁边，看见他有些烦躁地抽出一根烟，放在嘴里含着，却没有点燃。

"噗神……"陆妍娇道，"到底怎么了？"

"他完了。"贺竹沥只说了这么一句。

李斯年似乎听懂了贺竹沥的意思，他瞪圆眼睛："队长，你是说付成舟……"

贺竹沥竖起食指，做了个嘘声的手势："不要说出来。"

李斯年满目的不可思议："他疯了吗？这是比赛，他怎么敢？"

贺竹沥道："他输不起。"

付成舟离开 FCD 战队，压力也不会比他们小到哪里去，本来就已经背上了叛徒的名声，如果在离队之后打不出成绩，这无异于是对他职业生涯的致命一击。他在 FCD 战队时还能在全球联赛拿下第二，如果离开后却连全球联赛的名额都没有得到……

"回去吧。"贺竹沥闭目养神，不再谈论这个话题。

"好。"李斯年的表情看起来也有点凝重。

于是直到到达基地，大巴车里几乎都没有人说话。陆妍娇乖乖地坐在贺竹沥的身边，用手机玩着消消乐。

来 FCD 战队这么久了，这次比赛结束，是最安静的一次，陆妍娇有一种"山雨欲来风满楼"的感觉。

贺竹沥说付成舟完了，可是到底是因为什么，才会让贺竹沥说出这么一句话来？

陆妍娇的疑惑，在第二天早晨得到了解答。

比赛第二天，一条爆炸性的消息出现在微博上——《绝地求生》著名职业选手 Feigou 联赛中开挂。

这消息是一个私人号发出来的，该博主用技术手段逐帧地分析了 Feigou 开挂的可能性，指出在比赛过程中，Feigou 扫 FCD 车的一段视频嫌疑巨大，AK 几乎没有后坐力，绝非正常操作。

陆妍娇当时正趴在教室的桌子上悄悄地玩手机，看见这条消息之后瞬间精神了，一下子坐直了身体，伸手捅了捅身边认真听课的班长。

"班长，班长！"陆妍娇小声道，"出事儿了！"

班长扭过头："怎么啦？"他接过陆妍娇递来的手机，看见了上面醒目的微博热搜。

班长也看傻了，"这真的假的？"

"我看了下，感觉有点像真的。"陆妍娇看见这条微博，就想起了昨天贺竹沥和付成舟的对话，她此时终于清楚地意识到他们到底在说些什么。付成舟如果真的开挂，那他的的确确完了。

"这付成舟不是找死吗？"班长浏览完了微博，也陷入了愕然，"职业选手开挂，他知不知道这事情有多严重？"

陆妍娇皱眉。付成舟怎么可能会不知道开挂的严重性，他已经打了这么久的职业赛，特别是近年来官方对于外挂的态度，更是摆明了一旦这种事情被发现，就意味着彻底断送了职业生涯。

"一旦被发现开挂，选手会直接被永久禁赛，取消战队之前的一切比赛成绩。"班长小声地说，"付成舟，这是……找死啊。"

陆妍娇握着手机的心情颇为复杂。

因为是《绝地求生》里面有名的狙击手，有人质疑付成舟比赛开挂这个事情一出来，圈子里所有人的目光都聚集到了他的身上。

有人狂欢，有人怒骂，有人质疑。不过半天时间，陆妍娇就见识了这个圈子的千姿百态。

而作为 Feigou 的前队友，同样被观众注目的贺竹沥，微博下面也瞬间多出了几千条评论，全是关于 Feigou 到底有没有开挂的。

——噗神，Feigou 到底有没有开挂，他扫的是你的车，你总归是知道的吧？有人这么问。

——噗神，你不会落井下石吧，Feigou 虽然离开了 FCD，可是也和你们相处了那么久。这人似乎是 Feigou 的粉丝。

——噗神，你说话啊。有人催促。

但贺竹沥并没有说话的打算，最新的一条微博还是六天前的。

陆妍娇又看了下自己的微博，发现最新的评论也全是关于付成舟的。FCD 本来就是付成舟原来所在的战队，她和贺竹沥在昨天的比赛里又被付成舟一梭子子弹给扫下了车，此时简直就是被强行牵扯进了这个舆论泥潭里。

陆妍娇看得内心焦虑，可偏偏又答应了贺竹沥不能逃课。

这一天的课程，上得陆妍娇心烦意乱，她简直恨不得立刻出现在贺竹沥面前，问问他到底发生了什么。

总算是熬完了一下午的课程，陆妍娇赶紧给贺竹沥打电话，问他在哪儿。

贺竹沥接了电话，道："在李斯年家里陪他喝酒。"

"哦哦。"陆妍娇道，"你们等我，我马上过去和你们一起喝！"

贺竹沥声音听上去倒是非常平静，似乎并未因为今天的突发事件产生什么波澜："嗯，别着急，注意安全。"

陆妍娇"嗯"了声，挂断电话后便去学校门口打了车，直奔李斯年家。

李斯年的家离基地很近，陆妍娇从学校打车过去，差不多需要半个多小时。等她到了李斯年家里时，屋子里已经摆了一堆空酒瓶。

贺竹沥坐在桌子旁边，面前放着盛着啤酒的酒杯。

"他真是做得出来啊！"李斯年正在说话，"如果这事儿是真的，他不就被彻底毁了吗？"

贺竹沥看见了跟着江烛一起进来的陆妍娇，冲着她微微点头示意。

陆妍娇叫道："李斯年。"

李斯年扭头："妍娇，你过来干吗，你不上课啦？"

陆妍娇道："这都晚上了，还上什么课。"她犹豫片刻，还是将自己心中的疑问问了出来，"Feigou 真的开挂了？"

李斯年道："八九不离十吧。"

贺竹沥的手指摩挲着玻璃杯壁，眼眸微垂，从神情上看便知他情绪不佳。

"他倒霉了，我是应该高兴的。"李斯年抹了把脸，"可是我怎么就……高兴不起来呢？"

陆妍娇在旁边坐下，给自己也倒了一杯："别理我，你们继续说。"

陆妍娇虽然从陈安茹那里知道了很多关于这个队伍的事，但是那都是旁观者的视角。当事人看到的东西，和旁人自然有所不同。

付成舟同贺竹沥和李斯年当了那么久的队友，从付成舟开始玩这个游戏时，三人就是亲密无间的搭档。当年还没有打出成绩，最窘迫时他们甚至一起分享过同一包泡面，抽过同一根烟。

"他那时候多好啊，最后一包泡面都舍不得多吃一口，就骗我们说不饿，光喝点汤。"李斯年说，"现在怎么这样了呢，怎么就这样了呢？"他说着，眼眶红了起来，"当年那个 Feigou 去哪儿了？"

贺竹沥喝了一口酒，淡淡地开口："天下没有不散的筵席。"

"我知道。"李斯年说，"你还记得那次我生病不？大冬天，打不到车，你们两个把我背到医院去……"他说着，又灌了一大口酒，好像这样就能忘记当年的时光。

现在他们什么都有了，却彻底散了。

陆妍娇虽然不能切身体会他们过去到底如何，但听得也很难受。她看得出，贺竹沥虽然没怎么说话，情绪却是从未有过的凝重和阴郁。

或许在付成舟和他们决裂的时候，他依旧对这个往日的队友心存着一丝希冀。也正是这一份希冀，让他没有讲出付成舟离开这个队伍前到底做了什么。

李斯年说："这事是真的，他就全完了，这辈子都完了。"

禁赛，退役，甚至连直播都做不了。一旦落实了开挂这件事，付成舟这个名字将会被万人嘲讽，将成为职业选手耻辱的代名词。

贺竹沥喝了一口酒，忽地开口："他离开 FCD，是我要求的。"

李斯年的动作顿住，他缓了一会儿，才明白贺竹沥说了什么："你要求的？"

贺竹沥点头。

李斯年"砰"的一声砸了杯子，怒道："为什么？贺竹沥——"

贺竹沥抬眸，眼中是浓得看不见底的黑色："他泄露了我们战队的战术，还报点给对手。"

李斯年道："你的意思是去年的全球联赛……"

贺竹沥道："他故意的。"

这话一出，李斯年整个人都瘫在了椅子上。

陆妍娇看见他蜷缩起了身体，用手捂住了脸。她知道此时言语的安慰是无力的，便用手轻轻地拍着李斯年的后背，想让他好受一点。

江烛也在旁边坐下了，他是后入队的队员，因为平时不喜欢说话，和付成舟关系一直很普通，所以倒是很快接受了付成舟离队这件事，也对付成舟的自作自受没有多少感慨。

"我们关系很好。"贺竹沥道，"他说他这辈子最大的愿望就是夺得全球联赛的冠军。"他停顿了一下，轻叹一声，"但那都是过去的事了，李斯年，我们得往前走。"

"你为什么之前不告诉我？"李斯年抬头，眼眶红得好像下一刻就要流泪。

"我说了又如何？"贺竹沥反问。

李斯年抿起嘴唇。

贺竹沥道："以你的性格，大约会去找他打一架，如果你真的去找他打架了，FCD缺的就不止一个队员了。"

李斯年苦笑："对。"

他如果知道了这件事，绝对不会像贺竹沥那么冷静。他一定会找付成舟讨要说法，甚至可能在得不到想要的答案时对付成舟大打出手。他如果因为暴力事件被禁赛几个月，这肯定会影响到接下来的亚洲联赛甚至是全球联赛。

"他已经不是我们认识的付成舟了。"贺竹沥说，"你觉得你认识的Feigou，会开挂吗？"

李斯年重重地摇头。

他们这些职业选手，最恨的就是开挂的人。可以说开挂这件事，是电竞职业道德的底线。只要开过挂，那个人就不配做职业选手。

李斯年举杯："好吧，让我最后为过去的Feigou喝一杯。"

贺竹沥举起手中的玻璃杯和李斯年碰了碰，陆妍娇也凑热闹喝了一杯，她道："这事儿如果是真的，那全球联赛的名额怎么办呢？"

"第四补上。"贺竹沥回答。

"哦。"陆妍娇知道不会影响FCD战队的成绩就放心了，她靠在沙发上，朝着李斯年投去怜爱的眼神，"年儿，想哭就哭吧，我宽阔的肩膀借给你。"

李斯年硬生生把马上要流出来的眼泪憋回去了："谁要哭了，谁要哭了，你别乱说啊……哎，你别摸我头了，你这手法怎么那么像在摸狗！"

陆妍娇道："你要求怎么那么高呢？"她一巴掌拍在李斯年的后背上，"旧的不去新的不来，别想以前了，你看看你现在的队友多优秀啊。"她说着骄傲地挺了挺胸脯。

李斯年道："是啊，我觉得佟朱宇和我们配合其实也挺不错的。"

陆妍娇道："……你又想吃香蕉了？"

李斯年瞬间服软了："当然，当然，还是比不上你。"

陆妍娇道："嘿嘿嘿。"

两人插科打诨一番，屋子里的气氛好歹缓解了许多，不似刚才那般凝重。

几人一边聊天一边喝酒，不知不觉，都有些醉了。

李斯年酒量一般加上心情郁结，最先醉倒。他趴在沙发上哼哼唧唧地要酒喝，不给他他还干号。

贺竹沥对他这模样显然是比较有经验了，让陆妍娇别理他，过一会儿他就睡着了。

结果还真是，不到五分钟李斯年就没了声，陆妍娇再一看，发现他已经睡得嘴角淌下了口水。

江烛屁股上有伤，不敢多喝，早早回去休息了，于是只剩下陆妍娇和贺竹沥还在继续喝。

陆妍娇酒量不错，但今天确实喝得有点多，酒精让她的脸上浮起了一层可爱的红晕，乍一看像只可口的水蜜桃。

喝到一半，贺竹沥突然站起来，说出去抽根烟，便起身去阳台。陆妍娇放下酒杯，用手撑着下巴看着贺竹沥的背影傻笑，嘴里小声地嘟囔着："贺竹沥穿紧身牛仔裤真好看……"

他到了阳台，把窗户打开，点了根烟。

积雪化去，春意正浓，正是万物复苏的季节。

夜空中荡着带着丝丝凉意的风，掠过树梢时发出簌簌响声。

阳台的门又被打开，贺竹沥转身，看见了歪着头冲他傻笑的陆妍娇。她似乎有些喝多了，脸上挂着傻乎乎的笑容，两步跨到了他的身边，问他在看什么。

贺竹沥微微偏过头，说什么也没看。

陆妍娇说："你骗人。"

贺竹沥说："我怎么骗人了？"

陆妍娇突然伸手，踮起脚捧住了他的脸，然后忽地拉近距离，用严肃又认真的语气说："你要是什么都没看，怎么眼睛里全是星星？"她说完这话，还伸出一根手指小心翼翼地触了触贺竹沥长长的睫毛。

贺竹沥呼吸一下子粗重了起来。

陆妍娇还未反应过来，便被贺竹沥一把抱住，他的力道极大，简直要把陆妍娇揉进自己的身体。

陆妍娇瞪大了眼睛："我就摸了一下……"贺竹沥的睫毛太长了，她实在没忍住。

贺竹沥道："你还想摸几下？"

陆妍娇道："再……再来一下？"

贺竹沥抬手在陆妍娇的脸上掐了一下，她并不瘦，脸颊有些婴儿肥，柔软细腻，手感非常的好。

陆妍娇被掐得委屈巴巴："你抱就抱吧，掐我干啥啊？"

贺竹沥叹息，没说话，把下巴搁在了陆妍娇的头顶。他除了掐一下，自然还想做点别的，只是怕太过唐突，吓坏了他的小姑娘。

陆妍娇被抱着抱着，便感觉到了一阵浓浓的睡意，她摇摇晃晃，最后把脸埋进了贺竹沥的肩窝，就这么睡了过去。

等到贺竹沥发现陆妍娇睡着的时候，整个人都陷入了一种迷之沉默。他摸摸陆妍娇的脑袋，确定她真的睡着了，才无奈地叹了口气，将她抱起来，转身进了屋子。

她对他这么没有防备心，也不知道是好事还是坏事。

怀念着旧时的时光，生活却必须向前。

付成舟开挂这件事愈演愈烈，不光他个人承受了极大的压力，连带着官方也开始被各方施压。而其中让官方压力最大的，就是热爱这个游戏的玩家。

——如果官方不给说法，就删游戏。

不知是谁开始带起了这个节奏，而赞成的声音也越来越多。

随后质疑的声音越发响亮：花九十八买了游戏，官方就这个态度？平时玩游戏的时候开开挂也就算了，这都开到职业比赛里去了，这是把我们玩家当成傻子耍？

——是啊，如果官方继续这样，我看这个游戏迟早也得被外挂毁了，说好的打击力度强，现在遇上职业选手开挂了，居然装作若无其事。

众人情绪激动。

陆妍娇看着这些言论，开始有些迷惑，她虽然也讨厌外挂，但是总感觉这突如其来的攻势似乎并不只是玩家的愤怒那么简单。

李斯年的话语替她解答了这个问题："这已经不只是付成舟一个人的事情了，这是其他势力在暗暗较劲，你就没有想过，如果官方真的宣布付成舟开了挂，最大的受益者会是谁？"

陆妍娇瞬间明白："你的意思是……第四名的战队也在造势？"

李斯年点头："不过也不能怪人家，毕竟开挂这种事情，只要属实，那这辈子就算是和电竞这个圈子彻底无缘了。"

陆妍娇想起了当时离开赛场时，付成舟跑到贺竹沥面前笑眯眯地说自己也能去科隆的事情。现在想来，他或许真的不是在炫耀而是在高兴，自己能和曾经的队友站在同样的高度。

但现在，说什么都已经没有意义了。

无论是 FCD 战队，还是付成舟所在的战队，没有人敢对外挂这件事发表任何看法。贺竹沥为了避风头，也暂停了直播，直到这件事发生的第三天，沉默许久的官方终于发声。

经过严苛的后台数据分析，我们发现玩家付成舟，游戏 ID 为 Feigou，在国内联赛中使用不正当的手段获取比赛的胜利，经讨论，我们决定给予他永久禁赛和取消战队比赛成绩的处罚。对于使用外挂的行为，官方将坚决抵制，一旦发现，决不会留任何情面。望其他选手引以为戒，不要越雷池……

这申明发出之后，整个游戏圈都被开挂事件彻底引爆。

付成舟的微博瞬间沦陷，评论里全是辱骂的话语。陆妍娇看了几眼，便拿着手机冲到楼下，咚咚咚地敲响了贺竹沥的大门。

"贺竹沥……"陆妍娇道，"官方发了个申明。"

贺竹沥点点头，显然他也看到了。

陆妍娇还欲说话，却听到贺竹沥的手机响起，只见他低头看了眼手机屏幕，按下了通话键。

下一刻，电话那头传来了男人低低的啜泣声，陆妍娇站在旁边，模模糊糊地听见了付成舟的声音。

"队长……"付成舟哽咽着问，"我该怎么办？"

贺竹沥沉默了很久，就在陆妍娇以为他会说出什么安慰付成舟的话语时，他却轻轻地道了声："付成舟，我已经不是你的队长了。"

电话那头一阵沉默。

"熬过去吧。"贺竹沥说，"我帮不了你什么，你只能自己熬过去，总会过去的。"

他说完这句话，没有再等付成舟回复，便直接挂断了电话。

"竹沥……"陆妍娇有些担心贺竹沥，"你没事吧？"

贺竹沥摇摇头，他一向冷漠的神情里出现了些许忧郁，仿佛之前的冷漠不过是他的伪装。虽然已经决裂，但看着旧时的好友走到现在这个地步，他不由得也陷入了某种难以言喻的负面情绪中，他说："我是不是太绝情了？"

陆妍娇一时间也不知道该说什么安慰他的话，于是干脆冲到他身边，用力地抱住他，再拍拍他的背："没事了，没事了，不是你绝情，是付成舟自作自受。"

贺竹沥紧紧回抱，用下巴蹭着她的头发。

两人抱了一会儿，陆妍娇正被这温情的气氛感动，就听到贺竹沥小声地说："你……"

陆妍娇说："怎么？"

贺竹沥说："你几天没洗头了……"

陆妍娇身体僵直了几秒，然后恼羞成怒，"贺竹沥！我要打死你！"

贺竹沥被陆妍娇打了几下，反而笑了起来。"脏姑娘。"他嘴上嫌弃陆妍娇，却还是不肯放手，依旧牢牢地抱着她。

乌龟闲着没事儿，也飞过来凑热闹，飞到陆妍娇的肩膀上，用鸟喙开心地啄起了陆妍娇的发丝。

陆妍娇看见自己儿子的动作，有点慌："快快快，把乌龟抱开，我真三天没洗头了，它啄了怕是要拉肚子。"

这么一打岔，刚才的沉重总算是消散不见了。

贺竹沥也恢复了状态，很理智地分析了一下付成舟接下来能做的事。

首先肯定是和大众道歉，姿态必须诚恳，之后最好消失一段时间，等到大家把这件事都淡忘了，再想着复出。

不过这些都是指的直播方面，付成舟的职业生涯，算是彻底完了。

他失去了参加《绝地求生》职业联赛的资格，再也不能出现在大型赛事里。而他获得全球联赛冠军的梦想，也绝无实现的可能了。

陆妍娇听完贺竹沥的分析，疑惑道："可是他怎么作弊的？电脑不是官方准备的吗？"

"鼠标和键盘是自带的。"贺竹沥道，"鼠标宏也是一种作弊方式。"有了鼠标宏，就不用再分心压枪，枪法能提高不止一个层次。无论是狙还是步枪，其实操作的核心都是能不能完美地压住枪支的后坐力。

"原来如此。"陆妍娇叹息，"这又是何必！"

贺竹沥不想再继续这个话题。

果然如贺竹沥所预料的那样，在官方申明出来不久后，付成舟就发了一条道歉的微博。

只是让人没想到的是，他在微博里竟然详细地解释了他离开FCD的原因，说自己被人买通，卖了FCD的战术，并且在决赛局故意造成失误，导致FCD痛失冠军。在微博的最后，他表示自己将退出职业圈，不再参加任何《绝地求生》的比赛。而直播则在合约期到期后也不会再续约，最后他感谢了粉丝们的支持，说对不起他们对自己的期待。

陆妍娇是在贺竹沥家里看到这条微博的，她当时穿着毛茸茸的睡衣，像头熊一样窝在沙发上，刚看完微博就听到门口传来了敲门声。

"贺竹沥，有人找——"她叫道。

"你去开门。"正在和李斯年他们训练的贺竹沥头也不回。

陆妍娇道了声好，跑跑颠颠地到门口，拉开门，发现来人竟是付成舟。

付成舟看见她愣了片刻，说："你好，我找贺竹沥。"

没想到付成舟会突然来找贺竹沥，要不是刚看了他的微博，陆妍娇估计会以为这人是来打架的，她说："他在里面训练……"她扭过头喊了一声，

"贺竹沥，付成舟来了。"

隔了一会儿，贺竹沥才从二楼下来。他走到门口，脸上无悲无喜，仿佛是在看陌生人："什么事？"

"没什么。"付成舟说，"我就是来和你说一声对不起。"

贺竹沥沉默地看着他，隔了好一会儿，才道了句："只是这样？"

付成舟苦笑，知道贺竹沥是不会接受他的道歉的。

两人说话时，陆妍娇就站在贺竹沥的身后，暗暗地想要是一会儿两人打起来，她得给贺竹沥递点什么比较顺手的武器，嗯……门口那个花瓶看起来挺好用的，砸下去可能就结束战斗了。

贺竹沥和付成舟正在聊着，却见身边的陆妍娇一副贼眉鼠眼的模样，他狐疑道："陆妍娇，你想什么呢？"

沉浸在脑补戏份中的陆妍娇随口就道："你别太用力的话，花瓶应该砸不死人吧？"

付成舟表情扭曲了一下。

贺竹沥沉默。

陆妍娇没想到自己居然把脑子里想的话说出了口，她干笑两声："哈哈，我开玩笑的。"

付成舟道："呵呵，贺竹沥，你女朋友真有意思。"他信才有鬼，这个陆妍娇从开门起眼睛就一直往花瓶那边瞟，真当他没看见啊。

陆妍娇脸皱成一团，小声解释："我不是贺竹沥女朋友。"

付成舟也是个上道的，点点头："我懂，你是他妈。"

贺竹沥心想，付成舟你是想挨揍吗？

陆妍娇喜笑颜开地"哎"了一声。

"好了，不开玩笑了。"付成舟敛了笑容，认真道，"我只是最后想和你道个歉。还有，我要走了。"

贺竹沥道："去哪儿？"

付成舟道："回老家开网吧去了。"

贺竹沥嘴唇抿成一条直线："一路顺风。"

"你也是。"付成舟道，"科隆，一路顺风。"

第八章
科隆，一路顺风

付成舟开挂这件事，似乎就这样尘埃落定了。

但至于他为什么会出卖自己的梦想却成了一个未解的谜，连最了解他的贺竹沥都不知缘由。

"他说他需要钱。"贺竹沥说，"只说了这么一句，没有说别的。"

"钱？"李斯年无法理解付成舟的选择，"多少钱能买下他的职业生涯？况且当时他已经身价不菲，还需要做这样的事情来赚钱？"

贺竹沥摇摇头，他感觉付成舟出卖FCD这件事并不只是钱的问题。但付成舟不想说，他便也不强求。

"所以到底是哪个战队收买了他？"李斯年和陆妍娇一起吃着桌上的零食，边吃边和贺竹沥讨论，"我不信是Brid，他们队那种实力，还需要收买我们？"Brid是欧洲豪强战队，实力强悍，不可能会使用这些手段来获得胜利。

贺竹沥道："应该不是。"

"那是哪个？"李斯年问。

贺竹沥说："付成舟没有告诉我，但我看了当时比赛的录像，有一些猜测。"

李斯年蹙眉。

贺竹沥的手指在桌上点了点："你还记得小坦吗？"

李斯年瞪圆眼睛，差点没被嘴里的红薯片呛死："这关小坦什么事？"

贺竹沥说："我怀疑这事情和他有关系。"

李斯年沉默片刻："你确定吗？"

贺竹沥摇摇头，表示自己只是猜测，并不能完全确定这件事。

陆妍娇在旁边听八卦听得津津有味，她记得第一次见到付成舟的时候，就听到过小坦这个名字，付成舟还说过类似贺竹沥把小坦毁了的话。而经过她之后的了解，才知道小坦原来也是贺竹沥他们的队友，只是后来在比赛中小坦不听指挥，被贺竹沥一枪崩了，由此两人彻底决裂，贺竹沥被禁赛三个月，小坦则离开了FCD。

当年因为杀队友这事儿，贺竹沥似乎还被很多人指责在队伍里独断专行，不过这些人很快就被FCD的成绩狠狠打了脸。

FCD能取得今天的成绩，贺竹沥功不可没。

"算了，别想那么多了。"李斯年被这事情搞得有点心烦，"还是说说下个月比赛的事儿吧，医生说江烛的屁股还能抢救一下……"

贺竹沥道："我和他商量一下。"

李斯年说："好。"

几天后，关于科隆比赛，江烛的赛程安排有了结果，他因为屁股受伤不能久坐，所以决定放弃单人赛，参加双人赛和团队赛。

然后根据这个情况，战队官方微博进行了通告，粉丝们打趣地说还是FCD战队内部竞争激烈，去趟韩国打比赛回来屁股就残了。

陆妍娇坐在教室里看得咯咯直乐。

最近没有国内联赛，她白天上课，晚上就回去陪着贺竹沥打直播。直播的时间久了，也有挺多平台直播联系她，问她有没有意向签约。陆妍娇了解了一下签约的条件，最后忍痛拒绝，表示平时可以直播着玩玩，但是并不打算把这个当工作。

"你真拒绝了？那边开的价格应该挺不错吧。"李斯年得知陆妍娇的拒绝后有点惊讶。

陆妍娇道："对啊，拒绝了，我家里要是知道我去做直播了，得用鞭子抽我。"其实她小叔那里应该还好，就是她爸那关过不去。

李斯年道："这都什么年代了……"

陆妍娇叹气："是啊。"

"那行吧，你自己玩直播的时候也注意一点，有些不该说的话别说。"李斯年道，"前些天就有直播的人嘴上不把门，被禁赛了三个月。"

陆妍娇陷入沉思，正欲发问，李斯年却看穿了她的灵魂，着重强调："特别是乱认儿子的事情——"

陆妍娇道："啧。"

虽然没有和平台签约，却还是有很多观众给陆妍娇刷礼物，其中最喜欢花钱的是一个名字叫"1111"的观众，这人头像和名字都非常敷衍，一看就是随便注册的。他也不喜欢说话，来了就挂在直播间里，但只要陆妍娇有了精彩操作，他就会刷一通礼物。

陆妍娇开始还劝一下，说："大家别刷礼物了呀，太浪费钱了，看着开心就好。"

谁知道那个1111根本理都不理，照刷不误，简直就是"豪"无人性。

日子久了，大家都知道陆妍娇的直播间里有个这样的土豪，只要他一来就起哄，说：1总又来了啊，小花儿快出来欢迎了。

陆妍娇便会笑眯眯地和他打个招呼，然后继续玩游戏。

如果陆妍娇玩得太晚，1111还会在直播间让她早点去睡觉。大家都开玩笑说1111是个养生的老年人，这年头哪有年轻人十一点就去睡觉的。

1111却严肃又认真地发了一条弹幕：小姑娘就该十一点睡觉。

陆妍娇看着他的弹幕哭笑不得，只能道："好好好，玩完这把就听1总的去睡觉，我明天还有课呢。"

因为要备战科隆，贺竹沥他们直播的时间倒是少了很多。屁股受伤的江烛在李斯年的提醒下想出了一个训练的新法子——他把两张桌子搭起来，开始站着玩游戏。不过站久了腿也会麻，于是李斯年给他搭了个凳子，让他蹲在上面玩。

其他战队来串门的时候看到这一幕眼睛都瞪得溜圆，说："天呐，我说FCD成绩怎么这么好呢，你们平时都这种姿势打练习赛啊？"

"对啊。"李斯年在旁边添油加醋，"要是没打着人就得这姿势，看见江烛没有，他最近状态不行，就只能蹲着打游戏了，不然江烛为什么钢枪那么牛，还不是我们队长逼出来的！"

其他战队闻言陷入了沉思。

后来虽然贺竹沥解释了一下江烛的具体情况，但是业界还是觉得FCD战队之所以成绩那么好，是因为队友有着残酷的训练机制，不然那个江烛怎么撅着屁股站了一天都不肯坐一会儿，就算是屁股疼，那趴着总行吧。

李斯年在造谣传谣的这条路上成了至伟的功臣，搞得江烛每次出去一遇到其他战队的队员，人家都会对他投来敬佩的目光。

在基地训练了一段时间后，陆妍娇最近枪法很有长进，在低端局甚至拿过十一杀，当然她最强的技术并不是和敌人硬碰硬，而是"苟"。

"苟全性命于乱世，不求闻达于诸侯。"在草丛里又"阴死"一个敌人的时候，陆妍娇幸福地感叹了一句。

贺竹沥在旁边坐着吃东西，听见这话瞅了她一眼。

"我……是一个没有感情的杀手。"陆妍娇道，"我是……啊啊啊啊，别打我，兄弟，兄弟，我错了！"

贺竹沥把最后一瓣橘子放进嘴里。

陆妍娇对枪失败，惨遭杀害，拿了个第七的排名。她看了下时间，又看了眼坐在她身后准备吃第二个橘子的贺竹沥："队长，一起来玩游戏嘛。"

贺竹沥说："休息一会儿。"

陆妍娇道："带直播观众打鱼塘局。橘子好吃吗？"

贺竹沥站起来，走到陆妍娇身边，往她嘴里塞了一瓣。陆妍娇一口咬下，酸得整张脸都扭曲了。她正欲说什么，就听到身后的李斯年问了句："哟，橘子好吃吗？"

陆妍娇强撑着笑："挺好。"

贺竹沥看了她一眼，随手把剩下的橘子扔给了李斯年。

李斯年也没多想，拿到橘子就掰了三瓣，往嘴里一放……顿时被酸得直接流了出眼泪，梗着脖子才把橘子咽了下去。

李斯年正欲说话，门口进来一人，却是出去上厕所的佟朱宇，他进来后正好看见李斯年的动作，道："怎么样，我买的橘子好吃吗？老板说可甜了。"

在场的三人沉默。

李斯年狞笑着走到佟朱宇的身边，道："还行，挺甜的。来，宝贝，张口，我喂你。"

佟朱宇莫名其妙地张开嘴，三秒后狂叫："你们太可恶了吧！这么酸的橘子也往我的嘴里塞——李斯年！"

李斯年道："这橘子是贺竹沥剥开的！你找他去！"

佟朱宇看了眼自家面无表情的队长，没敢去，委屈地找水喝去了。

陆妍娇和李斯年看见他的模样后哈哈大笑，连带着贺竹沥也勾了勾嘴角。

"走，带观众一起打游戏去。"酸劲儿过了之后，陆妍娇撸起袖子提议，"今天那个 1 总不是在吗，我们带他去享受男人的浪漫！"

1 总在收到了陆妍娇的游戏邀请后，很快点了"同意"。

陆妍娇给 1 总发了 YY 号，没一会儿就看见一个名字叫作 1111 的人进了房间。她心想，这人对 1 这个数字还真是够执着的，她叫了两声："喂喂，1 总在吗？能说话吗？"

1 总没吭声。

陆妍娇以为 1 总没麦，等几人组上队，准备进游戏的时候，YY 却传来了一个被变声器扭曲了原音的声音："喂，能听到我说话吗？"

陆妍娇道："哇，是 1 总吗？"

1 总道："嗯。"

陆妍娇道："你是开了变声器？"

1 总又"嗯"了一声。

虽然变声器的声音有点怪怪的，但是说不定是人家不想在直播里遇到熟人被认出来呢，陆妍娇也没深究，招呼道："走走走，1 总，别怕啊，待会儿我保护你，我的肩膀可厚实了，他们哭的时候都是靠着我肩膀熬过来的。"

在吃第三个橘子的贺竹沥沉默了。

之前差点哭出来的李斯年也沉默了。

1 总很淡定地说："好。"

进去之前，陆妍娇用手机查了一下 1 总的战绩，发现这个号就玩了三十个小时，基本就是个入门级别的账号。

"1 总专门开了个新账号过来？"陆妍娇问。

"就这一个。"1 总回答。他的声音经过变声器处理有些扭曲，却依旧能听出这是个有点严肃的人，也不知道为什么会看陆妍娇的直播，刷礼物还刷得那么开心，反正他的个人风格和他做的事情简直是完全不搭了。

第一把，陆妍娇带着大家一起跳进了机场，想要热热手。她怕 1 总死得太快，影响游戏体验，便叫他跟在贺竹沥身后，等着贺竹沥打死人，他去舔包就行了。

谁知道 1 总却没听陆妍娇的指挥，直接跳进了竞争最激烈的 C 字楼。

陆妍娇看见他的操作后心里咯噔一下，想着他怕是马上要凉了。果不其然，C 字楼很快就传来了一阵噼里啪啦的枪响，陆妍娇看见 1 总的血量狂掉，她叫道："1 总——挺住，我来救你了！"

她抓着枪正哼哧哼哧地往 C 字楼跑去，却看见屏幕上刷新了击杀信息——1111 使用 p1911 击杀了 chidf23。

陆妍娇道："厉害呀……"

"不用管我。"

关于 1 总的弹幕开始刷了起来：1 总有排面；不愧是 1 总啊，有钱技术还好；1 总 6666666。

1 总似乎也看见了弹幕，轻轻地哼了一声，听起来颇为骄傲地说了句："游戏而已。"

陆妍娇笑道："难道 1 总还玩过真枪？"

1 总道："不告诉你。"

陆妍娇哈哈大笑，觉得这人可真是有意思。

他们两个聊得兴致盎然，旁边的贺竹沥脸色却不大好看，李斯年凑到贺竹沥身边说："队长，你昨天去染头发了吗？"

贺竹沥冷眼看过去："说人话。"

李斯年道："我怎么感觉你头发有点绿啊……"他话语刚落，就听到游戏里传来一声人物的惨叫，"该死，你真打我啊，别别别，我错了！"

但还是太晚，皮一下真的很快乐的李斯年惨遭贺竹沥残忍杀害，人物可怜地趴在地上。李斯年痛哭流涕地道歉："我错了队长，你救救我吧，我真的错了。"

陆妍娇也看到了这操作，取下耳机扭头看向李斯年和贺竹沥："你们两个干什么呢？"

贺竹沥顺手就把旁边没吃完的橘子塞到了李斯年嘴里，李斯年被酸得龇牙咧嘴，还得硬着头皮给贺竹沥掩饰："队长不小心走火了，没什么大事儿。"

陆妍娇道："哦，你们小心点，还有敌人没清完呢。"

带 1 总的这天晚上，陆妍娇他们一共吃了六次鸡。她发现 1 总意识超群，特别是指挥能力极好，完全不像刚接触这个游戏的新手。因为好奇，陆妍娇便和他多聊了几句，他虽然话不多，却是有问必答，对待陆妍娇的态度还是很好的。

不过队里其他两个男的运气就没这么好了，贺竹沥不喜欢说话也就罢了，李斯年这个话痨惨遭无视，问三句能得到一句回答就已经是1总给面子。偏偏他又是欠虐的性格，非要追着1总问东问西，在被冷处理的情况下，还坚持和人家从诗词歌赋聊到人生哲学。

陆妍娇道："人不想和你说话，你就不能别缠着人家吗？"

李斯年道："我不，我不，我不不不！1总，要枪吗？我找到了一把98K呢——"

1总道："不要。"

陆妍娇道："哈哈哈哈哈。"

直播间充满了欢乐的气氛，到了晚上十一点左右，1总便说自己要去休息了，还让陆妍娇也早点休息。

陆妍娇道："明天周六，可以多玩会儿嘛。"

1总道："你在基地？晚上谁送你回去？你去把驾照学了——"他说到这里，停顿了一下，"再买辆车。"

陆妍娇道："哈哈哈，我还以为1总你要送我一辆呢。"她纯粹是随口开玩笑，但是1总竟沉默了一会儿，她有点惊了，小心翼翼地开口问了句，"1总，你咋不说话啊？"

1总说："没事。"

陆妍娇问："你不是真的考虑给我买车吧？"

1总道："怎么会……"

陆妍娇听他这语气后背起了一层鸡皮疙瘩，她的直觉告诉她，1总这语气不太像是在开玩笑。

贺竹沥忍了一晚上，这会儿终于没忍住，道："每天都是我送她回去，不需要你担心。"

1总道："你不过是她队友，我凭什么不担心？"

贺竹沥道："我至少是她队友，你是她的谁？"

这话似乎有些重了，1总那边好久没吭声，就在陆妍娇准备打哈哈把这事儿蒙混过去的时候，1总用那被变声器处理过的声音冷冷道："我是

187

她父亲。"

李斯年再也没忍住："噗——哈哈哈哈哈哈！"

直播间的弹幕也疯狂地刷起了"哈哈哈哈"，瞬间到处都充满了活跃的因子。

陆妍娇心想，这争当长辈的习惯怎么被粉丝也学去了呢？

1总说完这句话就下了麦，在直播间打字说自己睡觉去了，当然临走前还不忘催促陆妍娇早点去睡觉。

陆妍娇说："好好好，会乖乖去睡觉的，别催了，别催了，再催就真像我爸。"她说完这话，突然愣了一会儿，嘟囔了句，"我爸也没催我睡过觉啊，他哪有这个时间。"

1总沉默片刻，发了一句：或许是他怕你烦他呢。

陆妍娇笑道："别逗了，他怎么会怕我烦他。好啦好啦，不说他了，我也下播了，1总晚安。"

1总发了个晚安。

陆妍娇关掉直播间，叹了口气，说："总感觉这个1总的风格和我们差别很大啊。"

李斯年道："有吗？我觉得他挺有意思的。"

陆妍娇道："你就是个受虐狂，谁不理你，你就觉得谁有意思。"

李斯年道："不然你以为我当初为什么会和贺竹沥当队友啊，还不是他不理我。"他说完，为了恶心贺竹沥，还故意朝贺竹沥抛了个媚眼。

贺竹沥冷冷道："我现在也不想理你。"

陆妍娇哈哈直乐："流里流气的，我要举报了。"

这事情没过几天，陆妍娇却突然接到了她小叔陆忍冬的电话，电话接通后陆忍冬的第一句话是："我同意你去科隆看比赛了。"

陆妍娇高兴得差点没直接跳起来，激动不已："真的吗？真的吗？小叔，我爱死你啦——"

"但是我有个条件。"陆忍冬说。

陆妍娇疑惑道："什么条件啊？"

陆忍冬道："你回国之后必须去考驾照。"

陆妍娇想了一会儿，实在是没想明白考驾照和去科隆之间有什么必然的联系。

"同意吗？"陆忍冬问。

陆妍娇一头雾水："可是为什么啊？我考不考驾照和去不去科隆有啥关系吗……"

陆忍冬道："哪有那么多为什么，这就是个硬性条件。哦，还有，你不是喜欢甲壳虫吗，等你考完驾照我陪你去选一辆。"

陆妍娇被这发展弄得莫名其妙，虽然她之前是夸过甲壳虫可爱，但是也没想过开啊，而且为啥突然就提起了驾照的事情？

陆忍冬却完全没有要解释的意思，简单地说了一下情况就问陆妍娇同不同意，不同意的话科隆就别想着去了。

陆妍娇道："好好好，只要让我去看比赛，别说让我开甲壳虫，就是让我蹬三蹦子接客去我也说好啊。"

陆忍冬道："行，成交。"

陆妍娇道："但是小叔你就不打算解释……"嘟嘟嘟嘟……她话还没说完呢，陆忍冬那边就把电话给挂了。陆妍娇哭笑不得，最后干脆只当她小叔心血来潮，而且反正只是去考个驾照而已，又不是什么特别困难的事。

她哪里知道直接挂断电话的陆忍冬也松了口气，苦笑着自言自语："为什么？我哪儿知道为什么啊！"

他哥一个电话过来就让他拐陆妍娇考驾照去，也不知道是受了什么刺激。

陆忍冬摇头叹息，心想这两人也不愧是父女，啥东西都是想一出是一出，搞得他也不知道怎么和陆妍娇解释，只能匆忙地挂断电话勉强糊弄过去。

自从那晚和 1 总一起排位之后，陆妍娇和这个土豪观众的关系便好了起来，两人经常约在一起打游戏。1 总的话不多，虽然操作普通，但对于局势的理解力在很多时候都无比惊艳。用李斯年的话来说，就是 1 总这人在用智商碾压敌人。

　　目前去科隆的三支队伍名额已经公布，付成舟所在的战队惨遭除名，由第四名战队补上，这本是正常的事，直到陆妍娇得知那个叫小坦的玩家在第四名的队伍里。

　　"那个小坦到底怎么回事儿啊？"陆妍娇私下里问贺竹沥，"他和付成舟关系很好吗？"

　　"嗯。"贺竹沥道，"江烛来之前，我们的队友是小坦。"

　　陆妍娇道："哦……那他离队的时候，付成舟没和你闹？"

　　"闹又怎么样。"贺竹沥戴着耳机，看着面前的屏幕，"我才是队长。"

　　陆妍娇闻言笑了。

　　其实并不是每个队长都有贺竹沥这样的魄力。有的人只想当和事佬，并不愿为了战队成绩去得罪朋友。毕竟现在电竞行业的环境好了，不像当年那样几个人一起睡地下室，必须打出成绩才能继续走下去。现在只要稍有名气，就算退出职业圈去打直播，也能活得很好。

　　"我还没见过小坦呢，"陆妍娇道，"挺好奇的。"

　　"下周一打训练赛，"贺竹沥头也不回，"到时候就能见到他。"

　　陆妍娇在后面继续吃零食："他长得好看吗？"

　　贺竹沥没回话。

　　陆妍娇还在皮："有队长好看吗？"

　　贺竹沥伸手取了自己的耳机，拿起烟盒站起来，朝着阳台走去："你自己看了不就知道了。"

　　陆妍娇看着他的背影大声道："肯定没有队长好看，队长是最好看的！"

　　贺竹沥道："你不皮就难受是吧？"

陆妍娇哈哈大笑。

因为大赛在即，大家训练的节奏都快了起来，几乎每天除了打训练赛就是睡觉，没有一点空闲。陆妍娇也差不多，白天上课，晚上就赖在基地，战术一般都是贺竹沥和教练讨论，讨论完了之后再告诉队员，让队员们在实战中演练，再提出意见。

当然，有些战术并不能在训练赛里用出来，毕竟是要作为撒手锏使用在比赛里的。

周一的训练赛，陆妍娇硬着头皮把当天下午的课给翘了，翘课之前特意找了隔壁班的同学帮她代课。班长看着陆妍娇的眼神，像是在看一个走入迷途的小孩儿，反复确认她是不是真的不去上课。

"我是去打训练赛。"陆妍娇说，"知道什么是训练赛吗？就是为科隆比赛做准备的比赛……"

班长道："……可是你又不上场。"

陆妍娇道："那可不一定呢，我是 FCD 战队的替补队员，替补！"她骄傲地挺起了自己的胸脯。

班长还在纠结。

陆妍娇道："就一下午，就一下午，班长，我这是为国争光啊！"

班长道："……真的就一下午哦。"

陆妍娇道："嘿嘿嘿嘿。"

于是陆妍娇成功逃掉了这学期来的第一节课，当然她还得把贺竹沥糊弄过去，说是老师有事，把课给换到下周一起上了。

贺竹沥听到陆妍娇这个理由后面无表情地看了她一眼，只说了四个字："下不为例。"

陆妍娇的小心思被看穿，她赶紧拍马屁，说队长英明，绝对是下不为例，她只是想看看传说中的小坦……

李斯年在旁边拆台："你就编吧陆妍娇，队长，我举报，她昨天又背着你和 1 总打游戏了。"

陆妍娇气得瞪了李斯年一眼。

贺竹沥道："哼。"

看着贺竹沥转身离去的背影，陆妍娇痛苦地喊道："队长……队长……李斯年！"

李斯年嘿嘿直笑："谁让你不同意我加进去。"

陆妍娇道："这是我不让你加吗？你废话太多了，人家 1 总不乐意和你玩。"

李斯年委屈："为啥啊？"

陆妍娇道："因为你话太多了。"

李斯年道："你话不多吗？"

陆妍娇道："你的都是废话——"

李斯年道："哼。"他哼完之后也走了，那背影和贺竹沥颇为相似，不愧是同一支队伍里出来的。

虽然被李斯年爆了料，但陆妍娇还是成功地参加了下午的训练赛，见到了小坦本人。小坦真名王郊，也是打了好几年职业赛的老人。不过虽然已经进了这个行业好几年，但他今年其实也才二十岁。

王郊个子不高，身体也很瘦弱，看外表似乎和江烛有些像，但性格比江烛开朗一些。他们战队和 FCD 战队相遇的时候还互相打了个招呼，当然，王郊没吭声，他们队的队长倒似乎和贺竹沥关系不错。

到了训练赛的时候，有人开玩笑说："FCD 的姑娘还没换掉啊，这是找不到合适的替补吗？"

贺竹沥没给那人面子，不客气地说："这不是发现好多自称高手的男人还不如一个姑娘吗？"

那人被这么一句堵得哑口无言，灰溜溜地走了。

陆妍娇小声道："队长，你最近火气挺大啊。"

贺竹沥没理她。

李斯年在旁边道："还不是你非要和 1 总在一起玩。"

陆妍娇心想，这和1总有啥关系啊，1总那么可爱……

结果训练赛的时候，贺竹沥火气更大了，开始几局完全没有执行战术，见人就杀，基本每次都能杀七八个。江烛也被贺竹沥带得来了状态，跟个疯子似的，搞得后面FCD战队的击杀信息一直刷屏。旁边的战队嘟囔说贺竹沥又开"人形外挂"，也不知道谁把他惹毛了。

不过这样打的结果就是一局鸡都没有吃，因为和人火拼难免减员，最后就算到了决赛圈，一般也只剩下一两个队员。

陆妍娇第一次看到贺竹沥如此凶残的一面，未免有点胆战心惊。中场休息的时候，李斯年感叹说好久没有看到脾气这么暴躁的队长了……

陆妍娇小心翼翼地问："他以前是这种风格？"

李斯年道："开玩笑，以前队长比江烛还暴躁，人称人形RPG。"RPG是一种现实里的武器，用来扛在肩膀上轰坦克的。

陆妍娇说："那他今天因为什么不高兴呢？"

李斯年斜眼看着陆妍娇："还不是因为你。"

陆妍娇道："啊？"

李斯年道："你又逃课了吧？"

陆妍娇语塞。

李斯年道："昨晚还背着他和1总玩游戏了吧？"

陆妍娇心想，又被他猜中了。

李斯年长叹："唉，你永远不明白一个作为父亲的男人的心啊。"

陆妍娇一巴掌拍在李斯年背上："别趁机占我便宜。"

不过贺竹沥心情不好，陆妍娇是看出来了，她实在没办法，想了想后出了赛场，跑到旁边的水果店里买了两斤橘子，还叮嘱老板选酸一点的。

几分钟后，拎着橘子的陆妍娇回到了赛场，亲手给贺竹沥剥了一个。

贺竹沥见状神情稍缓——直到橘子入了口。

陆妍娇道："队长，吃了这橘子，你能明白我的意思了吗？"

贺竹沥道："你是想我死？"

李斯年在旁边哈哈大笑，他抓过橘子，尝了一口之后瞬间哭了："陆妍娇，你是真的恨队长啊。"

陆妍娇小声道："队长不是喜欢酸吗？"

李斯年一脸"你无可救药"的表情："那是喜欢吃酸？那是喜欢吃醋！"

陆妍娇道："啊？"她还想再问，比赛就已经开始了，于是她只能退到一边，乖乖地坐着继续等。

虽然贺竹沥嘴上说着不喜欢这橘子，心里还是很诚实的，比赛中途吃了好几次。但陆妍娇注意到一个细节，就是每次吃完橘子，贺竹沥都会很凶残地杀死几个人。

陆妍娇见状不由自主地缩了缩头，总感觉要不是这在打比赛，那被杀死的就是她了……

训练结束，FCD战队一场鸡都没吃，杀了三十多个人，搞得其他战队成员纷纷说："噗神准备走暴躁风格了啊。"

李斯年嘟囔："还不是橘子闹的。"

和他关系好的战队问："橘子又是什么梗？"

李斯年拿起桌上的橘子："你尝尝？"

那人剥了一个，胆子贼大地直接往嘴里塞了一半，结果下一秒就用力地拍打桌面，爆了一句粗口。

"是不是很暴躁？"李斯年说。

"该死，太酸了——"那人说，"暴躁得想杀人。"

李斯年道："看见桌子上的橘子皮了吗？全是队长比赛期间吃的。"

那人看了一眼一桌子的橘子皮，对着坐在旁边休息的贺竹沥投去佩服的眼神。

李斯年深沉道："天将降大任于斯人也，必先苦其心志，劳其筋骨……"

那人道："哥，服了服了，下次我也给我们队员买点橘子热热身。"

李斯年道："这就对了。"

这被陆妍娇全程目睹，看得她是目瞪口呆。

最后李斯年回来的时候，陆妍娇问了句："这也行啊？"

李斯年道："有啥不行的，我就不信他真会给他队员买。"——他说这话时信心满满，直到第二场训练赛，他眼睁睁地看着其他三支战队人手一袋橘子。

李斯年道："嗬，这也行啊？"

陆妍娇当场给李斯年鼓起掌来。

训练赛足足打了一个多月，眼看马上就要到全球联赛的时间。

国内战队的气氛也变得紧张了起来，平日里训练完，大家还会说说笑笑地讨论去哪儿吃饭，但这几天训练赛结束后几乎都是在讨论比赛内容。

"江烛你最近枪法问题很大啊。"李斯年说，"是不是因为训练少了，再让队长给你加加餐？"

江烛没说话，眼神哀怨地看了李斯年一眼。

"李斯年你别说江烛，今天最后一局怎么回事？"贺竹沥道，"你居然没对过枪被人爆头？还要让佟朱宇浪费时间救你，差点两个人一起凉了。"

李斯年喃喃道："对枪这种事情总不能每次都是我赢吧，那要每次都是我赢，别人岂不是会怀疑我开挂？"他说完这话，又被贺竹沥瞪了两眼，这才蔫了，"好吧，我回去反省一下。"

一路上讨论声连绵不绝。

陆妍娇拿着个小本子在旁边做笔记，李斯年伸过脑袋看她在记什么："李斯年擅自开枪两次，两个橘子；江烛擅自开枪一次，一个橘子……咦，这是什么？"

陆妍娇老老实实地说："队长让我记的。"

李斯年没有说话。

陆妍娇道："他说秋后算账。"

李斯年看到"橘子"两个字就想起了不太妙的东西，但是他又不敢问，只能委屈地看向贺竹沥，柔柔弱弱地叫了声"队长"。

贺竹沥坐在旁边，耳朵里塞着耳机，表情冷漠，仿佛完全没有听到李斯年的声音。

李斯年知道他肯定听得见，于是厚着脸皮求饶："队长，我知道错了，你总要给我一次机会嘛。"

贺竹沥没理他。

李斯年道："你要是再不理我，我就只能带着陆妍娇去找1总玩了。"

贺竹沥把耳机取了，对着陆妍娇说："给他再加一个橘子。"

李斯年无语。

陆妍娇很是兴奋地在笔记本上给李斯年加了个橘子。

李斯年欲哭无泪，差点当场跳车。

反正在比赛最后的日子里，橘子简直成了FCD所有队员的阴影。枪法出现问题——吃橘子；没有听从贺竹沥的指挥——吃橘子。最后李斯年揭竿起义，说这不公平，凭什么只有他们吃橘子，队长犯错了呢？队长犯错了就不用惩罚了吗？

贺竹沥对李斯年的勇气表示了赞扬，然后当场拿起橘子连吃三个，其间表情没有出现任何变化，看得李斯年目瞪口呆。

李斯年看着那青色的橘子口水又开始泛滥，他狐疑地拿了一个，掰开之后刚吃一瓣，脸就像是被打了一拳似的皱了起来："天呐，酸得人都要傻了……"明明是一样的橘子，为什么贺竹沥能连吃三个，表情都不变一下，他是喝醋喝大的吗？李斯年彻底服气。

总而言之，橘子成了FCD战队里不可言说的一种水果，作为买橘子的"老母亲"，陆妍娇则欣慰地表示自己每次都能买到那么酸的橘子其实也不是容易的事，还不是经过了精挑细选，细细品尝。

这话听得李斯年直骂她滚。

五月，天气彻底回暖，已经有些微热的味道。

陆妍娇舔着冰棍和队员们讨论行程问题，明天众人就要启程去科隆，熟悉一下比赛场地，然后就是万众瞩目的全球联赛。

陆妍娇为了这场比赛已经出卖了灵魂，不但卖了自己的，还把自家班长的灵魂一起卖了。

因为要逃一周的课，班长特意给陆妍娇找来了其他院系的人帮她代课，还承诺这一周的作业他都包了。

当然，与之相对的，是陆妍娇要给他带回 Brid 战队队长 Gas 的签名。陆妍娇拍着胸口应下，说："没问题，没问题，绝对没问题。"

之后陆妍娇私下里问了李斯年："Gas 的签名，能拿到吗？"

"能啊，Gas 和队长关系很好。"李斯年道，"虽然他们两个都不太爱说话……"

陆妍娇陷入沉思。

科隆，德国莱茵河畔的一座文化名城。五月份那里还有些微冷，教练反复叮嘱队员，记得带点厚外套，特别是李斯年……

李斯年还不服气："我身体没那么虚。"结果一下飞机，那边正在下雨，李斯年瞬间在机场瑟瑟发抖，牙齿打颤："怎么这么冷！"

只穿了件 T 恤的贺竹沥面无表情。

穿了件单衣的陆妍娇笑眯眯地用慈爱的眼神看着他。

连队里受过伤的江烛都不像李斯年反应这么大，他面对李斯年幽怨的眼神，只能配合性地说："是有点冷哈。"要是没有话尾那个"哈"字，他的话可信度可能会高一点。

官方已经为选手们准备好了接送的车辆和住所，众人乖乖上车。

周围全是陌生的景色，难免让人有些不适应，这大概就是他们为什么要提前过来。就算是水土不服拉肚子，好歹也有个抢救的时间，免得今天过来明天比赛，在赛场上跑个五六次厕所。

陆妍娇从来不介意换一个新的环境，相反，以她的性子比谁都适应得快，晚上的时候她已经摸清了周围的环境，甚至能细数周围都有啥好吃的。

"尽量不要出去吃。"教练语重心长地教育队员们，"你们不会忘了那年的麻辣烫事件吧。"

"忘不了，忘不了。"李斯年应和道。

陆妍娇没听懂，后来李斯年告诉陆妍娇，说这其实是一个"梗"。某个常年霸占榜首和冠军的国外队伍来了中国，结果沉迷于中国的麻辣烫，天天吃，然后在决赛时严重发挥失常，被对手打了个三比零。

这事情被电竞圈戏称为麻辣烫事件，还说麻辣烫是国人的阴谋。

"如果不能在游戏上战胜敌人，那么至少要从身体上战胜他们。"李斯年如是说。

来到科隆的第二天，众人和本地豪强战队 Brid 打了个照面，两个教练还约了线下的训练赛。

而陆妍娇也看到了自己的目标 Gas。

不得不说，她看到 Gas 的第一眼眼睛就亮了。虽然电竞选手的年龄普遍偏小，但是大部分"颜值"中等，像贺竹沥那样好看的人可以说是少之又少。

但 Brid 战队的队长 Gas 却是一个标准的金发美少年，他的眼睛是漂亮的绿色，皮肤比较白，身材还格外高挑，简直像是童话里的小王子。

李斯年道："陆妍娇，你把口水擦一下行不行？"

陆妍娇道："啊？哦……"

贺竹沥沉默。

李斯年看了贺竹沥一眼，转头笑眯眯地问陆妍娇："怎么样，Gas 好看吧？"

陆妍娇完全没注意到她"儿子"在给她挖坑，还老老实实地点头："好看好看。"

李斯年道："是不是很喜欢？"

陆妍娇道："喜欢喜欢。"

李斯年道："是不是还想离开 FCD 去给他们打替补啊？"

陆妍娇道："我……"她刚想说"是啊是啊"，就感觉气氛好像不对，一扭头，看见贺竹沥那双黑色的眸子正毫无情绪地盯着她。

陆妍娇瞬间蔫了，胆战心惊地把目光从 Gas 身上移开，对着贺竹沥露出笑容："当然，我家队长是最好看的，谁敢有意见，我陆妍娇今天绝对不答应！"

贺竹沥皮笑肉不笑："呵。"

陆妍娇缩着头，不吭声了。

Gas 听不懂中文，并不知道他们的内心戏这么足，他走到贺竹沥面前，伸出了手，用英文说了句"好久不见"。

贺竹沥回了同样的话。

陆妍娇在旁边悄悄地把这一幕用手机拍了下来，然后发给他家班长：你最爱的两个男人握手了！

班长：哦哦哦哦哦！

陆妍娇：刺不刺激？他们两个还在说话！活的！

班长：真刺激，真刺激！

贺竹沥的英文居然很不错，和 Gas 交流全程无压力，其中还有很多专业词汇，陆妍娇只能听懂大半。

至于李斯年和江烛他们就没什么法子了，在两队队长交流时只能假装四处看风景。

最后贺竹沥用中文说了句："他邀请我们吃饭。"

李斯年道："吃什么？"

贺竹沥道："麻辣烫。"

这三个字一出，队伍陷入了短暂的沉默。

"真的？"李斯年道，"队长你没听错？"

贺竹沥瞅了李斯年一眼："他说怕其他的我们吃不惯。"

陆妍娇道："所以要请我们吃六块钱的麻辣烫？"

众人沉默。

李斯年绝望地哀求："陆妍娇我求求你别说话了。"明明是正常的交流，被陆妍娇这一说就变味儿了。

虽然 Gas 说着要请大家吃麻辣烫，但十几分钟后，大家还是坐在了当地比较有名的牛排餐厅里。

贺竹沥和 Gas 简短地交流着，剩下的队员则因为语言不通互相大眼瞪小眼，假装能从眼神里看懂对方到底在说什么。

在等待上菜的时候，陆妍娇鼓起勇气从包里掏出了班长准备的小本子，跑到 Gas 面前，用英文询问他能不能给自己签个名。

Gas 点点头，冲着她微微笑了笑："我知道你，你是 FCD 的替补？"

陆妍娇受宠若惊："是的，我是 FCD 的替补。"

Gas 道："你的意识不错，运气也很好。"他说着，拿着陆妍娇的笔在笔记本上签下了自己的名字，还顺手给陆妍娇画了一个桃心，"希望在之后的比赛里，有机会和你同台竞技。"

陆妍娇傻乐："嘿嘿嘿。"

贺竹沥在旁边用不咸不淡的语气说："那么高兴？"

陆妍娇道："Gas 的签名耶……"她把签名抱在怀里，正打算好好看看，却注意到贺竹沥的眼神不太友善，于是赶紧拍自家队长的马屁，"当然，当然，和队长比起来，我当然更喜欢队长。"

贺竹沥没理她。

菜上来之后，众人便开始慢慢地品尝。陆妍娇发现 Gas 似乎并不像他外表表现出来的那么冷漠，至少在和贺竹沥的交谈中，他的话比贺竹沥要多。

李斯年听不懂英文，悄悄地问陆妍娇他们到底在说什么。

陆妍娇道："他们在讨论把你卖了。"

李斯年道："啊？"

陆妍娇道："Gas 在讨价还价。"

李斯年道不知所然。

陆妍娇道："贺竹沥说你实力不错，其实还是值几个钱。"

李斯年放下手中的刀叉，对着陆妍娇投去幽怨的眼神，让她别开玩笑了。

陆妍娇道："我哪里在开玩笑……你看，Gas 同意了贺竹沥的说法，决定先回基地打一局验验货。"

李斯年本来以为陆妍娇是在胡扯，结果她说完这话，贺竹沥和 Gas 居然都很有默契地放下了手中的刀叉，站了起来。

李斯年在旁边胆战心惊地问："队长，你吃完了？我们回去吗？"

贺竹沥瞥了他一眼，道："回基地。"

李斯年惊了："就回基地了？"他才出来没一会儿啊！

贺竹沥道："打一局。"

李斯年看了 Gas 一眼，Gas 似乎注意到了他的目光，扭头对着他露出一个微笑。

虽然 Gas 长得很好看，可是李斯年看到他这个笑容的一瞬间差点儿没哭出来。接着一行人真的就开始往基地走。

一路上李斯年都在给贺竹沥使眼色，起初贺竹沥和 Gas 说话没理他，后来实在是受不了了，不耐烦地问道："李斯年你那眼神到底是什么意思？"

李斯年委屈道："队长，你别卖我，我会更努力的。"

贺竹沥道："谁要卖你了？"他一听这话就知道陆妍娇又在搞事情。

陆妍娇被贺竹沥瞪了一眼，赶紧假装四处看风景。

李斯年道："陆妍娇帮我翻译的……"

贺竹沥道："你为什么要相信一个挂了四门课的大学生？"

陆妍娇还不服气："我英语口语可好了！"

贺竹沥道："既然好你怎么听成我们要把李斯年卖了？"

陆妍娇心想，她就是皮一下嘛，唉……不要么认真嘛。

误会解释清楚了，李斯年这才恢复状态，得知贺竹沥和 Gas 是想去游戏里炫技一把。两人都是《绝地求生》这个游戏里面顶尖的职业选手，高手相见，自然是惺惺相惜，忍不住想干上一架。

到了基地，开了电脑，两人随便选了个服务器，然后又选了一个城，规定不能超出这个城区的范围。

陆妍娇虽然觉得 Gas 长得帅气实力又强，但一颗红心到底是系在自家队长身上，便偷偷地坐在贺竹沥身边帮他祈愿：捡到 98K，捡到 98K……

贺竹沥戴着耳机，本来听不到陆妍娇的声音，结果不知道是她的意念太强，还是声音太大，贺竹沥扭头瞅了她一眼："念叨什么呢？"

陆妍娇老老实实地说："希望你捡到你最爱的枪。"

结果她刚说完这句话，贺竹沥开门就是一把 98K，旁边还放了个崭新的八倍镜。

李斯年佩服道："陆妍娇你真是'奶妈'中的神人。"

陆妍娇自豪地挺胸："嘿嘿嘿。"

双人战，不像比赛里要考虑那么多意外的因素，找到了自己想要的基本枪支和防具之后，贺竹沥就开始和 Gas 互相寻找对方的藏身之处了。好在他们选择的城区不算太大，只要不蹲在房间里当伏地魔，总会露出些许蛛丝马迹。

这次倒是 Gas 运气比较好，先察觉了贺竹沥所在的位置，对着贺竹沥的脑袋就来了一枪。好在贺竹沥行走时习惯性地摆动，并未被直接爆头。不过因为枪声，Gas 也暴露了自己的位置。

Gas 没找到狙击枪，手里只有一把手枪，从伤害上就大打折扣。贺竹沥高倍镜 98K，压得 Gas 毫无生存空间。

眼见毒区已经刷到，两人都不能跑毒，只能看谁的药品多。

大约是 Gas 运气不妙，没搜到多少药品，便开始变得焦急起来。

贺竹沥却是不动声色，仿佛毒区对他毫无影响。

先忍耐不住的人，总是死得比较快，Gas 从屋中跑出来企图攻楼的那一刻，就注定他已经败了。

一声清脆的枪响，Gas 的脑袋上爆出了一簇血花，他的人物应声倒地。这场双人战就此结束。

Gas 取下耳机，微笑着对贺竹沥道："你运气很好。"

能在这种小城区里捡到 98K 加高倍镜，是件非常不容易的事。

贺竹沥哪里会听不出 Gas 语气里潜藏的不甘心，也对，如果 Gas 有狙击枪，也不至于那么着急。他淡淡地笑了，回了一句："运气也是实力的一种。"

"的确如此。"Gas 说，"很期待和你在比赛里的交锋。"

贺竹沥说："我也是。"

Gas 说完，便起身告辞。临走时，他看向陆妍娇，很温柔地问道："你很漂亮，有男朋友吗？"

陆妍娇被 Gas 的问题问得愣了一下，结果她还未回答，贺竹沥便道："你想抢我们队里的宝贝？"

Gas 听着贺竹沥的话若有所思，说了一句德语。

贺竹沥居然也回了德语。

这次队里的众人都没听懂，陆妍娇惊了，心想着贺竹沥还真是真人不露相，连德语都会。

Gas 离开后，陆妍娇问贺竹沥他们俩最后说了什么，贺竹沥敷衍道："比赛的事情而已。"

陆妍娇哼哼唧唧，表示不信。

贺竹沥道："不然你觉得是什么？"

陆妍娇嘟囔："我哪儿知道啊……"

贺竹沥不再理她。

很久之后，陆妍娇才知道贺竹沥到底和 Gas 说了什么。

Gas 说："是你们队的宝贝，还是你的宝贝？"

贺竹沥回答："都是。"

当然，这会儿陆妍娇还不知道他们到底说了什么，于是问不到答案的她憋得很难受，暗中发誓回去要加学一门德语课。

简单休整一天后，就是和本地队伍的训练赛。当然因为游戏性质比较特殊，除了本地队伍之外还有一些其他的国内战队。在第三天的训练赛里，FCD 战队的运气非常好，他们落地就获得了 98K，人手一个三级头盔，陆妍娇看得目瞪口呆。

第九章
全球联赛

训练赛结束后，队里都开玩笑说 FCD 赢定了，因为别的队都是四人上场，可他们队不一样，基本算是五人一起。替补的陆妍娇虽然在场外，但是"增益效果"一直处于持续状态，给倒霉的队友们带来了绝佳的游戏体验。

训练了好几天，训练赛的成绩有好有坏。当然训练赛是让大家习惯这边的比赛场地和设备，现在也算是达到了训练赛的目的。

和 FCD 一起训练的还有几个国内战队，大家住的地方都挺近，但这段时间都没有互相串门了。毕竟没过几日大家就是对手，还是在赛前调整一下状态比较好。

一周之后，全球《绝地求生》玩家注目的 PUB 杯开赛了。

开幕式的时候举行了盛大的表演，还有著名流行歌手献唱，选手们都在休息室调整状态准备上场，陆妍娇则在旁边加油打气。

她从后台的屏幕上看到整个巨大的体育馆里几乎坐满了观众，随着演出落幕，选手们走向属于自己的位置，全场掌声雷动，欢呼声震耳欲聋。

主持人说了开场词，随后微笑着宣布比赛开始。

画面一转，选手们出现在了巨大的素质广场。

这次全球联赛分为六天，依旧是单排、双排、四排依次进行，和国内联赛相比唯一不同的是加入了第一人称模式，就是在游戏里从头到尾都以第一人称进行比赛。

也不知道是基因关系还是怎么回事，亚洲人玩第一人称模式总容易3D眩晕，乃至看别人玩的时候都会有明显的呕吐感。

所以第一人称在亚洲并不太受欢迎，然而在欧美等地，第一人称才是游戏的主流。

陆妍娇就是个典型晕3D的，她连玩第一人称赛车游戏都能晕得像条狗，就更不用说射击了。所以从玩这个游戏开始，她就基本没有怎么练习过第一人称。当然贺竹沥他们不一样，他们必须克服眩晕感，平时也得进行必要的训练。

而第一人称说难也难，说简单也简单，因为做不到第三人称那样卡视角，所以躲着"阴人"的少了一些，反而对枪法的要求更高了些。

比赛第一场，是第三人称的单排。

陆妍娇看着贺竹沥上了飞机，然后跳在了一个大型城区。贺竹沥也是胆子大，那个城区范围很大，但是一般情况下人也会有很多，所以大部分选手都会规避开来。可就是因为这个原因，在比赛的时候反而没有太多人跳，陆妍娇数了数，总共就三个。

当真是最危险的地方就是最安全的地方。

"Puma选择了G港。"国内的解说自然将视角切换到了自家的王牌选手身上，"看来他的选择非常正确，G港的资源丰富，人也不多，只有三队——三个人，再看看旁边的集装箱，我的天啊，居然跳了五个！"

不过让人比较担心的是，贺竹沥和另外一个敌人落地的地方很接近，陆妍娇看的时候就祈祷贺竹沥快点捡到枪。结果如她所愿，贺竹沥落地捡到AK加上基础镜，他捡起枪就开始找旁边的敌人。

那敌人是个外国选手，运气差极了，搜了两栋房子才找到一把小手枪，被贺竹沥发现行踪之后就是一梭子子弹扫射过去，当场被淘汰。

"耶！"陆妍娇高兴得差点跳起来。

"Puma杀了靠他最近的敌人！"全场观众和陆妍娇一样高兴，都大声地欢呼起来，主持人也激动道，"这是个不错的开始……等等，为什么Puma 的队友被淘汰了？"

被淘汰的是李斯年，他和贺竹沥一样选择了通常人比较多的地方，但是他运气没贺竹沥那么好，先落地找到枪的，是他的敌人……

最惨的是淘汰的时候导播还在大屏幕上放了一下李斯年的表情，陆妍娇看得颇为心疼，道："我可怜的儿子啊……原谅妈妈没有把你奶成功。"

李斯年叹了口气，取下耳机开始等着比赛结束。

因为江烛不能坐太久，FCD 参赛的就只有三人，李斯年第一场直接被淘汰，夺冠的概率就更小了。

陆妍娇扭着她的小手绢，看得很是揪心。

虽然之前听说过全球联赛和亚洲联赛不是一个等级的，但是陆妍娇也没有什么确切的概念，直到今天看了现场直播，才感觉到了这两场比赛之间的差距。

如果说在亚洲联赛里，贺竹沥还能用实力碾压一些对手，但在全球联赛中，他却必须步步小心，每一次和对手对枪都有可能面临着死亡，甚至于一次枪没压住就意味着被淘汰。

"Gas 这次的状态非常好啊，我们看到他已经杀了四个了。"画面切换到欧美本土选手，主持人夸赞的声音响了起来，"毒圈刷了，刷在了Gas 所在的地方，他运气不错……咦，Puma 好像还没有找到车，这要是再没找到，就凉了啊。"

陆妍娇看见贺竹沥还在顺着马路跑，继续寻找着车辆。

这游戏里因为需要跑毒，车辆是非常重要的交通工具。况且毒圈还刷在了贺竹沥的对面，如果没有找到车，那他一旦在跑毒的路上和敌人遭遇，就有可能硬生生地和敌人耗死在毒圈里面。

"找到车，找到车，找到车。"陆妍娇又开始祈祷。

这次她的祈祷只起了一点点作用，贺竹沥没找到车，不过找到了一艘船。

陆妍娇舒了口气，虽然船没有车好用，但是至少能跑进毒圈里面了。

就在贺竹沥跑毒的时候，Gas 又杀死了一个，他打比赛时的模样和贺竹沥格外相似。两人都是无论遇到人，或者杀了人，都没什么表情，全程冷漠脸，仿佛完全不受任何游戏因素的打扰。

而 Gas 在德国这边的人气显然比贺竹沥高，因为只要一切换到他的镜头，全场就会响起激烈的欢呼声，并且高呼他的名字，这大概就是选手们的本土优势了。

"看一下圈，刷在了 S 城的位置，我猜大概刷在悬崖那边。"男主持同女主持交流，"你觉得谁的胜率高一点？"

"我觉得还是 Gas 吧，你看他现在选的位置，刚好可以卡死进毒的人，有人进来了……我们看看，天啊，居然是 Puma，两个枪王对上了！"女主持惊呼。

在游戏里是看不到敌人的名字的，所以无论是 Gas 还是贺竹沥，都不知道对面的是老对手。

不过虽然不知道对面是谁，但对了一次枪之后，双方都对对方的实力有了一个大致的估算。

贺竹沥的运气比较差，被 Gas 卡在毒圈外面，万幸此时还不是最后一个圈，还能勉强抢救一下。最惨的是他被 Gas 两枪爆了防弹衣，露出了里面的 T 恤，简直像是在吸引别人来揍他一样。

Gas 也没占到太大的便宜，他被贺竹沥一枪爆了头，不过贺竹沥没有狙击枪，所以他的头盔还剩下一点血。

对完第一次枪后，两边都开始打药，为第二轮对枪做着准备。

"啊啊啊啊，完了完了。"陆妍娇急得在休息室里打转，"被 Gas 堵住了，贺竹沥加油啊！"

也不知道是不是贺竹沥听到了她的呼唤，他突然转身跑向了另外一个方向，众人都被他这个举动弄得莫名其妙，心想：难道噗神被打得神志不清准备反向跑毒了吗？

主持人道："噗神这是打算从反斜坡绕进安全区？虽然绕得过去，但是这未免太远了……等等，他怎么又回来了？"

贺竹沥跑出去没多远，又趴回了原来的地方，所有人都没弄懂他的行为是为了什么，直到 Gas 的举动给了他们答案——Gas 居然突然换了狙击的方位，开始朝着另外一个方向观望。

"Puma 居然把 Gas 骗了！"主持人这下明白了贺竹沥想做什么，他惊讶道，"不，是他把所有人都骗了。"

看贺竹沥开始跑路的路线，显然是打算从右边的反斜坡绕过去，谁知道他半路又绕了回来，并且趴在了 Gas 看不到的地方。

"从 Gas 看的方位来看，他的确是被骗了……马上要刷第二个毒圈，他也要离开房区……"主持人兴奋道，"Puma 会在这时候开枪吗？"

陆妍娇也跟着紧张起来。

Gas 找不到人，只能从房区先出来，进接下来的安全区，他时不时朝着右边观望，似乎担心贺竹沥从那儿绕过来。

看来他似乎完全没意识到，贺竹沥根本就没有移动位置，还趴在他们刚才对枪的地方。

"Gas 没有发现 Puma 像个跟踪狂一样跟在他的后面，他还在看右边……"本地的主持人也惊呼起来，连带着全场骚动，"天啊，Puma 就在他身后的那棵树旁，他只要转过头就能看到……不，Puma 太阴险了，他居然又找了棵树躲了起来，两人距离不过一百米！"

这场面，简直就是 Gas 的粉丝看了心痛，Puma 的粉丝看了想要狂笑。

一向杀戮欲望强烈的贺竹沥，此时却克制住了自己对人头的渴望，沉默地跟在 Gas 身后。

而 Gas 的注意力都在前面的安全区，完全没有想到距离自己那么近的地方，还有个人在偷偷地跟着他。

陆妍娇看着这一幕简直笑出了眼泪，她道："我真的期待 Gas 看赛后回放的时候会是什么表情。"

就这样亦步亦趋，贺竹沥居然真的跟了 Gas 一路。

而每当镜头切换到贺竹沥身上，在场的观众都会因为两人这搞笑的一幕发出巨大的哄笑声。连主持人也忍不住笑道："不知道 Gas 什么时候能发现自己身后的尾随者，这实在是太好笑了。"

然而 Gas 还没有发现贺竹沥，就在前方遇到了新的敌人，他以面前的树为障碍物，专心致志地和前方的敌人对着枪，殊不知就在自己身后的某棵树后面，就有一个黑洞洞的枪口对着他。

"Puma 还是没有开枪，他到底想做什么……"主持人道，"Gas 已经处理掉了面前的敌人，现在似乎是打算过去舔包，Puma 动了，他在往前靠，我的天，Gas 居然还没有发现他，他开枪了！"

一声枪响，Gas 应声倒地。

他的表情出现了一瞬间的茫然，似乎全然没有想明白为什么那个方向会有人。

贺竹沥的神情本来和 Gas 差不多，直到他看到了屏幕上的击杀信息，知道自己杀死了 Gas，他微微挑了挑眉，露出了一个淡定的笑容，随后走到 Gas 身边，冲着他的尸体蹲了三下。

屏幕上选手们的镜头在两人之间切换，主持人笑道："之前就听说 Puma 和 Gas 私下关系不错，现在看来似乎的确如此啊，哈哈哈哈，这好像还是 Puma 第一次在职业联赛里对着尸体下蹲呢。"

蹲三下以示敬意。

Gas 凉了，但是贺竹沥还得继续，他飞快地舔了 Gas 的盒子，然后继续往前，接下来的一路就顺畅多了。他的位置很不错，安全区一直往这边刷，以至于最后一个圈都离他非常近。

而贺竹沥这时开始集中精神观察四周，在激烈的对枪中丝毫不落下风。

"在职业圈里，很少有战术和枪法双精的选手。"主持人赞扬着他，"但是 Puma 就是其中一个，他不但是战队指挥，也是个神枪手，这是非常难得的事。"毕竟在打人的同时，还要思考战术策略，这并不容易。

在观众的欢呼和主持人激昂的解说中，贺竹沥不负众望地拿下了第一场比赛的第一名。

这场比赛虽然前期有些意外，但后面并无太大波折，可谓一帆风顺。

中场休息，队伍里的三人都回到了休息室。

陆妍娇赶紧冲到贺竹沥身边，问他："冷不冷啊？渴不渴啊？饿不饿啊？想不想吃点什么啊？"

死得很早，基本是坐了整整一场的李斯年对着陆妍娇露出幽怨的表情："你就一点不关心我累不累？"

陆妍娇道："你就操作了五分钟，有啥好累的。"

李斯年号啕大哭。

陆妍娇道："好好好，别哭了，奖励你一个大香蕉。"

李斯年闻言哭得更惨。

贺竹沥坐在旁边休息，压根没理这两个"戏精"。陆妍娇给贺竹沥按摩着手臂，同时给他加油打气："队长今天状态很好啊，第一把就拿下了第一名，看来首冠有望。"

贺竹沥道："运气好而已。"

"你太客气啦，要是只是运气好就能赢，那我应该是队里实力最强的啊。"陆妍娇不客气地说，"接下来的比赛加油！"

贺竹沥轻轻地"嗯"了声。此时中场休息时间到了，选手们再次回到了赛场。

第二场比赛开始。

陆妍娇本来以为有了这样一个开头，接下来的一切都会比较顺利。结果也不知道是她忘记祈祷了还是怎么的，第二把落地成盒的居然成了贺竹沥。他也是运气很差，跳伞准备抢车，结果没有那人快，刚落地就被一辆车撞死了。

"哎哟哎哟。"主持人也露出不忍直视的表情，"FCD战队和车有仇啊，每次遇到车都要死那么两个，Puma 落地成盒，成绩倒数第三，这对接下来的局势很不利啊。"

李斯年这次倒是发挥得不错，杀死了好几个，和佟朱宇一起挺进了前二十。但实力差距到底是摆在那里，他虽然近战无敌，但是不太会处理一些远距离的战斗，并且战术意识也存在一些问题，所以最后的名次落在了十二这个数字上。

这已经是这局里面 FCD 最好的成绩了。

已经进行了两局比赛，接下来就是最重要的决胜局。

国内战队目前积分最高的就是 FCD 战队的贺竹沥，他在积分榜上排名第二，第一名是一个顶尖的欧美选手。

不过这积分的用处并不太大，因为前十的选手只要在最后一局拿下第一名，都有机会夺得第一。

Gas 排在第三，距离冠军同样是"一鸡之隔"。

中场休息，教练在休息室里指出了选手们的几个失误，让他们第三局保守一点，而且还特别点名了贺竹沥。

"尽量吧。"贺竹沥如此回答。

"这局成绩关系着单人奖杯……"教练痛心疾首，"不要太强硬了，保守一点，这游戏不是杀人游戏，是策略游戏！"

几个队员都没有说话。

教练道："妍娇，你来说两句！"

陆妍娇惊了："我说什么？"

教练道："给他们打打气嘛，顺便劝劝他们别太强硬了，死得太快会影响成绩。"

陆妍娇总感觉自己承担了拉拉队的角色，她哭笑不得，最后憋出来了一句："别死太快啊，最先死的那个我就认他当儿子啦。"

三人顿时沉默。

陆妍娇加油的效果到底怎么样很难说，反正最后 FCD 三人上场的时候表情都挺凝重的。以至于主持人都看出来了，说："不知道教练和FCD的选手们分析了什么啊，他们神情严肃，眼神里透着坚毅，相信一定会给我们带来精彩的比赛……"

结果这话说了不到一分钟，主持人就惨遭"打脸"，他看着游戏界面："让我们先看一下FCD的选手跳在哪里，是出来就是霸主的机场，还是厮杀激烈的P城……等等，他们怎么跳了，他们是要去找车吗……不，不对，啊？他们怎么去打野了——"

打野，在游戏里最穷的一种打法，能凑齐个基础套装就已经很不错了。当然，这样的打法也有别的好处，就是不容易遇到人，也不容易死。

贺竹沥在职业比赛里从来没有打过野，这几乎是破天荒的第一次——看来他是真的不想当陆妍娇的儿子。

陆妍娇在后台看到这一幕，委屈得哭了起来。

主持人感叹道："看来Puma是的确不想死啊……"

同样选择打野的还有李斯年，他一边捡着垃圾一边偷偷地看击杀信息，就希望看到队友凉了的消息。

这一把大家都打得非常谨慎，就算遇到了，也会考虑到底要不要和对方发生冲突。

所以直到倒数第四个圈的时候，全场都还有四十五个人，这种情形就很恐怖了，这意味着只要一刷毒，就会有大批的选手相遇，随后爆发不可避免的战斗。

Gas保持了一贯的水准，打出了好几次精彩操作，这也让导播把镜头一直往他那里切。而平时也是导播宠儿的贺竹沥此时却似乎完全被遗忘了，因为切了好几次镜头，众人都发现他拿着一把AK静静地趴在草地里，一动也不动，完全不打算打人。

"这是怎么回事？这把Puma的风格很不一样啊。"主持人道，"不过话说回来，虽然观赏性欠佳，但是在这种大型的赛事里能'苟得住'也是一种本事，Gas又和人打起来了！"

贺竹沥的人物还趴在草丛里，大约是趴得太久了有点累，还勾起右腿挠了挠左腿。

陆妍娇忧伤地坐在后台休息室，对教练说他们为什么一个都还没死，她的加油效果真的那么好吗？

教练想了想，很实诚地告诉陆妍娇："你那其实不叫加油啊。"

陆妍娇道："那叫什么？"

教练道："威胁。"

陆妍娇道："……当我儿子就那么难受吗？"

教练重重地点头。

陆妍娇道："呜呜呜呜。"

哭是没有用的，FCD战队里三个选手已经打定主意"苟"到最后了，他们内心毫无波动，就算身边路过了无数个敌人也不开一枪。

主持人道："这把FCD发挥得很好啊，全都'苟'住了，身边有人也没开枪，应该是教练给他们下了指示，不过没想到他们会如此高效地执行，是铁的纪律还是狼一般的服从精神让他们能做到这样？"

要是选手们听到了主持人的话一定会暗暗地吐槽，都不是，是一个渴望当母亲的女人，导致了这样的情况。

而那个女人此时还在后台用小手绢擦着眼泪，不甘心地盯着屏幕，就怕自己认掉了儿子。

在进入决赛圈之前，选手们爆发了激烈的战斗，贺竹沥前后左右都是枪声，而他还趴在浓密的草丛里，安静得像块没有生命的石头。

就在这样的坚持中，第一个儿子终于诞生——李斯年，凉了。被打死的那一刻，他取下耳机，痛哭失声。

主持人道："看来这次失利对于李斯年打击很大啊！"

李斯年道："我不要当陆妍娇儿子，佟朱宇、贺竹沥，你们两个怎么那么能'苟'啊！"

不"苟"是不可能的，为了不当儿子，整个 FCD 战队的选手都把生命用来"苟"了。就算旁边有敌人，他们也无动于衷，甚至于有人因为没看见蹲在草丛里的他们，跑到了他们的身边开始和人对枪，他们还稳如泰山。

"看来 Free 没看到趴在草里的 Puma 啊！他就蹲在 Puma 的身上，可还是没看见！电子竞技真的不需要视力！"主持人道，"Puma 没动！他还在'苟'！他已经和石头彻底融为了一体，他就是一块石头，你见过石头动吗？——我反正是没见过。"

全场观众因为主持人诙谐的解说狂笑起来。

然后镜头切换到贺竹沥身上，只见他神情依旧严肃，如果不看他的游戏界面的话，大概会觉得他在进行一场激烈的战斗。

从某种程度上来说事实也是如此，不过他战斗的对象变成了队友。

"Free 把对面的人打死了，他打死的居然是 Puma 的队友李斯年，喔——咦？Puma 看到李斯年死掉后站了起来，Puma 开枪了！是什么让他站了起来，是因为他对队友深沉的爱吗？"主持人道。

李斯年当时取了耳机正好听见这一句，他脸色发黑地想，什么对他深沉的爱，明明就是对陆妍娇母亲身份的恐惧。

李斯年死了！陆妍娇的儿子诞生了！FCD 战队终于能站起来了！

贺竹沥从石头变成了人，几枪杀死了在他身上蹲了两分钟的敌人Free。Free 是名外国选手，死的时候满脸莫名其妙，似乎没想明白为什么那么近的地方会突然冒出个敌人来。

不愿当儿子的贺竹沥仿佛解除了封印，拿着枪大开杀戒。

陆妍娇看得颇为心酸，说："你看他居然不'苟'了。"

教练沉思道："看来你的威胁不够到位啊。"

陆妍娇想了想："那下次我改改，死得最快的那个是我小儿子，死得最慢的那个是我大儿子……"

教练道："年纪轻轻就很有想法嘛。"

陆妍娇深沉道："没想法我也当不了妈啊。"

教练给陆妍娇竖起了大拇指。

那边贺竹沥还在比赛，主持人被他暴躁的风格吓到了："怎么回事，'苟'了一场的 Puma 怎么突然风格大变？到底是发生了什么？难道是队友阵亡这件事刺激到他了？他已经杀死了两个，正在跑毒准备进圈，圈已经非常小了……他成功地跑进了安全区——"

倒数第三个圈，还剩十七个人，安全区刷在了茂密的森林里。

贺竹沥进圈之后拿着狙击枪一枪一个，几乎从未落得下风。

国内国外的主持人都在大赞他的枪法，其中国外的主持人更是佩服，说他是亚洲少有的强力狙击手。

毕竟亚洲这边玩这款游戏，通常战术策略才是强项，枪法这么好的实属罕见。

而且这人还从头"苟"到尾，一副和大地彻底融为一体的模样。

安全区在茂密的森林有个很大的好处，就是大部分都是远距离对枪，贺竹沥在这样的地形占尽了优势。

他此时正好站在制高点，居高临下地掌控着所有敌人的位置。

而他的右边就是 Gas，这场比赛两人还未相遇。和贺竹沥不同，Gas 在比赛里大杀特杀，手上已经拿了七个人头。如果他能拿下这场比赛的胜利，那么单人冠军的奖杯将落入他的怀中。

Gas 击杀敌人的信息再次出现在了屏幕上，贺竹沥也看到了，同时他还听到西南方向传来了枪声，于是瞬间确定了 Gas 所在的方位。

他居然还没死。贺竹沥如此想，起身，抬枪，干掉了自己右下方最后一个敌人。

贺竹沥居然还没死。Gas 此时和贺竹沥心有灵犀，他朝着贺竹沥所在的方向看了一眼，心中隐隐有了一种感觉。

一左一右，两个位于制高点的"狙神"卡死了所有人进圈的位置。

而仿佛不甘落后般，击杀信息不断地刷新着，对方的枪声也越来越近。

终于，决赛圈到了。

全场观众都无比的安静，连主持人的声音都轻了一些："决赛圈，还剩两个人，Puma 和 Gas，两个大神的巅峰对决！"

成王败寇，电竞向来残酷，被记住的永远都是胜者。至于第二名如何，根本无人关心。

贺竹沥和 Gas 同时给枪上了膛。

他们知道对方的位置，也知道对方的身份，Gas 远远地开了几枪，像是在和贺竹沥打招呼。贺竹沥也回敬了一梭子子弹。

"最后的圈，最后的两人！从积分榜来看马上就要决出胜者了！"主持人唾沫横飞，"无论是 Puma 胜利还是 Gas 胜利，他们都将获得全球联赛的第一个冠军——"

两人的装备几乎一模一样，三级头、98K、八倍镜，这些都是游戏里顶尖的装备，剩下的，便是实力和运气的角逐。

游戏中的空气如同凝滞了一般，没有任何声音。

看着屏幕的陆妍娇绞着手指，她看见贺竹沥操纵着人物，开始试图狙击 Gas。

这是非常危险的动作，因为狙击别人得先将自己的头露出障碍物，只要一个小失误，就会结束整场比赛。

就在这死寂般的气氛中，陆妍娇听到了一声突如其来的枪响，与此同时，贺竹沥的脑袋上爆出了一簇刺目的红色血花——她瞪大了眼睛，贺竹沥的血量骤减，只剩下薄薄一层血皮。

接着又是一声枪响，陆妍娇听到枪声的那一刻，情不自禁地用手捂住了自己的眼睛……她觉得一切都结束了。

贺竹沥被 Gas 爆了头，只要再被补上一枪，这比赛就走到了尾声。

然而她预想中的欢呼声并没有响起，整个场馆依旧安静得吓人。

教练说："别紧张，是贺竹沥爆了 Gas 的头。"

陆妍娇的眼睛从指缝里露出来，怯怯道："真的吗？"

教练点点头，神情严肃："我想知道贺竹沥想要的到底是什么。"

陆妍娇道："什么意思？"

教练道："他想要的是胜利，还是高手对决带来的快感？"

陆妍娇听不明白，直到主持人说最后的区域即将刷新。这一刻，她明白了教练什么意思。

最后一个区域是一个小小的点，贺竹沥可以起身奔跑过去，奔跑的时候极有可能和 Gas 对枪，那时两人便能决出胜负。

但除此之外，他还有一个别的选择——蹲在原地打药。

这种选择更加稳妥，因为他足足有七个急救包，而以 Gas 的习惯，应该不会带超过四个。

他会怎么办呢？陆妍娇看着屏幕有些茫然地想，他会赌一把来证明实力，还是选择更稳妥的法子？

所有人都在等着贺竹沥的动作。

时间一分一秒地过去，原本短短三十秒，却长得像一个世纪。

贺竹沥终于动了，他打开背包的那一刹那，陆妍娇整个人都松懈了下来，她知道了他的选择。

教练叹道："到底是长大了。"

这要是几年前，可能贺竹沥根本不会思考就已经提着枪冲了上去。

贺竹沥给自己打满了饮料，而安全区也缩了过来，最后一个圈的毒极疼，不过几秒钟的时间人物就会倒地，Gas 朝着光点冲的路上，血就已经见底，他没有看到贺竹沥，便也知道了对手最后的选择。

Gas 叹息，不甘心地朝着贺竹沥所在的方向扫了一梭子子弹，随后人物倒地，结算界面也跳了出来。

比赛结束了，贺竹沥成功拿下了第一名。

全场欢呼声雷动，主持人激动地祝贺着选手的胜利。

贺竹沥取下耳机，坐在不远处的 Gas 站起来，走到他面前，对他伸出了手。

贺竹沥起身，握住，两人四目相对。

"我以为你会选择和我拼一下，"Gas用英语道，"没想到你在原地打药。"

贺竹沥道："我必须赢。"

"你变强了。"Gas感叹，"能控制住自己的欲望，这并不是容易的事，如果是去年的你……"

贺竹沥平静地笑了笑："人都会变的，你也变强了。"

"我还不够强。"Gas说，"这不是杀人游戏，是策略游戏。好了，祝贺你夺冠。"

贺竹沥道："谢谢。"

两人松手，擦肩而过。

贺竹沥在工作人员的带领下走了舞台，Gas拿了第二，第三是另外一名欧美选手。

三人站在台上，所有人的目光却只投向一个人，那便是获得首冠的贺竹沥。

灯光刺得人眼睛生疼，掌声震耳欲聋，却让人感觉如此美妙。

贺竹沥接过奖杯，高高地举起。

欢呼声如同浪潮，经久不息。

陆妍娇呆呆地看着屏幕上的贺竹沥，游戏中的他仿佛是整个世界的王。而此时的王终于加冕，戴上了独属自己的王冠。

他高傲地扬起头，将给予"臣民们"的最好礼物举在手中，轻轻开口，说："谢谢你们。"

"你们"是粉丝，是队友，也是每个支持他的人。

陆妍娇伸手在屏幕上摸了一下，然后开始傻乐着想，这个模样的贺竹沥可真好看呀，当然，也是如此……让人着迷。

第一天的单人赛就这样落下帷幕。

成功夺冠的贺竹沥吸引了所有人的目光，也让FCD内部松了口气，无论之后的比赛结果如何，拿到单人赛冠军，至少对国内的观众有了个交代。

教练十分欣慰地赞扬了陆妍娇，说没有她的威胁就没有 FCD 的今天。

李斯年听到这句话脸色铁青，很是幽怨地看了眼陆妍娇。

陆妍娇道："看啥看啊？你要是不想当我儿子，能死那么快吗？"

他服了。

贺竹沥的这个冠军含金量非常高，如果不是第二天有比赛，大家肯定会好好庆祝一番。但接下来的比赛还有六天，为了不出现什么意外，大家只简单地吃了个饭，便各自回去休息。

陆妍娇一路上都蹦蹦跳跳，高兴得跟只兔子似的。

李斯年道："那么高兴吗？"

陆妍娇道："可不！"

李斯年似笑非笑："要是我拿了冠军你也会这么高兴？"

陆妍娇道："要是你拿了冠军呀，我比这还高兴，谁叫你是我儿子呢。"

李斯年暗暗磨牙，心想陆妍娇真是随时随地不忘记给他挖坑。贺竹沥走在李斯年旁边，听到两人对话，轻轻扬了扬嘴角。

"明天比赛加油呀。"陆妍娇兴高采烈，"我最爱你们了！"

第二天，第一人称单排赛。

因为第一人称不是国内的强项，所以教练只是让他们尽力发挥就好。陆妍娇实在是晕第一人称，看了一会儿就觉得恶心反胃，中途跑去厕所吐了好几次。

三场比赛比完之后，一个欧美选手拿到了冠军，FCD 里面成绩最好的是李斯年，排名第七，和冠亚季军都无缘。

比完之后观众为胜利者庆祝，队员们回到休息室，看到了瘫在桌子上跟块饼似的陆妍娇。

"陆妍娇？"贺竹沥叫她的名字，"你怎么了？"

陆妍娇脸色苍白地摇摇头。

"吐了好几次，"教练在旁边解释，"我让她别看了她也不肯。"

因为今天的比赛大家都没有抱什么期望值，所以虽然成绩普通但也并不失落，比完之后众人随便吃了点吃的，便回去开始讨论明天的双排赛。

双排赛里贺竹沥和李斯年是搭档，两人讨论战术的时候，陆妍娇在旁边努力吃零食，把自己塞得跟只仓鼠似的。

贺竹沥正在和李斯年讨论，忽然起身走到了陆妍娇身边。

陆妍娇鼓着腮帮子莫名其妙地看着他。

贺竹沥没说话，伸出一根手指在陆妍娇的脸颊上戳了一下。

陆妍娇差点没被戳吐，好不容易把嘴里的东西咽下去，被噎得泪眼汪汪的，说："贺竹沥你戳我干吗啊？"

贺竹沥道："想戳。"

陆妍娇沉默。

贺竹沥道："李斯年，继续。"

李斯年坐在沙发上，生无可恋地吃了一顿狗粮，最惨的是他还不能说，只能装作没看到，在心里擦擦泪水。

因为有过一次教训，陆妍娇这下没敢继续往嘴里狂塞东西了，她便一边咀嚼一边往下咽，还时不时警惕地看一眼贺竹沥，就怕他再来戳一下自己。

如果说之前陆妍娇和仓鼠有五分像，那么此时的她简直就是名副其实的仓鼠，可爱得让李斯年的手指蠢蠢欲动。

不过他可不敢动手，毕竟他旁边有贺竹沥在，他的手指还想留着明天打比赛呢……

第三天，双排赛。

为了比赛，陆妍娇早早地沐浴更衣。

教练慈祥地看着陆妍娇，说有了陆妍娇的加油助威，队员们一定会在比赛里大放异彩。

结果他话还没说完，就看见屏幕里的贺竹沥骑着摩托车载着李斯年和一辆吉普撞在了一起。摩托车从地面上高高飞起，在天空中旋转盘旋，然后重重地落在地上。随即出现了两条选手的死亡信息，死因是从高处坠落。

教练表情凝固，久违地骂了句脏话："这个兔崽子——"

在亚洲联赛里，是李斯年开着车带着贺竹沥上了黄泉路，这次相反，干这事儿的人变成了贺竹沥。

虽然陆妍娇是在休息室里，但是这意外发生的时候，她清楚地听到了观众席铺天盖地的笑声。

画面切换到李斯年的脸上，他居然也在笑，虽然强行压抑住了笑容，但是那上扬的嘴角却暴露了他此时的心情。

贺竹沥，你也有今天——李斯年暗想。

而贺竹沥的脸已黑得不能更黑了，他刚取下耳机，就听到主持人的声音："哈哈哈哈，又一个选手被吊销驾照了，还是贺竹沥！谁能想到他也有今天呢！Puma，噗神！死在了摩托车上！哈哈哈哈哈……"

贺竹沥沉默。

陆妍娇也想笑，但是看见贺竹沥脸黑的模样又有点舍不得，于是等到第一场结束，中场休息的时候，她赶紧安慰了一番，说："队长啊，你别太在意，谁没开翻过几次车呢？"

李斯年很不给面子地还在笑，最后贺竹沥被惹火了，剥了根香蕉就塞进了李斯年的嘴里，那动作比陆妍娇还狠，李斯年差点没被活活噎死。

陆妍娇笑道："哈哈哈哈哈哈……"

贺竹沥扭头看着她。

陆妍娇赶紧憋住笑，说："队长，我没笑你，我笑他呢。"

李斯年把香蕉咽下去，委屈地嘀咕："只许州官放火……"

贺竹沥道："李斯年，你最近皮得很啊。"

李斯年把矛头指向陆妍娇："和她学的。"

陆妍娇心想：过分了啊。

反正第一场双排赛就这么毁了，江烛和佟朱宇倒是排名第四，成绩还算对得起教练。

在休息室闹完之后，第二场双排赛开始，贺竹沥拎着李斯年上场，教练对着他俩的背影欣慰地说："看见他们友爱的样子我就放心了。"

陆妍娇心想：这是友爱？

不过车祸这种事情，在职业比赛里简直是家常便饭，毕竟这个游戏的物理引擎实在是有点玄乎，有时候还会出现漏洞，比如上一场贺竹沥遇到的其实就是漏洞的一种——有时候，摩托车撞上吉普，就直接长翅膀飞上天了。

第二场双排赛开始，李斯年收敛脸上的笑意，神情严肃了起来。

贺竹沥也是如此。

不得不说，这对相处了几年的搭档配合十分默契，遇敌时甚至无须对方说话，只需要一个动作，便能清楚对方的意图。

李斯年负责突进，贺竹沥负责狙击，战术操作都如行云流水，十分赏心悦目。

陆妍娇坐在后台，突然有些羡慕他们。她是半路出家，还有硬件的限制，自然不可能像他们一样频繁地出现在赛场上……

如果可以的话，我也想打职业赛呀！陆妍娇在心里小声地念了一句。

如果说贺竹沥和李斯年发挥出了自己的实力，那么江烛和佟朱宇就感觉不太好了。他们两人虽然第一场发挥不错，第二场却出现了重大的操作失误，江烛拿着冲锋枪竟没有打过一个拿着手枪的敌人，导致"团灭"。

"怎么回事？"教练也看到了这样的情况，蹙起眉头。

陆妍娇道："是不是江烛的身体没有恢复好……"

教练没说话，表情有些凝重。

第二场结束，贺竹沥和李斯年死在了最后一个圈里，拿下了第二名。江烛和佟朱宇则是倒数第二。

"江烛，是不是身体不舒服？"中场休息的时候教练这么问。

江烛脸色有些苍白，摇了摇头。

"如果不舒服一定要说出来。"教练担忧道，"比赛每天都有，身体更为重要。"

"我没事。"江烛说，"你放心。"

教练欲言又止，但见他神色坚定，只好将话咽了回去。

不过陆妍娇在他们离开休息室的时候却注意到了一个细节，就是江烛回休息室后一直站着，十几分钟都没有坐下。

陆妍娇担忧道："江烛没事吧？"

教练叹气："他性子倔，算了……至少让他打完这一场吧。"

第三场开赛。

陆妍娇之前所有的注意力都在贺竹沥身上，这次因为感觉江烛状态不对，便多注意了他一下。

结果不看还好，越看越不对劲，陆妍娇发现切换到江烛的好几个镜头里，他的脸色都非常的难看，甚至于额头上的发丝都被冷汗浸湿了。

这下，陆妍娇一点也不相信他没事了。

江烛的状态似乎极差，但他还是在咬牙强撑。

陆妍娇看在眼里，更加担心了，连带着自己全程都有些坐立不安。教练的眉头也紧紧皱着，偶尔的叹息声暴露了他的心情。

身体的不适，也影响了游戏的发挥，江烛的操作再次出现了巨大的失误，平时能够很好压住的枪此时在他的手里却变成了难以操控的武器，枪头剧烈地抖动，没能秒杀敌人，给了敌人反扑回来的机会。

"Rush 死了——"主持人似乎也有些疑惑，"看来他今天的状态很不妙。"Rush 是江烛的游戏 ID。

江烛虽然死了，好在佟朱宇反应迅速，杀掉了对面的敌人。

看着自己的画面切换到了队友的视角，江烛的神色之间出现了些许疲惫和不安，他取下耳机，重重地抹了一下额头上的汗水。而他的搭档佟朱宇则突然站起来，向裁判招了招手。

裁判走过去和他进行了简短的交谈，随后看向江烛，抬起手指了指旁边离开赛场的门。

江烛似乎和他争辩了几句，不过最后还是妥协了，垂头丧气地起身离开了赛场。佟朱宇看了眼他的背影，坐下，再次戴上耳机。这是双排赛，他还活着就意味着他们队伍还有机会……

"Rush 离场了，他应该是身体方面出现了问题。"主持人也看到了这一幕，简短地和观众解释起了情况，"上次在亚洲联赛江烛就受了伤，这次似乎还没有痊愈……实在是太可惜了！"

江烛跟着裁判回到了休息室，表情里的委屈和悲伤几乎就要化为决堤泪水。

"教练，对不起。"这是他对教练说的第一句话。

"你是对不起我，你身体不舒服为什么不早点说？"教练的表情如同家长一般严肃，"我马上联系国内的医院，让人陪同你一起回国治疗。"

"不。"江烛道，"我不要去医院，我要看完比赛。"

教练还欲再说什么，江烛却固执地重复了一遍："我要看完比赛，否则我哪儿也不去。"

教练看着江烛的表情，最后叹息一声，同意了江烛的要求。

于是休息室里看比赛的人从两个变成了三个。

这好在是双排赛，死了一个队友，"苟"一点还能继续坚持。

佟朱宇没了队友，打法变了风格，见到人也不打架，能躲就躲，能绕开就绕开，就这么坚持到了最后两个圈，排名竟朝着前十挺进。

贺竹沥和李斯年的队伍还是满员，两人已经是神装，目前所在的位置也非常的合适，离吃鸡只隔一个靠近的安全区。

然而有些事情，总是不会让人如愿，就在众人期待 FCD 的成员能拿下好成绩的时候，他们两队竟在游戏里相遇了。

贺竹沥和李斯年发现了躲在树后的佟朱宇，然后击杀掉了自家队友。

"FCD 内部队员相遇了……他们并不知道对面的人是自家人，Puma 开枪了，命中！哦！他杀掉了自己的队友！"主持人痛心地解说着这场内战。

佟朱宇死的时候，江烛叹了口气，但是很快又露出笑容，道："队长还是那么厉害。"

教练伸手拍了拍他的肩膀以示安慰。

"真希望能和他在全球联赛里合作一场……"毕竟哪个突击手不希望自己的搭档是"狙神"呢，江烛说，"但是今年好像没机会了。"

李斯年和贺竹沥一直是双排组合，他没有机会，便期待着最后两天的四排赛，但现在看来，他好像撑不到那时候了，况且就算咬着牙强行坚持，也会发挥不好，这对队友而言并不公平。

教练说："看完这一场就走，我给你联系了回去的飞机。"

江烛没有再固执，慢慢地点点头。

陆妍娇在旁边听着他的话，感觉颇为心酸，电竞选手的黄金时期实在是太短了，可能一辈子就只能参加个六七次全球联赛，能从全球联赛上获得成绩，更是难上加难。

最后一个圈，最后三组人，选手们为了荣誉展开了激烈的争夺。这一次贺竹沥和李斯年没那么幸运，他们恰巧被另外两组选手围在中间，惨遭前后夹击，只获得了第三名的成绩。加上前两场的积分，他们队排在积分榜第三，夺得了双排赛的季军。

这是国内战队在全球联赛双排赛里获得的最好成绩了。

而贺竹沥的老朋友 Gas，这次成功夺冠，和他的队友捧起了最美丽的那个奖杯。

看完比赛，江烛被工作人员带走，准备坐晚上的飞机回国治疗。

贺竹沥和李斯年回到休息室见他一面，叮嘱他好好养伤，不要担心。

江烛点点头，走前对着陆妍娇说了一句："拜托你了。"

陆妍娇本来还在为江烛的事情伤感，听到这句话表情凝固了三秒："拜托我了什么意思？"

江烛道："你是替补啊。"

陆妍娇沉默了。

江烛道："你不会忘了吧？"

陆妍娇默默地放下手里的零食，擦干净嘴角的薯片屑："哈哈哈，这么重要的事情我怎么会忘了呢？我清楚地记得自己替补的身份。"才怪。来到这里，陆妍娇就没把自己当选手过，完全是以观众的心态来看比赛、吃零食的，所以知道江烛受伤之后心中只有惋惜，直到此时……她才意识到江烛受伤，对自己而言意味着什么。

"记得就好，"江烛说，"期待你的表现，"他停顿了一下，"我在国内也会看比赛哦。"

陆妍娇道："……你放心去吧，我不会让你失望的。"

有了陆妍娇的承诺，江烛点点头，这才走了。

等他走后，李斯年幽幽地来了句："你都忘干净了吧？"

陆妍娇争辩："不是，我没有！"

贺竹沥在旁边不咸不淡地"补刀"："没事，现在记起来还有救。"

陆妍娇哭道："嘤嘤嘤……"

"明天第一人称双排你和我组队，佟朱宇和李斯年一起。"贺竹沥宣布，"第一人称成绩没那么重要，你先练练手，熟悉一下比赛环境。"

陆妍娇一听到自己要打第一视角就有点尿，怯怯地说："我有个小要求……"

贺竹沥道："说。"

陆妍娇道："我想比赛的时候在旁边放个塑料袋。"

李斯年抖着肩膀笑了起来，连教练都没忍住，休息室瞬间充满了欢乐的气氛。

陆妍娇被李斯年的笑弄得挺委屈的，她的确是晕第一人称啊，平时看别人玩都晕，更不用说自己玩了。第一人称有个特点就是视野非常的狭窄，很容易找不到人——被人打的时候也是如此。

"可以，"贺竹沥说，"你可以带一打塑料袋。"

陆妍娇道："那就好……"

虽然陆妍娇提出了要带塑料袋，但李斯年他们都以为她是开玩笑的。没想到第二天开赛的时候，她真的把自己的裤兜塞得鼓鼓囊囊的。

"嗬，陆妍娇，你真的带了塑料袋？"李斯年惊了。

陆妍娇道："不然呢？万一吐在电脑上多恶心！"

李斯年沉默。

教练在旁边表示："她是真的会吐的。"

"我知道她会吐，"还是队长了解队员，贺竹沥说，"所以我也给你带了十几个，够用了。"

陆妍娇因为自家队长的善解人意而流出了感动的泪水。

带着塑料袋，他们就这样上了场。

FCD战队现场成绩不错，今天又是相对不那么重要的第一人称比赛，所以大家都还算放松。不过陆妍娇一上场，还是几乎吸引了所有人的注意力，因为她是全球联赛赛场上唯一的一个姑娘。

主持人道："我们可爱的小花儿又上场了，就是她在亚洲联赛力挽狂澜，帮助FCD夺得了冠军。咦，她好像正在裤兜里掏什么东西，她掏出来了……让我们看看……居然是一打塑料袋，她带塑料袋干吗？"

一时间观众和主持人都有点疑惑，最后还是女主持开玩笑地来了句：

"她不会是晕第一人称吧？带着塑料袋好吐一吐。"

"哈哈哈哈，怎么会呢。"男主持人完全不相信，"应该不可能的。"

结果他说完才过了十分钟，就被"啪啪打脸"，因为十分钟后，陆妍娇没忍住，抓着塑料袋就开始干呕，呕了两声后，艰难道："队长，我这里捡到了三级头，你过来一下。"

贺竹沥道："你往这边跑吧。"

陆妍娇道："不行，我晕，再跑又得吐。"

贺竹沥沉默。

当时画面正好切到两人身上，对话也被公放了出来，在场的中国观众全都哈哈大笑，旁边的外国观众倒是听得云里雾里。不过就算听不懂，但是动作他们好歹能看明白。

主持人哭笑不得："小花儿还真晕啊，这才十分钟就吐了两次，还有这么久怎么办？"

陆妍娇奄奄一息地在心中安慰自己，吐啊吐啊，可能就习惯了吧。这参加全球联赛的机会千载难逢，不说头晕恶心了，就算她晕在了赛场上，也要让贺竹沥把她敲醒继续下去。

抓着塑料袋的陆妍娇终于成了比赛场上的一道特殊风景。

她开始还时不时伸手拿个塑料袋觉得自己能够"抢救"一下，后面已经彻底放弃了治疗，干脆把塑料袋的把手挂在自己的耳朵上，一低头就能继续吐。

"小花儿又吐了……"主持人哭笑不得，"我感觉她快把自己的胃都要吐出来了，这样比赛真的没问题吗？"

"撑不住了说一声。"贺竹沥手起刀落干掉了对面的一队人，转头叮嘱脸色苍白的陆妍娇。

陆妍娇说："我没事，我能行，你不用担心我，哇……"说完又吐了。

贺竹沥轻叹一声："早知道这样，就该给你做做训练。"

陆妍娇道："是的，我也觉……哇……"

职业选手里有部分人也晕第一人称，但是这种眩晕是可以调整的，只要经过适当的练习，眩晕感会减轻乃至于消失。部分职业选手会进行训练来适应比赛，不过大家本来就没指望陆妍娇上场，所以平日里对她的要求也不高，没有强求她改变晕游戏的状况。

谁知道江烛中途离场，导致陆妍娇被迫玩起了第一人称。

这晕 3D 基本和晕车差不多，天旋地转，胸闷恶心，还好陆妍娇本来就是个没什么战斗力的医疗兵。

不过虽然晕，但陆妍娇的运气还是那么好，第一场游戏就来了个空投砸脸。运送物资的飞机直接将物资投放到了他们的面前，而且一放就是两个。

贺竹沥过去捡了空投，顺便给陆妍娇带来了一身吉利服。

吉利服是一种用来伪装的特殊服装，穿在身上可以将整个人伪装得和周围的环境融为一体。基本上穿着这衣服往有草的地方一趴，就很难被发现，简直就是伏地魔的必备装备了。

陆妍娇深知"苟"的精髓，贺竹沥和别人打架的时候，她就在旁边偷偷地放暗枪，偶尔扔个雷，居然也被她捡到了两个人头。

当然她杀完人后还得吐一会儿，可以说是很仁慈的杀手了。

"小花儿和 Puma 灭了三队了，她还在吐，现在似乎已经吐习惯了……"主持人看着陆妍娇的表情解说道，"看来她情况还算不错啊，一边笑，一边和 Puma 打趣，哦，她又吐了。"

贺竹沥本来开始还担心陆妍娇身体撑不住，但是后来见她除了吐之外也没别的反应，便逐渐放下心来。

陆妍娇尽量少走路，趴在一个地儿就不动了，托了吉利服和地形的福，好几个从她身边路过的敌人都没看见她，全部心思都放在了贺竹沥那边，完全没想到近处的草丛里还有个人趴着。

再加上第一人称视角的视野限制，有些敌人甚至被陆妍娇打死了，都没有发现她所在的位置。

"第一人称好像挺好玩的呀。"陆妍娇对此发表了下意见。

"好玩是好玩。"贺竹沥道，"但是你这么吐下去，我怕你把胃都呕出来。"

"没啊，我觉得现在好多了。"陆妍娇吸吸鼻子，"没那么晕……哇……"

贺竹沥沉默。

总而言之，在陆妍娇走两步吐一口的艰难情况下，他们队伍居然熬到了最后一个圈。

全场人数只剩四人，要么敌人只剩下两只独狼，要么敌人就是同属于一队。

"我看到人了。"陆妍娇说，"S方向一个，还有一个好像在石头后面。"

贺竹沥道："你趴着，别动。"

他们决战的区域是在一片草木茂密的斜坡上，上面密密麻麻长满了草丛和灌木，穿着吉利服的陆妍娇完美地和环境融为一体，就算有人蹲在她面前，只要她不动，几乎也很难被附近的人发现。

贺竹沥对着S方向的人开了枪，那人运气不错，步伐微顿，正好躲过了爆头的子弹，只被击中了身躯。

"该死。"贺竹沥低低骂了声，又连开了三枪，将那人直接打死。如果说一枪将那人干掉，他还能隐藏一下自己的位置，但奈何又补了几枪，这下他的位置就彻底暴露了。

果不其然，另一个敌人在发现了贺竹沥的位置后，直接就是一梭子子弹，将贺竹沥击倒在地。

陆妍娇正欲爬起来救下贺竹沥，贺竹沥道："别起来救我！他不知道你的位置，你等着他往这边靠近想要补掉我的时候换冲锋枪把他秒了。"

陆妍娇点点头。

仅剩的敌人知道想要赢下这场比赛，就一定得把贺竹沥给补了，毕竟剩下的那个是没什么战斗力的陆妍娇。只要他杀了贺竹沥，那杀陆妍娇就是小菜一碟而已。这人果然如贺竹沥所料那般，开始朝着这边靠近，企图迅速干掉贺竹沥。

"危险啊！Puma 似乎要被补掉了，等一下，小花儿的位置太好了！那人完全没有看见她，居然朝着她的方向在跑！"主持人解说的时候也替贺竹沥捏了把冷汗，"他能看见小花儿吗？没有看见……他没有看见小花儿……他趴在了小花儿的面前……"

陆妍娇眼睁睁地看着敌人在自己面前趴下，两人的距离近得好像她一抬头就能把头放在那人的脚后跟上。

敌人开枪，如愿以偿地补掉了贺竹沥，然而还没来得及高兴三秒，身后就传来了急促的冲锋枪枪声。

"哒哒哒哒哒。"枪声虽然短暂，却足以取人性命，当陆妍娇看到击杀信息后，才知道自己杀掉的那个人居然是 Gas——他们再次在决赛中相遇了。

"哇！"看到结算面板的陆妍娇站起来狂叫，"我杀了 Gas！"

贺竹沥在旁边不咸不淡道："很高兴啊？"

"对啊！他可是我的男……"陆妍娇正想说"男神"，感觉旁边的气氛不太对，用余光瞟了眼她家队长，发现贺竹沥神色不善，于是赶紧怯怯地改口，"偶像啊。"

"只是偶像？"贺竹沥似笑非笑。

"是啊是啊。"陆妍娇道，"我的'男神'只有一个，就是Puma！贺竹沥！宇宙的主宰！唯一的男孩！"

贺竹沥道："呵。"

陆妍娇心想，队长，你真是越来越"傲娇"了啊，不过怎么说呢，就……还蛮可爱的哦。

中场休息时间，两人回了休息室，听佟朱宇抱怨李斯年的车技。

李斯年说："我车技就那样，队长都不敢抱怨我。"

佟朱宇道："对啊，队长从来不抱怨你，他只会开枪打死你。"

李斯年沉默。

谁都没想到贺竹沥和陆妍娇的组合居然拿了个首胜，李斯年和佟朱宇都很是不服气，说这样他们会被粉丝嘲笑的，陆妍娇那么晕都获胜了，他们状态不错还死得那么惨。

陆妍娇道："别想太多，只是你们运气不好。"

李斯年道："那怎么才能运气好？"

陆妍娇道："可能得长得好看吧。"

队伍陷入沉默，最后李斯年很是不要脸地说了句："那我应该是队伍里运气最好的啊。"

陆妍娇道："呵。"

李斯年道："你为什么要模仿队长的表情？"

贺竹沥斜眼看过去，李斯年赶紧补了一句："还模仿得一点都不像。"

陆妍娇对李斯年表示非常的不屑，说李斯年一点没有竞技选手的风骨。结果她刚说完这话，贺竹沥就站起来转身出门，她赶紧说："队长你去哪儿啊？队长是不是生气了？队长我开玩笑的，队长……"

贺竹沥道："我上厕所。"

贺竹沥没理她，直接走了。

众人插科打诨十几分钟，然后开始了第二场。

这次陆妍娇的状态好了许多，没有再一直吐，这让她很是欣慰，果然是吐着吐着就习惯了。

第二场他们拿了个十几名的成绩，目前积分排名还是第一，第三场如果好好发挥，还是有机会进前三的。

其他人第一次参加这种大型的比赛或许会感到紧张，但陆妍娇心态极好，不然也不会带着一堆塑料袋上场，旁若无人地呕吐了。

第三场开赛，贺竹沥和陆妍娇选择了跳伞的地方。

谁知道他们运气不好，落地就和另外一队碰上了，贺竹沥惨遭两人绞杀，临死前带走了一个。

陆妍娇匆匆赶到，杀死了剩下那个残血的敌人，此时场上还有八十多个人，她和贺竹沥却已天人两隔。

"队长——"陆妍娇热泪盈眶，"你死得好惨啊。"一边说惨一边舔贺竹沥的包，还不忘把贺竹沥身上的裤子给扒了。

贺竹沥在旁边咬牙切齿，陆妍娇也就是仗着死了的人不能说话故意在这儿皮……

陆妍娇把她家队长扒了个精光，穿着贺竹沥的衣服说要继承他的遗志。她傻乐傻乐地正在往外跑呢，就看见坐在旁边的贺竹沥给她做了个口型：你给我等着。

陆妍娇心想，嘤嘤嘤，队长的表情好可怕啊。她委屈地把自己身上的衣服脱了下来，"我不穿行了吧。"

贺竹沥还没来得及说话，就看见陆妍娇穿着裤衩跑跑颠颠地出去了，结果他脸色不但没有变得好看，反而更加黑，吓得陆妍娇把上衣也一起脱了。

"我们看到在队长死后，小花儿的情绪似乎受到了影响，她把身上穿着的衣服全给脱了……这是怎么回事？难道是 FCD 战队里新出的祭奠队友的仪式？"主持人看见陆妍娇的动作也是一头雾水，"哦，她舔完了队友的包，开开心心地跑出去了……"

万幸的是贺竹沥和陆妍娇坐得不算太近，不然陆妍娇接下来的半场比赛都极有可能在贺竹沥阴沉的气息下艰难度过。

陆妍娇背着贺竹沥的枪，吃着贺竹沥的药，穿着贺竹沥的防弹衣，整个人都美滋滋的。

贺竹沥死了，也不能继续指挥，于是陆妍娇便收拾好行李开始了自己的旅行。她去搞了辆摩托车，开始到处溜达。

摩托车可以说是游戏里最不容易被击中的载具了，速度够快，目标够小，她听见枪声就躲开，绕着安全区一圈一圈地转，眼看安全区越来越小，她便把车一停，在一个小房子里找了二层楼蹲了进去。

"哎哟，有人来了。"陆妍娇小声道，"两队呢，咦，打起来了……"

"有两队人在 R 城打起来了！他们都没有发现这城里还有另外一个人……让我们看一下已经刷新的安全区，似乎最终的决战区域就是这里了！我们可爱的小花儿瑟瑟发抖地躲在一楼厕所里，旁边就是四个手拿凶器的彪形大汉——"主持人声音里带着笑意，"小花儿果然是深得'苟'的精髓啊，她躲在厕所，居然不关门，这样谁能想到里面还藏了一个？"

一般被搜过的房间，门都是开着的，而如果有人藏进去，都会条件反射将门关上。这样虽然安全，但也暴露了自己所在的位置。陆妍娇基本是"苟"中之王了，她躲的地方正好门口有个浴缸，人物角色藏在门后，就算有人从外面看一眼，也不会发现她在里面，除非是有人特意进来。

枪声离陆妍娇极近，好像只要她一冒头，就会有子弹顺着她的头皮擦过去。而没有穿衣服的她躲在浴缸里瑟瑟发抖。

反正在贺竹沥死后，陆妍娇就没指望自己能吃鸡，只想着能"苟"多久"苟"多久，有机会捡两个人头更是美滋滋。

所以她全程没有任何心理压力，完美地展现出了自己苟活的实力。

安全区再次缩小，陆妍娇的位置十分完美，处于安全区的中心区域，如果不出意外的话，最后的圈极有可能刷在附近。

而她身边也已经发生了三四场战斗，她从厕所墙壁上那个狭窄的缝隙里看到外面最起码摆了六个盒子……

大家真是血腥啊，陆妍娇咂舌。

因为这房子的位置太好，很快就有人打算占领这里。敌人进来之后发现房子所有的门都开着，二楼也空空如也，便自然而然地以为房子里没人。

"没人看见小花儿，她已经在那里躲了三个圈了。"主持人实在是想笑，最后没忍住，笑出声道，"我真的很想看见，当他们发现自己同一楼有个敌人时的表情。"

陆妍娇安静地蹲在浴缸里，仿佛已经变成了一块没有生命的肥皂。

"又有人来攻楼了……这是来的第三拨人，这房子的位置太好，实乃兵家必争之地，看起来还会来不少人，让我们再看看小花儿，她一动也不动……看起来像是睡着了。"主持人道，"再让我们看下楼上的战斗。"

看着陆妍娇视角的贺竹沥陷入了沉默，这大概是他打过的最无聊的一场比赛了，全程画面都在厕所里，最远不超过旁边的马路。但是坐在他旁边的陆妍娇却乐在其中，嘴里自言自语个不停，也不知道已经换了几个剧本。

根据不权威的统计，从陆妍娇蹲在那儿开始，这栋楼里一共来了五队人，六个死在了外面，三个死在了里面，目前还有一个人在楼上蹲着，准备打下一拨攻楼的。

这明明是个战略游戏，却硬生生地被选手们玩成了塔防类游戏，铺满地面的盒子就是游戏里被惨遭杀害的小怪。

至于陆妍娇……她大概是个游戏里的装饰品吧。

刷安全区倒数第二个圈的时候，安全区终于刷在了外面，此时还剩十三个人，应该还有六七队的样子。

蹲在陆妍娇楼上的那个大兄弟也打算动了，正常情况下大家都会直接跳窗出来，但他偏偏不，非要走楼梯，走楼梯就算了，还要走后门，而且还站在后门边上晃荡，观察外面的情况，就是不肯一口气走出去——天知道厕所就正对着后门的位置。

陆妍娇最后还是没能忍住诱惑，拿起安了消音器的冲锋枪，对着那兄弟就是一梭子子弹。

那兄弟是个外国人，被打倒的时候眼睛瞪得眼珠子都要掉出来了，似乎怎么都没想明白，这厕所里怎么会突然冒出来一个只穿着内衣的敌人。

"唉，安息吧。"陆妍娇迅速地舔了这兄弟的包，感叹道，"好肥啊……"

她舔了包，一路小跑地进了安全区，一路上居然没一个打她的，让她顺利地混进了安全区的一堵围墙后面。

"吓死我了，吓死我了。"陆妍娇躲起来之后小声地嘟囔，"我还以为我会死在路上呢……"

她伸出脑袋观察了一下情况，感觉自己现在待的位置非常的好，不在中心区域，又有掩体。

在最后两个圈，处于中心区域其实挺危险的，因为会有人企图攻过去，特别是那种掩体特别多的房区，一旦没干掉敌人，那就是一场艰苦卓绝的守楼战。

陆妍娇没敢进屋子，怕里面有人，就找了个L形状的围墙躲在后面。她身后是毒圈，不用担心有人，只要注意前面有没有敌人就行了。

而这时陆妍娇的前面又打起来了，这次对枪的是两个已经死了队友的独狼，枪声非常的激烈，看得陆妍娇心潮澎湃，她突然觉得自己是时候该做点什么了，于是她咬了咬牙，狠下心从兜里掏出了一颗手雷，拉掉引线，朝着前面愉快一抛……

"我给你俩搞个响儿助助兴！"陆妍娇兴奋道。

手雷越过障碍，落在了两人之间的空地上，随后轰隆一声巨响……

"小花儿成功双杀！"主持人激动不已，"看来她对雷的把握很好啊，掐准了引爆时间，面前的两个敌人都被干掉了，剩下的离她还比较远。谁说女孩子不能打电竞游戏的，我看小花儿就打得挺好！"

陆妍娇此时一脸震惊，一副"天呐，我怎么又杀人了"的表情。

坐在她旁边的贺竹沥突然就想点根烟了，他开始思考，这游戏到底是射击类游戏，还是玄学类游戏，这样都能被陆妍娇拿到两个人头？比他杀的还多？

陆妍娇心想算了算了，杀了就杀了，就当买彩票中了五块钱吧，她也不是故意的。又是一阵噼里啪啦，远处的敌人开始厮杀，陆妍娇贴着她的围墙继续保持瑟瑟发抖的状态。

最后一个圈，半个圈在外面，半个圈在房区。

经过上一轮的淘汰，全场就剩五个人，另外四个人属于两支欧洲队伍，而陆妍娇是亚洲队伍里的独苗苗……

其中一队占领了楼上二层，另一队准备攻楼。

陆妍娇依旧没有进屋子，她在墙壁底下选了个角落，蹲了下来。这地方楼上的人是打不到她的，而她，则可以干一件她想了好久的事情……往楼里投掷手雷。

"嘿嘿嘿嘿……"陆妍娇打开自己的包裹，看着自己的物品栏憨厚地笑了起来，"好期待他们打起来哦。"

贺竹沥看到了陆妍娇物品栏里的东西，那里面足足有十五颗手雷，他的表情扭曲了一下，似乎开始思考自己如果遇到有十五颗雷的人攻楼，能不能守下来……况且与此同时，还有别的队伍在进行攻击。

"开始了，开始了。"枪声一响，陆妍娇便拿起手雷，开始了自己的炸弹人生涯。

大约是陆妍娇所在的位置实在是太特殊了，导致几乎所有人都没有把注意力放到她的身上。连主持人也不过只提了她一句："小花儿'苟'在旁边的墙脚，还有机会，但是 Pya 战队开始攻楼了，现在的版本攻楼容易守楼难，只要他们把楼攻下，这场比赛的冠军应该就是属于他们……"

Pya 似乎也信心十足，他们是两人队，两人加起来有十一颗雷，说什么也能将楼攻下来。而守楼的那一方感觉就没那么好了，他们看见雷被一颗接一颗地从楼下抛上来，躲掉了前一颗又得挨下一颗，简直像是在走地雷阵。

"Pya 炸倒了一个！"主持人激动不已，"他们决定冲上去……等等，为什么还有雷在往楼里面扔，是谁的雷……"大约是听到了玻璃破碎的声音，主持人恍然，"是小花儿？小花儿还在往里面扔雷，一颗、两颗……她抢到了 Pya 干倒的人头！"

这游戏里，玩家打倒了敌人如果没能及时补掉而是被其他的敌人补了，那人头是算在其他敌人身上的。

Pya 虽然炸倒了一个人，但是陆妍娇的雷及时跟到，很是凑巧地抢到了这个人头。

"哎呀，又杀人啦。"陆妍娇高兴得不得了，说话之余，还不忘记拉开引线，继续把手雷往上扔。

手雷清脆的落地声成了楼上敌人的催命符，守楼的那一队已经彻底绝望了，他们看着满地的地雷哭都哭不出来，想要垂死挣扎一下，门外却还堵着一队人马。

Pya抓紧机会冲到了楼上，企图补掉楼上最后一个人，不得不说他们的行动效率很高，战术策略也很优秀，但是当他们干掉了楼上的那个人后，却听到了一种让人头皮发麻的清脆响声——手雷落地的声音。

Pya的队员忍不住说了句脏话，他们还没反应过来，就有雷在狭窄的房间里炸开了花。爆炸后的气浪将两人都炸到了墙壁边缘，两人皆成了残血状态。

Pya的队员刚想感叹死里逃生，便又听到了手雷从窗口投进来的声音，这声音吓得两人如同无头苍蝇一样在房间里打转，只要再被炸一下，他们两个都得凉。

而此时毒圈刷了过来，卡死了他们的位置，想要离开这栋房子，必须得吃一点毒，可是以他们现在残余的血量，碰到最后的毒区那真是挨一下就死。

"我的天呐！小花儿的身上全是雷！"主持人也被这一幕惊呆了，哭笑不得地解说，"她带了足足十五个雷，十五个雷……我的天，我要是楼上的人，我真得哭出来。"

十五个雷简直像是人造轰炸区了，况且陆妍娇现在对雷的时间把握得很好，她拿在手里拉开引线之后还会在手上捏几秒钟，直到雷快要爆炸了才往上扔。这样的操作让上面的敌人连反应的时间都没有便会被直接炸倒。

"哈哈哈哈，又干倒一个！"陆妍娇像是一个大反派，一边往楼上扔雷一边阴险地哈哈大笑，"还有八个雷，吃我大香蕉！"

坐在她旁边的贺竹沥居然对楼上的Pya战队产生了一丝微妙的同情。

"一对一！"主持人本来以为陆妍娇"苟"到最后是给人"送菜"的，谁知道她居然来了这么一通操作，看得众人目瞪口呆，Pya战队剩下的那棵独苗苗凄惨地在楼里躲来躲去，最可怜的是这栋楼就只有一个房间在安全区，以他的血量别的房间都没法去。

再看Pya战队的成员的表情，整张脸都扭曲得不像样子了，嘴里不知道在念叨着什么……十有八九是骂人的脏话。

陆妍娇一口气又扔了四颗，几乎占满了整个房间，那队员有了浓重的危机感——他发现如果他再待在这里，绝对会死在陆妍娇的地雷阵里。

比赛前，各大战队的教练都针对最有竞争力的对手进行过分析，这分析里当然也有FCD，陆妍娇作为FCD的替补，自然也被敌队教练提了那么一句，不过那时教练提到陆妍娇都是这样说："很可爱的姑娘，遇到算你运气好。"

Pya成员想到这里，忍不住恨恨磨牙，心里想着：这哪里可爱了？这哪里运气好了？谁会在自己包里装那么多雷，她不用装其他的东西吗！

当然，这些想法都不过是在一瞬之间，如果他再多想点别的，大约马上就被雷炸死了。

Pya剩下的独苗苗咬了咬牙，跺了跺脚，心想陆妍娇的枪法不是不好吗，不如他最后搏一把，于是走到窗边，翻窗而出。

陆妍娇还在乐滋滋地掘雷，就看见一个彪形大汉从天而降，她一紧张，按错了键——掏出了自己身后的平底锅："啊啊啊啊，救命啊——"

"当"的一声脆响，面前刚落地的敌人应声而倒，陆妍娇还没反应过来，就看到面前跳出了几个漂亮的字体——"Winner winner, chicken dinner"。

"我……我吃鸡了？"陆妍娇愣在原地，场馆里响起了巨大的掌声和欢呼声，她转头看向贺竹沥，见他神色平静，开口再次确认，"队长，我们吃鸡了？"

贺竹沥道："……嗯。"

"你为啥不高兴？"陆妍娇问。

贺竹沥道："我哪里不高兴了？"

陆妍娇道："那你为啥不笑？"

贺竹沥沉默三秒，然后给出了陆妍娇一个答案："我没反应过来。"

其实，她也没反应过来。

然后两个没反应过来的人就这么茫然地上了舞台，茫然地接受采访，陆妍娇一路神情平淡，仿佛一切都尽在掌握之中。

主持人问她："你是不是对第一人称不太熟练？"

陆妍娇道："还好吧，我也经过了长时间的训练和系统的练习。"

主持人闻言看了眼她桌子旁边垃圾桶里的塑料袋："那塑料袋？"

陆妍娇道："哦，那是因为我吃错东西了。"

主持人心想，这小姑娘年龄不大，脸皮倒是挺厚啊。

然后他又问了陆妍娇一些问题，陆妍娇一一解答，最后一个问题的内容是：为什么最后选择了平底锅结束敌人的生命？

陆妍娇说："因为我按错键了……本来想掏枪来着。"

主持人沉默。

贺竹沥沉默。

旁边站着的 Pya 战队成员沉默。

全场观众沉默。

短暂的沉默之后，全场观众哄堂大笑，陆妍娇挺不好意思的："对不起啊，我不是不尊重选手，主要是平底锅的按键就在雷旁边，我一紧张就按出来了。"

翻译人员翻译完陆妍娇说的话，Pya 战队的成员听后，表情更扭曲了，也不知道是想哭还是想笑。

灯光、掌声、众人热切的欢呼和眼神，在这一刻，陆妍娇再次品尝了胜利的甘甜。她最后捧着奖杯离开舞台时，整个人都是飘的，一个劲地问贺竹沥她是不是在做梦。

最后贺竹沥被问烦了，伸手就在她脸上掐了一下。

陆妍娇委屈道："你掐我干吗呀？"

贺竹沥道："疼吗？不疼再掐一下。"

陆妍娇道："疼疼疼。"

贺竹沥道："那你做什么梦？"

陆妍娇道："万一是《盗梦空间》里的那种梦呢，虽然是在梦里，但是还是会觉得疼，说不定你也是假的，你其实是我家的一盆绿萝，这一切都是我的臆想……"

贺竹沥道："为什么是绿萝？"

陆妍娇理不直气也壮："我只能养活绿萝啊，要是别的植物早死了。"

贺竹沥沉默。

两人说着话到了休息室，看到了趴在桌子上的李斯年和佟朱宇。

"队长，第一次躺赢的感觉怎么样？"李斯年开口就戳贺竹沥的痛处，"陆妍娇，'带哥界'的巅峰啊。"

陆妍娇道："嘿嘿嘿嘿，太客气了，太客气了。"

贺竹沥再次沉默。

教练也跑过来说："妍娇啊，辛苦了，接下来的团队比赛加油，多带带咱家竹沥啊。"

陆妍娇说："会的，会的，没问题，包在我身上。"

贺竹沥道："你们差不多就行了啊。"

陆妍娇见好就收，说："队长你别生气，接下来还得靠你呢。"

贺竹沥扭头看着她："我看你一个人不也打得挺好的吗？"

陆妍娇道："那还不是因为你变成了天使在天上守护我！"

贺竹沥心想，可以的，很会说话。

本来因为江烛不在，大家没指望这第一人称的比赛能得到多好的成绩，没想到陆妍娇超常发挥，竟在最后一场吃了鸡，让她和贺竹沥的组合直接拿了个冠军。这冠军简直像是捡来的，大家的心情都很好。

离开赛场的时候，陆妍娇还遇到了 Gas，他主动过来和陆妍娇打了招呼，神情严肃地说了一句："你很不错。"

陆妍娇被夸得挺不好意思的，挠着头用英语说客套话，还说自己是沾了贺竹沥的光。

谁知道 Gas 似笑非笑："最后一场也是沾了你队长的光？"

陆妍娇道："是啊，要不是他坐在旁边瞪着我，我哪儿来的动力活下去呢。"

贺竹沥沉默。

Gas 笑了起来："你们队里真有意思。"

陆妍娇道："都是我基因遗传得好。"

旁边的队员沉默。

也不知道 Gas 听懂了陆妍娇的意思没有，反正最后她是被贺竹沥给拎走的，被拎走时还觉得委屈，但看到贺竹沥不善的眼神，她终于放弃了挣扎。

能在这样的国际大赛上捧下两座奖杯，已经可以说是意外之喜了。如果说贺竹沥的那座单人奖杯是实至名归，那么陆妍娇拿到的双排赛冠军，其中就包含了太多的运气方面的因素。

不过即便如此，这样的成绩也足够让国内粉丝狂欢。

陆妍娇还不知道国内的情况，因为明天就是最重要的第三人称团体赛，所以队里的气氛有些紧张，大家都摩拳擦掌，想要在比赛里大展身手。

贺竹沥则在当晚和大家再次分析了明天的策略，当然计划是赶不上变化的，谁也不知道明天赛场上会出现什么意外，所以说白了比赛还是得靠临场发挥。

拿了冠军的陆妍娇在旁边高高兴兴地吃零食，听着贺竹沥说的话，时不时点头。

贺竹沥分析完战术后，众人便把目光移到了陆妍娇的身上。陆妍娇被看得莫名其妙，鼓着腮帮子说："你们看我干什么呀？"

"陆妍娇……"李斯年语重心长地说，"这是全球联赛，你得注意一下我们战队的国际形象……"

陆妍娇道："啊？"

李斯年道："所以你明白你在明天的比赛里，有哪些话该说哪些话不该说吧？"他说着话，和佟朱宇一起露出了父亲般慈爱的眼神。

陆妍娇品了一会儿才明白李斯年话中的含意，她哭笑不得道："你们是怕我明天在赛场上叫你们儿子吗？"

李斯年重重点头。

陆妍娇道："唉，既然你们这么怕我们的关系曝光，那妈妈也理解你们一下，明天稍微注意注意。"

莫名其妙又被占了便宜的李斯年沉默了。

最后他还是忍了，心想，算了算了，不和陆妍娇计较，今天多被占点便宜没关系，只要明天在赛场上不出意外就行。

陆妍娇完全不理解自己队友复杂的心路历程，还在那儿傻乐，满心期待着明天的团队赛。

这一晚，陆妍娇睡了个好觉，早晨神清气爽地和队友们一起来到了赛场。

从面容上来看，她大概是睡得最好的一个，而同样是第一次参加国际大赛的佟朱宇则表情略显紧张，上场前一个劲地捏塑料瓶子。

李斯年在旁边安慰佟朱宇，想让队友放松一点，他本来还想安慰一下陆妍娇的，结果人家陆妍娇吃零食吃得津津有味，看样子简直比他们还平静。

"陆妍娇你不紧张吗？"李斯年问道。

"紧张？为什么要紧张？"陆妍娇憨厚地笑道，"我这样的水平，就算输了也不丢人啊……"

李斯年陷入沉默。

也是，谁都没有指望陆妍娇这个被抓壮丁的替补能打出多精彩的操作，把她打败了也没啥成就感，可如果输了……

李斯年想到了昨天被陆妍娇干掉的 Gas，露出不堪回首的表情。

终于到了上场时间，众人从休息室鱼贯而出，走向赛场。

陆妍娇在自己的电脑前坐下，熟练地开机，启动游戏，戴上了隔音效果绝佳的覆盖式耳麦。

主持人开始说开场词，之后简单地介绍了选手。当然，作为昨天大放异彩的 FCD 战队成员，陆妍娇也进入了主持人的解说名单。主持人显然很喜欢陆妍娇，将她狠狠地夸赞了一番。

游戏开始，贺竹沥带着他们从高空落下。

第一局，开局很顺利，他们找到了一个富有的无人房区，前两个圈都在搜集物资，第三个圈时才开始开车跑毒。

陆妍娇的运气从来不会让人失望，一个人就捡了三个三级头外加一个三级甲。

第一局的团队赛，FCD 战队全员表现可以用"无功无过"四个字来形容，杀了一队人，没有死太快，但是成绩泯然众人，只拿了个第十一名。

原因是他们在进毒圈时遇到了另外一队，两队人直接在毒圈外面掐了起来，结果谁也没跑掉。

陆妍娇作为独苗苗苟延残喘，好不容易进了安全区，结果一进去就遇到了另外一队，最终惨死枪下。

第一局拿下第一名的居然是某个国内战队，这战队陆妍娇有印象，就是那个和贺竹沥闹矛盾的小坦所在的战队。

他们上台被采访的时候，陆妍娇就在后台看着，说："居然是他们赢了耶。"

"他们战队的实力不差。"李斯年说，"小坦其实也挺厉害的，就是不听指挥，当年要不是这毛病，也不会被贺竹沥踢出队伍。"

都是十几岁的年轻人，自然是年轻气盛，谁也不服谁。但是贺竹沥的实力还是被大家认可的，不然也当不上队长。

小坦脾气暴躁，完全不听管教，后来渐渐和贺竹沥产生了矛盾，最终导致了杀队友事件的发生。反正当时这事闹得很僵，小坦也和贺竹沥彻底决裂。

贺竹沥坐在旁边听着李斯年"科普"，不置可否，只在最后不咸不淡地来了句："不听指挥的人不配当我的队友。"

李斯年闻言笑了起来："是啊，你就喜欢听话的。"说着还看了眼陆妍娇。

陆妍娇道："你看我干啥啊？有本事你不听啊。"

李斯年道："我没本事。"

陆妍娇心想：你真不要脸。

他们正说着话，却听到电视里传出来了一句中文："谢谢我现在的战队给了我这样的机会，让我证明了自己。"这是小坦的声音，"我学会了很多，比如要感谢侮辱我的人，因为他们，才有了今天这样的我。"

李斯年一听就觉得这话不对味："他什么意思呢？"

结果小坦的下一句话就是："特别是 FCD 的队长 Puma，我真的很感谢他。"

如果说之前的话还只是隐晦，那这句话完全就是明示了，众人都皱起了眉头，没想到小坦会在这样的场合里故意挑衅。

这主持人是个外国人，不是很了解国内的情况，于是好奇地问小坦为什么要感谢别的队伍。

而小坦则语调轻松地将他们在国内发生的事简单说了一下，当然，他自然是避重就轻，淡化了自己行为的后果，重点说了贺竹沥因此被禁赛的事儿。

李斯年听完忍不住骂了脏话："他神经病啊，跑到这儿来说这个，况且他还没赢呢，一副胜利者的姿态是想干吗？"

贺竹沥双手抱胸，冷漠地看着屏幕，虽然没说话，但熟悉他的人都能看出来，他这是生气了。

"走了。"采访结束后，贺竹沥起身准备进入赛场。

李斯年道："就让他这样乱说？"

贺竹沥道："让他逞一时之快又如何？最后站在台上的，还不一定是谁。"

李斯年点点头："对，等我们拿了冠军非打烂他的脸。"

陆妍娇也在旁边捏着拳头恨恨地点头。

第二场比赛开始，FCD战队全员斗志昂扬。

这次贺竹沥选择了更加稳妥的跳伞地点，他的求胜欲望高涨，状态极好。李斯年也是如此，唯一的问题就是佟朱宇，他是全队里最紧张的那个，第二场刚开赛，额头上的汗水就一直往下淌，已经擦了一桌子的餐巾纸。

"你没事吧？"陆妍娇看着佟朱宇的状态有点担心，她没想到他的心理素质居然这么差。

"没……没事。"佟朱宇咽着口水，完全不像是没事的样子。陆妍娇把水拧开递给他："你不要想太多，实在不行跟着我'苟'就成，胜败乃兵家常事，不要太有压力。"

佟朱宇点头，咕咚咕咚把一瓶水灌下去后，似乎才稍微好了点，他伸手抹了一把脸，道："我没事了，你不用担心我。"

陆妍娇见他状态缓过来了些许，道了声"好"，便继续搜房子去了。

这次贺竹沥选择的是稳健打法，团队资源会比较少，因为绕开了大部分富有的城区。但是很好的一点就是不容易遇到人，名次可以比较靠前。

每个队伍的风格都是不一样的，有的彪悍激进，有的冷静稳重，不同打法的效果也不一样。

彪悍激进的虽然容易损失队友，却能获得更好的装备；而冷静稳重的虽然都能苟活下来，队员却会缺医少药，一旦打起消耗战那就是等死的节奏。

这局他们太穷了，全队加起来就三个急救包，陆妍娇把包分给他们后，身上只带了二十多个绷带。

"我好穷啊。"陆妍娇泪流满面，她玩了这么久了，第一次如此清晰地体会到了贫穷的滋味，"我现在穷得一点求生欲都没有。"

　　"是啊！"李斯年说，"自从你来到我们队伍之后，我也好久没有这么穷过了。"

　　陆妍娇惊了："什么意思，意思是以前经常这样？"

　　李斯年扬声长叹，语气里充满了沧桑："家常便饭。"

　　陆妍娇心想，你们都是怎么熬过来的啊！

第十一章
胜利的果实

　　在陆妍娇来到这个团队之前，大家早就习惯了紧紧巴巴地过日子，一个绷带都得省着用。那些年里，李斯年已经不记得有多少次，他和队友们在安全圈里悲伤地分着最后三十发子弹，互相安慰说没关系，只要打一场就好了。结果经常是他们辛辛苦苦把敌人杀死之后，一舔包，发现敌人比自己还穷……

　　第二局比赛里，仿佛陆妍娇的幸运光环不起作用了，四人搜完房区，子弹一共加起来不到两百发，更惨的是李斯年连把步枪的影子都没看到，离开资源区时手里还拿着把 VSS——这枪在游戏里也挺有名的，被称为水枪，这称呼非常贴切，因为这枪的伤害很低，打在别人身上简直可以用不痛不痒来形容。

　　"好惨啊！"李斯年坐在车上哭，"为什么这把这么穷！"

　　陆妍娇安慰道："别哭了，别哭了，至少咱家还有辆车嘛。"

　　结果她刚说完，坐在驾驶室里的贺竹沥就问了句："你们带油了吗？"

　　陆妍娇这才看了眼左下角的油量表，发现这车居然快没油了……

　　往前开了几百米，他们贫穷家庭里唯一的贵重财产也宣告报废，四个衣不蔽体的人只好下了车，继续徒步前行。

　　陆妍娇穷得神志不清，发现敌人踪迹的时候激动得直跳，说："你们看到了吗？前面有几个野生的敌人，他们的营养好像很丰富的样子。"

　　贺竹沥本来是想打的，但是碍于他们的装备实在是太差了，于是决定进了安全区再和对方战斗，补充一下营养。结果谁知道跑着跑着前面一队就和另外一个队相遇了，打了个昏天黑地，最后两队双双惨死，只剩下一个可怜的残血。

　　接着，他们四人就开始对着仅剩下的那个敌人流口水。

　　"上。"此时不打更待何时，贺竹沥一声令下，四人就像疯狗一样冲了上去，把最后剩下的那个敌人杀死了。

　　最后那个兄弟死的时候估计是一脸茫然，没想明白到底是从哪里跑出来的四个人。

　　舔完了整整八个盒子，大家终于没那么穷了，然而李斯年还是最惨的那个，居然连个一级头都没找到，还顶着个红色的大爆炸头。

　　舔了八个蛋白质丰富的敌人盒子，众人的装备终于得到了质的提升，虽然没提升到哪里去，但至少把身上的水枪和小手枪换了下来。

　　大家有了装备，心中好歹有点底气，打算找人大干一场。结果也不知道是运气好还是运气差，反正他们这一路别说人了，连个鬼影都没见到一个。直到最后被团灭的时候，他们才看见了敌人的身影。

　　陆妍娇道："前方有敌情！"

　　李斯年道："身后有敌情！"

　　贺竹沥道："左边也有人。"

　　佟朱宇道："……右边好像也有。"

　　有些东西不来的时候是一点也没有，来的时候就如同潮水一样一涌而上，四人被彻底包围，几分钟后成了几个孤独的盒子。

　　不过就算是死得贼惨，但他们这把还是拿到了前五的成绩。在休息室休息时，陆妍娇注意到这把小坦他们的队伍成绩很普通，但鉴于他们第一把吃鸡了，所以如果 FCD 想要超过他们的积分，在最后一场比赛里也必须得吃鸡。

休息时间，众人进行了深刻的反思。

反思的内容全是关于陆妍娇的光环为什么不见了，是不是她背着大家去保佑别人了。陆妍娇悲愤地说自己心里只有 FCD，根本没有看别的队伍一眼。

李斯年则无情地指出："你打比赛的时候明明看了 Gas 好几眼。"

陆妍娇道："我没有。"

李斯年道："不信我们回去看录像。"

陆妍娇道："……好吧，我就看了两眼，就两眼。"

谁叫团队赛 Gas 就坐在离她不远的地方呢，一抬眼就能看到，她最后没把持住，偷偷地看了 Gas 几眼，结果还被李斯年发现了。

李斯年道："我有理由相信你是身在曹营心在汉，我们队长还不够好看吗？你居然还想着别的男人！队长，你笑一个啊，笑一个告诉陆妍娇你是最美的。"

贺竹沥道："李斯年你皮痒了？"

李斯年开始学着陆妍娇嘤嘤嘤。

十几分钟的休息时间里，大家也没总结出什么问题。毕竟上一局那糟糕的运气，再好的策略也没什么用处。

第三局开场，陆妍娇上飞机之后就开始祈祷，希望这把的运气好一点，还发誓再也不看 Gas 了。祈祷完之后她还偷偷地看了眼坐在她旁边的贺竹沥，感叹贺竹沥果然长得好看，和 Gas 比也丝毫不逊色。

贺竹沥察觉到了陆妍娇的目光，不咸不淡地看了她一眼："怎么？"

陆妍娇道："没没没，我只是觉得这把我们的运气应该会很好。"

结果就好像是在证明陆妍娇的确是幸运之神一样，她落地的那间屋子里出现了两个三级头，外加一把 98K，她喊道："嗨，落地三级头、98K！谁要？"

李斯年赶紧冲了过去，激动地表示："陆妍娇你真是幸运女神！"

陆妍娇道："别叫我女神！"

李斯年道："那叫你什么？"

陆妍娇道："喊妈啊。"

李斯年沉默。

"幸运妈妈"陆妍娇，用无私的母爱疼爱着队里三个凄惨的孩子，不但帮他们找齐了三个三级头，甚至还帮李斯年配满了他心爱的 M416，让众人都沐浴在了爱的光环下。最过分的是陆妍娇不敢调戏贺竹沥，于是专门调戏李斯年。李斯年吃人嘴软，拿人手短，只能咬着牙忍了。

"FCD 这把运气不错啊，队里三个三级头，两个三级甲。"画面切到他们身上时，主持人都有点惊了，"这刚开场，装备居然就这么好了。"

"是啊。"另外一个主持人应和，"想想他们上把运气那么差，可能是时来运转了吧。"

到底是不是时来运转了没人知道，反正陆妍娇这把心里只有 FCD，没敢再偷看 Gas。

第三场比赛，大家都打得比较谨慎，有时候遇敌甚至会互相避开，这导致在倒数第四个圈的时候整个地图甚至还有四十多个人，只要一开始刷圈，估计人数会疯狂锐减。

贺竹沥早就料到了这样的情况，带着四人提前进了安全区。这安全区是麦田和山脉的交界处，最后安全区刷在哪里还是个未知数，陆妍娇祈祷一定不要刷在麦田里，她最讨厌麦田圈。

或许是她的祈祷起了作用，这圈真的一路奔着小山坡去了。小山坡上有几座矮小的房屋，不太适合守在里面，因为一旦进去了就很有可能再也出不来。贺竹沥选了个反斜坡当作掩体，四个人往不同的方向一趴，开始等着狙击进圈的人。

第三个安全区一开始刷，周围就响起了噼里啪啦的声音，四面八方企图进入安全区的队伍纷纷遭难，运气好的可能只是损失一两个成员，运气不好的，那就是全员被灭了。

陆妍娇看着右上角的人数一路锐减，不过短短几分钟的时间，从四十五变成了二十一，看起来还有继续减少的可能。

而他们全队则美滋滋地躺在草丛里，仿佛身在与世无争的世外桃源一般。

安全区刷完后，人数最终落在了十七这个数字上。

"怎么又刷到麦田那边了？"陆妍娇看了下地图，嘟囔着，"不会又是麦田战吧？"

"希望不是，"李斯年说，"我最讨厌麦田战了。"

"我也是。"陆妍娇表示赞同。

"走。"贺竹沥下了命令，"沿着右边的交界处，慢慢往那边摸，可能要遇到人了。"

陆妍娇点点头，跟着贺竹沥的步伐慢慢往前，结果果然如贺竹沥所料那般，没走几步，他们便遇到了一队满编的敌人。

这场遭遇战无可避免，唯有杀出一条血路，才能通往胜利的方向。

两队一相遇，便是激烈的交火。

这时毒圈刚好开始刷，FCD必须一边和对面对枪一边跑毒，情形非常不利。陆妍娇在对枪这样的场合实在帮不上什么忙，于是闭闭眼，咬咬牙，扔出一个手雷后就一个劲地往安全区里面冲，只想着赶紧进圈，再处理掉外面的敌人。

谁知道当她进圈之后却发现李斯年和佟朱宇都已经倒在了地上，敌人竟还剩两个，这两人没有发现从身后绕过去的陆妍娇，还在专心致志地卡着贺竹沥的位置。陆妍娇见状心中一急，直接掏出枪对着敌人就是一梭子子弹。她发誓她的枪法从来没有这么好过，枪口一点也没有抖，瞬间便将面前的两个敌人扫倒在地。

但她的动作还是慢了一点，贺竹沥在她杀掉敌人的同时也倒在地上，因为是第二次倒地，他的血眼看就要见底了。而此时他们刚好在麦田的边缘，如果她跑过去救贺竹沥，是件极为危险的事情。

"Puma 也倒地了！看血量马上就要死了，看来是救不起来了……"主持人解说着这惊险的一幕，"经过这场遭遇战，FCD 马上就要只剩下小花儿这棵独苗苗！等等，小花儿怎么在往那边跑……她难道要去扶贺竹沥？我的天呐，还真让她扶到了。"

"别扶了。"贺竹沥在此时却发出了命令，"放手，自己趴到草丛里去。"

这个圈还剩下六个人，还没有出现对抗的枪声，对面极有可能是一队人。陆妍娇趴在草丛里丢丢雷或许还有机会，现在蹲在旁边扶人，简直就像一个活靶子。

陆妍娇却没动，固执地按着键盘上的 F 键，嘴里不住地嘟囔着什么。

贺竹沥仔细一听，才发现她一直在念："看不见我，看不见我，看不见我。"

贺竹沥心想，你怎么那么可爱。

救起人需要九秒时间，这九秒在这一刻被无限地拉长了，仿佛下一刻就会有一颗子弹射进不能动弹的陆妍娇的脑袋里。

贺竹沥没有再劝，看着屏幕上的画面，握着鼠标的手微微用力。

三、二、一……当倒计时结束，贺竹沥操控的人物再次从地上站起来时，连主持人都发出了感叹："居然真的救起来了，我们的小花儿胆子特别大啊，让我们看看现在场面上的情况，还剩下六个人，一共三个战队，这次中国队的成绩很好，居然有两个队伍都进入了决赛圈，只是不知道谁能夺得桂冠。"

决赛圈的两支中国队伍，一支是 FCD，另一支就是小坦所在的战队。

当然，现在双方都不知道对方的身份，直到枪声再次响起——小坦的队伍和剩下的那支欧洲队伍相遇，双方都暴露了所在的位置。

贺竹沥被陆妍娇救起之后，趴在草丛里迅速地将自己的血量补满了。

陆妍娇松了好大一口气，在旁边默默地擦着冷汗。

贺竹沥道："看清楚位置了，正 W 方向，准备扔雷。"

陆妍娇"嗯"了声。

两人便从怀中掏出雷，朝着那个队伍所在的位置扔了过去。陆妍娇扔完之后，听到贺竹沥道："准备起身，吸引火力。"

"好。"陆妍娇乖乖听话。

"起。"贺竹沥这话一出，她便由趴改为蹲，对着被雷炸出来的敌人就是一通扫射，当然命中率并不高，贺竹沥的目的也不是为了让她打中人。就在敌人集中火力攻击陆妍娇的时候，趴在旁边的贺竹沥精确定位出了他们的位置，抬手，掏枪，轻松爆头。

屏幕上刷新了击杀信息，陆妍娇被打倒在地，看见信息后却乐了起来："对面是小坦的队伍！"

此时场面上只剩四人，两人幸存，幸存的人便是小坦和贺竹沥。

"没想到昔日队友居然在决赛圈里相遇了，这是上天的安排啊！"主持人也对如此巧合的一幕感到无比惊讶，他道，"他们两个很有默契地直接站起来了，打算就这样对枪？不愧是昔日的队友，这都能想法一致——"

贺竹沥和小坦一言不发，竟同时从草丛里半蹲起来，紧张的气氛一触即发。陆妍娇在旁边怕得没敢说话，在这一刻，她仿佛听到了子弹出膛、刺破空气的尖锐声音，接着双方的身上都爆出了一簇红色的血雾，画面在下一刻跳转——进入结算面板了。

"这是双双爆头吗？"主持人的声音尖得吓人，"让我们再看一遍慢放！"

慢放的画面里，可以清楚地看到，贺竹沥和小坦几乎是同时出手，同时爆头，然而贺竹沥开枪的速度快了零点零几秒的时间，在小坦的脑袋爆出血雾的同时，他的头部也中了一枪。

在这时，游戏里的一个特殊判定起了至关重要的作用——死亡的玩家射出的子弹是没有伤害的。

小坦被爆头的那一刻就代表了他射出的子弹已经无法杀掉贺竹沥。

陆妍娇取下耳机，茫然失措了几秒钟才意识到他们真的拿下了这场比赛。

李斯年和佟朱宇的欢呼声就在耳边。

"我们赢了吗？"陆妍娇发问。

"赢啦！赢啦！"李斯年高兴得差点没跳起来，鬼知道小坦和贺竹沥对枪的时候他有多紧张。这换别人还好，如果是输给小坦，不光是他，怕是贺竹沥都会气得要死。

"我们赢了！"李斯年道，"今年的奖杯是我们的！"

陆妍娇回过了神，露出灿烂的笑容："耶！"

他们拿下这一局，也意味着团队赛的冠军花落 FCD。作为积分榜排名第一的队伍，他们终于可以自豪地捧起那座漂亮的金色奖杯。

接下来是冠军队伍的采访环节。

贺竹沥作为队长，自然是被采访的第一对象。

他早就习惯了这样的场合，全程落落大方，言语间也是滴水不漏。只是在后半段的时候，主持人问了句："在最后一场比赛里，遇到了昔日队友小坦，你有什么话想对他说吗？"

陆妍娇听了之后心想：这主持人也是相当喜欢"搞事"了。不过倒也正合了贺竹沥的意。只见他握着话筒，神色淡漠，开口就是一句："我们 FCD 把人踢出战队只有一个原因，就是那个人太菜了。"

全场发出嘈杂的笑声，似乎惊讶于一向内敛的贺竹沥会说出这么一句不留情面的狠话。

"我觉得 Tank 问题很大，"贺竹沥说，"如果他在最后时刻没有站起来和我对枪，可能站在这里的就是他们队伍。我相信他们队长判断局势的实力，当然最后 Tank 有没有听指挥，就另当别论了。"

冠军接受采访的时候，小坦他们队就在旁边，陆妍娇清楚地看到，他脸色变得极为难看，旁边队员们的神情也有些微妙，似乎还有人在低声抱怨什么。难道贺竹沥的话说对了？最后那一刻是小坦没有听从队长的指挥，而选择了和贺竹沥对枪……

"不过最后还是要谢谢他，"贺竹沥笑了起来，"毕竟如果没有他，大家也就看不到这样一场精彩的比赛了。"

小坦听了这话估计会想骂人，陆妍娇心里想着，这事儿也不能怪贺竹沥嘴下不留情，如果不是第一局结束后小坦故意放了狠话，贺竹沥估计理都懒得理他。

掌声，灯光，欢呼，漂亮的奖杯。

这一切都是那么的美妙，陆妍娇站在队伍中间，对着镜头露出幸福的笑容。

采访结束之后，大家回到了后台。

教练等后勤人员纷纷发来了祝贺，队伍里一派欢乐的气氛。就在这时，贺竹沥的手机突然响了起来，他看了眼上面的电话号码，沉默片刻后才接通。

"喂。"贺竹沥的声音不太友好。

不知道那边说了什么，他又道了句："在哪儿？"

陆妍娇就坐在旁边，正欲问是谁，便看见贺竹沥直接挂断电话，匆匆出门去了。

陆妍娇看见他的表情，总觉得心中有些不安。她犹豫了一会儿，还是悄悄跟着贺竹沥溜了出去。

这异国他乡的，谁会给贺竹沥打电话？

陆妍娇带着这样的疑惑，跟着贺竹沥左拐右拐，眼见目的地就是场馆旁边的天台，她躲在门边，看见贺竹沥走向天台，而此时天台上已经站了一个人——小坦。

"贺竹沥……"小坦说，"你不是想知道付成舟为什么会开挂吗？"

贺竹沥点了一根烟，没有说话。

"我告诉你吧，"小坦的声音不大，说出来的话却让人觉得浑身冰凉，"是我让他开的，连外挂也是我提供给他的。"

贺竹沥道："真的？"

小坦笑了："自然是真的。"

贺竹沥把烟灭了。

小坦道："我说过，你踢我出队是要付出代价的——"他话才说了一半，便挨了重重的一拳。贺竹沥骂了句脏话，又挥出重重的一拳："王郊，我今天倒要让你看看，什么是代价！"

陆妍娇在旁边恨得咬牙切齿，恨不得自己也冲出去踹那人两脚，几巴掌打死他！

贺竹沥揍小坦时当真是一点没留手。小坦身形瘦弱，打起架来完全不是贺竹沥的对手，被贺竹沥按在地上，毫无反抗之力。

陆妍娇也就是激动一会儿，见贺竹沥揍了几拳还没打算停手，赶紧冲了出去，道："队长，行了，别把他揍得太狠了！揍出事儿了就不好了！"

贺竹沥没想到陆妍娇也在，手上的动作微微停顿片刻，但还是对着小坦又来了一脚。他似乎对打架这种事很在行，打的位置全是身上一些不会有明显痕迹又特别疼的地方，小坦被揍得跟只虾米似的，整个人蜷缩在地上，嘴里直叫唤。

"王郊你真不是东西，"陆妍娇在旁边骂，"让付成舟开挂这种事都做得出来。"

小坦被陆妍娇骂了，居然也不生气，冷笑了一声，道："他自己活该。"

"他知道你说他活该了？"陆妍娇总感觉付成舟决定退役离开电竞圈的时候，似乎和小坦的关系并没有太差，如果小坦以现在的态度对待付成舟，那两人绝不可能还是朋友。

果不其然，面对陆妍娇的质问，小坦不说话了。

"走吧。"贺竹沥说，"看见他就恶心。"

"好。"陆妍娇点点头。

接着两人便转身离开，而被打倒的小坦则慢慢从地上爬起来，对着两人的背影露出阴毒的神情。

陆妍娇走后还是有点担心，贺竹沥出手时一点情面都没留，肯定在小坦身上留下了痕迹。

贺竹沥却好似知道陆妍娇在担心什么，他伸手在陆妍娇的脑袋上轻轻拍了一下，道："不用担心，我有分寸。"

陆妍娇道："可是如果这件事被曝出来……"

贺竹沥道："既然我去赴约了，就有准备。"他淡淡道，"有些事情总不能两全。"

陆妍娇"嗯"了声。

结果当天晚上，一行人在吃饭的时候，队里的教练就接了个电话，他本来还在笑着，接完电话之后脸色马上变了，转头看向贺竹沥，语气格外严肃，道："贺竹沥，你跟我出来一下。"

"嗯。"贺竹沥起身。

平时教练很少叫贺竹沥的全名，基本上和家长一样，一叫全名肯定是大事儿。大家脸上都露出疑惑和担忧，不明白发生了什么。

陆妍娇知道这事瞒不了，咬咬牙把下午遇到小坦的事情告诉了李斯年和佟朱宇。

佟朱宇还好，李斯年一听就炸了，连骂了一串脏话，撸起袖子就想出门。

陆妍娇道："你要去哪儿啊？"

"我去揍他！"李斯年比贺竹沥反应还大，陆妍娇严重怀疑如果小坦找的是他，估计当场就会被揍得半死不活。

"冷静一点。"陆妍娇说，"我怀疑王郊就是故意激怒贺竹沥，你看竹沥现在被叫出去了，肯定是因为这件事。"

"那怎么办？"李斯年有点烦躁，"他打了王郊，肯定是会被处罚的。"

陆妍娇皱着眉头，也不知如何是好。

几十分钟后，生气的教练和面无表情的贺竹沥回到了桌旁，教练把手机一摔，说："你非要和我犟是吧？"

贺竹沥道："我不可能和他道歉。"

"教练……"李斯年正欲说话，就被教练一个眼神瞪回去了，教练被气得不轻："怎么着你，你是不是也想来两拳，和贺竹沥一起被禁赛？"

李斯年只能偃旗息鼓。

贺竹沥拿了根薯条慢慢地吃，道："道歉是不可能的，要禁赛就禁吧。"

教练道："我看你皮痒了是吧？"

贺竹沥却笑了，他的笑容有点冷漠，看起来格外瘆人："禁赛而已，又不是没被禁过，王郊打的什么主意我还不知道？不过他既然敢这么做，就别怪我和他搞个鱼死网破。"

教练说："你想干吗？"

贺竹沥从兜里掏出手机，调出了一段录音。录音不长，就是下午贺竹沥和王郊对话的内容。

教练听后脸色也黑了，跟着贺竹沥骂了一句脏话。

"不打他是不可能的，"贺竹沥说，"我忍不住。"

陆妍娇第一次清晰地意识到贺竹沥才二十一岁，或许是职业生涯让他早早地成熟，但仔细想来，如果按照正常的成长轨迹，他也不过是个大学生而已。

"这录音可以操作一下，"教练说，"传一份给我。"

贺竹沥道："好，我本来想明天比赛的时候发，现在看来好像不用了。"

"明天好好比。"教练说，"禁赛的事还没定下来，明天最后一场，虽然没那么重要，但到底是国际联赛，给我拿个不丢人的成绩。"

明天是全球联赛最后一场，第一人称四排赛，因为第一人称在国内的关注度并不高，所以选手们的压力也很小。

"那录音呢？"贺竹沥问。

"你们啊，还是太年轻了。"教练叹着气，把录音存进了自己的手机，说，"这录音肯定不能由你来放。妍娇，这次的'白莲花'就你来当了。"

陆妍娇一听有自己的戏份，瞬间来了精神，挺胸抬头："好好好，我要怎么做？"

教练道："很简单，等到明天比赛结束，你就把这录音发到微博上，就说自己悄悄录的，不用解释太多，让大家自己去听就行。"

陆妍娇点头。

"唉，你们呀，到底还是小孩儿。"教练叹了口气，跟照顾孩子的父亲似的，对贺竹沥说，"你不用想太多了，我打听了，小坦伤得不重，等着这录音出来，估计官方罚你不会罚得太狠，最多三个月。这三个月，你就给我好好反省一下。"

贺竹沥乖乖点头。

于是这事情就这么定了。

第二天第一人称四排，FCD 的成绩排在第七，基本是无功无过。Gas 的战队则拿下了这场比赛的冠军，他似乎也听到了什么风声，在比赛结束后亲自慰问了贺竹沥。

不过说是慰问，其实也就是简短的对话。

"明年还能看见你吗？"

"三个月。"

"一路顺风，明年见。"

"好。"

陆妍娇这会儿玩着手机，等 Gas 走后，便把自己编写的微博给教练检查了一遍。

教练看后满意地点点头，称赞陆妍娇孺子可教，还说比贺竹沥那个不撞南墙不回头的铁头娃强多了。

于是陆妍娇深吸一口气，按下了发送键。

微博简单地叙述了一下昨天发生的事，在这个信息爆炸的时代里，贺竹沥打人的消息当天就传回了国内。当然，主办方还没有进行报道，粉丝们也将信将疑，但她这条微博一出，就坐实了贺竹沥所做的事，同时也揭露了小坦的所作所为。

微博一发，瞬间爆炸，陆妍娇手机直接被刷出来的评论卡死了，不过几分钟的时间，转发评论数直接过千。

陆妍娇也没想到大家的反应会这么大："怎么会这样啊？"

"唉，你还是小看了噗神的人气啊。"李斯年坐在旁边，早就料到了这一幕，"你昨天没刷微博吧？他不是才拿了冠军吗，结果直接出了这事儿，本来圈里的人都等着看笑话呢，谁知道冒出来你这么个搅局的。"

毕竟贺竹沥的地位和脾气摆在那儿，有人喜欢，自然有人讨厌。

"噢。"陆妍娇点点头，把卡死的手机关了机。

李斯年很是佩服陆妍娇，道："你把手机关机了？你就不好奇他们都说了什么？"

陆妍娇道："有什么好奇的，他们说什么都影响不到我。虽然贺竹沥被禁赛，小坦肯定也凉了。"

李斯年道："那是他活该。"

于是这天晚上的微博成了《绝地求生》比赛的战场，王郊的微博下面一晚上出现了十二万的评论，百分之九十都是骂他的，还有百分之十是看热闹的。贺竹沥直接关掉了微博评论的权限，目前还没有受到太大的影响。不过他打人这件事儿还是有点余波，有玩家表示不应该支持这样的暴力行为。

这下好不容易从退役风波里平静下来的付成舟再次被卷入了打人事件，只是这一次他成了受害者。

"只是不知道贺竹沥要被罚什么。"陆妍娇想到这事儿就不开心了，哼哼唧唧地问。

李斯年说："唉，这事儿也急不来，等着吧。"

于是两人便瘫在桌子上，等着刚才跟着教练出去了的贺竹沥回来，且在心中祈祷他不要被官方罚得太惨……

如果说贺竹沥打人的事情只是让电竞圈起了波澜，那么陆妍娇发出来的录音，就是一场狂风暴雨了。

好在此时全球联赛已经走到尾声，FCD 战队力挽狂澜，豪取三个冠军奖杯，也算是给了粉丝们一个交代。比赛结束第二天，众人便踏上了回国的旅程。没想到到达国内机场的时候，他们竟被粉丝们给堵了。

陆妍娇看见机场接机的地方围了一圈人时还在和李斯年说："这是有哪个明星要来了吗？"谁知道走近了才发现他们举着的横幅上居然印着 FCD 的名字，陆妍娇被这一幕惊到了，说，"他们居然是来接我们的啊？"

李斯年纠正了陆妍娇的错误："你错了，他们是来接贺竹沥的……"

陆妍娇沉默。

事实还真是如此，几人一出现，众人便呼喊起了 FCD 的名字，其中噗神的呼声最为响亮。陆妍娇本来以为这么做的只有女粉丝，然而她发现里面吼得最厉害的，居然是一堆男粉丝……

"噗神，我爱你，你好帅啊！"这是男粉丝的台词。

大约是声音大小的差别，反正陆妍娇一路走过来只听见了男粉丝的声音，可爱的姑娘们全部被挤到了后面。

最后大家好不容易挤上了来接机的大巴，都露出死里逃生的表情，李斯年说："今年还算好的，去年贺竹沥被扯掉了一件外套……"

陆妍娇被李斯年的话吓到了："还能这样？"

李斯年道："那可不，喜欢贺竹沥的，无论是男粉丝还是女粉丝都有点疯，反正我是挺怕的。"

陆妍娇悄悄地看过去，发现贺竹沥脸上没什么表情，但是她清楚地记得，上车的时候贺竹沥死死地抓着自己的外套，一副饱受蹂躏的模样。

看起来他也是十分的惹人疼爱了，陆妍娇如此想着。

回国之后，贺竹沥很快就被官方的人请去调查打人事件了。

一起被请过去的还有陆妍娇，她当时还瘫在家里和自家好久不见的乌龟促进感情，没想到官方的人直接找上门来了。

"请问是陆妍娇吗？"来人是个三十多岁的男人，"我们是《绝地求生》官方工作人员，关于选手贺竹沥的事情，我们想找你了解一下。"

陆妍娇道："他不是已经过去了吗？"

男人道："是的，但是还有些事情需要你配合一下，请问你有没有时间？"

陆妍娇点点头。

男人说："那麻烦你跟我们过去一趟吧。"

陆妍娇检查了一下男人的工作证件，确定他的确是官方工作人员后，才和他一起上了车，前往了《绝地求生》驻在中国的基地。

到达基地后，陆妍娇被领着上了二十楼，一进屋子就看到了神情淡漠的贺竹沥和满脸愤怒的王郊。

"你好，陆小姐。"问话的是个韩国人，虽然中文非常的流利，但是还是能听出韩语的口音，"我们有些事情想和你了解一下。"

陆妍娇点点头。

"请问是你录下那些录音的吗？"负责人问。

"是的。"陆妍娇回答。

"请问你是在什么情况下录下的录音？"负责人又道，"可以描述一下当时的具体情况吗？"

陆妍娇说："当时我看到贺竹沥出了门，表情不太对，有点担心，便悄悄地跟着他一起出去了，结果就遇上了这样的一幕。"

"你为什么要悄悄地跟着他出去？"负责人说，"为什么不去直接问他发生了什么事？"

"万一他不告诉我呢？"陆妍娇道，"况且我只是担心队友……"

"他们都是算计好的！"王郊在旁边怒道，"他们是故意诱导我，这录音也剪辑过，真相根本就不是这样的！"

陆妍娇心想：你居然还敢说话啊，没被贺竹沥揍够吗？她刚这么想完，贺竹沥就冷冷地瞪了一眼王郊。大约是真的被打怕了，王郊不甘心地闭了嘴。

"之后你就在外面录了音对吧？"负责人在记录什么东西，"你愿意再解释一下为什么要偷偷跟着贺竹沥吗？"

陆妍娇没想到他们会在这件事上纠结，她知道如果王郊的说法被采信了，那么贺竹沥的禁赛绝不可能只有三个月。陆妍娇脑袋转得飞快，瞬间有了点子，她的表情哀伤起来，眼眶里开始充斥着泪水："你一定要逼我说吗？"

负责人被陆妍娇的反应吓了一大跳："陆小姐？"

"好吧，我说就是了。""戏精"学院的高才生陆妍娇小姐，此时终于有机会发挥一下自己万分之一的实力，她眼含泪水，表情痛苦绝望，"好，我说。我暗恋贺竹沥，他不喜欢我，所以我没敢去问他，只敢悄悄地跟出去。"她一边说着一边抽泣了起来，肩膀微微耸动，看起来楚楚可怜，很是让人心疼。

贺竹沥的表情有一瞬间的凝滞，但很快他就拿起了属于自己的剧本，神情变得不耐烦起来："我不是让你别说出来吗？"

"我也不想啊。"陆妍娇哭得梨花带雨，"可是如果不说，你被冤枉了怎么办？"

负责人显然也没想到会有这么一段爱恨情仇在里面，他干咳一声，神情有点尴尬，伸手递给了陆妍娇一张纸巾。

陆妍娇还在哭："我知道你讨厌我，可是你为什么不想想，如果当时我没有跟着你录下那些录音，王郊会怎么冤枉你。"

贺竹沥沉默了。在别人看来他是在默认陆妍娇说的话，而陆妍娇心里却很清楚，估计他是不知道该怎么接戏了。

唉，到底是年轻人啊！老戏骨陆妍娇在心里遗憾地感叹。

王郊还欲继续争辩，负责人最终却采纳了陆妍娇的证词，相信了她是一个苦恋不得的少女，在跟踪暗恋对象的时候，无意中录下了贺竹沥和王郊对话的内容。当然，录音还得进行检查，看有没有剪辑过的痕迹。

对于这点，贺竹沥和陆妍娇都很放心，毕竟他们没对录音动过手脚。

最后离开基地的时候，陆妍娇都一直在哭，哭得那个负责人都愁了，一个劲儿给贺竹沥递眼神，示意：你哄一下啊。

然而贺竹沥很不耐烦："她哭够了就不哭了。"

负责人闻言，眼神里露出谴责的表情，居然从兜里掏出了一颗糖，递给了陆妍娇。

陆妍娇吃了糖后才勉强露出笑容，感动地道了声谢。

接着两人打车回家。

在车上，陆妍娇还沉迷剧本不可自拔，哭着对贺竹沥说，能不能不要打掉孩子，她愿意生下来，愿意自己养。

贺竹沥一副无所谓的表情，然而这表情被司机看在眼里，则变成了"渣男"的象征。于是热心的司机叔叔说了贺竹沥好几句，其内容都是类似于：小姑娘不要想不开，三条腿的蛤蟆不好找，两条腿的人不哪里都是吗？他还劝贺竹沥，说要珍惜眼前人。

最后贺竹沥实在是受不了了，说："你差不多就行了吧。"

陆妍娇道："嘤嘤嘤，我怀孕了，你居然对我这么不耐烦。"

贺竹沥道心想，好好好，你戏多，你赢了。

反正这一路下来，陆妍娇演了不少戏，最后意犹未尽地下了出租车。

贺竹沥走在前面，她跟在后头，说："老贺啊，咱们晚上吃什么？我不想吃外卖了，外卖对孩子不好。我好歹是个孕妇，你就不能照顾我一点吗？"

贺竹沥突然转身，一脸严肃地走到陆妍娇面前。

陆妍娇被贺竹沥吓了一跳，以为他生气了，正打算道个歉说自己不玩了，谁知道他居然直接半蹲下来，把耳朵贴到了她的肚子上："乖，别闹妈妈了。"

陆妍娇沉默。

然后贺竹沥起身，扶住了陆妍娇的肩膀："小心点。晚上想吃什么？我给你做。"

陆妍娇心想，老贺你也是个"戏精"啊。

两人演了一路，到家之后才放下"戏本"。陆妍娇躺在沙发上，摸着自己多了一圈肉的小肚子，嘟囔着好像真的怀孕了。

　　贺竹沥穿着围裙正在给她做饭，随口来了句："如果吃东西也能怀孕，你早就该生了。"

　　陆妍娇沉默。

　　晚饭是贺大厨亲手做的，味道相当好，陆妍娇吃得"孩子"又大了一个月。她吃完之后，缩在沙发上刷微博，结果刷着刷着刷出来了一条《绝地求生》内部人员的消息，消息的核心内容大概是，高层已经决定不会从重处罚贺竹沥了，但是没想到小花儿和噗神居然有一段爱恨情仇，面对小花儿如此可爱的姑娘，噗神居然都如此无情，他们很有理由怀疑一下噗神的性取向。

　　"哈哈哈哈哈哈……"陆妍娇看到这条消息时眼泪都笑出来了，还大声地招呼贺竹沥来看。

　　贺竹沥看完之后拿着手机没说话。

　　陆妍娇小声地问："你不会生我气吧？"

　　贺竹沥皮笑肉不笑："你都怀了咱孩子了，我怎么会生你的气呢。"

　　陆妍娇心想，嗯，他果然生气了，不过就算是生气，也是很好看的。

第十二章
我恋爱啦

　　因为陆妍娇的精湛演技，官方最终采信了她的证词，相信了她是一个苦恋贺竹沥而不得的无辜少女，而贺竹沥则是个心硬如铁的无情男孩。

　　几天之后，贺竹沥的处罚决定终于下来了，虽然官方并没有提及王郊怂恿付成舟开挂这事儿，但是对于贺竹沥的处罚很轻，罚款一万，禁赛两个月——居然比他们预想的还要少一个月。对于非常反对使用暴力的官方来说，这种从轻处罚之前几乎是没有过的。

　　陆妍娇陪着贺竹沥美滋滋地交了罚款，全程还保持着"剧本"里那个苦恋少女的形象。

　　"无论你做什么，我都愿意支持你。"陆妍娇在工作人员面前如此表示。

　　贺竹沥虽然面无表情，但隐约可见暗暗咬牙的动作，显然是被陆妍娇气得不轻，但是又不能当场表示出来。

　　工作人员对陆妍娇颇为同情，同时向贺竹沥投去了不满的目光。

　　于是第二天，李斯年就拿着手机满脸疑惑地跑过来，说："陆妍娇，你什么时候开始暗恋贺竹沥的？你眼光怎么那么差，不应该是先暗恋我吗？"

　　陆妍娇道："喜欢儿子能用暗恋这个词？"

　　李斯年道沉默。

陆妍娇笑了起来，把在官方发生的事情说了一遍，当然重点描绘了自己的演技如何精湛，糊弄了官方，全程笑得不能自已。

李斯年听完后表情复杂地看了一眼贺竹沥："队长……"

贺竹沥道："别说话。"

陆妍娇道："哈哈哈哈哈哈哈。"

大家都以为贺竹沥被罚了之后，这事儿就算完了，他们却忽略了一个关键人物——被王郊坑了的付成舟。

这件事情爆出来之后，付成舟就一直保持沉默，然而就在大家都以为他什么都不会说了的时候，他却突然发了一条长微博，其中详细地说了他和王郊之前发生的事，从王郊被踢出FCD战队，到自己因为王郊而泄露战术，再到最后被诱惑着使用了外挂。

原来当初需要钱的人是王郊，他被FCD战队踢出去后混得极惨，结果家里又出了事，需要大笔的钱。付成舟原本是与王郊关系最好的队友，见到这种情况，自然不愿袖手旁观，再加上当时他对贺竹沥把王郊踢出战队这件事心存不满，于是钻了牛角尖的他居然在王郊的怂恿下鬼迷心窍地暗中出卖了FCD。但这些事最后还是被贺竹沥发现，于是付成舟也被FCD战队除名。

之后王郊牵线，让付成舟加入了另一个战队。被唤作叛徒的压力逼得付成舟无法喘息，当他意识到自己可能无法取得全球联赛的资格时，心态彻底崩溃了。

这时王郊再次出现，他给付成舟提供了某种思路，暗示付成舟必须胜利，否则一定会被贺竹沥嘲讽。

付成舟也不过十几岁，正是血气方刚的年纪，他又不如贺竹沥那样成熟，在王郊的诱惑下，竟真的走出了无法挽回的一步。

我现在已经退出了职业圈，也没有打算回去，但贺竹沥因为我受罚，还是让我感到心有不安。说出这些事情，我肯定会受到大家的指责，可我想让大家知道王郊是个怎样卑劣的人，贺竹沥不应该由此背上骂名，如果大家要骂的话，请冲着我来吧。

这是付成舟的最后一句话，态度诚恳至极，倒是让大家没有了骂他的欲望，反而称赞他的真性情。

贺竹沥看完微博后什么也没说，只是轻叹一口气。

有些事情不是道歉就能解决的。付成舟用自己的职业生涯为脑子里进的水付出了沉重的代价，说到底也不过是个走错路的可怜人。

王郊就没有那么幸运了，如果说付成舟发微博之前还有人可怜他被揍了一顿，那这条微博一出来，大家都开始表示贺竹沥情有可原。

连陆妍娇那个平日里说话温柔和气的班长都骂了脏话，说世界上怎么会有这么坏的人。

陆妍娇对此表示赞同，说那人贼眉鼠眼的，一看就不是什么好东西。

"所以你真的暗恋噗神啊？"班长突然压低了声音问。

陆妍娇正在吃东西，听到这话呛得直咳嗽："你听谁说的——"

班长道："大家都这么说啊。"

陆妍娇道："大家是谁？"

班长道："就是大家。"

陆妍娇心里嘀咕这官方人员行不行啊，都不知道保密的，这才几天就传得大家都知道了……但她又不好解释，只能委婉地表示自己配不上队长，让班长不要多想。

班长道："怎么会配不上呢，你和噗神郎才女貌，那么般配！陆妍娇你勇敢一点，我们都是你的后援团。"

陆妍娇心想，你说得很有道理耶。

班长看向陆妍娇的眼神很是心疼，而陆妍娇终于意识到自己好像为演戏这件事付出了惨痛的代价——现在全世界都觉得她在暗恋贺竹沥，还是求而不得的那种。

接着没过几天，突然有粉丝拍到贺竹沥和另外一个领队小姐姐走在街上，拿着照片就私信找陆妍娇打小报告，说："花儿啊，你可长点心吧，喜欢噗神一定要早点下手，到时候贺竹沥有别的人了，你哭都来不及啊。"

本来这事儿是假的，但陆妍娇看见这照片心里还是有点不舒服，她当即表示自己会继续努力，谢谢粉丝的关心，然后气呼呼地把照片给保存了起来，心想贺竹沥这个人，居然背着她和姑娘一起逛街，哼，她也要找别的男孩子逛街去。

于是还在睡梦中的李斯年被陆妍娇从被窝里揪了出来，他哭爹喊娘地表示自己还想再睡一会儿，陆妍娇无情地说："你爸都出轨了，你还睡！"

李斯年道："……贺竹沥什么时候变成我爸了，他不是我哥吗！"

陆妍娇道："在你还在赖床的时候！你看看现在都几点了，别人家孩子早起来做家务了，你还在睡！你说你怎么就不反省一下自己！"

李斯年头痛欲裂地表示陆妍娇别说了，这台词真的太像他亲娘了。

二十分钟后，生无可恋的李斯年坐在早餐店里边啃生煎，边听陆妍娇啰唆。

"这人是谁？"陆妍娇把粉丝发给她的照片给李斯年看。

李斯年看完之后道："我们之前的领队。"

陆妍娇道："贺竹沥怎么在陪她逛街啊？"她问完之后，似乎怕李斯年误会什么，还着重强调了一下，"我就是好奇，你别多想什么啊。"

李斯年似笑非笑："别担心，我不会多想的，毕竟现在大家都觉得你暗恋贺竹沥，你也只是融入一下角色嘛。"

陆妍娇道："对对对。"心想，小伙子很上道嘛。

李斯年说："别担心了，她不是贺竹沥的菜，两人只是关系不错，她也有男朋友了。"

陆妍娇却抓住了重点："那贺竹沥的菜是什么？"

李斯年心想：贺竹沥的菜不就是你吗？但是他不敢说，只能又吃了个生煎，说："可能是游戏吧。"

"哦。"陆妍娇放心了，还嘟囔了句，"挺好的，早恋不好，妈妈会担心的。"

李斯年心想，什么早恋不好，陆妍娇你这只死鸭子就嘴硬吧。

贺竹沥因为打人的事情被禁赛了两个月，彻底地闲了下来。此时正值他的直播平台三周年庆，于是官方举办了一项大型的综艺节目，邀请名单里就有贺竹沥和陆妍娇。

因为贺竹沥有合约在，必须得给官方这个面子。陆妍娇闲着也是闲着，便跟着贺竹沥一起去参加了这档节目。

本来陆妍娇以为会玩些刺激点的游戏，谁知道那主持人上来就是一句："之前一直听说小花儿暗恋我们噗神，这事儿是真的还是假的啊？"

陆妍娇听到这句话心里直想爆粗口，心想这个主持人真的是吃多了，才能问出这么个问题来。当着这么多人的面她怎么敢说是假的，要说是假的，那不是打官方的脸吗？到时候不知道贺竹沥的处罚会不会被加重！于是她只能露出一个勉强的笑容，没吭声。

"噗神……"主持人见陆妍娇没说话，又把目标转向贺竹沥，"请问这事儿是真的吗？"

贺竹沥道："是真的。"

陆妍娇有种不好的预感。

主持人道："哦——居然是真的，没想到 FCD 居然有这么精彩的八卦，那噗神你觉得咱们的小花儿怎么样呢？"

贺竹沥露出一个微笑："她是个好女孩。"

主持人道："那你为什么不接受她？"

贺竹沥道："你说得很有道理。"他转头看向陆妍娇，"妍娇，我知道你喜欢我很久了，其实我也喜欢你，只是一直有别的顾虑。我想了很久，觉得还是不能让你一个人承受那么大的压力，所以，你愿意和我在一起吗？"

陆妍娇心想：等……等一下，这是什么剧情啊？贺竹沥，你是不是拿错剧本了？贺竹沥，你醒醒啊！

贺竹沥怕是醒不过来了，全场观众因为这突如其来的表白欢呼起来。恍惚之中，陆妍娇只能缓缓地点了点头。

贺竹沥见状，伸手给了她一个重重的拥抱，然后凑到她的耳边低声说了句："继续演啊。"

陆妍娇眼泪差点没掉下来，贺竹沥这招釜底抽薪实在是太狠了。

陆妍娇这个老戏骨在纵横演艺圈多年后终于不幸翻车，惨遭套路。最后综艺节目结束和贺竹沥下台时，她都神情恍惚，满脸是"我是谁，我在哪儿，谁在叫我，我在说谁"的神游状态。

贺竹沥倒是非常的冷静，直到两人上了车，他才问了句："好玩吗？"

陆妍娇心想：大哥，我错了好不好啊？"就……其实还挺好玩的。"

贺竹沥露出一个温柔的微笑："你开心就好。"

陆妍娇心想：为什么她从这句话里听出了嘲讽的味道？

贺竹沥一脚油门踩下去，车轮留下一道漂亮的弧线。

陆妍娇原本以为这事情传出去还需要几天，利用这几天时间她还可以好好解释一下，谁知道当天晚上，就有粉丝把她和贺竹沥拥抱的照片传到了网上。她的微博底下一片欢呼，全是恭喜小姐姐如愿以偿的评论，祝福她和贺竹沥幸福快乐，圆圆满满，早生贵子。

陆妍娇打碎牙齿和血吞，只能当作没看见。

如果只是这样就算了，然而直到她小叔陆忍冬打了电话来，陆妍娇才意识到这个事情真是闹大了。

陆忍冬的第一句话是："你谈个恋爱这么高调干吗？"

陆妍娇缓了一会儿才反应过来自己之前撒谎称她和贺竹沥在谈恋爱。"不……不是……这不是为了节目效果嘛！等等，小叔你怎么知道这事儿的，难道你也刷微博？"

陆忍冬说："别人告诉我的。"

陆妍娇正想问别人是谁，就听到陆忍冬语重心长地叮嘱道，女孩子一定要好好保护自己，还说贺竹沥人看起来还是不错的，如果她很满意，可以趁着假期带回家，大家好好参谋参谋。

陆妍娇道："……等一下，小叔，我还小啊！"

陆忍冬沉默了一会儿，长叹一声，总算是说出了重点："你爸知道了。"

陆妍娇道："啊？"

陆忍冬听见了电话那头陆妍娇的惨叫："所以我就给你提前打个预防针，你别太高调了，知道吗？"

陆妍娇赶紧说好。

陆忍冬又说了几句才挂断电话，陆妍娇心惊胆战，一想到自家老父亲那张面无表情的脸就双腿哆嗦。如果她爹知道她和贺竹沥在谈恋爱，简直是不敢想象会发生什么事。

陆妍娇想着她爹的反应，一时间完全忘记了问不刷微博的陆忍冬是怎么知道这事儿的，也就没能揭穿那个神秘的告密者的身份。

这几天陆妍娇过得贼惨，好像全世界都是问她和贺竹沥的故事的人。一开始陆妍娇还会挣扎下解释一通，后来都麻木了，说："好好好，谢谢你们的祝福，你们早点准备红包吧。"

基地里面知道真相的人都笑惨了，李斯年笑得捂着肚子在椅子上抽搐，陆妍娇恼羞成怒："有那么好笑吗！"

李斯年道："我今年就指望这个笑话活了。"

陆妍娇拍桌子："逆子，反了天了你，信不信我让你爸揍你！贺竹沥——你管管你儿子！"

贺竹沥在旁边头也不回："李斯年，怎么和你妈说话呢？"

李斯年气得牙痒痒，然后愤愤不平地打游戏去了。

今天晚上陆妍娇打算直播几个小时，和她预料的差不多，一打开游戏就看到弹幕在疯狂地刷：小花儿和噗神怎么样了呀？真的在一起了吗？祝福你们呀！

陆妍娇默默地把弹幕屏蔽了，装作没看见。

今天周六，喜欢给陆妍娇送礼物的1总也在线，陆妍娇想着好久没和他一起玩了，就让他来和自己一起玩双排。

谁知道开着变声器的土豪大佬一来到YY直播间，开口第一句话就是："你真的和贺竹沥恋爱了？"

陆妍娇心想，兄弟你一直都这么直接吗？她犹犹豫豫，扭扭捏捏，看了眼旁边在和李斯年训练的贺竹沥，低低地"嗯"了声。

1总沉默了一会儿，来了句："长大了。"

陆妍娇心想，你这语气怎么那么像我家长啊？

1总说："注意安全。"

陆妍娇道："好……好的。"

他们两人开了局双排，1总在游戏里显得有些暴躁，话也不多，看起来心情不大好的样子。陆妍娇本来打算问问，结果李斯年跑过来打了个岔，说他们训练完了，下把四个人一起排。

陆妍娇也没多想，随口同意了。

结果第二把四排，队伍里的火药味极其浓郁。

特别是1总和贺竹沥之间，两人几乎可以说是针尖对麦芒，你杀一个，我也要杀一个。陆妍娇被这紧张的气氛搞得不知所措，小声问李斯年："这两个人吃了火药吗？这么凶。"

李斯年嘴上答着"不知道"，心里却想着他们吃没吃火药他不知道，反正他家队长的醋是喝了好几桶了。

而1总和贺竹沥的矛盾，在某个手雷引爆之后达到了巅峰。

那个手雷单纯是个误会，1总手滑，手雷正好扔到了贺竹沥的脚下，于是轰隆一声，贺竹沥惨遭杀害。

贺竹沥道："会不会玩？"

1总道："对不起。"

这道歉毫无诚意，气得贺竹沥握着鼠标的手都紧了紧。

陆妍娇赶紧打圆场，贺竹沥第一次如此幼稚："他炸我。"

1总语气冷漠："我已经道歉了。"

贺竹沥道："那我炸你一次也给你道歉？"

1总道："幼稚。"

贺竹沥差点没把鼠标捏碎。

陆妍娇心想，这两人能不能成熟一点！

陆妍娇怕事情闹大，赶紧找了个借口把直播给关了，想要好好安慰一下两个年龄突然变小的大男人。其实她感觉得到1总对她不是那种男女之情，毕竟有哪个暗恋姑娘的男的，会在知道姑娘恋爱之后语重心长地告诉她注意安全呢。

关掉了直播，这两人更是肆无忌惮，不是你偷偷给我一枪，就是我偷偷打你一拳。最后陆妍娇也不劝了，让两人互相掐，和李斯年默默地在旁边打敌人。

贺竹沥的话从来就没有今天这么多过，一直和1总互相冷嘲热讽。1总到底是"霸道总裁"，虽然枪法没有贺竹沥好，嘲讽起人来却是丝毫不逊色。

贺竹沥无奈之下使出了终极武器，说："我是她男朋友，你是她谁？！"

陆妍娇心想，这台词怎么那么熟悉。仔细思考之后，才回忆起上一次贺竹沥和1总"互掐"的时候才说过一句：我是她队友，你是她的谁？

1总是怎么回答的来着？好像是说"我是她爸。"

陆妍娇还在想着这回1总要怎么反驳，1总就一字一句地说了五个字："你给我等着。"

这话什么意思，难道1总准备叫人来揍贺竹沥了？

贺竹沥显然也这么想的，说："你来啊，我怕你？"

1总冷笑："怕不怕你到时候就知道了。"

反正这一晚上就没消停过，陆妍娇开始还觉得两人有点烦，习惯之后觉得还挺有意思的，这都跟两小孩掐架差不多啦。

李斯年也对此表示赞同，两人一边吃坚果一边听贺竹沥和1总说话，在一旁很是美滋滋。

晚上散场之后，贺竹沥赌气说再也不要和1总一起玩游戏。

陆妍娇跷着二郎腿，像个不负责任的人："行，我陪他玩呗。"

贺竹沥道："不行！"

陆妍娇道："他真的不是喜欢我——"

贺竹沥道："你怎么知道他不喜欢你？"

陆妍娇道："我感觉得到啊！"

贺竹沥放下鼠标，表情无比严肃："那你觉得我喜不喜欢你？"

陆妍娇道："喜欢啊，我们儿子都生了，你怎么可以不喜欢我？"

李斯年心想，你们是不是一定要喂我吃狗粮啊！

贺竹沥面露无奈，似乎有些拿陆妍娇没办法。他的姑娘永远不明白自己的吸引力，她如太阳般耀眼，有谁会不喜欢呢？

"好啦。"陆妍娇道，"1总人那么好，给我送了那么多礼物呢，私下里也没有对我说什么暧昧的话，你要是不放心下次还叫你一起。"

贺竹沥面露狐疑。

陆妍娇怕自己露馅，赶紧移开了眼神，她才不敢说是想看贺竹沥和1总掐架才做出这样的承诺呢。这两个人实在是太好玩了，没想到贺竹沥还有这样的一面。

而贺竹沥呢，完全没有意识到自己在给未来某个一定会来的关卡增加难度。那个关卡的名字叫作——见岳父。

1总取了耳机，面无表情地在自己的小本本上又记了一笔：贺竹沥，××年××月××日，21点32分，打了我一发5.56的子弹；22点03分，扔了我一个闪光；22点56分，企图用喷子喷我……

多年之后，当贺竹沥无意中看到1总的小本本时，当场露出了痛不欲生的表情。他那时才意识到，年轻时的自己到底做了些什么。

因为她和贺竹沥的事情，陆妍娇这段时间都没敢到处溜达，只能在家逗逗鸟儿。

最让陆妍娇感到害怕的，是在继小叔之后她又接到了她爹的电话，电话里的陆凌霄语气严肃地询问了陆妍娇的近况。

说是近况，其实是她恋爱的事情。

"你和贺竹沥在一起了？"陆凌霄开门见山。

陆妍娇支吾了半天没说话，要不是她小叔给她打了预防针，她一定会否认，但是现在只能咬着牙认了。

"学习不能落下。"谁知道陆凌霄听完陆妍娇的答案后，居然没有发表什么反对的意见，"女孩子要好好保护自己。"

陆妍娇乖乖应声。

陆凌霄挂断电话，陆妍娇还以为自己在做梦，她抱着乌龟，喃喃自语："他脾气怎么变得那么好啊，居然没有骂我，我感觉自己像是在做梦一样。"

乌龟歪着脑袋看着陆妍娇，显然并不明白自己这个妈妈到底在说些什么，它咂了咂奶黄色的小嘴，用自己的小脸蹭着陆妍娇的脸蛋，像是在示意她不要不开心。

陆妍娇被乌龟蹭得又高兴了起来，抱着自己儿子狠狠亲了几口，心想：你可真是妈妈的小宝贝儿。

因为全球联赛在国内同步直播，加上 FCD 拿下了三个极有含金量的冠军，FCD 的人气在这段时间内疯狂飙升，甚至出现了队员在街上走着都有人要签名的状况。

陆妍娇因为贺竹沥的事好几天都宅在家里，等到出门被围着要签名的时候，她反复确认了一下："你们确定是要我的签名？不是贺竹沥？不是李斯年？"

"小花儿，我喜欢的就是你呀。"围着她的少年激动得满脸潮红，"你太可爱了，实力也那么强。"

陆妍娇被夸得挺不好意思的："过奖了，过奖了。"

少年道："那你能给我签个名吗？"他从书包里掏出了笔，然后背对着陆妍娇。

陆妍娇问："就签背上啊？"

少年点点头。

陆妍娇捏着笔，一气呵成签下了 Flower 的英文，签完之后满意地点点头，觉得自己的字还挺好看的。

少年高高兴兴地走了，陆妍娇看着他的背影，这才清楚地意识到自己终于有了真正的粉丝，瞬间流下了感动的泪水。

陆妍娇把这事儿告诉了陈安茹，陈安茹哈哈大笑，说："你傻啊，也不看看自己的微博粉丝数量，你现在也算是红人了。"

陆妍娇还是没什么真实感，只当陈安茹在和她"互吹"。

"对了，前几天他们在组织高中同学会，你去不去啊？"陈安茹说，"那几个浑蛋好像也要来。"

听到"同学会"三个字，陆妍娇脸上的笑容淡了下来，她趴在沙发上没吭声，伸手摸着乌龟软软的羽毛。

陈安茹见她神情不对，嘴里骂道："那几个浑蛋，趁着我出国就欺负你，之前我要帮你报仇你又不肯，现在机会来了……"

陆妍娇慢吞吞地说："不然就算了吧？"

"怎么能算了！"陈安茹气得眼眶发红，一副护犊子的模样，"他们那么对你！"

陆妍娇叹气："可我觉得看到他们就很痛苦啊。"

陈安茹面露心疼，她有点拿陆妍娇没办法，说："好吧，既然你不想去，那咱们就不去了。"

陆妍娇道："你再让我想想？"

陈安茹道："行。"

陆妍娇打出生可就是过得顺风顺水，她妈生她生得早，她是家里最小的那个娃娃，从小爷爷奶奶、外公外婆都把她捧在手心里疼，也养成了她这大大咧咧、开朗阳光的性格。但是向日葵也有遇到阴天的时候，高中那段时间，大概就是陆妍娇这辈子的人生最低谷了。

她高一刚入学不久，她的母亲便因病去世。

即便时隔几年，陆妍娇依旧很不愿去回忆那段时光。她学也上不了，天天往医院跑，看着母亲的容颜一点点变得憔悴，而最该回来的父亲却不见踪影。

那时候陆妍娇常问她的小叔："爸爸呢？爸爸怎么不回来呀？"

陆忍冬每次都这样告诉她："你爸爸在国外执行任务，暂时回不来。"

"可是妈妈都要没了……"陆妍娇当时完全无法理解陆凌霄的做法，她说，"他不是那么喜欢妈妈吗？"

陆忍冬回答不了，只能说："以后你就懂了。"

但那时候的陆妍娇不过是个十五岁的孩子而已，她在内心深处甚至对陆凌霄产生了一种难以言喻的恨意，开始怀疑陆凌霄对母亲的感情。

最后陆凌霄还是回来了，在陆妍娇母亲生命的尽头，他回来得匆忙，离开得也匆忙，陆妍娇还未见过他，他便已经离开。

陆妍娇知道后，趴在母亲的病床前哭得不能自已，问她妈："爸爸怎么又走了？他为什么又走了？"

她妈笑着摸摸她的头，说："因为爸爸还有更重要的事要做。"

"什么重要的事？比妈妈还重要吗？"陆妍娇哭着问。

"是呢。"妈妈说，"这世界上，有很多更重要的事。"即便是走到了生命的尽头，她妈还是如平日里那般乐观，"况且他已经回来见了我呀，妈妈很高兴了。"

陆妍娇在那一刻恨起了陆凌霄，恨起了深明大义的大人们。

陆妍娇的母亲从发现病症到离世，一共只撑了三个月，这三个月是陆妍娇生命的噩梦，她永远不想再回到那段时光。

但这三个月，却只是噩梦的开始，而不是结束。

三个月后，参加完母亲葬礼的她回到了高中课堂。

因为精神上受到了严重的打击，陆妍娇整个人都变得特别暴躁，在她的强烈要求下她被允许搬出了老宅，单独一个人居住。家里人都心疼她，拗不过她又拿她没办法，于是只能在金钱上尽量给予她补偿。

那会儿陆忍冬也没舍得对自己这个侄女儿太粗暴，毕竟是家里的掌上明珠，又是开心果，谁舍得对她动手？

而陆妍娇的父亲更是见不到人影，哪里有时间来管陆妍娇。

有些事情就是这么巧，如果当时陈安茹在陆妍娇的身边，或许可以给她不少的帮助。可那时陈安茹正好因家事出国一年，两人相隔颇远，虽然担心，但陈安茹也是有心无力。

陆妍娇休学了三个月，加上母亲的去世对于她的打击太大，她的性格开始变得有些阴沉，不爱说话，生活也邋里邋遢。她无心学习，跟不上老师的教学进度，成了班上成绩最差的学生。

而高中时期，似乎每一个班级里都有一个被欺负的对象，陆妍娇不幸成了他们班上被排挤的那个，板凳总是被人丢掉，书包被人翻得乱七八糟，桌子上被画上奇怪的字符，有时候甚至会在抽屉里看见死老鼠、死虫子。

陆妍娇沉默地接受着这一切，陷入了一种麻木的状态。这些对于寻常学生来说是无法忍受的欺侮，在她面前，却因为母亲的死亡变得不那么难以接受。

好像也没什么，好像也无所谓……陆妍娇当时就是这样的想法。

陆妍娇一步步的退让，反而让霸凌者变得更加肆无忌惮，他们的行为更加过分起来，有一次竟然趁她上厕所的时候往她的头上倒水。

陆妍娇越发沉默，越发消瘦，眼里再也不见往日温暖的光。

软弱和退步成了鼓励霸凌者们的信号，一次春游时，几人对陆妍娇的恶意到达了顶峰。她被几个人强逼着坐上了跳楼机，脸色惨白地等待着机器启动，一副随时可能会死去的模样。

"哈哈哈，你脸色怎么那么难看啊？"即便如此，还有人在嘲笑她，"你是怕高吗？"

陆妍娇垂着头，说不出话来。

机器发动，她感到自己的身体被抬起，然后又重重地落下。有呼啸着的风声，有人在尖叫，而她的眼前一片漆黑，身体沉重得连呼吸都好像停止了。

接着陆妍娇感到自己冰冷的身体被搂进了温暖的怀抱之中，那怀抱是如此的温暖，陆妍娇睁开眼，逆着光看到了一张少年的脸庞。

那脸庞并不清晰，带着风的味道。

"你没事吧？"是个男孩子沙哑的声音。

陆妍娇没说话，她说不出话来，她的身体是如此疲惫，迫使她不由自主地再次闭上了眼。

接下来的事，陆妍娇就不知道了，等她再次睁开眼时，她已经躺在医院里，身边坐着沉默的陆忍冬。

陆忍冬看着她，眼里有燃烧着的熊熊烈火，他发问："怎么回事？"

陆妍娇看了他一眼，扭过头不肯说话。

陆忍冬重重叹息，焦躁的表情里暗藏着愤怒，他开口轻声叮嘱，让她好好休息。

之后陆忍冬给陆妍娇办了转学手续，陆妍娇也再没有被人欺负过，却开始了另外一种糟糕的生活。

总而言之，能从那段岁月里熬过来，是陆妍娇最大的幸运。

因为高中发生的那些事，陆妍娇一听到同学会就觉得不愉快。总之，关于同学会这事儿，陆妍娇一点都不想去，陈安茹却是摩拳擦掌，念叨着要给那几个人好看。

"算了吧，都这么多年的事了。"陆妍娇劝自己的好友。

"你是太看得起他们了。"陈安茹说，"他们可没觉得自己哪里错了，记得当时硬是把你架到跳楼机上的那个叫何淑的吗？"

陆妍娇点点头。

"她前几天还联系我了。"陈安茹说起来就是一肚子的气，"你猜她想干吗？"

陆妍娇道："干吗？"

陈安茹说："她看了你打的全球联赛，居然厚着脸皮来找我要贺竹沥的联系方式，说自己是贺竹沥的粉丝。"

陆妍娇惊了："她这么不要脸吗？"

陈安茹道："可不是呢嘛，一副无事发生过的样子，她当时联系到我的时候我都惊呆了，这人脸皮怕是猪皮做的！"

陆妍娇陷入了沉思。

陈安茹道："我就直接和她说了，说你在和贺竹沥谈恋爱，结果你猜她说了句什么？"

陆妍娇道："什么？"

陈安茹说："她说只要没结婚，大家不都有机会吗？"

陆妍娇被这话气着了，虽然她和贺竹沥谈恋爱是在开玩笑，但是听见其他人这么说，她还是挺生气的，于是瞬间撸起袖子，怒道："这臭不要脸的，要是在我面前说这话，看我不两巴掌抽死她！"她现在可不是高中那棵任人欺负的小白菜了，"那你怎么说她的？"

陈安茹道："我没说她，不能让她生起警惕之心，我想着同学会的时候咱们一起去，狠狠抽她一个大嘴巴。"

陆妍娇气得直转悠，"我还要把贺竹沥带上，让他开最好的车去，给咱撑撑场面，气死她！"

陈安茹道："行！"

这事情就这么定下了，陆妍娇当天晚上就把这事儿给贺竹沥说了，说："我过几天要参加个同学会，你到时候假装一下我的男友，给我长长脸！"

贺竹沥当时正在打游戏，听见这话扭头看了陆妍娇一眼："什么同学会？高中？”

陆妍娇道："对啊！开上你最贵的车，穿上你最贵的衣服，让他们见识见识，什么叫顶级的电竞选手！"

贺竹沥似乎在思考着什么。

陆妍娇见他不说话，道："噗啊，你咋不说话，难道你要临阵脱逃？弃你可怜的队友于不顾？"

贺竹沥这才慢慢道："好，我去。"

陆妍娇雄赳赳气昂昂，打算给那几个人来个下马威。趁着这几天的工夫，她和陈安茹去选了好几件衣服，买了几个包，还特意做了发型和指甲。

"乌龟啊乌龟，谁是世界上最美的女人？"抱着自己儿子的陆妍娇这么发问。

乌龟张嘴就来："妈妈，妈妈。"

"哎，我的乖儿子。"亲了一口自家的鹦鹉，陆妍娇满意了。

同学会就在这周六的晚上，地点是市内一家餐厅。

当天晚上，贺竹沥开着车来接陆妍娇。

陆妍娇看见车时惊了一下，说："你去哪儿搞的车啊？这车多少钱？"她对车型不是很了解，但也知道眼前这辆跑车绝对不便宜。

"找人租的。"贺竹沥说。

"哦。"陆妍娇这才放心了。

漂亮的跑车一路驰骋，到了酒店，贺竹沥下了车，然后牵起了陆妍娇的手，动作十分自然。

他牵住陆妍娇的时候看了她一眼："紧张？"

陆妍娇道："激动！"

贺竹沥道："有我在，不怕。"虽然小姑娘说是激动，但他感觉得到陆妍娇手心里全是汗水，怎么也不像之前比赛时真正激动的模样。

陈安茹和她的男朋友提前到了，见到贺竹沥和陆妍娇赶紧迎了上来，她小声道："妍娇，他们都在里面，你和贺竹沥牵着手一起进去！"

陆妍娇"嗯"了声。

贺竹沥道："走吧。"

陈安茹看着他们的背影，眼神很是欣慰，她男朋友王森森问："你这个表情是什么意思？"她感慨地回答："有种看到自己女儿嫁出去的满足感。"

王森森沉默。

看来喜欢当妈这种事，是会传染的。

"陆妍娇，你来啦。"第一个和陆妍娇打招呼的，是她的同桌，一个戴着眼镜的男生。他是典型的学霸，成绩非常好，目前在全国最好的大学之一上学。

"李沁……"陆妍娇笑了笑，"好久不见。"

"你变漂亮了。"李沁道，"这是男朋友吗？"他似乎不玩游戏，没有认出贺竹沥。

贺竹沥道："你好，我是陆妍娇的男朋友。"

两人握了握手，随后就座。

陆妍娇面带微笑，环顾四周，果真看到了几张熟悉的面孔。她以为自己不记得了，但是当真看见了他们的模样时，她才意识到，有些事情，她可能这辈子也忘不掉。

就好像一道伤口，愈合之后还会留下疤痕。况且这道伤口到底有没有愈合，还有待商榷。

"陆妍娇，好久不见。"曾经的加害者却好似已经快要不记得那些事情，虽然有人面色尴尬，但也有态度坦然的。何淑就是其中之一，她眼神里明显的嫉妒，却掩饰得很好，目光在贺竹沥和陆妍娇之间流转，最后在贺竹沥的手腕上停留了一秒。

陆妍娇注意到了她的眼神，于是也朝着贺竹沥的手腕上看了一眼，在那儿看到了一块手表，不知道是什么牌子的，但看样子肯定不便宜。

陆妍娇没理她，冷漠地笑了笑，转头对着陈安茹说话。

何淑的表情有些尴尬，但很快就调整了过来。她本来就是那种长袖善舞的女孩，不然也不会成为高中时期班级里女生的核心。

"你变漂亮了好多呀，"何淑说，"真羡慕你。"她说了这话，又笑眯眯地看向贺竹沥，"你就是噗神吧，我是你的粉丝，喜欢你好久了，可以给我签个名吗？"

贺竹沥本来平日就冷淡，此时更是将那种冷淡发挥到了极致，语气生硬："不好意思，不方便。"

何淑脸上的笑容微微凝固："哎呀，好吧，早听说过噗神高冷，没想到真人果然这样。"

结果她话刚说完，就看见贺竹沥神情温柔地凑到陆妍娇耳边，低语着什么，那眉目间的神情怎么都不似作假，和面对她时的冷漠形成了鲜明的对比。

何淑脸上的笑容这下有些挂不住了。

她的这些模样陆妍娇都看在眼里，心中暗暗高兴。其实贺竹沥凑到她耳边也没说什么，就是随便做了个样子而已。

班长见到气氛不对，赶紧打圆场。

陆妍娇依旧是爱搭不理，全程高傲得像个女王。

何淑暗暗咬牙，像是在算计着什么。

等到菜上来时，气氛终于有所缓和，大家都开始回忆起了高中的事情，说说笑笑，还算融洽。

贺竹沥全程扮演着完美男友，陆妍娇看哪儿，他筷子就先去了，吃个鱼还会先把刺给剔了，再放进陆妍娇的碗里。

陆妍娇真是倍儿有面子，心想回去得好好奖励一下贺竹沥，这娃的表现真是太棒了。

"妍娇，我还记得你高中的时候可瘦了……"何淑又开始找话题，"胆子还特别小。"

陆妍娇看向她，也不说话，就想知道她能搞出什么花样来。

果然，这个话题不是白起的，她微微一笑，道："大家还记得那次春游我们去游乐园吗？妍娇坐了跳楼机，一上去就晕了。"明明是别人悲惨的记忆，她非要说得像个笑话似的。

　　有人跟着她笑了起来。

　　陆妍娇气得牙痒，正欲反驳，却被贺竹沥按住了手背，贺竹沥竟也露出了笑容。

　　陆妍娇正想问他笑什么，何淑便抢了她的台词，笑道："噗神也笑了。这事儿可有趣儿了，当时还有个人给陆妍娇做了人工呼吸呢。"

　　贺竹沥说："我知道啊。"

　　陆妍娇心里纳闷：你知道什么啊？

　　结果贺竹沥的下一句话就让何淑脸上的笑容没了，他说："那个人就是我嘛。"

　　陆妍娇差点把嘴里吃的东西直接喷出来。

　　何淑的表情更加狼狈。

　　贺竹沥淡淡道："还要谢谢你们，我才能和我家妍娇相遇。"

　　陆妍娇心里直想爆粗口，默默地拿出手机给贺竹沥发了条信息，问他这事儿到底是真是假。

　　贺竹沥回了她一句：当然是真的。

　　陆妍娇心想，贺竹沥，你牛！

　　何淑不但嘲笑陆妍娇失败，还受到了贺竹沥严重的精神攻击。她笑得越发勉强，连精致的妆容也无法掩饰那下垂的嘴角。

　　陆妍娇看在眼里爽呆了，但还得做出一副宠辱不惊的模样，语气冷淡地开口："竹沥，我想吃虾。"

　　贺竹沥温柔地应了声，伸出筷子帮陆妍娇夹了虾，细心地剥完了壳之后才放到陆妍娇的碗里。

　　"哎呀，你们两个真是的……"陈安茹在旁边嗤笑道，"自从你们感情好了，就天天撒狗粮。森森，我也想吃虾。"

陈安茹的男朋友王森森只好也给自己女朋友夹了只虾，剥完后放到陈安茹的嘴里。

于是一瞬间，桌子上都充满了粉红的泡泡。

有男女朋友的还好，单身的就比较难熬了。而像何淑这样对贺竹沥有意的人，更是差点把一口牙咬碎。

陆妍娇就喜欢看她生气还拿自己没办法的模样，一边高冷地折腾贺竹沥，一边私下里给他发信息，说：噢神委屈你了。

贺竹沥：不用再给我发信息了。

陆妍娇：你生气啦？

贺竹沥：既然来了就好好演戏，一直玩手机像什么样，有事情回去再说。

陆妍娇看见这话，彻底放下心来。

因为贺竹沥特殊的身份，中途还有在旁边吃饭的人过来找他要签名。陆妍娇虽然没有贺竹沥那么多粉丝，但现在也算是名人，于是一顿饭下来两人就没有消停过。

何淑酸溜溜地说："班长，该订包厢啊，你看他们这么受欢迎，在外面被认出来了连饭都吃不好。"

班长还没说话，贺竹沥就抢先说："晚上大家再聚一次吧，我请客，在荣华。"

荣华是这边有名的饭店，消费不低，这一桌子的人都还在上学，听到贺竹沥这话自然都高兴了起来。班长不好意思地推辞了几句，贺竹沥却表示只要陆妍娇高兴就好。

陆妍娇很无所谓地说都行，反正现在只要某几个人不高兴，那她就高兴。

吃完饭，一群人提议去玩会儿别的。贺竹沥扭头问陆妍娇想玩什么。

陆妍娇看了眼跃跃欲试的何淑，不咸不淡道："不想唱歌，约个桌游吧。"

贺竹沥道："行。"

何淑和她的小姐妹们脸上的笑容淡了下来，她道："可是我不会玩桌游啊。"

"啊？你居然不会玩桌游？"陆妍娇故意做出一副惊讶的模样恶心何淑，还用手捂住了嘴巴，这模样连陈安茹看了都觉得讨厌，更不用说何淑了，她道，"哎呀，对不起，没想到你连桌游都不会玩，不过我也不喜欢唱歌，不如你们去吧。竹沥，你陪我逛街去，我想买款包。"

贺竹沥道："好啊。"

何淑被陆妍娇这样子气得直哆嗦，强颜欢笑："我会玩一点，只是玩得不好，既然噗神不想去唱歌，那去玩桌游也好。"

陆妍娇道："那行吧。"

于是一行人去了附近的桌游吧。

陆妍娇狼人杀玩得还行，只是没和贺竹沥一起玩过。不过听李斯年说贺竹沥阴得不行，玩狼人杀只要活到最后，那肯定是头铁狼。

何淑果然如她所说的那样不太会玩这游戏，快要开始了还在问身边的同伴游戏规则。

陆妍娇道："哎呀，不要这么认真嘛，咱们就随便玩玩。"

何淑道："我这人做事就是喜欢认真。"

陆妍娇笑了笑，没说话。

结果第一天，何淑当晚就被狼人砍了，她一翻身份牌，只是一个无辜的村民。留遗言的时候她将矛头指向了陆妍娇，表示自己怀疑陆妍娇是狼。

陆妍娇满脸无辜，到她发言的时候只是说："大家不要见怪，何淑不会玩，这民哪能乱丢水包呢，万一丢到神身上怎么办？"

何淑听不懂这些专业术语，但也能明白陆妍娇是在鄙视她。奈何死掉的人是不能说话的，何淑在旁边被陆妍娇气得牙痒痒，又没办法还嘴，只能咬着牙玩手机。

结果一局下来，狼是贺竹沥，陆妍娇还真是个普通的平民。玩完之后，陆妍娇说："怎么样，我没说错吧，我就说了我不是狼了。"她又靠进了贺竹沥的怀里，"竹沥，你怎么随便杀人家小姑娘呀，你看看她都要哭了。"

何淑道："哈哈哈，没有啊，这游戏挺有意思的。"

陆妍娇心想，有意思的还在后面呢。

第二把，何淑拿到了狼，首杀陆妍娇，结果第二天居然是平安夜，陆妍娇当时还以为是女巫下了解药，谁知道一局结束后，才发现贺竹沥是守卫，第一天晚上没有守护自己，而是守护了陆妍娇。

被守护的人是不会被狼人杀掉的，于是直到何淑的狼身份曝光，陆妍娇都还活跃在场上。

本来是大家娱乐的游戏，却莫名其妙被玩出了一股谍战的气息。

贺竹沥果然是个高手，无论是找狼还是找神都倍儿准，一下午几乎就没输过，唯一输的那局还是因为和陆妍娇不在同一阵营。

何淑就惨多了，不但没有和贺竹沥产生任何的交集，还死得很快，基本就是在旁边玩了一下午的手机。

到了吃晚饭的时候，众人去了荣华。

贺竹沥订了包厢，一行人坐在里面有说有笑，心情都挺好的。当然，何淑心情肯定不好。她今天一天都在受挫，几乎可以说是被打击得体无完肤。但就这么放弃也不是她的风格，于是在贺竹沥去上厕所后，她也离席了。

不得不说，如果以一个正常人的审美眼光来看，何淑其实长得不错，身材又好又会撒娇，如果真的贴上去，能抵挡住诱惑的男人还真不多。

陈安茹看见了何淑的动作，小声道："你不跟过去看看？"

陆妍娇无所谓："有什么好看的，贺竹沥那脾气，何淑能成功贴上去就有鬼了。"

事实证明陆妍娇对贺竹沥的了解还是很透彻的，五分钟后，号啕大哭的何淑从厕所里奔了出来。也不知道厕所里到底发生了什么，反正她抓着自己的包转身就跑，脸上的妆容都哭花了。

"发生什么了？"大家看到这一幕都很是惊讶，将目光投到了后面走回来的贺竹沥身上。

贺竹沥脸上没什么表情，语气淡淡的："没什么大事，她和我告白，我拒绝了。"

众人闻言都露出尴尬的神情，没想到何淑居然会对贺竹沥表白。人家贺竹沥和陆妍娇的感情都摆在那儿了，她还厚着脸皮当第三者插足，难免让人不齿。男生们尴尬，女生们不屑，大家都没有再提何淑。

陆妍娇在贺竹沥坐回来后悄悄地问他："何淑真的找你表白了？"

贺竹沥"嗯"了声，沉默了一会儿，补了一句："跟着我进了男厕所。"

陆妍娇道："嚯，她还跟着你进男厕所？她想干吗？"

贺竹沥看了眼他家的小女孩儿，摇摇头，没说话。

陆妍娇气死了，心想：这个何淑真是不要脸，哼，活该哭得那么惨。

贺竹沥拒绝人的时候向来不客气，况且是何淑这样曾经欺负过陆妍娇的人，他道："有没有高兴一点？"

陆妍娇道："高兴。"她吃了口菜，"叫她以前那么欺负我。"

贺竹沥伸手摸了摸她的头。

吃完饭后，众人各自散去。

班长私下找到了陆妍娇，小声地说当年挺对不起她的，那时候看见别的同学欺负她，应该告诉老师和家长。

陆妍娇摆摆手，算是接受了这份歉意。其实班长还好，见到那些人做的事还会阻拦一下。只是年纪小的孩子靠着恶意做出来的事反而比较可怕，因为他们没有意识到自己的所作所为到底会造成怎样严重的后果。

如果那时贺竹沥没有出现，陆妍娇也不知道自己还能不能站在这里。

因为吃得有点撑，离家也挺近，陆妍娇便提议走路回去。

贺竹沥看了看她的高跟鞋："你脚不疼？"

陆妍娇道："有点疼。"她平时都不爱穿高跟鞋，但是今天为了好看点，还是咬牙穿了双八厘米的高跟鞋。

贺竹沥道："换双鞋再走回去吧。"说着就牵着陆妍娇的手走进了旁边的鞋店，选了双好走路的平底鞋。

换好了鞋，陆妍娇又变成了那只蹦蹦跳跳的小鹿。贺竹沥在旁边帮她拿着包，听她讲着高中时的事情。

"我没想到那个人居然是你。"陆妍娇说，"完全看不出来啊！你那时候怎么那么瘦？"她依稀记得那个少年的怀抱，好像身上只有肋骨，硌得她生疼。

贺竹沥道："那时候刚从家里出来，条件不好。"

陆妍娇道："你家里不支持你打电竞？"

贺竹沥闻言笑了笑："什么打电竞，在他们的眼里，不过是打游戏而已。"

陆妍娇道："哼，那是他们没眼光，看看现在的你多好！"

贺竹沥道："好吗？"

陆妍娇重重点头。

贺竹沥道："那你喜不喜欢？"

陆妍娇道："我……"

她正打算说话，贺竹沥却重重地按住了她的肩膀："陆妍娇，这个问题很重要，你回答之前给我想清楚了。"

虽然现在大家都以为贺竹沥和陆妍娇在谈恋爱，但陆妍娇和贺竹沥都清楚，他们并没有走到那一步。

于陆妍娇而言，贺竹沥更像她可以交付后背的队友，虽然在某些时候，她也有点疑惑自己到底对贺竹沥是什么样的感情……

此时的贺竹沥表情非常严肃，他凝视着陆妍娇的眼睛，强迫她和自己对视。陆妍娇看着贺竹沥那双黑色的眸子，脸颊上开始浮现出淡淡的红晕，她嘟囔着想要糊弄过去，却被贺竹沥看穿了把戏。

"陆妍娇……"贺竹沥说，"我喜欢你。"他大约是怕陆妍娇插科打诨过去，便又快速地接了一句话，"是男女之间的那种喜欢，不是开玩笑——不是开玩笑。"最后他还一字一句地重申，可以看出他已被陆妍娇的爱表演折腾得有严重心理阴影了。

陆妍娇垂眸，脸已经红成了大苹果，她微微咬着唇："我不知道啊。"

贺竹沥道："怎么不知道了？"

"我不知道我对你到底是哪种喜欢。"陆妍娇很诚恳地表示，"是队友之间的友谊，还是男女之间的爱情？抑或是……母子之间的亲情？"

贺竹沥听到最后一句，他表情扭曲了一下，没想到这时候了陆妍娇都不忘占他便宜。

陆妍娇还在没心没肺地傻乐，就在她咧着嘴嘲笑贺竹沥的表情的时候，眼前的男人却突然俯身，吻住了她的唇。

陆妍娇条件反射地想要后退，男人却洞悉了她的想法，一只手将她拉入怀中，另一只手用力地按住了她的后脑勺。

两人唇舌相接，陆妍娇瞪圆了眼睛。

贺竹沥大约是怕把她吓着了，只是蜻蜓点水般一吻，很快便放开了她，声音低低地询问："讨厌吗？"

陆妍娇羞红了脸，眼睛也不知道往哪里看。她听到贺竹沥的问题，犹豫片刻慢慢地摇了摇头。

贺竹沥重重地抱住她，微微叹了口气，似乎有些拿陆妍娇没有办法，下巴蹭着他家小姑娘的头顶："那喜欢吗？"

陆妍娇没吭声。

贺竹沥沉默片刻，最后很是机智地换了个思路："你能接受我对别的姑娘做这事儿吗？"

"什么？你还想要对别的姑娘做这事儿？谁啊？那个之前的漂亮领队吗？"听到这句话，陆妍娇脸上的害羞瞬间变成了无边的醋意，她现在都还记得那粉丝给自己看的贺竹沥和那个领队小姐姐出去玩的那张照片，她挺胸抬头，气势惊人，"妈妈不准！"

贺竹沥见她这模样觉得又好气又好笑，伸手就掐住了她的脸："你凭什么不准？"

陆妍娇含混地说："就凭我是你妈妈……"

贺竹沥道："我妈才不管我恋爱。"

陆妍娇理不直气也壮："反正你不准亲别的姑娘！"

贺竹沥道："你要是不喜欢我，那我就只能去找别的姑娘了。"

陆妍娇道："好好好，我喜欢你。"她之前说了好多次这句话都没有不好意思，现在却意外地羞涩起来，整张脸通红，"喜欢你好不好嘛？"

"好。"贺竹沥笑了起来，亲了亲陆妍娇的头发。

陆妍娇缓了一会儿，缓过来了，小声地问："那我们现在是在谈恋爱了吗？"

贺竹沥道："不然呢？"

陆妍娇道："那要怎么告诉他们啊？"

贺竹沥道："嗯？"

贺竹沥真是服了，陆妍娇还拿着戏本不肯放，他被气得牙痒痒，一口咬在陆妍娇的脸颊上，在上面留下了一排整齐的牙印。陆妍娇被咬得直喊疼，"你咬我做什么啊？"

贺竹沥咬牙切齿："陆妍娇，你给我记着，你总有一天要哭着叫我名字。"

哼哼，她才不信呢。

如果说之前陆妍娇是蹦蹦跳跳地回去，那么现在的她简直就要乐得飞上天了。

贺竹沥怕她摔了："好好走路！"

陆妍娇道："我不！我高兴！"

贺竹沥无奈。

于是两人就这样磨磨蹭蹭半个多小时才到住的地方，贺竹沥把陆妍娇送到了楼上。陆妍娇开了门，和贺竹沥告别后，冲进屋子里就抓住乌龟一顿狂亲。乌龟被亲得一脸茫然，瞪着那黑色的小眼睛莫名其妙地看着发疯的陆妍娇。

　　"我恋爱啦！"陆妍娇简直恨不得让全世界都知道，"他现在是我的男朋友！我的男朋友！"她又狠狠地亲了乌龟几口，然后兴奋地给陈安茹打了个电话，高调宣布了自己的恋情。

　　陈安茹接通电话，听到陆妍娇宣布的事情，沉默了三秒："等一下，陆妍娇，你到底什么意思啊？你们不是早就在恋爱了吗？"

　　陆妍娇道："不……不是……之前那个是演戏。"

　　陈安茹道："……你们城里人真会玩。"

　　陆妍娇心想，和她想的一点都不一样嘛。

　　如果说陈安茹的反应是对陆妍娇的初步打击，那么第二天李斯年那副听到这消息后头都懒得抬的模样就是对陆妍娇更为残忍的伤害了。

　　"你们恋爱了？"李斯年低着头正在研究键位，根本一点也不关心陆妍娇有没有恋爱，"这事儿全世界不都知道了吗？"

　　陆妍娇气鼓鼓的，像只河豚："可那是假的！"

　　李斯年道："哦……"

　　陆妍娇道："你作为前几个知道真相的当事人就不想说点什么吗？"

　　李斯年道："想啊。"他抬头看向贺竹沥，"队长，你刚才说的设置键位怎么弄来着？没弄明白，你来帮我看看？"

　　陆妍娇号啕大哭："呜哇！"

　　贺竹沥走过来，摸了摸陆妍娇的头，帮李斯年继续研究键位去了。

　　当大家知道贺竹沥和陆妍娇恋情的时候，陆妍娇和贺竹沥在演戏，现在两人真的谈恋爱了，大家都没了反应。

　　作为一个资深"戏精"，陆妍娇表示痛不欲生。

　　贺竹沥摸着她的脑袋安慰她。

陆妍娇瘫在椅子上，感觉人生都失去了意义。

晚上和1总四排的时候，陆妍娇幽怨地把这事儿说了出来，说大家一点都不惊讶她和贺竹沥谈恋爱的事情，她感觉没有啥成就感。

1总沉默了好久，才问了一句："演戏？"

陆妍娇道："对啊，那个综艺节目上可不就是在演戏嘛。"

1总道："所以是你苦恋贺竹沥不得，他一直没有答应你，直到昨天你们才真的确认关系？"

陆妍娇陷入沉思，突然觉得这个剧本好像也挺不错的……

贺竹沥哪里会不知道陆妍娇在想什么，咬牙提醒："你差不多就行了啊。"

陆妍娇道："嘤嘤嘤，你好凶哦。"

贺竹沥道："别哭了，吵得我头疼。"

陆妍娇道："竹沥，无论你说什么，我都爱你。亲爱的，只要你愿意和我在一起，我什么都可以做。"

贺竹沥道："叫我一声爸爸……喂，1111干吗——"

一颗雷在贺竹沥的身边炸响了，这次大家都万分确定不是1总手滑，而就是冲着贺竹沥来的，1总说："你让她叫你什么呢？"

贺竹沥道："1111我打死你——"

1总一梭子子弹就把贺竹沥给补了，简直像个没有感情的杀手："没大没小的，让谁叫爸爸？！"

贺竹沥道："嗬，陆妍娇她让我叫她妈妈的时候你怎么不说没大没小！"

1总道："我管不着。"

贺竹沥气得差点没把鼠标砸了。

平日都是贺竹沥气别人，也就是1总每次都能把贺竹沥的火给点着。

李斯年和陆妍娇两个在旁边吃着薯片跟看戏似的，闲暇之余，还来个竞猜环节。陆妍娇说："我赌五毛，下次还是1总先动手。"

李斯年道："我赌五毛，贺竹沥先动手。"

贺竹沥扭头："陆妍娇，李斯年，你们两个皮痒了是吧？"

陆妍娇和李斯年赶紧故作无事发生，假装四处看风景。

于是第二局，两个幼稚鬼又开始互相给对方使绊子，陆妍娇看不下去，说："你们别闹了，都多大的人了，就不能成熟一点吗？看看李斯年，都杀了三个人了。"

正在沉迷舔包的李斯年抬头："啊？"

1总道："贺竹沥不好。"

贺竹沥道："1111比我还不好！"

陆妍娇道："你们两个再闹，我就和李斯年双排去了啊。"

这个威胁还是很有用处的，两人总算是不把子弹浪费在队友身上了，开始铆足了劲儿，以杀人数量定胜负。

贺竹沥到底是职业战队的选手，比1总这个业余玩家还是要强不少，于是很快占了上风。他正在炫耀着，1总就一言不发地下了游戏。

"哈，怕了吧？"贺竹沥得意扬扬。

陆妍娇怕1总生气，私下里安慰了他几句，哪知道他大度得很，说没事儿，他绝对不会把这件事放在心上——"绝对"两个字还加了重音。

然而没过几天，陆妍娇就接到了电话，说她爹回来探亲，让她回去吃饭，顺便把某个姓贺的人也带上。

　　刚接到电话的陆妍娇还以为自己听错了，和陆忍冬反复确认之后，才确定她小叔没有传达错意思，而让她把贺竹沥带回去，也的确是她爹的意思。

　　"你爸知道你恋爱了。"陆忍冬在电话里表示，"他这几个月正好有探亲假，说要回来一趟，让你把男朋友也带上。"

　　陆妍娇吓得差点没把手机摔了："小叔，我没听错吧？他真的这么说的？"

　　"嗯。"陆忍冬应声。

　　陆妍娇说："我才不回去。你告诉他，我忙着学习呢！"

　　陆忍冬无奈："你怕什么，他又没有要骂你的意思，该怎么样怎么样呗。"

　　陆妍娇沉默了。

　　陆忍冬也明白陆妍娇在想什么："妍娇，我知道你还怪他，但他到底是你爸爸。"他欲言又止，过了半天才说，"当年那事情没那么简单。"

　　陆妍娇也生气了："什么叫没那么简单？有什么事你就说啊，总是遮遮掩掩！你不说我怎么知道到底发生了什么！"她说到后面声音里带了哭腔，"我就想知道，到底什么事儿，让妈妈都那样了，那时候他还不肯回来。"

　　陆忍冬重重叹息，沉默良久后，才低声道："好，你这次回来，我就告诉你到底是怎么回事。"

陆妍娇道："真的？"

陆忍冬道："真的，我什么时候骗过你？"

陆妍娇同意了，她挂了电话，却莫名有些怅然若失。她一直想知道当时她爹为什么会做出那样的选择，明明和她妈的感情那样好，却在妈妈最需要他的时候也没能回来。

第二天，陆妍娇就把见家长这事儿和贺竹沥委婉地说了，当然也询问了他的意见，表示如果他不愿意去的话也不用勉强。

"去。"贺竹沥却态度果断而又坚决，没有丝毫的犹豫，"你爸有什么爱好吗？"

陆妍娇想了想："爱好不回家？"

贺竹沥沉默。

陆妍娇道："我开玩笑的，不过他是个当兵的，没什么爱好，你也别带东西，空手去就行了。"她小声地嘟囔起来，"他脾气不好，到时候你看见他别害怕……"她说着让别人不怕，只怕自己到时候又会吓得跟只小狗似的。

贺竹沥点点头。

李斯年听说这事儿后惊叹："你们这么快就要见家长了？这进度也太快了吧，不会明年就结婚吧？"

贺竹沥道："等她毕业。"

李斯年道："嚯，你都计划好了是吧。"他摇头叹气，"我当你为什么死活要出去住，还为这事儿和教练吵了一架，原来在那儿等着呢。"

贺竹沥轻描淡写地看了李斯年一眼："你知道得太多了。"

李斯年道："所以你到时候准备带点什么见岳父？"

贺竹沥道："还不知道。"

如果说丈母娘看女婿是越看越喜欢，那岳父看女婿绝对就是越看越讨厌了。毕竟"自家养的好白菜被猪拱了"，放谁身上都心疼啊。

陆妍娇心里想着她小叔陆忍冬说的话，贺竹沥想着怎么在未来岳父面前留个好印象。于是在等待见家长的几天里，两人之间的气氛都很沉重。

好在一晃就到了约定的时间。

那天天气不错，陆忍冬开车来了基地，接上了陆妍娇和刚训练完的贺竹沥。

虽然陆妍娇让贺竹沥别带东西了，但贺竹沥还是提了大包小包的东西。上车的时候陆忍冬笑着和贺竹沥打了招呼，两人互相介绍了一下，贺竹沥才坐到陆妍娇身边。

贺竹沥一直没怎么说话，表现得也还算淡定。陆妍娇还以为他不紧张，结果仔细一看，发现他额头上竟冒出了一层密密的冷汗。

陆妍娇又不好在陆忍冬面前问，只好给贺竹沥发信息：别紧张，放轻松。

贺竹沥死鸭子嘴硬：我不紧张。

陆妍娇：你不紧张出什么汗？

贺竹沥：热。

陆妍娇道："……小叔你把空调温度再调低一点。"

陆忍冬道："好。"

空调温度是调低了，贺竹沥的汗还是止不住。陆妍娇看着心疼，悄悄地给他塞着纸巾，发信息安慰他说没事的，不用紧张，她家里人都不错，绝对不会难为他的。

贺竹沥：嗯。

车一路往前，一个多小时后到达了陆宅。

贺竹沥和陆妍娇一起进了屋子，看见了面容慈祥、笑容满面的陆奶奶。

陆奶奶招呼着："快来坐，哎哟，怎么满头都是汗，忍冬你没开空调啊？"

陆忍冬心想，这能怪我吗，那车里都快成冰柜了，这小孩儿还是流汗。

好在除了流汗，贺竹沥的其他表现还算淡定。

陆奶奶见到贺竹沥带的东西，眯着眼睛笑了："来就来吧，还带什么东西。娇娇，过来，让奶奶看看。"

陆妍娇坐了过去。

陆奶奶说："不要紧张，这次让你过来是娇娇她爸要求的，他也是急得莫名其妙……竹沥呀，你叫我奶奶就行，不要客气，就当这里是自己家。"

全家人都不明白为什么陆妍娇她爹急着要见贺竹沥。

贺竹沥很乖巧地叫了声奶奶。

陆奶奶高兴地应了声。

几人正聊着天，陆妍娇她爹就从楼上下来了，她清楚地感觉到，坐在她旁边的贺竹沥呼吸微微顿了一下——她看见他额头上又开始冒汗。

在这一刻，陆妍娇对着自己的男朋友生出了母亲般的慈爱，这要是平时，看见陆凌霄的她估计已经缩成了鹌鹑，但是伟大的"母爱"给了她无限的力量。陆妍娇开口就是一句："你不要那么严肃呀，都吓着他了。"

全家人沉默。

陆妍娇话说出来之后才反应过来自己到底说了啥，她小叔都惊讶到了。陆妍娇紧张地绞着手指，正欲解释几句，就看见她爹生硬地扯了扯嘴角，露出一个怪异的笑容。

这下旁边的贺竹沥冒出更多汗了。

陆妍娇哭笑不得，心想：你还不如不笑呢。

也不知道陆凌霄是多久没笑了，这笑容简直可以用皮笑肉不笑来形容，他在贺竹沥面前坐下，严肃得像个考察士兵的长官："名字？"

贺竹沥道："伯父好，我叫贺竹沥。"

陆凌霄问："年龄？"

贺竹沥道："今年刚好二十一。"

陆凌霄问："籍贯？"

贺竹沥还没回答，陆奶奶先受不了了，说："行了行了，你查户口呢？都叫你别那么严肃了——"

陆凌霄沉默三秒，居然还委屈上了："我笑了。"

陆奶奶道："你那叫笑？不知道的还以为你要枪毙人呢。"

陆凌霄问："那怎么办？"

陆奶奶道："要不你让我和竹沥聊会儿，你自己去看电视？"

陆凌霄道："不行！"

贺竹沥见状赶紧出来打圆场，说："奶奶，没事的，让伯父问就行了，没关系的。"

陆奶奶面露无奈："你别惯着他，他那个性子，越惯着越麻烦，当年敏敏还在的时候……"后面的话她没说出来，她赶紧看了陆妍娇一眼，见陆妍娇神色平静，才放下心来。

敏敏是陆妍娇母亲的小名，当年陆妍娇母亲还在的时候，便是家里最惯着陆凌霄的那个，只是可惜……

贺竹沥再三表示自己没关系，陆奶奶便叹了口气，由着他们聊天去了。

趁着他们聊天的工夫，陆忍冬冲着陆妍娇招了招手，示意她出去。

陆妍娇便起身去了阳台。

"妍娇，这事儿你爸一直不让我告诉你。"陆忍冬声音低低的，"我也很犹豫，但是这么多年了，我觉得有些事还是不能继续瞒下去。"

陆妍娇道："什么事？"

陆忍冬道："你妈妈生病的时候，其实你爸回来了好几趟，但是来去都很匆忙，所以你也不知道，最后一次他没赶上见你妈最后一面，是因为他受了伤。"

陆妍娇道："受了伤？"

陆忍冬叹息，没有说话，而是从兜里掏出了几张照片："你看看吧。"

陆妍娇接过了陆忍冬手里的照片，照片上的陆凌霄脸色苍白地躺在手术台上，一条伤口从颈项拉到了腰腹的位置。那伤口极深，甚至看到了骨头和内脏。

陆妍娇看着照片倒吸一口凉气："这么严重？"

陆忍冬道："你爸那身体素质都差点没挺过来，他怕你和你妈知道后担心，也没敢说，就硬扛着去医院看了你妈几次，被医生骂惨了。"他叹息，"这不是最糟糕的，最糟糕的是那段时间你爸接手的事情也很麻烦，有人想要他的命。"

陆妍娇看着照片沉默了。

"后来他又被袭击了几次，没扛住，昏迷了大半个月。"陆忍冬说，"在你妈去世的前三天才醒，等得知你妈去世的消息，已经来不及了。"

后面几张，都是陆凌霄躺在床上闭着眼睛的照片，他面容消瘦，看起来状态极差。

"你不要怪他。"陆忍冬说，"他知道自己欠你，也难受。"

陆妍娇的肩膀耸动起来，她再次抬头时，脸上已经挂满了泪水，质问道："为什么不告诉我呢？早点告诉我就那么难吗？"

陆忍冬实在不忍，伸手重重地抱住了她："抱歉，抱歉，他以为你不知道，你心里会好受一些。"

因为陆凌霄职业的特殊性，他的很多工作都没有办法让家人知道。从陆妍娇懂事开始，她对父亲的印象就只有电话和相册，还有偶尔几次时间并不长的见面。

陆忍冬抱着陆妍娇，低声道："这些事情，他之所以没有告诉你，一是因为他害怕你担心，二是有保密性质。妍娇，虽然我偷偷告诉了你，但你也要装作不知道。"

陆妍娇泪眼婆娑："他现在还在做那些事吗？危不危险？"

陆忍冬没说话，只是伸手摸了摸陆妍娇的头。

这个动作便是问题的答案了。

陆妍娇忍不住抽泣得更加厉害。妈妈去世，她爸还在做如此危险的工作，不知道哪一天就回不来了，虽然她现在和她爸的关系不好，但也无法想象如果这一天真的来了，她会是怎样的心情。

陆妍娇抱着照片，靠在陆忍冬的肩头，眼泪根本停不下来。

陆忍冬道："你待会儿出去了，要装作没事的样子，知道吗？还有这些照片……"他叹息，"其实都是我偷偷弄出来的，被你爸知道了，肯定得骂我。"很多和陆凌霄有关的东西都是机密文件，这次他为了消除陆妍娇和陆凌霄之间的误会，也算是尽了自己的全力。

陆妍娇还蹲在地上哭，她也不敢哭得太大声，就用力地憋着，整张脸都憋红了。

陆忍冬轻轻拍着她的肩膀，安抚着她的情绪。

哭了十几分钟，陆妍娇终于缓过劲儿了，她擦干了眼泪，从地上站起来，小声道："这些照片可以给我吗？"

陆忍冬蹙眉："你可以留一张……但是不能被别人看见了。"

陆妍娇点点头："小叔，谢谢你。"

陆忍冬叹气："我是不想看见你们父女有什么隔夜仇，如果能说，我早就说了，不会等这么多年……"

陆妍娇拿了照片，用手重重地摩挲片刻，这才放进口袋。

"哦，对了，我还有个事情要和你说。"陆忍冬像是想起了什么，突然开口，"你最近直播的时候注意点，你爸好像也在看你的直播。"

"什么？"陆妍娇一愣，"他在看我的直播？"

陆忍冬道："对啊，他好像还玩游戏。"

陆妍娇惊了，一双眼睛瞪得溜圆，陆凌霄这个玩真刀真枪的，怎么会对这种模拟枪战游戏感兴趣？

"他名字叫什么？说不定我还见过他发的弹幕。"陆妍娇道，"你怎么不早点告诉我……"她在直播间里可是天天逼着那几人叫她妈妈，也不知道被陆凌霄听见了是个什么想法。

"我春节的时候给他注册的账号……"陆忍冬说，"就随便输了四个1。"

陆妍娇道："什么？"

她听到这话差点没把自己下巴给惊掉："你说什么？他的名字是四个1？就是'1111'？"

陆忍冬道："对啊，怎么了？"

陆妍娇道："四个都是阿拉伯数字？"

陆忍冬道："对。"他看见陆妍娇一副惊呆了的模样，奇怪了，"难道你真看见过他发弹幕？"

陆妍娇陷入了沉默，脑子里浮现出 1 总用变声器变过的声音，还有那一句经典的"我是她爸"。

那原来真的是她爸啊，好不容易止住的泪水差点又涌出来，陆妍娇痛苦地捂住了自己的脸，开始思考她和 1 总一起打游戏的时候到底说过哪些话。

陆忍冬看得莫名其妙，问陆妍娇到底怎么了。

"没事。"陆妍娇表示坚强的自己不需要抱抱，"我挺好的，我没事。"

陆忍冬心想，你这个表情可不像是没事的样子啊。

然而经过迅速的反思，陆妍娇很快就发现需要慌张的不是自己，而是现在坐在里面正在被"盘问"身份信息的贺竹沥同学。

陆妍娇真的开始好奇，当贺竹沥知道自己放倒的是未来岳父时的表情。

陆忍冬道："你表情怎么那么丰富？"

陆妍娇纠结了一会儿，决定把 1 总和他们一起打游戏的事情告诉陆忍冬。

陆忍冬听完之后表情十分复杂："他们两个真的互掐了？"

陆妍娇道："别说互掐了，1 总被贺竹沥杀死了好几次——"

陆忍冬道："呃……"

陆妍娇道："我爸不会记仇吧？"

陆忍冬含糊道："应该不会吧，你爸不是那种小气的人。"

对啊，1 总从来不自己记仇，都是记到小本子上，来日方长。他就说他哥怎么会突然回来探亲，还让陆妍娇把她男朋友带回来，原来还有个这样的内情在里面。

两人对视片刻，都在对方眼里看到了某种担心的情绪。

"我们进去吧？"擦干了泪水的陆妍娇道，"他们好像在里面聊了很久……"

陆忍冬道："好。"

然后两人进了屋子，看见贺竹沥和陆凌霄居然还在聊天，气氛居然还算得上和谐。

陆妍娇在他们身边坐下时，才听到他们在讨论枪械。作为一个完全不了解枪械的人，陆妍娇听得满脸茫然，最后陆奶奶叫他们吃饭了，这两人才恋恋不舍地结束话题，坐在了饭桌旁。

吃饭的时候，陆妍娇悄悄地给贺竹沥发信息，问他感觉如何。

贺竹沥回答：你爸挺好的，没有怎么为难我。

陆妍娇有点不信：真的吗？

贺竹沥：真的。

哦，那她可能是误会她爹了，看来她爹还是挺大方的，她如此天真地想着。

直到吃完饭，大家坐在沙发上休憩的时候，陆凌霄突然问贺竹沥想不想去靶场玩玩。

陆妍娇还没说话，贺竹沥就一口应了下来。

陆妍娇道："等……等一下……"

贺竹沥道："没事妍娇，我陪陪伯父挺好。"

陆妍娇道："可是……"

陆凌霄眼神冷淡地看过来，陆妍娇被这眼神吓得缩了缩脖子，彻底放弃了拯救贺竹沥，心里为他祈祷了起来。离他们家挺近的地方就有一个靶场，当然是不对外开放的，但以陆凌霄的职位想要带着人进去玩玩还是没问题的。陆妍娇以前就被她小叔带着去过。

不过她对枪械实在没兴趣，巨大的响声和后坐力对她而言都是种折磨，所以她对那里的印象着实不太好。

但见贺竹沥跃跃欲试的模样，显然是很想去的。

"你不想去就待在家里吧。"陆凌霄对自己女儿还是很了解的，"外面热。"

陆妍娇道："可是你们两个……"

贺竹沥道："我没事的。"

陆凌霄解开袖口，卷起了袖子，语气不咸不淡："放心吧，不会缺手少脚的。"

陆妍娇心想，不缺手少脚就是底线吗？她怎么觉得哪里不太对啊？

贺竹沥倒是完全没有觉得哪里不对，眼神里透着高兴，对着陆妍娇说："放心吧，没事的。"

然后陆妍娇就看着两个大老爷们儿高高兴兴地走了。

"小叔……"陆妍娇道，"我爸不会真的对贺竹沥做什么吧？"

陆忍冬道："不会……"

陆妍娇刚准备松口气，就听她小叔语调上扬补了个字："吧？"

陆妍娇更担心了。

陆奶奶见陆妍娇担心的模样，却笑了："娇娇这颗心都挂在别人身上啦。"

陆妍娇挺不好意思的，又不知道该如何解释，于是干脆什么都不想了，陪着奶奶说了一下午的话。当然其间她没忘记给贺竹沥发信息问他怎么样了。

但贺竹沥也不知道是没看手机还是怎么着了，一直没给她回复，直到六点多了，他才回了一条：回来了。

陆妍娇：感觉如何啊？

贺竹沥：……挺好。

陆妍娇：你前面的省略号是什么意思？

贺竹沥没有再回信息。

七点三十五分，贺竹沥和陆凌霄到家了。

贺竹沥是笑着出去的，回来的时候虽然也笑着，但笑容显得有些勉强。陆凌霄倒是没什么变化，回来之后对着陆奶奶说了句："年轻人身体素质不错。"然后拍了拍贺竹沥的肩膀。

陆妍娇狐疑地看着两人，她现在有足够的理由怀疑她爹把贺竹沥带到没人的地方揍了一顿，毕竟在游戏里贺竹沥欺负1总的时候可是一点儿都没手软。

结果晚上吃饭的时候，贺竹沥拿着筷子半天没下手，陆妍娇疑惑道："竹沥，你咋了？"

贺竹沥还没说话，陆凌霄就道："第一次开枪姿势不对，把肩膀弄伤了。不过没事，皮肉伤，年轻人身体好，一周就能恢复。"

贺竹沥苦笑。

"呵呵，"陆凌霄似笑非笑，话语里颇有深意，"枪没那么好玩吧？"

贺竹沥感觉有些莫名其妙。

陆妍娇看了她小叔陆忍冬一眼，和她小叔进行眼神交流：你不是说我爸不小气吗！

陆忍冬假装没看懂陆妍娇的意思，略微心虚地移开了视线，他哪里知道面对这个未来的女婿，陆凌霄能干出这样的事儿啊。唉，不过就算是他看见陆妍娇和贺竹沥谈恋爱，这不心里也是酸溜溜的，也不能全怪他大哥……

这一顿晚饭，陆妍娇可以说是吃得相当煎熬，好不容易到了离开的时间，陆凌霄站在门口看着几人往外走。他没说话，目光全放在陆妍娇身上，如果是平日里，陆妍娇被这样盯着，一定会觉得浑身不自在，乃至于害怕。今天她却没有，不但没有，还刻意放慢了自己的脚步。

"妍娇，怎么了？"站在一旁的陆忍冬刚发问，便看到陆妍娇转身突然跑到了陆凌霄的面前，然后伸出手用力地抱住了面前的男人，小声地叫了声："爸。"

陆凌霄整个人都僵住了，他似乎完全没有想到陆妍娇会做出这样的动作，僵了许久后，才缓缓伸出手，抚了抚陆妍娇的头，轻轻地应了声。

陆妍娇这才松了手，飞快地跑回车里。她脸上有些羞涩，但更多的是一种轻松："我们走吧，小叔。"

陆忍冬抬手发动了汽车。

直到车子驶出大院，陆凌霄都站在原地没动，一直盯着远去的车子，想着汽车里坐着的小姑娘。

那姑娘是他最疼爱的女儿，虽然他从未说出来过，虽然他一直不知如何表示。

陆妍娇感觉心中一块悬了好久的石头放下了，她靠在贺竹沥的肩膀上，脸上带着笑容。

"心情这么好？"贺竹沥问。

听到他的声音，陆妍娇忽地想起了什么，她抬起头，脸上带着怜悯的神情："竹沥，我有件事想告诉你。"

贺竹沥道："嗯？"

陆妍娇深吸一口气，尽量让自己的语气显得平静一点："这事情有点恐怖，你先做好心理准备。"

贺竹沥却是不信，道："你说吧，我没事。"

陆妍娇道："我爸也看我直播。"

贺竹沥听到这话，说："这有什么？"他在直播的时候又没有乱认儿子，该担心的难道不是陆妍娇吗？

陆妍娇道："还给我送了很多礼物……"

贺竹沥还是觉得没什么，道："所以呢？"

陆妍娇继续道："还和我们一起打过游戏……"

听到这句话，贺竹沥脸上的笑容渐渐消失，神色开始变得僵硬起来，他道："不是吧？"——显然，他已经从陆妍娇的话语里猜到了某个让人绝望的真相，"不是吧？"

陆妍娇拍拍他的肩膀，重重叹气："就是。"

贺竹沥的笑容彻底消失，他此时的表情很难用言语形容。

陆妍娇大概也知道他此时的心情，其实她刚知道真相的时候估计表情也差不多，于是安慰道："没事的，我爸不是那种记仇的人。对了，你们今天下午在靶场玩了什么？"

贺竹沥表情扭曲了一下，半晌没吭声，最后憋出来了一句："我终于知道你爸为什么要带我去靶场了。"

陆妍娇道："咦？"

回去的一路上，贺竹沥都无精打采，如同一个被霜打过的茄子。最后陆妍娇忍不住问他到底在想什么，他说："我在想我到底打死过你爹几次。"

陆妍娇道："至少十几次吧，就光上个星期……"

贺竹沥痛苦地捂住脸："求你别说了。"

陆妍娇道："哦，对了，我想起来了，你当时还说想当我爹。"

贺竹沥此时满脸痛不欲生，恨不得回到一周前，乖乖地当 1 总的好儿子——如果知道 1 总就是陆妍娇她爹的话。

陆忍冬坐在前面开车，听着后面两个小孩儿聊天实在是没忍住，笑了起来。

陆妍娇批评道："小叔你还笑！"

陆忍冬道："不要怕，这不是什么大事儿，你爸也不会记仇的。"

陆妍娇道："他不记仇带贺竹沥去靶场干吗？"

陆忍冬道："看见自己闺女被拐走了，总是有点吃醋嘛。你爸脾气本来就闷，难道你还指望他说出来？"

这话倒是挺有道理的，陆妍娇揉了揉贺竹沥的头发，安慰他一切都会好起来的。贺竹沥被硬生生地揉出了一个爆炸头。

到家了，贺竹沥都没有缓过劲来。陆妍娇和他回家后，看见他做的第一件事就是打开电脑和游戏，看着上面的好友列表失魂落魄地说："1 总不在。"

陆妍娇忍了半天没忍住，扑哧一声笑了出来："好啦好啦，他真的不会那么小气的，都是男人……"

贺竹沥痛苦道："他肯定记仇了，我打了他那么多次。"——还在他面前企图当陆妍娇的爸爸。

陆妍娇道："那你下次注意一下嘛。"

贺竹沥长叹，好像也只能这样了。于是接下来的几天里，贺竹沥开始天天蹲守1总。

陆妍娇抱着乌龟在后面顺毛，听见贺竹沥又开始叹气。

陆妍娇道："咋了咋了？"

贺竹沥道："他没来。"

陆妍娇道："他这几天刚探亲完，回去肯定比较忙，你再等几天……"

等待的时光总是万分磨人，特别是曾经得罪过等的那个人。看着贺竹沥的模样，陆妍娇觉得实在是好笑，不过转念一想，如果她这么对待贺竹沥的父母，那肯定也是慌得要死。

将心比心之后，陆妍娇也算是理解了贺竹沥的心情，并且在技术上提供了支持——她私聊约了1总打游戏。

她叮嘱陆忍冬别告诉她爸身份暴露的事情，大家都装作无事发生的样子。在陆妍娇的邀约发出两天后，1总回复了，说自己在忙，下周才能玩。

陆妍娇把信息告诉了贺竹沥，贺竹沥这才松了口气。

一晃就到了第二周几人约好的时间，那天贺竹沥沐浴更衣，怀着虔诚的心情进入了游戏队伍。

陆妍娇还在嘻嘻哈哈地笑，然后四人一起进入了游戏。

李斯年还不知道他们发生了什么事，本来以为今天又能看见1总和贺竹沥掐个你死我活，却没想到今天晚上贺竹沥显得格外有素质。

"1总，这里有把M4你要不要啊？满配的——"贺竹沥问。

1总冷淡脸："不要。"

贺竹沥道："你怎么不要？"

1总道："不要你用过的东西。"

贺竹沥沉默。

这要是之前，贺竹沥早气炸了，但是现在知道了1总的真实身份，贺竹沥即便是被如此对待，依旧满满都是耐心，于是他关了麦，私下里让陆妍娇把那把枪拿去给1总。陆妍娇笑得直拍桌子，说："竹沥，你真的没必要这样——"

贺竹沥道："他是我岳父！是你爹！"

陆妍娇道："那又怎么样？"

贺竹沥沉默了一会儿，终于没忍住："要是他不同意怎么办？"

陆妍娇道："应该不会吧？"

贺竹沥道："谁知道呢！"

陆妍娇看着贺竹沥的表情，又笑了起来，还是把那把M4送到了1总的面前。1总拿了闺女递来的枪，心情很好，也没有再去为难贺竹沥。反正这天晚上在李斯年看来，贺竹沥就跟吃错了药似的，居然不针对1总了，面对1总和陆妍娇之间的亲密互动完全视而不见，竟没有打翻醋坛子。

最后李斯年实在没忍住，说："队长啊，你今天晚上到底受什么刺激了，为何对待1总如同儿子一样孝顺？"

贺竹沥没好气："你问陆妍娇去。"

陆妍娇哈哈大笑，把1总的真实身份告诉了李斯年。

李斯年听完后瞠目结舌："嚯，还有这种操作？你们城里人可真会玩——"他立马想起了贺竹沥曾经和1总针锋相对的场面，扯起嘴角笑道，"那贺竹沥岂不是把他岳父打死了那么多次？"

贺竹沥道："闭嘴吧你！"

陆妍娇拍桌大笑："哈哈哈哈哈哈哈哈！"

这天晚上，1总享受了前所未有的美好的游戏体验。反正队伍里最好的东西是他的，最可爱的姑娘也陪着他一起聊天，贺竹沥不但不吃醋，还学会了让人头，其中变化之大，是个人都能看出来不对劲。

1总最后结束的时候赞叹了一句，说："年轻人进步了不少嘛。"

贺竹沥立刻表示说自己这周见了一个长辈，那个长辈教会了自己很多——可不是嘛，这肩膀还青着呢。

陆妍娇和李斯年听得暗自发笑，两人都是第一次见到贺竹沥这么低姿态的模样。

好在1总也不经常玩游戏，不然贺竹沥怕是得被活活憋死。

1总下游戏后，贺竹沥说出去抽根烟，陆妍娇想到了什么，随口问了句李斯年，说："贺竹沥和他的父母还是没有联系吗？"

李斯年道："好像是的。"

陆妍娇道："怎么会闹那么僵啊？"

李斯年道："他家里都是教书的，好像不太能接受他辍学出来打游戏这事儿，以前是这样，只是现在不知道了。"毕竟现在电竞也开始朝着体育项目靠拢了。

陆妍娇"哦"了声。

李斯年道："而且他爸在我们转会之前来过基地，和他大吵了一架，后来就没有再听说过他父母的事情。"

陆妍娇道："好吧……"

本来这事儿陆妍娇就是随口那么一问，却没有想到，几天之后竟然真的在贺竹沥家楼下见到了贺竹沥的母亲，一个面容看起来颇为儒雅的中年女人。

虽然之前从未见过贺竹沥的母亲，陆妍娇却是一眼就认出了来人的身份。原因无他，贺竹沥和他妈实在是长得太像了。特别那双眼睛，几乎是在见到的第一眼时，陆妍娇就确定两人有血缘关系，只是那时她还不知道这人就是贺竹沥的妈妈，还以为是姑姑之类的亲戚。

"阿姨，有什么事吗？"陆妍娇当时刚下课，还背着个小书包，乍一看跟个高中生似的，她走上前去，热心地问道，"你是来找贺竹沥的吗？"

"呀，你怎么知道的？"女人闻言有些惊讶，弯起眼睛笑了笑，"是的，我是来找他的。"她笑起来的样子和贺竹沥更像了。

"哦，他就住在我楼上。"陆妍娇道，"请问你是他的？"

"我是他的妈妈。"女人说，她态度彬彬有礼，看起来也不像是蛮不讲理的人，和陆妍娇想象中的形象差别挺大。

陆妍娇一听，赶紧道："这里有门禁，我带您上去吧。"

"麻烦你了。"女人点点头，对着陆妍娇露出一个淡淡的微笑。

陆妍娇打开了门禁，和她一起上了电梯。

上电梯后，女人一直在用余光小心地打量陆妍娇，最后还是没忍住："小姑娘，你是叫陆妍娇吗？"

陆妍娇没想到她居然认出了自己，不好意思道："对，我就是陆妍娇。"

"你是竹沥女朋友吧？"女人笑眯眯的，看起来十分和蔼。

"嗯……是的，伯母好。"陆妍娇有点不好意思地回应。

"好。"贺母眼神温和地看着陆妍娇，"竹沥那小子眼光真是不错。"

陆妍娇挠挠头，感觉自己都被夸得有点不好意思了。

电梯叮的一声，到了贺竹沥家所在的楼层。

陆妍娇走在前面，按响了贺竹沥家的门铃。

片刻后，贺竹沥开了门，他身上还穿着 T 恤，头发也乱糟糟的，一开门就看见自己妈站在门口，整个人都愣住了："妈，你怎么来了？"

贺母道："我不能来了？"

贺竹沥道："没……爸要是知道你来了，不得生你的气？"

贺母道："他那脾气，要气就气呗，我才懒得管他，我都快要一年没见你了……你搬家了也不告诉我。"

陆妍娇听着二人的对话，觉得这对母子的关系好像没有她想象中那么差。从贺母看贺竹沥的眼神里也能感觉到，她并不像李斯年说的那样和贺竹沥关系僵硬，看样子母子俩平日里也有联系。

"妈，你过来怎么不和我说一声，那么远。"贺竹沥给他妈倒了杯茶，在她面前坐下。

贺母道："没什么好说的，我就是来随便看看。"她的目光移到了陆妍娇身上，然后又笑了起来，"看来你过得挺好。"

陆妍娇乖巧地坐在沙发上，假装自己是个乖宝宝，没敢像平日那样放纵。

贺竹沥点头："我是挺好。"

贺母道："你好就行了。这次我来还有件事，今年过年你回来吧，你爸也没那么生气了。"

贺竹沥听到这话，却蹙起了眉。

贺母叹气："我知道你在想什么，但你们到底是父子，哪有隔夜仇呢。他本来就是当老师的，最讨厌学生打游戏耽误了学业，你当时成绩那么好，他就指望你考个好大学。"

每个父母都渴望子女走最平坦的那条路，当年打电竞并不是什么值得炫耀的事情。对于老一辈的人来说，电竞几乎就等于打游戏，有哪个打游戏能打出成绩的？

"他不怪我了？"贺竹沥情绪有点低落。

"你管他怪不怪。"贺母道，"他那个脾气，就算不怪你了也放不下面子来求和。我跟你说吧，现在他每天晚上都悄悄地躲在房间里看你直播，还害怕我知道——我能不知道吗？他还拿私房钱给你刷礼物了。"

陆妍娇听着这话想笑，又忍住了。

贺母先笑了出来："很好笑吧？这么大岁数了，还跟个孩子一样幼稚，我看着也想笑。"

贺竹沥轻轻叹息。

贺母知道贺竹沥心里还是有个过不去的坎，她也跟着轻叹一声，道："竹沥，你和他性子像，我也不知道该怎么劝你。但是他啊，就是刀子嘴豆腐心，说着不让我和你来往，其实也没有怎么拦。"

贺竹沥道："他知道你每个月给我打钱了？"

"当然知道了，"贺母说，"还暗示我多打点呢。"

贺竹沥不说话了。

他当年刚出来的时候，条件特别差，完全是靠着家里的支持和帮助熬过来的。本来他以为这都是他妈的意思，却没想到他爸居然在里面占了这样的角色。

"我也不劝了。"贺母说，"你今年如果要回来，记得提前说一声，我好给你备年夜饭。如果方便的话，把妍娇也带回来吧。"

贺竹沥点点头，没说好，也没说不好。

之后贺母在贺竹沥家里住了两天，便提出要回去了。期间贺竹沥带着她去城里四处转了转，听见她要走，想要劝她多玩几天。

"不玩了，我得回去了，让他一个人在家里不放心。"贺母拒绝了贺竹沥的提议，"看你过得好我就放心了，之前担心你一个人，现在知道你有人陪着，也就没什么好担心的，有事就给家里打电话。"

贺竹沥点头应下。

贺母又看向陆妍娇，笑着说了句："竹沥就拜托你啦。"

陆妍娇高兴地说："好。"

贺母走后，贺竹沥和陆妍娇说了他家里的事情。其实也没什么特别的，和李斯年说的内容很是相似。唯一不同的，就是贺母其实和贺竹沥私下一直有联系，悄悄地给他经济上的资助，帮助他熬过了最艰难的一段时期。

贺竹沥说这些话的时候，眼神里带着些许内疚，他道："其实我打电竞这件事给了他们不少压力。"

陆妍娇道："压力？"

贺竹沥道："对，毕竟家里儿子突然辍学去打游戏了，这事在老师的圈子里是会被笑话的。"

的确如此，陆妍娇表示能理解。

"但是我妈挺支持我的，只是我爸……"贺竹沥提到他爸，眉头就蹙了起来，"他脾气比石头还硬，根本说不通，前些年还想要把我从基地带回去。"

陆妍娇道："嗯……现在他不会了吧？"

"谁知道他会不会，那么臭的脾气。"贺竹沥嘟囔，"也不知道我妈怎么看上他的。"

陆妍娇听着这话忽然想笑，因为她也想起了她爸，她当时也想过，她爸那么臭的脾气，到底是怎么被她妈看上的。

陆妍娇道："可能是因为他长得好看？"从贺竹沥的相貌就能猜到他爸爸不会太丑。

"哼。"贺竹沥不屑道，"还没有我好看。"

陆妍娇笑了。

虽然如此说，但贺竹沥还是决定春节的时候回去看看。

今年发生了太多的事情，有好的，有坏的，但总归而言，是收获颇丰的一年。

他们平静地度过了下半年，其间贺竹沥又出国打了一次比赛。这次陆妍娇也跟着去了，她现在是 FCD 战队的正式替补队员，偶尔也会有上场的机会。

两人的关系也越发亲密，等到了年关的时候，陆妍娇跟着贺竹沥回了他的老家，见到了和他关系紧张的贺父。

和陆妍娇想的一样，贺父是个脾气很差，但是长得很好看的五十岁大叔。

"你还回来做什么！"面对几年不见的儿子，贺父一开口，气氛就僵了。

"我回来看我妈。"贺竹沥也没好态度。

"哼！"贺父说，"你还知道回来——"他似乎还打算说什么，却看见了后进门的陆妍娇，硬生生地把话憋了回去。

"伯父好。"陆妍娇甜甜地问好。

"你好。"贺父看见陆妍娇，表情柔和了许多，"请坐。"

陆妍娇坐下。

贺母也及时出现，化解了这对父子间的尴尬。

总而言之，这对父子好歹是没有在见面的时候吵起来，已经算是有很大的进步。

之后的几天，陆妍娇都受到了贺家人的热烈欢迎，她见到了贺竹沥的表姐、表妹等亲戚，还顺手签出去了几十个签名，收获了一堆小粉丝。

陆妍娇感叹说："没想到会有这么一天。"她的人气比贺竹沥还高。

贺竹沥说："看起来你人气比我高，那是因为他们不敢来找我要签名。"

陆妍娇闻言立马找人评理去，说："伯父，伯父，贺竹沥说他人气比我高。"

贺父一听，立马道："他在胡说八道，每天打游戏的时候都绷着脸，哪有你讨人喜欢！"

贺竹沥道："你怎么知道我天天绷着脸，你难道看了？"

贺父马上嘴硬："不用看也知道！"

陆妍娇在旁边听着想笑，这对父子还真是有趣。

总而言之，虽然贺竹沥和他爹依旧不怎么说话，但两人之间至少没有再剑拔弩张，也能在一张桌子上吃饭，偶尔聊两句了。这已经是巨大的进步，或许再过段日子，这对父子间的隔阂就能烟消云散，陆妍娇开心地想着。

在拿到了世界冠军之后，接下来的几年里，FCD战队在《绝地求生》这个游戏里占据了统治地位。

国内联赛中，FCD战队总计四十二次夺得第一，其中最好的成绩是连续十一次获得第一名，创下了可以记入《绝地求生》竞技历史的纪录。

而在国外的征战中，FCD也丝毫不怯，连续三年夺冠，将最高荣誉奖杯牢牢地抱入怀中。陆妍娇作为比赛里唯一的一个女选手，也同样获得了极高的人气，直播人数破百万，微博粉丝七位数。

贺竹沥就更不用说了，现在只要提到这个游戏，就必然会提到一个

ID——Puma，他成了游戏里不可逾越的一座高山，所有新人都想要达到的目标。

陆妍娇虽然是 FCD 的替补队员，但并未放下自己的学业。在小叔陆忍冬的监督下，她乖乖地上完了四年的课程，并且拿到了学位证和毕业证，并没有出现什么太大的意外。

这也让陆忍冬松了一口气。

陆妍娇毕业后，进入了电竞圈，并且开始尝试建立工作室，制作游戏视频，目前还在创业阶段。

而她和贺竹沥的恋爱也持续了整整三年。其间两人有过矛盾，有过争吵，但从未想过分开。

陆妍娇家里又添了一只鹦鹉，因为长期忙碌，陆妍娇害怕乌龟寂寞，便想着给它买个伙伴回来。结果她刚这么想，贺竹沥就心有灵犀地带回来了另外一只漂亮的玄凤。

"你怎么知道我想给乌龟买个伴儿？"陆妍娇逗着自家乌龟，笑眯眯地发问。

"猜的。"贺竹沥说。

"哼，我才不信呢。"陆妍娇蹭着贺竹沥的下巴，突然想起了什么，问道，"话说你当时怎么勾引的乌龟？"

贺竹沥没吭声。

陆妍娇轻轻咬了他下巴一口："说话呀，怎么不说话了？"

贺竹沥亲亲陆妍娇的额头，慢慢道："我不告诉你。"

陆妍娇瞪圆了眼睛："为什么不告诉我——"

贺竹沥道："就是不告诉你。"

无论陆妍娇怎么问，贺竹沥都不肯说，直到很久之后，两人住在了一起，陆妍娇翻找东西时，突然翻出来个小本子。

那小本子上面详细地记录了要怎么勾引一只玄凤，一看就是找专门的驯鸟人做过功课。

陆妍娇拿着本子冲到贺竹沥面前，说："好哇，你居然计划了这么多！老实说吧，你到底暗恋我多久了？"

贺竹沥当时正在围着围裙给陆妍娇做晚饭，看见她拿着小本子尾巴快翘到天上的模样，很冷静地说："也没多久。"

陆妍娇问："那是多久啊？"

贺竹沥道："也就两三年吧。"

陆妍娇惊呆了："两三年，你居然在我高中的时候就对我有了企图？"

贺竹沥道："嗯。"

他承认得这么坦然，倒是让陆妍娇一时间不知道说什么。贺竹沥也知道他家傻姑娘想问什么，便低声缓缓道来。

他说他和陆妍娇的相识是那次在游乐园，之后便没有再见过陆妍娇。他们基地在一所高中旁边，本来陆妍娇没在那所学校上学，结果陆忍冬却阴错阳差地把陆妍娇转到了贺竹沥基地的旁边。

于是两人再次相遇。

当然，那时候的陆妍娇完全不记得贺竹沥了，贺竹沥也没敢上前搭讪，他就这么暗中观察着自己喜欢的姑娘。他那时也处于最艰难的时候，家里的人不理解，战队成员不合，还有很多困难需要克服。

"你那时候是不是特别喜欢吃一家小摊上的米线？"贺竹沥说，"不要香菜多加辣。"

陆妍娇听着这话满目难以置信："你怎么知道？我吃饭的时候你就在旁边看着？"

贺竹沥道："嗯。"

陆妍娇道："那我为什么不记得你？"

贺竹沥刮了一下她的鼻子："你光顾着吃，哪里会记得我。"

陆妍娇心想：她吃东西的时候的确是挺认真的。

"好了。"贺竹沥说，"吃饭了。"

陆妍娇听到有饭吃，又高高兴兴地蹦跳着出去了。

贺竹沥看着她的背影，露出温柔的笑容。

一切事情都以最美好的轨迹发展着。贺竹沥在陆妍娇毕业一年后，向她求婚了。

九百九十九朵玫瑰是标配，只是在玫瑰旁边，还放了一些游戏里特有的装备：WAM、98K、三级头……贺竹沥捧着鲜花，对着陆妍娇单膝下跪，说："我亲爱的姑娘，以后我愿意将我生命里最好的东西全都与你共享。"

陆妍娇弯腰，伸出手，让贺竹沥将一枚漂亮的戒指戴在了她的手上。她热泪盈眶，还不忘记对着旁人说话，说："李斯年，你真应该庆幸。"

李斯年正在激动地拍手，听得莫名其妙："我庆幸什么？"

陆妍娇道："你居然有幸见证自己父亲向母亲求婚……"

众人都大笑起来。

李斯年愤怒了，说："贺竹沥，你就不能管管陆妍娇吗？都这时候了，就不能让我多感动几分钟？"

贺竹沥道："妍娇，别闹了。"

陆妍娇乖乖地"嗯"了声。

贺竹沥说："你看咱儿子都不高兴了。"

李斯年道："贺竹沥！"自从这两个人开始谈恋爱后，他的辈分就开始猛降，开始还能当一下贺竹沥的兄弟，现在却只能当儿子了，气死他了！

订婚不久后，两人便结婚了。

婚礼举办得异常盛大，几乎邀请了电竞圈所有的名人。

陆妍娇一袭婚纱，和穿着笔挺西服的贺竹沥自是郎才女貌。两人一路走来，终成眷属，旁人看了无不艳羡。

陆妍娇的一大家子包括她百忙之中的爹都来参加了婚礼，贺竹沥的家人也纷纷到齐。众人眼中，均是对新人的期盼与祝福。贺竹沥对着自己心爱的姑娘许下誓言，说无论生老病死，都愿伴其左右。

陆妍娇笑着笑着就哭了，她听到翅膀拍打的声音，被带到现场的乌龟飞到了她的肩膀上，开始啄她的头发，像是在安慰她，让她不要流泪。

陆妍娇说："乌龟，别啄了，啄你爸爸去。"

贺竹沥面露无奈，看着乌龟飞到他的头顶。全场来宾看到这一幕，哄堂大笑，这画面实在是太戏剧化了，一时间成为佳话，四处流传。

陆妍娇小时候就梦想着有一个完美的婚礼，现在她的梦想终于实现，面前的男人眼中全是属于她一人的深情。

他将她拥入怀中，温柔地亲吻，许下誓言。

陆妍娇说："贺竹沥，我好爱你。"

贺竹沥笑了："陆妍娇，我也爱你。"

两人拥吻片刻，都在对方神情之中看到了让人心醉的暖意。

礼炮、欢呼、掌声奏成了一支乐曲，谱写出独属两人的乐章。

他们将如誓言那般，忠于爱人，无论贫困、患病或者残疾直至死亡，都深爱对方。

番　外
新模式

　　《绝地求生》每隔一段时间，就会在周末推出新的活动模式。

　　活动模式千奇百怪，比如喷子模式，地图里只刷近战武器，一群人只能拿着喷子互相冲脸；再比如死斗模式，一开局就规划好安全区，一群人不停复活，互相疯狂屠戮，按照杀敌数量来判断胜负。

　　这些模式大多都十分有趣，如果是相互认识的一群人一同玩耍，更能增添几分欢乐。当然，前提条件是——贺竹沥和陆妍娇的爹不在同一个队里。

　　自从知道了1总的真实身份后，贺竹沥对1总的态度就有了一百八十度大转弯，用李斯年的话来说就是"眼睁睁地看着噗神从一只老虎变成了一只温顺的小猫咪"，他还厚着脸皮去陆妍娇亲爹那里"卖萌"，企图改善曾经在她爹那里留下的糟糕印象。

　　不久后，《绝地求生》的官方推出了一个叫作"车载活动"的新模式，在这个模式里，不会刷新任何武器，只会刷平底锅、药品和载具，于是只能通过撞车或者用平底锅扇人家后脑勺的方式来杀人。

　　为了玩这个模式，陆妍娇很早就组织了一个队伍，当然也没有忘记把她爹叫上。虽然1总的身份已经被他们拆穿，但双方其实都心知肚明，贺竹沥这恨不得给1总当贴身肉盾的态度，早就暴露了他的小心思。

　　"我以前做错了太多。"贺竹沥坐在战队训练室的时候，说话的语气十分低落，"我也想当个好人……"

李斯年道："别了别了，能把岳父杀死那么多次的也只有你了。"

贺竹沥道："你闭嘴吧。"

陆妍娇显然并不明白贺竹沥这种得罪老丈人的复杂心情，她还在直播间里逗乐，和她爹互动得十分愉快。她发现她爹在直播的时候其实挺有趣的，还能接一两个冷笑话。

"如果你站在人生的低谷，请不要太担心。"看到游戏进入等待界面，李斯年拍了拍贺竹沥的肩膀，"你会发现你还有很大的下降空间……"

贺竹沥道："你真是皮痒了？"

"哈哈哈哈……"李斯年大笑。

四人进入游戏后，便开始去寻找载具，他们本来想找一辆四人座的吉普车，结果运气不好，找了好久就找到了一辆摩托和一辆三蹦子，这两种载具都只能坐下两个人。

因为陆妍娇跳伞的位置离李斯年比较近，她便开着自己的小摩托高高兴兴地接李斯年去了，只留下贺竹沥和1总两人站在屋子里四目相对。

贺竹沥觉得自己总要找点话题，于是憋了半天憋出来一句："喝饮料吗？"

1总没有吭声。

贺竹沥默默地控制着游戏人物，在地上放上了一瓶能量饮料："挺好喝的。"

1总又是一阵沉默。

就在贺竹沥以为他不打算说话的时候，1总用他那被变声器改变的声音来了句："你就用这种手段追的女孩子？"

贺竹沥还没来得及回答，旁边的李斯年噗的一声就笑了，他想要忍住，但还是失败了，一直笑，最后连眼泪都出来了："噗神，你这是被你岳父嘲笑了啊！"

贺竹沥伸手就拿起了旁边放在桌上无人问津的橘子，一把塞进了李斯年的嘴里。

李斯年被这橘子酸得眼泪都流出来了，最惨的是他还不敢吭声，只能默默垂泪。

陆妍娇没理会他们，骑着自己的小摩托车载着李斯年正在高兴地兜风。她路过麦田的时候，正巧看见有人在麦田里奔跑，激动地喊道："前面有人，看我加速撞死他！"

李斯年道："走走走！"

陆妍娇加速冲了上去，被陆妍娇盯上的人倒也经验丰富，看见摩托车朝着自己来了，便赶紧找了一棵树作为掩藏物体。

陆妍娇转来转去都没能碰到他，还被他用手里的平底锅敲了一下。陆妍娇拍桌狂怒："李斯年！快！下车揍他！"

李斯年提着他的平底锅就下去了。

陆妍娇在旁边加油助威，结果李斯年和那个倒霉蛋追逐了没一会儿，那倒霉蛋居然叫了好几个人过来。那几人开着一辆吉普车就朝着两人奔过来了，陆妍娇见势不妙，喊道："李斯年赶紧上车！"

李斯年收了平底锅转身就跑，结果那人居然跑得比李斯年快一点，在李斯年之前就坐上了陆妍娇的摩托车后座，游戏里的人物角色牢牢地抱住了陆妍娇角色的小蛮腰。

贺竹沥道："你们赶紧把人带到我们这里的房区来！"就在李斯年和陆妍娇两人到处招惹是非的时候，贺竹沥和1总两人间的气氛都要凝固了。没有架打的《绝地求生》简直像是个聊天室，最惨的是聊天室里还只有他们两个人。贺竹沥为了找话题都差点开口说"今天天气不错"了。

李斯年眼看着陆妍娇溜了，趁着敌人的吉普车撞过来的时候，赶紧上了别人的贼船，然后吉普车追着陆妍娇的摩托车朝着房区开去，坐在吉普车上的被三个彪形大汉包围的李斯年瑟瑟发抖，哭道："我好害怕啊……他们都在盯着我看……"

陆妍娇安慰他说："没事儿，他们看你是因为你长得好看！"

李斯年心想：你可别瞎说吧，因为自己长得好看才看自己？要不是看见这三个人手里蠢蠢欲动的平底锅，他还真的信了！

要不是游戏里的设定是只有在特殊的座位才能攻击队友，李斯年早就死了一万多次了。虽然现在他还活着，但即便是到了目的地，恐怕也是凶多吉少。

陆妍娇已经骑着她的小摩托把敌人带到了贺竹沥和她爹面前。

贺竹沥和1总手里的平底锅早就饥渴难耐，两人翻过窗户，朝着马路边上冲了过来。陆妍娇一个急刹，把自己的小摩托停在了路边，坐在她身后的那人见到气势汹汹朝着自己冲来的两人，立马下车转身开溜，贺竹沥挥舞着自己的平底锅冲了上去。

陆妍娇看着他那样子，忍不住哈哈大笑起来，她想起了自己和贺竹沥第一次玩游戏的时候，就是用平底锅敲死了他……

"我也要过来了！"李斯年发出惨叫声，"我们小心点，别被他们开车撞了啊！"

"我知道，我在车上呢！"陆妍娇信心满满地表示，游戏角色在车上时，是不会被其他载具撞死的。

结果她话还没说完两分钟，一辆吉普车便以六十迈的速度朝着她冲了过来，直接撞倒了她骑着的摩托，她被撞飞了出去。

"啊——"陆妍娇发出一声惨叫，摩托车直接被撞到了天上，再一个三百六十度旋转落在了地上。坐在驾驶位的陆妍娇直接惨死。

"怎么这样啊。"莫名其妙死掉的陆妍娇可怜兮兮地看向贺竹沥，"我还没发功呢……"

贺竹沥看了她一眼，欲言又止。

李斯年把贺竹沥想说的话给说了："什么功？敲死队友的功吗？"

陆妍娇道："你还有时间和我废话，你都要被人敲死了！"

这些开着吉普车的人把陆妍娇撞飞之后，提着平底锅下了车，七个人瞬间打成一团。

李斯年身法矫健，但奈何只有赤手空拳，不敢和人家平底锅硬碰硬，于是只能左躲右闪，跑得像只兔子似的。

贺竹沥不愧是职业选手，拿着平底锅冲到人群里直接敲倒了一个，其他人看清了贺竹沥的战斗力，立马都开始集中火力攻击他。贺竹沥三拳难敌死手，一时不察被敲了两下，血条马上快要见底。

"不行啦。"陆妍娇看到他们的队伍即将团灭，凄惨地叫了起来，"啊啊啊……要死了！"

在她的尖叫声中，残血的贺竹沥伴随一声清脆的响声被敲倒在地，而那四个彪形大汉则迅速围到了他的身边，欲对其补刀。

就在这关键时刻，路边突然传来了一声刺耳的车鸣声，陆妍娇抬眸看去，看到她爹竟然趁着贺竹沥和他们缠斗的时候，悄悄地摸到了吉普车旁边，这会儿已经坐上驾驶室的位置，朝正围着贺竹沥的四个敌人一脚油门冲了过来。

"我爹来救你啦！"陆妍娇发出一声娇俏的叫声，看着她爹像一个拯救世界的英雄一样，朝着四个敌人冲了过去，像是撞保龄球似的将四个人全部撞倒，屏幕下方出现了几个鲜红的大字：1杀，2杀，3杀，4杀！直接团灭！

"厉害了1总！"躲在旁边跟只鸡一样瑟瑟发抖的李斯年从角落里跳了出来，给1总竖了个大拇指。

"厉害了我的爹！"陆妍娇也笑了起来。

团队里一片欢声笑语，大家仿佛都没有看到地上出现的第五个盒子。

没错，被四个彪形大汉围起来的贺竹沥的身体直接被1总的吉普车无情地碾压过了，此时已经变成了一个四四方方的木盒子，静静地被另外四个木盒包围在中间。这简直是在用生命解释什么叫作一家人就讲究个整整齐齐。

"呀，噗神也死了啊。"李斯年仿佛这会儿才意识到他家队长凉了，在旁边假惺惺地说，"太可惜了……"

"必要的战损，"1总那被变声器变过的声音居然还能显得如此冷酷，"合理的牺牲，你不会介意吧？"

贺竹沥无奈道："哈哈哈，我怎么会介意呢。"

李斯年和陆妍娇在旁边忍不住大笑起来，也就是在1总面前能看到贺竹沥如此吃瘪的样子了。不过1总也不是那种乱记仇的人，在撞死了贺竹沥后，他默默地从包里掏出了一个小本子，拿出钢笔认认真真地在上面划掉了其中的一页，那一页上面写着一个具体日期和一个武器名字，如果陆妍娇看见了这个本子，一定会惊讶不已，因为这个本子上居然详细记录着曾经1总和贺竹沥"相爱相杀"的全过程。每一次被贺竹沥误伤，1总都默默地在自己的小本子上记上了一笔。如今风水轮流转，贺竹沥也只能认账。

把敌人杀死之后，1总载着李斯年，踏过了陆妍娇和贺竹沥的盒子，便继续兜风去了，陆妍娇和贺竹沥这两个死了的人只能坐在旁边继续吃自己的酸橘子。

之后，1总和李斯年两人又干掉了一支队伍，奈何队伍在人数上不占优势，最后还是被其他人用平底锅敲破了脑袋，被淘汰了。

李斯年嚷嚷着要再开一局，陆妍娇道："行啊，这次来比赛行吧？谁先死谁是小狗？"

"来来来。"李斯年撸起了自己的袖子。

贺竹沥在旁边冷哼一声，心想，待会儿要是1总先死，看你陆妍娇怎么交代。

结果人算不如天算，第二把贺竹沥居然和1总一起落地成盒——刚到地面上就被另外一队直接给敲死了。两人的盒子摆在一起，贺竹沥捏着眼角，一副头疼的样子。

"所以最后是谁先死的？"李斯年问。

"我。"贺竹沥几乎是从牙缝里挤出来的这句话。

李斯年道："哦……那你们先聊着，我和妍娇先走了。"他开着自己的小三轮转身就跑，任由贺竹沥恨恨的眼神落到他的后背上。

李斯年和陆妍娇溜了，于是只能留下贺竹沥和1总继续尬聊，两人都不喜欢说话，空气里的尴尬气氛仿佛快要从屏幕里溢出来。

就在贺竹沥打算硬着头皮找话题的时候，1总居然先开了口，他说："你上次把其他战队的人打了？"

贺竹沥没想到1总会突然提起这个，"嗯"了一声后，莫名有些紧张，毕竟他并不想在自家老丈人眼里留下喜欢使用暴力的印象。

但还没等他想到解释的话语，便听到1总来了句："我知道你是因为什么原因打人，做得不错。"

贺竹沥松了一口气。

结果他这口气还没落下去，1总那边又开了口，"那你和小花儿是什么情况？"

贺竹沥一时间没反应过来，愣了："什么……什么情况？"

1总道："她暗恋你，你不喜欢她？"

贺竹沥沉默。

1总道："她哭着帮你辩白？"

贺竹沥沉默。

1总道："这是真的吗？"

贺竹沥瞬间百感交集，他转头看向旁边还在傻乐的陆妍娇，想起了他家傻姑娘为了帮他辩白时演的那出戏。虽然他和陆妍娇以及他们战队里的人都知道这是假的，可是……陆妍娇她爹不知道啊！

"是假的。"贺竹沥只能解释道，"是我先追的她。"

1总道："哦？"

贺竹沥道："真的，我喜欢她好久了。"他说道，"当时为了取信官方人员，她故意这么说的。"

1总道："哦，你的意思是小花儿在撒谎？"

贺竹沥不知道该说什么了，他取下耳机，递给坐在旁边的陆妍娇，道：“我不聊了，你给你爹解释吧！”

陆妍娇无语。

贺竹沥站起来，默默地走到了窗户边，背影显得格外落寞。

此时身后却爆发出了笑声，贺竹沥回头，看见他家小花儿在拍着桌子狂笑："没有啦，我们真的是在演戏，哪里什么苦恋求不得啊，哈哈哈……不过孩子的事倒是真的……"

贺竹沥心想：陆妍娇你真是，在你爸面前都演得这么开心，也不怕玩脱了。

"哈哈哈，其实孩子的事也是在开玩笑啦。"陆妍娇道，"其实我也没有和他谈恋爱……"

她注意到贺竹沥那刀子似的目光，瞬间服软了，讷讷道，"好了，前面全是开玩笑的，我和贺竹沥就是在正常谈恋爱。"

贺竹沥叹气，语调无奈："陆妍娇，我看你是真的要戒了。"

陆妍娇无辜道："戒什么呀？"

贺竹沥道："还能是什么，"他走到陆妍娇身边敲了一下她的脑袋，"自然是你的戏瘾！"

陆妍娇摸摸头："万一戒不掉怎么办？"

贺竹沥道："戒不掉？"

陆妍娇眨着她的大眼睛看着贺竹沥，贺竹沥想要狠下心肠，但最后还是失败了，只能咬牙切齿道："要是真的戒不掉，那我岂不是只能陪着你一起演了？"

陆妍娇闻言，露出灿烂的笑容。

被人无条件宠着的感觉，可真好。

有人质疑付成舟比赛开挂这个事情一出来，圈子里所有人的目光都聚集到了他的身上。

有人狂欢，有人怒骂，有人质疑。不过半天时间，陆妍娇就见识到了这个圈子的千姿百态。

这就是他的剑，也是他的铠甲，电竞本就是成王败寇，只要能赢，就可以堵住所有怀疑的声音。

"Winner winner,chicken dinner".

电竞人没有女朋友，电竞人从不谈恋爱。

游戏那么好玩，要女朋友干吗？

——电竞这个行业，十六七岁是黄金年龄，到了二十五六岁，反应慢下来了，也就离退役不远了。

有人质疑付成舟比赛开挂这个事情一出来，圈子里所有人的目光都聚集到了他的身上。

有人狂欢，有人怒骂，有人质疑。不过半天时间，陆妍娇就见识到了这个圈子的千姿百态。

这就是他的剑，也是他的铠甲，电竞本就是成王败寇，只要能赢，就可以堵住所有怀疑的声音。

"Winner winner,chicken dinner".

电竞人没有女朋友，电竞人从不谈恋爱。

游戏那么好玩，要女朋友干吗？

电竞这个行业，十六七岁是黄金年龄，到了二十五六岁，反应慢下来了，也就离退役不远了。

有人质疑付成舟比赛开挂这个事情一出来，圈子里所有人的目光都聚集到了他的身上。

有人狂欢，有人怒骂，有人质疑。不过半天时间，陆妍娇就见识到了这个圈子的千姿百态。

这就是他的剑，也是他的铠甲，电竞本就是成王败寇，只要能赢，就可以堵住所有怀疑的声音。

"Winner winner,chicken dinner".

电竞人没有女朋友，电竞人从不谈恋爱。

游戏那么好玩，要女朋友干吗？

电竞这个行业，十六七岁是黄金年龄，到了二十五六岁，反应慢下来了，也就离退役不远了。

付成舟比赛开挂这个事情一出来，圈子里所有人的目光都聚集到了他的身上。

有人质疑

有人狂欢，有人怒骂，有人质疑。不过半天时间，陆妍娇就见识到了这个圈子的千姿百态。

这就是他的剑，也是他的铠甲，电竞本就是成王败寇，只要能赢，就可以堵住所有怀疑的声音。

"Winner winner,chicken dinner".

电竞人没有女朋友，电竞人从不谈恋爱。

游戏那么好玩，要女朋友干吗？

电竞这个行业，十六七岁是黄金年龄，

到了二十五六岁，反应慢下来了，也就离退役不远了。

有人质疑付成舟比赛开挂这个事情一出来，圈子里所有人的目光都聚集到了他的身上。

有人狂欢，有人怒骂，有人质疑。不过半天时间，陆妍娇就见识到了这个圈子的千姿百态。

这就是他的剑，也是他的铠甲，电竞本就是成王败寇，只要能赢，就可以堵住所有怀疑的声音。

"Winner winner,chicken dinner".

电竞人没有女朋友，电竞人从不谈恋爱。

游戏那么好玩，要女朋友干吗？

电竞这个行业，十六七岁是黄金年龄，到了二十五六岁，反应慢下来了，也就离退役不远了。

有人质疑付成舟比赛开挂这个事情一出来，圈子里所有人的目光都聚集到了他的身上。

有人狂欢，有人怒骂，有人质疑。不过半天时间，陆妍娇就见识到了这个圈子的千姿百态。

这就是他的剑，也是他的铠甲，电竞本就是成王败寇，只要能赢，就可以堵住所有怀疑的声音。

"Winner winner,chicken dinner".

电竞人没有女朋友，电竞人从不谈恋爱。

游戏那么好玩！要女朋友干吗？

电竞这个行业，十六七岁是黄金年龄，到了二十五六岁，反应慢下来了，也就离退役不远了。

有人质疑付成舟比赛开挂这个事情一出来，圈子里所有人的目光都聚集到了他的身上。

有人狂欢，有人怒骂，有人质疑。不过半天时间，陆妍娇就见识到了这个圈子的千姿百态。

这就是他的剑，也是他的铠甲，电竞本就是成王败寇，只要能赢，就可以堵住所有怀疑的声音。